POMAR DE FAMÍLIA

NOMI EVE

POMAR DE FAMÍLIA

ROMANCE

Tradução
José Rubens Siqueira

COMPANHIA DAS LETRAS

Título original
The Family Orchard

Capa
Angelo Venosa

Foto da capa
Clarence H. White (EUA, 1871-1925)
© Coleção do Museu de Fotografia da
comunidade francesa de Charleroi

Glossário
Milton Lando

Preparação
Cláudia Cantarin

Revisão técnica dos termos de fruticultura
Beto Barretto

Revisão
Ana Maria Barbosa
Isabel Jorge Cury

Dados Internacionais de Catalogação na Publicação (CIP)
(Câmara Brasileira do Livro, SP, Brasil)

Eve, Nomi. 1968-
Pomar de família: romance / Nomi Eve ; tradução de José Rubens Siqueira. — São Paulo : Companhia das Letras, 2002.

Título original: The family orchard : a novel.
ISBN 85-359-0261-9

1. Famílias judias — Ficção 2. Ficção histórica 3. Ficção judaica 4. Histórias de amor 5. Israel — Ficção 6. Judeus — Israel — Ficção I. Título.

02-3081 CDD-813

Índice para catálogo sistemático:
1. Ficção : Literatura norte-americana 813

[2002]

EDITORA SCHWARCZ LTDA.
Rua Bandeira Paulista 702 cj. 32
04532-002 — São Paulo — SP
Telefone: (11) 3167-0801
Fax: (11) 3167-0814
www.companhiadasletras.com.br

Para minha mãe, Rita, que me deu o espaço em que criar arte

Para meu pai, Yehoshua, que me deu material para preencher esse espaço

Para minha avó, Rivka, que me deu suas histórias e suas bênçãos

Para meus primos, Burt e Joan, amigos queridos, primeiros leitores

*E para meu marido, Aleister Jeremy, príncipe de todas as minhas páginas,
com quem adoro dançar*

Sumário

Terceira parte

Quarta parte

Quinta parte

Sexta parte

POMAR DE FAMÍLIA

A palavra *legend*, "lenda" em inglês, vem do latim *legere*, que quer dizer "ler". A palavra *fiction*, "ficção" em inglês, vem do latim *fingere*, que significa "dar forma". De *fingere* vem também a palavra *fingers*, "dedos" em inglês. Com nossos dedos damos forma às coisas. A palavra *history*, "história" em inglês, vem do grego *istor*, que quer dizer "aprender" ou "saber". Acredito na etimologia original. Acredito que a ficção é a verdade com forma. Acredito que a história é uma maneira de saber disso tudo. Acredito que a lenda é o que lemos nas entrelinhas.

FAMÍLIA JUDAICA NO MONTE SIÃO

PRÓLOGO

EU DIGO:

Jeremy, se eu tivesse de escolher um começo, diria que não há começo e que os fins são muitos. Mas você não ficaria satisfeito com isso. De forma que eu voltaria ao trabalho, e depois voltaria a você e diria que o começo está nas árvores. Em todas. Na árvore dupla, metade laranja-sangüínea, metade tangerina Dancy. Na Al Jud, que existe somente no mapa do mito, ancorada ao corpo de um espião judeu. Na árvore das ferramentas, quase toda madeira, mas com um bom pedaço de metal. Enxerto cítrico, raiz morta, ferramentas abandonadas que enferrujam nos anéis. Sim, se eu tivesse de escolher um começo, diria que é em todas essas árvores que a história começa. Pelo menos é aí que começa para mim.

Mas você talvez me lançasse um olhar duvidoso. Você, que sabe os parâmetros desta história. Talvez passasse os braços em volta de mim e dissesse, de mansinho: "É só isso, meu amor?". Eu olharia para você e diria: "Não, não é, meu amor". E mais tarde aquela noite eu diria que o começo está nas árvores de meu pai —

em sua floresta familiar, em nossos antigos e presentes arvoredos. Ramos irmãos, enxertos cítricos, raiz morta, ferramentas abandonadas que enferrujam nos anéis. É, é só isso. Se eu tivesse de escolher um começo, eu lhe falaria a respeito de todas essas árvores.

Primeira parte

1. Esther e Yochanan

2. Golda e Eliezer

3. Avra, a ladra, e o amor e a tristeza de Shimon

1

Esther e Yochanan

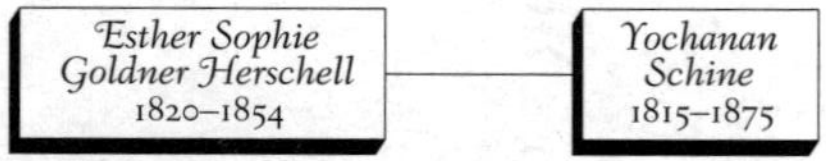
Esther Sophie
Goldner Herschell
1820–1854
Yochanan
Schine
1815–1875

EU ESCREVO:

Esther era religiosa, mas de um jeito indireto. Conhecia o *mitzvá*, sabia tornar sagrado o Sabá, mas achava que não havia mal nenhum em dar sua própria interpretação criativa às velhas regras, porque sem dúvida a criatividade era uma qualidade abençoada e essencial do homem e seria um pecado não lançar mão dela.

MEU PAI ESCREVE:

O rabino Yochanan Schine, aluno do famoso Chatam Sofer, era noivo de Esther Sophie Goldner Herschell, neta do rabino-mor do Império Britânico. Esther e Yochanan eram meus tataravós. Emigraram para a Palestina e se casaram em 1837, em Jerusalém.

No começo, ela não gostou de Jerusalém; vinha de uma linhagem de gente desprovida de senso de direção. A cidade de pedra, com todas aquelas paredes sombreadas, becos e vielas, pareceu-lhe um lugar desagradável, sem nenhum projeto aparente.

Três meses e dois dias depois da chegada do jovem casal, ela se aventurou a sair sozinha pela primeira vez. Logo perdida, mas sem se assustar, Esther resolveu simplesmente vagar pelas ruas. Sabia que, se quisesse, podia pedir que alguém lhe indicasse o caminho de casa, uma habitação meio grandiosa, meio decrépita na rua Rav Pinchas, em frente à sinagoga Glória de Israel, no centro da cidade.

Então, Esther sentiu o cheiro de pão. Virou uma esquina, deu mais alguns passos. Logo se viu diante de uma porta em arco, assistindo ao padeiro de braços nus colocar uma assadeira de massa dentro do forno. Parou e olhou. O vapor, o suor, a massa, a pele nua do padeiro criavam uma atmosfera magnética, carnalmente sedutora. O padeiro era jovem, não passava dos vinte anos. Esther, casada havia menos de quatro meses, tinha dezenove.

Embora habitualmente não acreditasse em astrologia e não fizesse a menor idéia de como os marinheiros usavam o céu noturno para dizer-lhes aonde ir, ela teve a certeza de que algumas estrelas cruciais haviam descido àquela pequena padaria para fornecer-lhe um instrumento de navegação perfeito. Em resumo, ela sentiu-se inspirada, e pela primeira vez na vida soube exatamente para que lado seguir.

O padeiro estava ali à sua frente — um destino esguio e moreno. Ágil e bonito, como um potro. Pequeno. Pouco mais alto que ela. Esther reparou imediatamente em seus grandes olhos amendoados e no cabelo, grosso, castanho-escuro, preso numa trança baixa na nuca. Pareceu-lhe uma figura entalhada em madeira de lei; mínima, masculina e musculosa, tudo ao mesmo tempo.

A padaria tinha apenas dois cômodos. Um com uma bancada baixa de madeira escalavrada e eternamente enfarinhada por anos de uso, outro com um forno de tijolos escavado pelo pai do padeiro na parede de calcário. Ficava atrás do que viria a ser mais tarde o pavilhão público, mas era então um aglomerado quase em ruínas de casas de classe baixa contornando o centro da cidade, que era mais próspero. Quando o padeiro viu a moça de saia-balão, cintura apertada, quando viu os grandes olhos castanhos da mulher, quando viu sua pele branca, os lábios carnudos e o rosto atraente, convidou-a para entrar. Ofereceu-lhe um pãozinho fresco e perguntou, num iídiche nervoso e desajeitado (que escoiceava e zurrava em sua boca como uma mula; estava envergonhado pela falta de modos de sua língua), se ela queria chá de menta doce. Assim começaram os nove anos de caso amoroso com o padeiro e seu apaixonado envolvimento de toda uma vida com Jerusalém, cidade cujas curvas e esquinas, padeiros e sussurros arcanos gêmeos de piedade e perversidade falavam de perto ao seu coração.

Esther fazia amor com o marido de noite "pela porta da frente" e depois, de dia, mantinha seu caso amoroso com o padeiro, um judeu palestino de terceira geração. Seu jogo sexual era regido pelo fato de o padeiro só penetrá-la pela "porta dos fundos". Tanto o eufemismo (ao longo dos nove anos jamais rompido por eles) como a posição (ao longo dos nove anos jamais variada, a não ser ligeiramente no ângulo) convinham aos dois. Excitavam não apenas as partes mais macias de suas anatomias, como também o profundo sentido de humor no sexo que ambos descobriram ter.

Ela ia à padaria uma vez por semana, às terças-feiras, no fim da tarde, quando o marido estava ocupado participando de suas reuniões cívicas, e o resto da cidade, em clássico estilo mediterrâneo, ficava dentro de casa conspirando, ou estudando, ou dormindo. O padeiro, cujas mãos Esther sempre achou ter dedos finos demais e calejados de menos para um padeiro, trancava a porta que dava para os fundos da loja. E, enquanto ele chegava perto, ela estendia um pano limpo sobre a bancada de amassar. Ela adorava levar um dedo aos lábios dele, enfiar os dedos em sua boca e depois traçar os graciosos contornos de seu rosto, da boca para o nariz, para os olhos e para dentro das orelhas.

Sempre, quando estavam ambos prontos, ela se virava e apoiava o corpo na mesa. Ele erguia suas saias, descia sua roupa de baixo e as próprias calças. Depois lambia os dedos da mão direita e, devagar, apaixonadamente, abria-a. Pouco depois, deslizava para dentro dela de uma vez só. Ela adorava a sensação do corpo dele subindo em ângulo. Adorava a sensação dos seios fartos apertados na bancada de madeira. Ele agarrava seus quadris e a penetrava fundo.

Beijavam-se e ofegavam, com fome da pele um do outro, com mais, não menos, ardor à medida que os anos passavam. A paixão deles, ambos concordavam, era antiga, elementar, e devia existir, como a areia, a terra, o céu, já muito antes de terem nascido. E, apesar da intensa corporalidade daquela união, tanto Esther como o padeiro sempre se sentiram insubstanciais, incorpóreos, oh, tão leves, na presença dessa paixão. No entanto, não era um mau sentimento. Quando faziam amor, era como se estivessem enrolando os corpos não apenas um no outro, mas também, e mais essencialmente, em alguma outra coisa que antes estivera nua. Era, concordavam, como se a paixão fosse a criatura real, e eles, embora temporariamente privados das armadilhas normais da personalidade, os privilegiados, escolhidos como suas roupas favoritas. Vestiam a paixão em toaletes carnais, e a paixão os vestia com secreta freqüência.

Minha tataravó, Esther Sophie Goldner Schine, neta do rabino-mor do Império Britânico, considerava um arranjo perfeito para uma mulher judia o marido entrar por sua "porta da frente" e o amante por sua "porta dos fundos". A idéia de serviços separados se adequava muito bem aos preceitos do *kashrut*. Leite aqui, carne ali e, contanto que se mantenha distância adequada entre as coisas, ficava tudo tranqüilamente *kasher*.

MEU PAI ESCREVE:

Yochanan era de uma parte do Leste da Prússia chamada Sheinlanka, que quer dizer "belos terraços". Hoje faz parte da Polônia, próximo da cidade de Posnan. Ele chegou à Palestina nas seguintes circunstâncias:

Em 1836, o rabino-mor do Império Britânico, Shlomo Berliner Herschell, despachou um mensageiro com a missão de encontrar um *shidach* para sua neta, Esther. *Shidach* é a palavra iídiche para parceiro matrimonial. O casamento deveria ser celebrado com a condição de que o jovem casal residisse em Jerusalém depois das bodas. Isso foi antes da existência do sionismo. A maioria dos judeus acreditava que Israel não podia nem devia ser criada antes que o Messias chegasse a Sião. O rabino Herschell discordava do pensamento dominante. Fazia parte de um grupo de judeus ortodoxos europeus que acreditavam que mudar para a Palestina não entrava em choque com o ideal messiânico.

O mensageiro viajou durante um ano inteiro. Finalmente, chegou à aldeia de Sheinlanka, à casa de estudos do famoso rabino prussiano, o Chatam Sofer. Assim como o rabino-mor, o Chatam Sofer também discordava do pensamento dominante, isto é, achava que Israel era uma pátria real, não apenas espiritual. Em resposta ao mensageiro do rabino, o Chatam Sofer enviou prontamente o seu melhor aluno, Yochanan. Yochanan e Esther se encontraram em Londres e ficaram noivos quase imediatamente.

EU ESCREVO:

Na terceira terça-feira de Cheshvan, quatro meses depois de o casal ter chegado a Jerusalém, Yochanan terminou cedo a sua reunião cívica e resolveu ir para casa. Estava quase chegando à sinagoga Glória de Israel quando viu Esther sair pela porta da frente da casa deles e se encaminhar para a direção oposta. Estavam no final do outono, estava muito frio. Ela envergava seu casaco marrom comprido e o chapéu preto de aba larga que lhe tombava sobre o olho direito fazendo-a enxergar, conforme ela sempre explicava, "como se estivesse um pouco bêbada, sabe?, meio no mundo da lua e tonta, mas não é ruim, acabo me encontrando". Yochanan adorava o jeito de falar de sua mulher. As frases eram tortuosas e cheias de originalidade.

RUA DE JERUSALÉM

Yochanan chamou Esther, mas ela estava longe demais para ouvi-lo; de forma que ele foi em frente com a intenção de chamá-la outra vez, só que pouco depois se viu pisando macio, seguindo cautelosamente a mulher que virava uma esquina, e outra esquina mais, descendo depois a rua e entrando numa viela. Ele parou na boca da viela e ficou olhando a mulher transpor a porta dos fundos da padaria. Seu casaco marrom ficou ondulando atrás dela muitos segundos depois de ela entrar, e acabou desaparecendo também no reino cálido de massa e fermento.

Escondendo-se num vão de porta em que havia a palavra céu grafada em garatujas aramaicas, ele olhou para o céu de verdade, que estava escurecendo num prenúncio de tempestade. Viu quando o padeiro espiou para fora e fechou a porta da frente da loja. Escondido, mas a menos de três metros, Yochanan não disse uma palavra. Foi até a porta fechada da padaria e colou a orelha à velha madeira. Pouco depois, ouviu a mulher gemendo. Recuou um passo e olhou para um lado e depois para o outro. Não havia ninguém na ruela, ninguém se aproximava dali. Voltou e continuou escutando.

Ficou excitado quase imediatamente, e dali a pouco imaginava o padeiro segurando os seios nus de Esther, acariciando-os com delicadeza e em seguida aproximando os mamilos da boca. Primeiro um, depois o outro. E a mão do padeiro, Yochanan imaginou a mão esquerda do padeiro descendo entre as pernas de Esther, que ela mantinha apertadas. Em seguida, em sua cabeça, os dois colavam os corpos nus e se mexiam para a frente e para trás, juntando-se e separando-se, com o ímpeto tempestuoso da tormenta que se formava. A tempestade começou. Yochanan se encolheu dentro do casaco, ergueu a gola e se encaixou melhor no vão da porta. Fechando os olhos, apoiou-se nas imagens como se elas fossem a verdadeira porta, aberta e receptiva, enquanto a porta de madeira, fechada e fria de encontro a seu corpo, mantinha-o afastado daquilo tudo. Ouviu o padeiro gemer. Esther soltou um gritinho apaixonado. E enquanto os dois amantes lá dentro atingiam a saciedade, o de fora baixava a mão e se acariciava, apertava ali, apertava até chegar a um intenso prazer solitário. Só então ele se afastou.

Yochanan pôs as mãos sobre o chapéu e correu na chuva.

Seus pés chapinhavam nas poças que já haviam se formado nas ruas estreitas de pedra. Enquanto corria, ouvia-se recitando uma litania raivosa que era como o avesso de uma prece.

O padeiro tem a cara feita de barro molhado.
O padeiro tem mãos pesadas de madeira fedida.
O padeiro é um gentio disforme disfarçado.
O padeiro é um comedor de ostras.
Um descendente de Amaleque.
O diabo dos diabos.
O padeiro está... o padeiro está... shtupando minha mulher!

A chuva agora o atingia com dureza, caindo de todos os lados e pulando do chão também. Ele se sentiu limitado por isso, limitado e atacado, como se cada pingo de chuva fosse um obstáculo em si. Chegando em casa, entrou, tirou o sobretudo e o chapéu e os depositou sobre o gradil de madeira de lei trazido de Londres. Sacudiu a barba e o cabelo e passou os dedos por eles. Depois levou as mãos à boca e expirou contra as palmas abertas. O ar quente pairou ali, mas só por um segundo, e em pouco tempo sua pele estava novamente fria. Ele expirou de novo, sentiu-se aquecido durante vários segundos, depois frio outra vez, quente e em seguida frio. Frio. Deixou as mãos penderem ao lado do corpo, enfiou-as nos bolsos e deu um profundo suspiro. Depois, tudo mudou. Seu estado de espírito balançou e adernou, e Yochanan sentiu um sorriso aflorar-lhe aos lábios.

Rindo alto, virou-se e olhou a própria imagem no espelho de moldura dourada do vestíbulo. Nossa, como estava descomposto! Molhado! Todo descabelado! Mas contente! Contente! Viu-se possuído por uma confusão excitada, mas cautelosa.

Sentira grande prazer do lado de fora da porta do padeiro,

contudo tantos pecados e tanta vergonha brotavam nos campos onde florescia esse prazer! Onde estava a sua raiva? Já não conseguia senti-la. Onde estava sua litania, sua amarga prece? Yochanan amava a mulher e também confiava nela. Estranhamente, continuava confiando nela. A imagem de Esther nos braços do padeiro era uma flor exacerbadamente bela. Vicária, criminosa, devastadora, porém emocionante. Ele morria em cada pétala, em cada folha, no caule recém-cortado.

Mais uma vez, imaginou as mãos morenas do padeiro subindo pelo corpo de Esther, a boca entreaberta de Esther, seus lábios úmidos. Yochanan imaginava e imaginava, e ficou novamente excitado, ali sozinho parado na ante-sala, ainda todo molhado de chuva. Mas dessa vez não se acariciou. Estava em sua própria casa, de paredes cobertas de estantes com livros sagrados. Yochanan não podia trazer para dentro de casa aquelas estranhas flores ilícitas. Esfregando as mãos, passou-as de novo pela barba. Como se pudesse pentear para fora a confusão. Uma criada entrou na ante-sala.

"Ah, patrão, não ouvi o senhor entrar... Sente-se perto do fogo, tire a roupa molhada e prove um pãozinho fresco que acabou de chegar da padaria. Dona Esther, minha senhora, sua esposa, acabou de trazer; chegou agora mesmo pela porta da cozinha."

EU ESCREVO:

Se o marido chegara em casa molhado, Esther chegara encharcada. Fora colhida pelo auge do aguaceiro. E embora tanto sua cor como seu espírito ainda estivessem estimulados pelo encontro enfarinhado, ela in-

MEU PAI ESCREVE:

Em 1837, houve um horrível terremoto no Norte, na cidade de Sefat, sede dos devotos do ramo místico do judaísmo chamado Cabala. Mais de cinco mil pessoas foram mortas e as que escaparam saíram da

teira escorria. O cabelo se soltara do chapéu e pendia em tentáculos ensopados sobre todo o seu rosto. E o longo casaco marrom, com a barra encharcada, pendia pesadamente em torno de seus pés.

Na cozinha, atirou longe o chapéu molenga e saiu de dentro do casaco, contente por retirar do corpo aquela umidade. A única coisa seca nela eram os pãezinhos enrolados num pano que enfiara debaixo do casaco e apertara de encontro ao peito ao correr para casa. Com uma risada repentina, afastou os pães do corpo e os enfiou nas mãos da criada, que riu junto com ela sem motivo algum. Continuaram rindo, Esther e a criadinha, enquanto Esther deslizava inconscientemente as mãos para cima e para baixo no corpete. Os bicos de seus seios estavam frios e duros. E comichavam um pouco, também. Esther baixou as mãos e foi para o andar de cima vestir roupas secas para o jantar.

Ao ver Yochanan parado no vestíbulo, deteve-se e sorriu para ele. Seu aspecto não era nem isento de afeição nem cheio de calor familiar. Ela não soube como reagir. Mais uma vez, tentou sorrir. E dessa vez conseguiu. Mas o sorriso provocou um novo arrepio. Como se houvesse uma ponta de frieza na curva sutil de seus lábios, que, com seu sorriso, extravasara de todo o seu corpo. Ela abraçou o próprio corpo. E precisava falar. Era estranho ficar ali parada sem dizer nada.

cidade e ficaram vagando pela Palestina. Muitos cabalistas semi-enlouquecidos foram parar em Jerusalém. As ruas ficaram cheias de homens esfarrapados e perturbados. Yochanan e Esther, trabalhando em colaboração com o cônsul britânico, deram início a uma instituição de caridade destinada a ajudar essa causa. Entre outros projetos, levantaram dinheiro para um orfanato. Depois de obtido o dinheiro, Esther passou a ser sua diretora de fato.

"Um homem de Sefat implorou para... entrar na casa, por...", começou.

"... E você deixou, está chovendo, claro que você deixou."

"Veio comigo até a porta, mas no último segundo ele..."

"Ele fugiu. É, eles sempre saem correndo."

"Marido, você parece cansado."

"Mulher, você está muito molhada. Vá se secar. E depois comemos. Estou sentindo cheiro de pão. Está bom."

Esther foi até o marido e continuou falando. "Mas assim que abri a porta, o homem saiu correndo." Parou na frente do marido e estendeu a mão para tocar a mão dele. Yochanan sentiu quanto ela estava fria. Esther voltou a falar.

"O padeiro me deu um pão a mais. É um bom padeiro."

"Mulher, Esther, você está muito molhada. Suba e vá secar o..."

"Estou indo, marido."

Yochanan ficou olhando enquanto ela subia a escada e contornava o patamar. E quando Esther sumiu de sua vista, sentiu que era capaz de ouvir o próprio coração e farejar o próprio sangue, e até de sentir a pele que revestia seu rosto e seus dedos, suas pernas e pés, e os dedos dos pés também. Sentiu-se tenso e incômodo dentro de si mesmo. Como se fosse mais uma máquina enferrujada do que um homem, mais um amontoado de peças descombinadas do que um espírito etéreo. Quando geralmente sentia o oposto disso. Tão à vontade com a sensação da própria alma. E tão habituado a ela.

Mas aquela não era hora de alma. Na verdade, não sentia nem um pouco sua alma. Só os ossos, o corpo e todo aquele sangue correndo lá dentro. Olhou de novo para o alto da escada e viu apenas o vazio. Depois a mancha verde no alto do vestíbulo captou seu olhar; era o quadro, uma paisagem que seu pai lhes enviara, um presente de Sheinlanka. Enviado pelo mensageiro cujos olhos rolavam para cá e para lá, e em quem Esther reconhecera o irmão mais moço do marido de uma prima, ou pelo menos alguém que lembrava alguém remoto e inconseqüente que um dia conhecera.

"Bem, talvez não seja você", dissera, diante dos protestos do mensageiro, "mas com toda a certeza alguém parecido ou, pelo menos, com a sua cara." Depois os três, Yochanan, Esther e o mensageiro, haviam rido de sua persistência um tanto tola, se não poética.

"Pelo menos, com a sua cara." Yochanan repetiu consigo mesmo as palavras da mulher. "Pelo menos, com a sua cara." As palavras não queriam dizer nada, no entanto ele sentiu uma estranha e imperativa necessidade de repeti-las. Como se aquele fragmento sem sentido pudesse salvá-lo. Yochanan sabia que não ia contar para a mulher o que vira, mas que ela sabia que ele sabia e que aquilo seria o segredo dos dois. Sabia também que com o passar do tempo o segredo se transformaria em amante de ambos, um silêncio que repartiriam e que levariam para a cama e no qual acabariam acreditando. Pois o que é um segredo, ele pensou dolorosamente, senão uma espécie de religião que leva o silencioso a rezar sem cessar?

MEU PAI ESCREVE:

O pai de Yochanan, principal assistente do Chatam Sofer, era o rabino cego Mordechai Schine. Corre uma lenda de que seus alunos nunca souberam que era cego. Conta-

EU ESCREVO:

Esther trocou rapidamente as roupas molhadas e desceu para jantar. Comeram em relativo silêncio, embora habitualmente conversassem sobre o que haviam feito durante o dia.

se que o rabino Mordechai Schine induzia seus alunos a pensar que era capaz de enxergar ouvindo o virar das páginas enquanto eles estudavam o Talmude, e acompanhando o texto na cabeça. Ele devia saber o Talmude inteiro de cor.

Depois, assim que terminaram a refeição, os dois subiram para o quarto e se enfiaram na cama. Era muito mais cedo do que o normal, mas nenhum dos dois sabia o que fazer.

Esther era piedosa à sua maneira. Sabia como santificar o Sabá, mas em particular muitas vezes infringia as regras. Yochanan era piedoso, mas a sério. Sabia o *mitzvot* e sempre louvava o Sabá. Para ele, a criatividade só podia ser conseqüência da oração e da piedade, não condicionante delas. Esther e Yochanan ficaram deitados em suas camas, lado a lado, sem quase nenhum espaço entre eles. Como ela não estava menstruada, as camas estavam juntas. Nos dias em que estava sangrando, as camas eram separadas. Esther estava agitada e não conseguia parar quieta. Soerguia o corpo e virava o travesseiro, afofava-o, depois deitava de novo, repousando o rosto no tecido fresco. Olhou as costas de Yochanan. Ele estava de costas para ela, voltado para a janela que dava para a igreja de Maria e, mais adiante, o jardim que os cristãos chamam Getsêmani por causa das oliveiras que nascem lá, tortas e atarracadas.

Esther tornou a sentar-se na cama e virou novamente o travesseiro. Só que o tecido de baixo ainda não estava fresco e ela continuou se remexendo. Não sabia o que ou como ou quanto ele sabia, mas sabia que Yochanan sabia alguma coisa. E Esther ficou pensando como aquilo se encaixava nas orações dele. Ele era um homem muito rezador, o seu marido, vindo de uma longa linhagem de rabinos iniciada com Rashi, o grande cronista do século XI.

Fechando os olhos, Esther tentou dormir, mas não conseguiu. Enxergava imagens e tinha estranhos pensamentos e lem-

O JARDIM DE GETSÊMANI

branças. Sentia-se tomada por eles. Todo o seu corpo sonhava, lembrava, pensava. Havia uma imagem que não a deixava em paz. Era o pai de Yochanan. Não conseguia parar de visualizar e pensar no pai de Yochanan, um homem que jamais vira, mas cuja história a fascinava. Esther tinha na cabeça a imagem de um velho sentado a uma mesa na Casa de Estudo. Estava cercado por muitos alunos e muitos livros.

A imagem se dissipou, deixando-a sozinha com Yochanan na quase-escuridão. Esther fechou os olhos e ficou ouvindo a respiração do marido. Inalações pesadas e profundas, nas quais se inseria, de vez em quando, a vírgula inquieta de uma tosse que se introduzia no repouso dele. Suspirando, Esther teve medo de que ele tivesse se resfriado por causa da chuva. Esfregou os olhos e aproximou um dedo do mamilo direito, que ainda estava sensível. O padeiro tomara seus mamilos na boca e os sugara até ela quase gritar de prazer, mas não gritara; em vez disso, voltara o grito para dentro, como havia treinado fazer, levando-o para uma caverna interior onde sempre havia vozes ecoando, e o truque era nunca tentar contê-las, mas simplesmente deixá-las alegremente em paz.

Afastou a mão do peito e desceu-a por entre as pernas, mas só por um segundo. Não pelo prazer, mas pela sensação de conforto e calor. Depois, enrolou-se de lado e fechou os olhos.

Fez de conta que toda vez que Yochanan inalava, uma página se virava, e toda vez que ele expirava, um capítulo chegava ao fim. Desse modo, leu o Talmude da relação dos dois. Um livro grande. Um livro que continha tudo o que já acontecera entre eles, bem como tudo o que viria a acontecer. Passado, presente e futuro, tudo estava escrito ali. Ela ficou lendo por um longo tempo, tantas histórias partilhadas, algumas íntimas, algumas tolas, outras sombrias e incômodas, algumas tão queridas que quase a fizeram chorar.

A noite passou pesada. Não, pensou Esther, Jerusalém não é lugar para sono tranqüilo. Só para uma espécie de mergulho inquieto para dentro que deixa uma alma a devanear, desperta, o dia inteiro. Yochanan dormia profundamente; sua respiração era um pergaminho de ar que ela leu durante longo tempo. Depois, quando o céu clareou, Esther foi para perto do marido e suavemente o excitou. Yochanan passou os braços em torno dela e roçou sua testa com os lábios. Ela apertou o corpo contra o dele e, juntos, dormiram, acrescentando ali uma nova página.

2

Golda e Eliezer

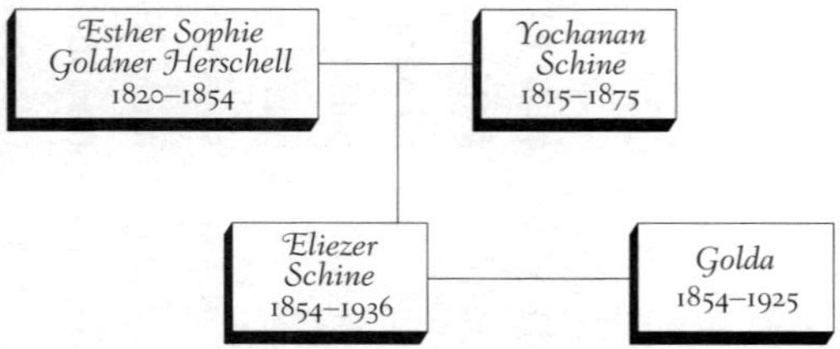
Esther Sophie
Goldner Herschell
1820–1854
Yochanan
Schine
1815–1875
Eliezer
Schine
1854–1936
Golda
1854–1925

EU ESCREVO:

Quando ambos completaram dezessete anos, Golda foi para a cama de Eliezer pela primeira vez. Durante a maior parte dessa primeira noite Eliezer ficou bem acordado na cama, assombrado com a proximidade dela, paralisado por seu desejo por ela, aterrorizado com o que os dois eram de fato e com o que desejava que fossem. Ficava repassando isso na cabeça. Como a noite estava especialmente fria. Como o fogo do quarto dela se apagara, como

MEU PAI ESCREVE:

A década de 1850 foi muito difícil para a nossa família em Jerusalém. Em 1851, o pai de Esther, que havia emigrado para Jerusalém depois dela, foi assassinado. Relatarei essa misteriosa tragédia em detalhes num capítulo posterior desta história familiar. Em 1854, Esther morreu de parto, aos trinta e quatro anos de idade. Seu filho, meu bisavô, Eliezer (em homenagem a quem fui batizado), sobreviveu. Não tiveram outros descendentes.

Muitos anos depois da morte de Esther, Yochanan tornou a

ela se aproximara de sua porta, batera de leve, explicara que estava congelando e pedira para deitar-se na cama dele. Percebera que a voz noturna dela era mais suave e mais aguda do que sua voz diurna. O cabelo loiro estava solto, ela usava uma camisola de lã azul abotoada até o pescoço. Eliezer passara o braço em torno da irmã e tentara aquecê-la. Ela estava com tanto frio. Batia os dentes. Mas quando ela num instante adormeceu ele se afastou dela, ficando o mais próximo possível do lado oposto da cama. Golda dormiu de bruços, a perna direita dobrada, o traseiro ligeiramente erguido para o ar.

casar-se com uma viúva chamada Ruchama, que tinha uma filha da idade de Eliezer. Ruchama e a filha eram imigrantes de Praga. O nome da filha era Golda. Quando Yochanan se casou com Ruchama, Eliezer e Golda tinham ambos quinze anos.

Yochanan e Ruchama tiveram três filhos, e um de seus bisnetos foi o Ramat Kal, general-comandante do exército israelita.

Eliezer ficou olhando para o teto, mas sentiu que o teto estava olhando para ele, para os dois. Deslocou-se ainda mais para a beirada, uma perna inteira pendurada para fora, o que era muito incômodo, de forma que puxou a perna de volta e tentou se transformar numa linha bem fina. Ficou olhando a irmã. Não sabia se era pecado dormirem na mesma cama, mas sentia que sim. No entanto, disse para si mesmo, todos tinham a obrigação moral e religiosa de aliviar o sofrimento dos outros. O frio não era uma espécie de sofrimento? O frio não produzia doenças? E as doenças não levavam à morte? E não era recomendado aos judeus que desrespeitassem todos os mandamentos se fosse para salvar uma vida? Olhou de novo a irmã, tentando se convencer de que os lábios dela estavam azulados, mesmo sabendo que não estavam, e tentou dizer para si mesmo que ela parecia febril, mesmo não parecendo, e depois parou de tentar dizer fosse o que fosse para si mesmo, concentrando-se, isso sim, na incrível prova de vida dentro da calça de seu pijama. Eliezer passou a agoniante hora seguinte tentando descobrir um jeito de aliviar o próprio sofrimento sem desrespeitar nenhum outro mandamento ou, Deus nos livre, acordando a irmã com um inconveniente ranger da cama.

Mas ele não a despertou e de alguma forma conseguiu adormecer. De manhã, quando acordou, ela já havia ido embora. No café-da-manhã, Golda não tocou no assunto na frente dos pais — Yochanan com sua barba comprida e seus olhos cansados, Ruchama retirando os pratos. Só mais tarde, quando ambos saíam da casa para ir à escola, foi que Golda olhou para Eliezer e sorriu, dizendo "Obrigada" na sua voz diurna que, ele notou, era muito mais profunda do que a voz que usava à noite.

Durante todo aquele dia, curvado sobre seus livros, fingindo estudar, Eliezer sentiu que estava tentando encolher, tentando se fazer muito pequeno, contudo, em vez de se transformar numa pequena linha na beira da cama (ou na beira de uma página amarelada do Talmude), ele sentia uma força vital se expandindo e, mesmo ela não estando ali ao seu lado, era capaz de sentir a força vital de Golda se expandindo também, de forma que quando o dia terminou e os dois se encontraram para voltar para casa cruzando, no vento, as ruas e vielas do bairro judeu, não havia cama nem livro nem sala nem viela suficientemente grande para conter os dois, e o mundo em si estava cheio de suas formas enrubescidas.

Logo depois, ela começou a vir toda noite, depois que os pais adormeciam. Noite após noite os dois dormiam enroscados, os braços grandes dele em torno dos braços pequenos dela, o rosto dela no peito dele. Para Eliezer, era como se aquelas noites que passavam juntos existissem num universo paralelo, num lugar pouco acima ou pouco abaixo da casa de seus pais. Quando era mais novo, muito antes de Golda e sua mãe se juntarem a eles, costumava subir e descer correndo a escada; entrava em todos os quartos mofados e lançava o corpo contra as paredes, na tentativa de encontrar uma passagem secreta. Quando era pequeno, tinha certeza de que uma daquelas paredes da casa na rua Rav Pinchas era oca e que, se conseguisse descobrir qual, batendo no ponto exato, a parede se abriria e a casa em que nascera se revelaria uma casca vazia com corredores secretos que levavam a salas mágicas que guardavam tesouros de ouro. Às vezes, Eliezer imaginava que o tesouro era sua pobre mãe que não chegara a conhecer, que ela estava viva, de rosto rosado e olhos brilhantes, esperando que ele a encontrasse.

Deitado ao lado de Golda, noite após noite, Eliezer pensava em si mesmo como um menininho batendo nas paredes: do jeito que costumava bater com os nós dos dedos e apertar o ouvido na pedra fria, depois ir um pouco adiante e bater de novo, e de novo, pela casa toda. Golda ronronou ao se virar. Eliezer viu o cabelo dela cair-lhe sobre os olhos. Pensou que o tempo podia ter se dobrado sobre si mesmo, porque sentia que uma parede havia realmente se aberto, e viu-se do outro lado do escuro e do entulho. Viu-se deitado no meio de uma sala repleta de riquezas, os braços em torno de Golda, os braços dela em torno dele. Quando finalmente adormeceu, Eliezer viu os dois descendo por uma passagem secreta que sempre soubera existir. Caminhavam por trás, por cima e por baixo das paredes da casa dos pais deles. Caminhavam de mãos dadas. Não sabiam aonde estavam indo. Golda levava uma vela para iluminar o caminho.

A primeira vez em que a tocou sentiu que atravessava um oceano. Fazia horas que estavam deitados sem conseguir dormir. Geralmente ela dormia depressa, mas naquela noite não; em vez disso, sussurrou para ele com sua aguda voz noturna, encantou seu ouvido com o hálito fresco, as sílabas fragrantes. Contou-lhe histórias dos lugares em que ela e a mãe haviam morado antes de virem para Jerusalém. Disse: "Era uma cidade de mil torres douradas". Disse: "Quando o sol batia nas torres, eu achava que morávamos num reino de castelos encantados". Disse: "Lá, os contos de fadas que minha mãe me contava pareciam de verdade. Princesas, dragões, encantamentos". As mãos dele pousaram nas faces dela, depois nos ombros; depois foram explorar territórios distantes, do outro lado do oceano, onde havia mais oxigênio e o terreno era mais fértil. Quando as mãos dele apertaram a pele nua dela, Eliezer entendeu que estava em casa mesmo sendo a primeira vez que lá chegava. Ela retribuiu o beijo, pôs a língua na orelha dele e a girou e esfregou o nariz no peito dele. E ele começou a respirar mais forte e tocou os seios dela, que eram pequenos, firmes e bonitos. Com os dedos, brincou com os mamilos, fazendo-os se erguerem, depois se inclinou sobre ela e os levou à boca, roçando a pontinha com a língua, e depois mordeu com força, mas não com força demais, depois lambeu, depois sugou outra vez. E embora ambos estivessem em silêncio, ele ouviu sua voz aguda dentro da cabeça dele, dizendo "Princesas, dragões, encantamentos". Sabia que não havia volta para o que estavam fazendo. Nunca mais seriam capazes de fingir que eram apenas irmão e irmã. Cada um daqueles primeiros beijos, a língua dele dentro da boca de Golda, em seus dentes, os dedos dela no peito dele, seus lábios no pescoço dele, e depois mais para baixo, tornavam diferentes todos os segundos anteriores da vida deles. E o futuro estava na rapidez da respiração de ambos, e o futuro estava no brilho de seus olhos quando se fitavam perplexos e enlevados, e o futuro estava em seus suspiros quando seus corpos se encontraram.

MEU PAI ESCREVE:

Yochanan Schine era um homem muito avançado. Embora ele mesmo tenha vivido a vida inteira na casa da rua Rav Pinchas, em 1870 construiu outra casa fora das muralhas da cidade. Essa propriedade, perto do que hoje se chama Nahalat Shiva, ou "assentamento dos sete", localizava-se no minúsculo coração da nascente comunidade judaica fora das muralhas. Foi a primeira casa de dois andares fora das muralhas da Cidade Velha, e a oitava a ser erguida por judeus fora da Cidade Velha. Yochanan a mantinha como propriedade de aluguel.

EU ESCREVO:

A casa na Cidade Nova era grandiosa. Tinha seis cômodos, quatro no primeiro andar, dois no segundo. Yochanan alugava só cinco deles, reservando o quarto menor do segundo andar para seu uso eventual. A decoração desse quarto era parcimoniosa mas elegante, com uma cama e uma escrivaninha, uma confortável poltrona estofada e um tapete egípcio importado, de cores brilhantes cujo padrão geométrico complexo deixava todos levemente tontos. O resto da casa foi alugado a um músico austríaco de algum renome. O músico era um homem educado, de bigode grisalho e testa saliente que protegia os olhos com a mão, parecendo que estava querendo se abrigar do sol mesmo quando o dia estava nublado. O músico sempre cumprimentava Yochanan calorosamente, mas os dois tinham temperamentos bastante diferentes e nunca chegavam a conversar muito. Não havia entrada independente para o pequeno cômodo, de forma que Yochanan tinha de, por assim dizer, atravessar a casa do músico para chegar a seu próprio aposento. Mas o músico parecia nunca se importar e respeitava a privacidade de Yochanan sempre que ele estava lá.

Yochanan era um homem de hábitos regulares, e podia-se contar com sua visita à casa às três e meia das tardes de terça-feira no começo de cada mês, quando seu grupo cívico se reunia na Cidade Nova para discutir assuntos referentes à moderna administração municipal. Nesses dias, além da reunião cívica, Yochanan cuidava de seus negócios ou visitava algum amigo que havia acabado de se mudar, ou simplesmente conferia o crescimento do novo bairro, pelo qual sentia ao mesmo tempo orgulho e desconfiança. Depois que encerrava os negócios ou a visita, ia até em casa para um breve descanso antes de voltar para a Cidade Velha, para sua casa na rua Rav Pinchas.

Durante esses "repousos", como gostava de chamá-los, às vezes deslizava para o sono em sua confortável poltrona estofada ou, quando muito cansado, deitava-se na cama. Ao dormir, sonhava que morava de fato na Cidade Nova, que sempre havia morado ali e por isso toda a sua vida ganhava matizes muito diferentes. Nesses sonhos via sempre a primeira esposa, Esther, na sala daquela casa. Os dois eram jovens, em seus sonhos, mais jovens do que quando Esther morrera. Yochanan se aproximava dela por trás e, quando alcançava a cadeira onde ela estava sentada, Esther se virava e sorria para ele com a cabeça levemente inclinada. Ele pousava as mãos nos ombros dela e depositava um beijo sobre sua cabeça. Os dois ficavam assim por um instante, até Esther lhe dizer algo corriqueiro com um jeito surpreendente ou algo surpreendente com um jeito corriqueiro. Na parte consciente de sua alma adormecida, Yochanan notava, feliz, que o dom do discurso criativo que Esther possuía sobrevivera à viagem para o Outro Mundo, e na parte de sua alma adormecida que estava realmente dormindo Yochanan se deliciava com a dicção um tanto capenga de seu primeiro amor, adorando ouvir suas histórias tortas uma e outra e outra vez.

Yochanan nunca sonhava com Esther quando estava em sua cama na casa da rua Rav Pinchas. Só sonhava com ela ali, naquela casa que ela nunca havia visto. Claro que ele achava muito estranho ela lhe aparecer fora do espaço geográfico em que haviam convivido, mas em nenhum momento parou para pensar sobre isso. Ao contrário, à medida que os anos passavam e os sonhos continuavam visitando-o, foi ficando cada vez mais grato àquela nova casa na Cidade Nova, grato pelos sonhos novos sobre sua velha vida com que ela tão gentilmente o brindava.

Na primeira vez em que Eliezer e Golda bateram à porta do músico e pediram para "descansar" no quarto do pai, o músico os atendeu alegremente. Era uma boa caminhada até a Cidade Velha e fazia todo o sentido eles quererem sentar um pouco antes de iniciar o percurso da volta. Mas quando os dois começaram a aparecer regularmente para "descansar" no domicílio do pai, ficou perfeitamente claro para o músico o tipo de "repouso" que os "filhos" estavam praticando. Conhecia a história da família e sabia que os dois não tinham laços de sangue. Ficava vendo como subiam a escada até o quartinho. Golda ia na frente. Seus passos eram tão ligeiros que o músico chegava a ter a impressão de que voava para os galhos mais altos da casa, enquanto Eliezer ia atrás, passos mais pesados, de natureza mais terrestre e misteriosa.

No começo, o músico não sabia bem se aprovava aquele jovem casal usar a sua casa como ponto de encontro para uma ligação ilícita. Era o tipo de músico capaz de ouvir sinfonias inteiras na cabeça. Entendia o complexo funcionamento dos muitos instrumentos diferentes e conseguia ouvir as notas conversando umas com as outras entre oitavas e movimentos. Quase sempre escutava a própria vida como uma sinfonia: as diversas pessoas instrumentais que conhecia se sobrepondo ou atingindo intensos crescendos que preenchiam sua paisagem interior com uma música constante. Seus dedos estavam sempre recriando essa música nas cordas do violino. Tinha um grande talento para ouvir a sinfonia de vida de outras pessoas. Um talento para ouvir suas canções secretas. Quando os dois jovens começaram a utilizar o quartinho para seus encontros amorosos, o músico ouvia somente os tambores de dezessete anos de Eliezer e Golda: instrumentos tesos, ávidos, batendo o ritmo numa paixão núbil que sacudia as pedras da casa e o deixava um pouco constrangido. Mas com o passar do tempo, como eles continuassem a vir à casa, ele começou a ouvir mais profundamente a verdadeira música de sua ligação. Quando o cumprimentavam com um sorriso e depois subiam tímidos (Golda voando, Eliezer pisando duro em cada degrau), ele ouvia as flautas airosas, os alaúdes, as liras e as harpas daquele amor e em pouco tempo concluiu que aquele ardor era natural e aquela atração tão espiritual quanto sexual.

Quando estavam deitados juntos na pequena cama, os braços de Eliezer em torno dos ombros estreitos de Golda, o músico no andar de baixo lhes fazia serenata. E como era um homem que gostava de mistério e tivera sua grande paixão secreta de juventude, o músico descobriu que tocava melhor, com mais força e maior firmeza, quando os jovens amantes estavam em sua casa. O casal se habituou a abraçar-se ouvindo as melodias de notas freqüentemente muito marotas que flutuavam escada acima e atravessavam o assoalho. Os dois apreciavam a bela música e além disso ficavam gratos porque os sons de seu amor eram naturalmente abafados pelos ruídos normais da casa que Yochanan construíra na Cidade Nova. Ficavam deitados na cama e Golda levantava os braços e os abria a fim de abarcar todo o espaço que pudesse, dizendo "Este é o nosso castelo encantado", e Eliezer acreditava. Ela abarcava o quarto inteiro num único olhar faminto e dizia "Somos os sentinelas desta câmara mágica", depois se inclinava por cima dele e o fazia erguer o pescoço e, quando ele fechava os olhos, beijava a pele delicada de sua garganta, dizendo "Eis as chaves de que precisamos para trancar a porta. Eis o feitiço de que precisamos para ficar invisíveis". Mas esta última idéia os deixava um tanto tristes, pois o amor que sentiam era tão visível para ambos que doía ter de escondê-lo de seus pais e do resto do mundo. Ao mesmo tempo os dois almejavam a invisibilidade, precisavam não ser vistos, precisavam esconder-se, precisavam que ninguém soubesse de fato onde estavam, quem haviam se tornado juntos. Eliezer dizia "Fale mais do castelo". E ela apontava as paredes do quartinho e dizia "As paredes do castelo são tão grossas quanto a altura de um homem adulto. E o castelo é cercado por um fosso onde nadam crocodilos e tubarões". Ele dizia "Crocodilos?". E ela respondia "É, mas estamos seguros dentro do castelo. Aqui somos invisíveis, estamos seguros atrás destas paredes".

Não, Yochanan não ia muito à *Beit Hachadash*, a Casa Nova, como a chamava. Não mais que uma vez por mês. E quando voltava para a sua casa de verdade, sentia-se sempre um pouco culpado ao beijar a segunda mulher, e sempre a evitava por qua-

CASTELO

se toda aquela noite, pois tinha grande temor de que ela, a nova esposa, que também lhe era tão querida, pudesse perceber de alguma forma que ele estivera na companhia de um adorado fantasma que inexplicavelmente vivia fora das muralhas de seu bairro. Não queria ferir Ruchama, mas não conseguia resistir às sestas na Cidade Nova, aos sonhos com a além-terrena Esther. No sonho, Yochanan às vezes tocava os seios de Esther, esfregando a palma de suas mãos nos mamilos que endureciam, e ela olhava para ele com prazer e desejo, mas acima de tudo com surpresa, uma vez que em toda a vida dela ele nunca mostrara um tal à-vontade ao fazer amor: decididamente, os dois nunca haviam feito amor na sala, só no quarto com as luzes apagadas e as cortinas cerradas. Ele esfregava seus mamilos e depois aprisionava nas mãos seus seios fartos, apertando-os vezes seguidas enquanto ela o puxava para si, a boca aberta num sorriso de prazer tão perfeito; e ele caía por cima dela, depois a erguia e a pousava delicadamente no tapete egípcio cuja estamparia complexa e intrigante deixava os dois meio tontos, e em sua tontura eles consumavam o sonho com uma paixão de tamanha ternura e intensidade que quando Yochanan finalmente acordava sozinho em seu cubículo estava sempre suado, de cabeça leve e abençoadamente abalado.

Às vezes, ao voltar para casa da Cidade Nova, Yochanan pensava na estranheza de ele já velho, com quase sessenta anos, ver-se envolvido num ato de traição a sua legítima e muito viva esposa Ruchama. Ele, Yochanan! Ele, que sabia como era estar do outro lado da porta do desejo, pesadamente apoiado num amor que o trancara do lado de fora mas que, estranhamente, também o incluíra nele. Yochanan era um homem profundamente espiritual e, embora Esther lhe aparecesse apenas em sua forma etérea, sentia estar traindo Ruchama quando pousava as mãos nos ombros queridos de Esther, ou se abaixava com lábios dolorosamente apaixonados para beijar o alto de sua cabeça encaracolada. Ele andava mais devagar quando era tomado por esses pensamentos. Ou, se estava na carruagem, esquecia de estalar a língua e o cavalo ia retardando o passo até quase parar. Então de repente Yochanan saía de seus pensamentos, estalava a língua para o cavalo ou começava de novo a andar. E a caminho de casa, passando pelas muralhas da Cidade Velha, atravessando a rua dos Anjos da Morte, a vida lhe parecia uma coisa bem estranha. Às vezes, na casa da rua Rav Pinchas, ele sonhava que a pequena Cidade Nova pairava exatamente acima da vasta Cidade Velha e todos os habitantes de ambos os domínios subiam para seus telhados e entoavam salmos numa língua que ele não reconhecia. É, era tudo muito estranho, mas com os anos ele aprendera a não ter medo da estranheza.

Furtivamente, eles passaram muitos meses visitando a casa do músico. Durante esse tempo, Eliezer e Golda adoravam fingir que a casa toda era deles e que eram um casal de verdade, marido e mulher, morando ali. Depois de passar algum tempo a sós no quartinho, aventuravam-se a sair e faziam longos passeios pelo novo bairro, comentando o estilo local da arquitetura, tendo como assunto predileto as sutis variações de cor das pedras usadas em cada moradia. Inventaram um jogo para tentar dar nome ao sabor de cada montanha de onde vinham as pedras. A casa mais próxima da deles chamaram Rosa Rubi de Sharon, a seguinte Dádiva Dourada, depois deram os nomes de Fulgor do Arco-íris, Rubor de Anjo e Alvorada Risonha às pedras da casa da aventureira britânica de olhos azul-acinzentados. Mas não deram nenhum nome para a casa nova de Yochanan. E ao voltar para o quartinho, de olhos fechados, viram a pedra que tinham na cabeça e ficaram ambos envergonhados e atordoados com a beleza e a intimidade da cor. As pedras da casa que Yochanan construíra e que agora os circundavam pareciam-lhes ser de carne.

Claro que todas as pedras da cidade eram mais parecidas do

que diferentes, todas douradas e ruborizadas ao sol de Jerusalém. À noite, Golda e Eliezer iam até um poço ao fundo do pequeno assentamento, onde cresciam roseiras silvestres. Aspiravam o perfume das rosas, descansavam um pouco, depois andavam até um pouco mais longe antes de deixar a Cidade Nova e voltar para a casa na rua Rav Pinchas onde os pais os esperavam para jantar.

Andando de volta para casa, Eliezer olhava Golda e pensava. Sabia que Golda não era sua irmã de verdade. Sabia que não era seu irmão de verdade, mas estavam ligados um ao outro pela pálida membrana dessas palavras, enquanto as outras palavras — amante, amado, amada, marido, mulher — flutuavam, fora de alcance. Ele sabia muito bem quais eram as proibições e as temia, sabia que, como filha da esposa de seu pai, ela estava tecnicamente proibida para ele, que a união dos dois seria considerada incesto. E mesmo assim, a parte dele que rezava, rezava por ela, e a parte dele que abençoava, abençoava-a, e a parte dele que dançava no Sabá, dançava por ela, e a parte dele que acreditava em Deus, acreditava num Deus de diferentes dicionários, um Deus de grandes livros mágicos cujas palavras saltavam das páginas e revestiam sua vida das sílabas e das histórias certas, independentemente de quem, ou o quê, ou como você fosse.

Depois, Eliezer repassou tudo na cabeça. A porta se abrindo depressa, sem nenhum som. Golda sentada na cama, nua. Tentando primeiro esconder os seios, hesitando, e cobrindo o rosto com as mãos. Ele aproximando-se dela, tentando escondê-la com o próprio corpo, e os dois sendo separados, e os rostos do pai (dele) e da mãe (dela) enfurecidos, mas também ao mesmo tempo cheios de amor, tristeza e perdão. Ruchama jogara um lençol em torno de Golda e a retirara depressa do quarto. Yochanan mandara o filho se vestir e depois o conduzira para fora da casa, balançando a cabeça com austeridade para o músico parado junto à porta da frente aninhando o violino como se fosse um bebê. O músico não os entregara. O próprio Yochanan descobrira os filhos. Começara a desconfiar certa noite ao levantar-se para tomar água e ver a porta do quarto de Golda aberta, a cama vazia. Pouco depois, certa tarde, ele e Ruchama haviam seguido os dois até a casa nova. Quando apareceram na porta, o músico, que na verdade era um bom homem e não queria trair nada nem ninguém, confessara a verdade. O músico confessara porque o refrão da realidade já soava na voz triste e incerta de Yochanan, e ele não suportou ir contra a partitura de uma música tão delicada e perigosa.

Eliezer foi andando atrás do pai de cabeça baixa. Afastaram-se do pequeno bairro, depois embarcaram numa velha carruagem que esperava por eles perto das roseiras, junto ao poço. Eliezer não conseguia olhar para o pai. Yochanan também não olhou para o filho ao içar-se para a carruagem. Eliezer concentrou o olhar no traseiro do cavalo, observando suas ondulações musculares enquanto os puxava para longe da casa onde tantas vezes se deitara com Golda. Não fazia idéia do que o pai pretendia fazer e por alguns minutos temeu que Yochanan o espancasse, que simplesmente se virasse no assento e começasse a golpeá-lo com os punhos manchados pela idade, com os nós dos dedos que começavam a engrossar. Eliezer contraiu o ventre na expectativa de ter de defender-se: cobriria a cabeça com as mãos, encolheria o corpo formando uma bola, ficaria invisível. Mas Yochanan não fez o que ele temia; em vez disso, sem dizer nada, conduziu a carruagem de modo a que cruzassem os vários novos bairros esqueléticos. Quando eles finalmente ultrapassaram as muralhas da Cidade Velha e começaram a se aproximar de casa, Yochanan voltou-se para

Eliezer e perguntou-lhe, com toda a simplicidade, se suas intenções para com Golda eram honradas. Eliezer ouviu-se respondendo e viu o pai assentir com a cabeça, depois viu Yochanan assentir novamente, pensativo, depois puxar a barba comprida antes de retomar o caminho de casa. Passaram pelo meio arco rachado, desceram a rua dos Anjos da Morte e entraram na Rav Pinchas.

Entraram. A casa estava quieta. Mas Eliezer percebeu, pelos casacos pendurados no vestíbulo, que a madrasta e Golda estavam em casa. Olhou o vestíbulo, o cabideiro, a pintura desbotada de Sheinlanka pendurada acima da escada, depois olhou o chão, o teto, as paredes, e foi então que Eliezer se deu conta de que as paredes da casa deles sempre haviam sido ocas, mas que entendera tudo ao contrário: os quartos secretos eram aqueles em que viviam todos os dias. E os outros quartos, os ocultos, eram ocultos não porque contivessem tesouros, mas porque não os continham.

Naquela noite ninguém percebeu quando Golda escapuliu da casa, mas logo descobriram que ela desaparecera. Eliezer a encontrou. Estava sentada no chão diante da muralha da cidade, à esquerda da Torre de Davi, ao lado da Porta de Jafa. A Porta, fechada uma hora antes, estava em silêncio a não ser por um trio de gendarmes turcos entregues a um jogo com contas coloridas e um longo bastão vermelho. Quando Eliezer chegou, ela levantou os braços e os dois se abraçaram com força, de um jeito que era absolutamente inadequado para casais casados fora da privacidade do quarto, quanto mais para casais não casados em plena rua. Eliezer afagou a cabeça de Golda com o nariz. Ela apertou o rosto no peito dele. Ele a abraçou com tanta força, sua coluna, seus quadris, sua cintura. As mãos dela estavam pouco acima das nádegas dele, abraçando-o com força pela cintura. E enquanto eles estavam ali juntos, enlaçados, Eliezer teve uma sensação estranhíssima. Sentiu que quando ele e Golda se abraçavam daquele jeito havia mais alguém ali com eles. Envolvendo os ombros deles com os braços. Acolhendo-os e, ao acolhê-los, reconhecendo-os como os dois haviam se reconhecido logo na primeira conversa. Eliezer se perguntou se todo casal teria um daqueles — um cônjuge secreto, cósmico e doce, que se apaixonara por eles ao mesmo tempo que eles se apaixonavam um pelo outro. "Essa criatura", pensou, "faz parte de nossa privacidade. Surge quando a alma quer uma testemunha." Golda respirava com força. Ele sentia o tremor dela. Depois de vários minutos, Golda se soltou dos braços dele e afastou-se. Seus olhos estavam secos, mas pareciam muito cansados. O rosto dela estava pálido, o cabelo desfeito. Quando chegou à muralha, parou. Ergueu uma mão e tocou de leve a superfície empoeirada. Depois se inclinou e comprimiu a testa contra a pedra branco-acinzentada da enorme muralha antiga, os dedos muito abertos dos dois lados do rosto. Ficou ali, assim, sem falar nada. E, mesmo estando a vários metros de distância, Eliezer sentia o frio da pedra na fronte dela, e sentia o peso da pedra na fronte dela, e sentia todas as muralhas do mundo erguendo-se, invocadas pela voz vespertina de Golda, que era ao mesmo tempo mais baixa e mais alta, mais triste e mais alegre do que suas vozes diurna e noturna, para cumprir seu duro ofício de proteção.

Naquela noite, Yochanan, sentado na beira de sua cama com a cabeça entre as mãos, jurou para si mesmo nunca mais visitar o quartinho. Ruchama, já na cama, chorava. Yochanan alisava a barba, repuxando os pêlos da face, do queixo. Pensava na possibi-

TORRE DE DAVI

lidade de que aquele cômodo da casa nova estivesse assombrado pelo espírito carnal de sua primeira mulher. Pensava na possibilidade de que a incomparável paixão da falecida e querida Esther pela vida e pelo amor fosse de alguma forma responsável pela confusão em que aquelas duas crianças haviam se metido. Pensava na possibilidade de que, pelo fato de ir até lá e sonhar seus sonhos, ele próprio fosse de alguma maneira responsável. Pensou: "Quem sabe meus pensamentos ilícitos contaminaram a tinta das paredes, o pano dos lençóis, os ladrilhos do chão e, ao habitar aquele mesmo espaço, os dois não puderam escapar dessa influência". Mas depois lembrou da expressão do filho ao jurar que amava Golda e que gostaria dela pelo resto da vida, mesmo que o amor dos dois continuasse proscrito. Yochanan lembrou-se de como os dois haviam entrado na casa apenas uma hora antes, depois da fuga de Golda. De como Eliezer havia passado o braço sobre o ombro dela, de como haviam subido os degraus da frente, avançando, passo a passo, juntos. E muito embora uma parte de Yochanan soubesse que era errado agir assim, ele se viu fechando os olhos e fazendo uma pergunta a sua falecida e querida Esther. Não era homem de consultar espíritos com freqüência, nem de acreditar em feitiços. Mas agora era diferente. Conjurou a imagem dela diante de seus olhos e disse: "Minha mulher, você assombrou esses meninos?". E a Esther de sua alma olhou direto para ele com seu torto olhar amoroso e não disse absolutamente nada que ele pudesse entender.

Antes de dormir, Yochanan jurou para si mesmo mais uma vez nunca mais visitar o quartinho da casa na Cidade Nova. Manteve o juramento durante muitos meses, até ver-se de novo lá. No andar de baixo, o músico tocava uma doce serenata, enquanto no andar de cima Yochanan passava uma hora preciosa sonhando com uma Esther cujos olhares sempre foram crípticos e cuja influência na vida dele ele sempre haveria de amar sem nunca entender.

EU ESCREVO:

Na noite em que se casaram, os olhos de Eliezer ficaram abertos durante muito tempo. Ele apertou Golda nos braços e ficou a vigiá-la. Ela

MEU PAI ESCREVE:

Quem haverá de acreditar que, assim que tiveram idade suficiente, Eliezer e Golda realmente se casaram? Imaginem, um pai e um filho ca-

dormiu encolhida de lado, as costas em arco contra o corpo dele, como uma pequena colher. Ele a envolvia, uma grande colher. O quarto estava enevoado com o fulgor cinza-esbranquiçado de Jerusalém. Eliezer olhou as sombras no rosto de Golda, em suas sobrancelhas, na curva de suas narinas, na cova acima dos lábios. Conta-se que todas as crianças passam os nove meses no útero da mãe aprendendo a Torá. Aprendem tudo o que há para aprender. E depois, no momento imediatamente anterior ao nascimento, um anjo entra no útero da mãe e comprime com o dedo a parte que está acima do lábio da criança, fazendo o quase-nato esquecer tudo. A marquinha permanece, a marca física do esquecimento. Uma vez nascida, a criança tem de batalhar uma vida inteira para reaprender tudo aquilo que já soube um dia.

Eliezer estendeu a mão e tocou de leve a marca do esquecimento de Golda. Era tão macia. Abaixo do nariz dela. Acima de seus lábios. Ela pareceu não notar o toque. Ele, no entanto, tirou a mão depressa, pensando se o fenômeno teria continuidade, se haveria algum ponto na alma dos mortos, marcada por anjos ou por alguma outra forma mística, por onde toda a Torá da Vida vazaria. Aquela luz poeirenta nas paredes, aquele calor do corpo esguio de Golda, o som do violino do músico austríaco. O quartinho na Cidade Nova. Decerto aquelas lembranças haveriam de deixá-lo um dia. Também a deixariam. E depois? Eliezer respirou fundo, fechou os olhos e abraçou-a com força.

Naquela noite, como sempre, dormiram juntos não só na forma como também na função, e quando despertaram o sol brilhava forte na janela. Estavam misturados na luz da manhã, os braços dele em torno dos ombros dela, a cabeça dela no peito dele.

sados com uma mãe e uma filha! Casaram-se muito jovens e segundo as histórias familiares sempre se amaram muito.

E, embora o violinista estivesse longe, ficaram horas na cama enlaçados sob os sons sombrios de uma serenata marota cuja melodia flutuava sobre seus corpos, afastando para sempre a necessidade de castelos com paredes grossas, casas com quartos secretos e encantamentos para tornar o amor invisível.

MEU PAI ESCREVE:

Golda e Eliezer tiveram duas filhas, minha avó Avra e sua irmã Zahava. Yochanan morreu em 1884, depois de uma breve enfermidade. Com a sua morte, a casa que ele construíra na Cidade Nova deveria ter sido herdada por meu bisavô Eliezer. Mas Eliezer não ficou com a casa. Na verdade ele nunca explicou a ninguém por que não quis a casa, mas na família era um fato conhecido que ele sentia o dever solene de morar na Cidade Velha, onde nascera. Por uma pequena quantia, Eliezer vendeu sua parte na herança para os meios-irmãos mais moços — os filhos de Yochanan e Ruchama.

Hoje, a casa construída por Yochanan fica no centro de Jerusalém. É uma bela propriedade, construída no velho estilo de cúpulas arqueadas. Todos os descendentes dos meios-irmãos de Eliezer têm participação nessa casa. Há muitos deles, filhos e filhas, primos e primas, sobrinhos e sobrinhas, netos e bisnetos. Recentemente, visitei a casa com minha filha Nomi. Foi muito fácil encontrá-la. Foi inacreditável percorrê-la por dentro e pensar: "Foi por aqui que Yochanan andou, há tantos e tantos anos...".

3

Avra, a ladra, e o amor e a tristeza de Shimon

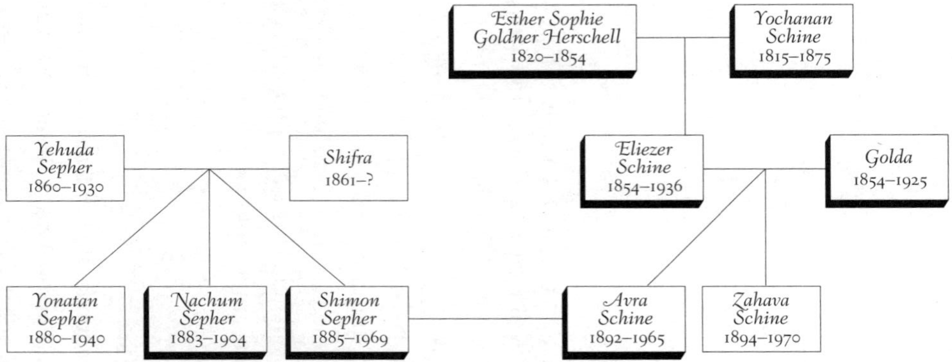
Esther Sophie Goldner Herschell 1820–1854
Yochanan Schine 1815–1875
Yehuda Sepher 1860–1930
Shifra 1861–?
Eliezer Schine 1854–1936
Golda 1854–1925
Yonatan Sepher 1880–1940
Nachum Sepher 1883–1904
Shimon Sepher 1885–1969
Avra Schine 1892–1965
Zahava Schine 1894–1970

EU ESCREVO:

Avra nasceu ladra. Bisneta de um homem assassinado e trineta do rabino-mor do Império Britânico, nasceu com uma mistura de vaidade e veneno no sangue que se manifestava num desejo compulsivo de se apossar das coisas bonitas dos outros. Em seu auge, entre sete e dezessete anos, a Cidade Velha de Jerusalém, todos os seus bairros, assistiu a um desfile constante de objetos perdidos. A platéia xingava. A polícia caçava. Mas ela nunca foi pega. Avra era uma profissional.

MEU PAI ESCREVE:

Yochanan e sua segunda mulher tiveram uma filha chamada Avra, conhecida na família como Avra, a Grande. Eliezer e Golda também tiveram uma filha a que deram o nome de Avra: era a minha avó. Não faço idéia da razão de terem escolhido o mesmo nome. Para nos confundir, talvez. Minha avó se chamava Avra Hayafa, Avra, a Bela.

O grande lexicólogo Eliezer ben Yehuda conta em suas memórias que sua filha brincava com Avra Hayafa. Está certo, ele escreveu sobre a minha avó quando ela era pequena! Avra nasceu na Cidade Velha de Jerusalém em 1892. Sua irmã mais nova, Zahava, nasceu dois anos depois.

Como se pode imaginar, as relações em família eram todas muito confusas. Na verdade, minha mãe me contou uma vez que alguém era tio de si mesmo. E quando se dá uma olhada nas relações, isso é realmente possível! Fica muito difícil fazer uma árvore genealógica porque as raízes estão emaranhadas por toda parte.

EU ESCREVO:

No começo, ela só roubava pequenos objetos domésticos: o pé esquerdo do sapato azul da prima, os dedais de bronze da mãe, a caixa dos óculos da Sardenha do pai. Havia sempre alguém na casa dando pela falta de alguma coisa. Mas quem iria desconfiar que uma criança, quanto mais a própria filha, fosse cometer um crime? De forma que seus pequenos delitos continuaram. Avra tinha a pele branca e o cabelo escuro como a avó Esther. Ao contrário de Esther, contudo, era magra. Quando criança, Esther era curvilínea, cheinha mesmo. Avra não tinha curvas. Era um fiapo de menina de barriga lisa e punhos da grossura do polegar de um homem adulto. Delicadamente pequena como a mãe. E muito bonita. Quem suspeitaria de qualquer atitude ilegal da parte de uma criança encantadora? Ela parecia ter um corpo pequeno demais para segredos — onde iria escondê-los? E um sorriso grande demais para quebrar regras.

Entretanto as coisas continuavam desaparecendo, e quando Avra fez oito anos os pais começaram a desconfiar que havia algo errado. Nessa época, dedais, sapatos e caixas de óculos já se somavam a toda uma congregação de livros, meias, botões e peças de renda armênia importada. Mas Avra nunca era pega. Antes que a desconfiança dos pais amadurecesse e se tornasse uma certeza disciplinadora, Avra mudou. Seu hábito se deslocou e passou a ser exercido fora de casa. Aos nove anos, ela roubou um geodo roxo precioso do estojo de um comerciante de pedras argentino, no meio da rua principal do bazar árabe. E também uma elaborada gravura do rosto de Jesus da mesa de um tatuador. Seu vício não tinha barreiras religiosas; sentava-se às três mesas monoteístas da cidade e, vez por outra, experimentava até o paganismo. Aos nove anos e meio, roubou dois pares de sapatos masculinos da varanda frontal da mesquita Omar. E aos dez, roubou uma colher de prata herdada de dentro da terceira gaveta do móvel de nogueira da sala do rabino francês, enquanto os demais convidados, inclusive seus pais, ouviam um recital de viola em outro aposento. Aos dez anos e meio, roubou sete pedras de mosaico do rosto da deusa romana do século II a. C. que acabara de ser desenterrada atrás da muralha sul do templo por um arqueólogo norte-americano que ciciava e a chamou de "Dossse" Avra ao encontrá-la, certa tarde de inverno, sentada, bonitinha, no muro baixo de pedra que circundava o sítio de escavação. Sorrindo, Avra pulara da mureta e se afastara saltitando infantilmente, encantadoramente. Voltou à noite, depois do jantar, quando o arqueólogo e todos os seus escavadores já haviam ido embora e os vigias noturnos haviam deixado o posto para beber cerveja síria quente. Avra desceu até o fundo do poço de escavação e guardou nos bolsos os olhos, o nariz e os lábios da deusa, não porque realmente desejasse aquelas coisas, mas porque, depois do assassinato de seu bisavô, a linha entre a legalidade e a vida fora organicamente rompida em sua família. Pelo menos em seus genes. Além disso, ela estava com coceira nos dedos.

Avra nunca ficava com o que roubava; espalhava tudo por aí, envaidecendo-se particularmente do fato de que de vez em quando dava alguma coisa em troca. Por exemplo, ela era capaz de deixar os lábios da deusa ao levar a tatuagem de Jesus ou a tatuagem de Jesus ao levar a colher de prata, e embora ninguém jamais tivesse seguido seu rastro, caso alguém o tivesse feito constataria que sua intenção não era tanto apropriar-se, como confundir, e que, no fundo, mais do que criminosa, era uma palhaça com um sentido de expressão um tanto distorcido.

MEU PAI ESCREVE:

Avra casou-se com Shimon Sepher, um emigrante russo. No começo do século XIX, o czar da Rússia permitiu que alguns judeus se mudassem da Lituânia para o sul. Na região do mar Negro, permitiam que fossem agricultores, possuindo e trabalhando a terra. Isso era muito incomum, porque a regra era que os judeus da Europa não estivessem autorizados a possuir terras ou ser agricultores. Entre as famílias que se mudaram para o sul da Rússia estava a nossa, os Sepher.

As gerações da família Sepher que conhecemos viviam na cidade de Tokmach, no condado de Távria, ao norte da península da Criméia. A família era instruída e recebia uma boa e sólida educação judaica. Alguns eram muito religiosos e falavam fluentemente o hebreu.

O avô de meu pai, Yehuda Sepher, casou-se com uma mulher chamada Shifra. Tiveram quatro filhos, três homens e uma mulher. Não consegui descobrir o nome da filha, nem localizar nenhum de seus descendentes. Os três filhos eram Yonatan Sepher, nascido em 1880, Nachum Sepher, nascido em 1883, e Shimon Sepher, nascido em 1885. Shimon era meu avô.

O tio de Yehuda, Zeev Sepher, emigrou da Rússia para Petach Tikvah, na Palestina, em 1842. De acordo com a lei turca, quando um judeu morria sem parentes na Palestina, suas propriedades eram confiscadas pelos turcos. Isso causou grande sofrimento em muitas famílias. Para impedir o confisco do que era seu, Zeev legou seus bens à família na Rússia e insistiu com ela para que mandasse alguém para herdar sua fazenda em Petach Tikvah. A carta foi encontrada, junto com outros documentos familiares, numa velha mala debaixo da cama de meu avô Shimon, quando ele se mudou para um asilo em 1968. O teor dessa carta é o seguinte:

A meu parente Yehuda:

Receba minhas saudações e meu amor. Peço-lhe do fundo do coração, caro sobrinho, que mande um filho seu para cá. Estamos velhos e Deus permita que nossa propriedade não seja confiscada por estranhos. Você tem de mandar um de seus filhos. E, quando o menino vier, diga-lhe para não trazer livros de oração, já temos suficientes. Diga-lhe também para não se preocupar com a viagem de barco. O mesmo Deus que governa a terra governa também o mar e tudo sairá bem... Graças a Deus, tenho pão em minha mesa, mas não tenho um estábulo para guardar o gado no inverno. Para construir um estábulo preciso de cinqüenta rublos e no momento possuo só vinte rublos. Quando seu filho vier para cá, poderá trabalhar nos meus campos ou nos vinhedos do barão Rotschild. Se ele vier, tudo ficará bem. Mande-me um filho seu para que a propriedade não se perca!

Feliz Ano-Novo,

Zeev Sepher

Nachum, o filho do meio de Yehuda, resolveu ir para a Palestina a fim de herdar a propriedade do tio. Provavelmente porque Nachum era o mais religioso dos irmãos. Mas antes que ele conseguisse viajar, a guerra estourou na Rússia. Em 1904 eclodiu a guerra russo-japonesa e aumentaram as convocações do czar. Os três irmãos Sepher, Yonatan, Nachum e Shimon, corriam o risco de ser convocados.

Das muitas adversidades enfrentadas pelos judeus na Rússia, ser convocado para o exército do czar era uma das piores. Muitos jovens judeus fugiram da Rússia para evitar a convocação para o exército do czar. Outros fingiam ser aleijados ao se apresentarem à junta convocadora. Alguns chegavam ao ponto de mutilar-se para não servir. Uma técnica muito popular consistia em torcer um dedo e depois amarrá-lo, provocando uma atrofia permanente.

A razão pela qual tentavam esquivar-se à convocação era o fato de sofrerem abusos no exército e não terem permissão para praticar sua religião enquanto serviam. O período de serviço militar podia chegar a vinte e cinco anos! Na maioria das vezes, constituía uma sentença de morte. Além disso, muitos jovens judeus do exército do czar eram obrigados a converter-se ao cristianismo. Se a família tinha apenas um filho, ele era poupado do serviço militar. Às vezes as famílias judaicas com mais de um filho davam um dos meninos para amigos ou parentes sem filhos para que o criassem como se fosse seu. Dessa forma, os dois meninos escapavam do serviço militar. Isso aconteceu na nossa família — não do lado Sepher, mas no outro ramo, os Leib. O rabino Menachem Hakohen Leib, meu tio-tataravô, teve dois filhos. O segundo foi adotado e criado pela família Plotnick. Recentemente, entrei em contato com os descendentes desse primo. Vivem hoje em São Francisco.

No inverno de 1904 o mais velho dos irmãos Sepher, Yonatan, teve uma entrevista com o comitê de convocação russo, que em russo se chamava Prizawe. Yonatan não foi convocado porque conse-

guiu convencer os membros do comitê de que tinha um problema numa das pernas. Fez isso fingindo mancar. Anos depois, Yonatan mostrava aos filhos e netos sua perícia em imitar perfeitamente um manco.

Logo depois que Yonatan conseguiu escapar da convocação, o filho do meio, Nachum, foi convocado pelo Prizawe.

EU ESCREVO:

Desde pequeno, Nachum acreditava em geografia espiritual. Sabia que havia nascido com um mapa no cérebro e que esse mapa tinha um percurso, um percurso impresso em vermelho-vivo que atravessava todos os momentos de sua vida e que corria direto para Jerusalém. Ele era menor do que os irmãos, ou seja, era muito baixo. Era mais religioso do que os irmãos, que às vezes faziam troça dele. Pela manhã, se afastava dos outros e ia para a Casa de Estudo enquanto os irmãos iam bater o feno.

"Ahh, Nachum", diziam eles, "quando você encontrar o monte Sinai nas páginas dos livros, avise que eu subo com você. Vai ser um bom exercício." A caminho da Casa de Estudo com seus livros, Nachum ficava pensando se Deus viveria nas montanhas ou num vale. Ficava pensando se Deus era feno ou se era grama. Ou se era tanto feno como grama.

Nachum foi convocado numa manhã de domingo no final de maio. Era o fim da primavera de 1904. O exército do czar acabara de ser derrotado pelo japoneses no rio Yalu. Nachum planejava viajar para a Palestina no outono seguinte, deixando a Rússia logo depois do Ano-Novo judeu. Na véspera de apresentar-se, praticou o andar coxo com os irmãos. Yonatan era quem mancava melhor. Ele mostrara a Shimon e a Nachum como apertar um alfinete fictício entre os dois dedos maiores do pé. “O truque”, dissera Yonatan, “é tentar andar sem que o alfinete caia e sem que ele lhe espete.” Esse era o truque. Um alfinete imaginário. Todos tentaram diversas vezes, manquejando pela casa inteira, depois fora de casa, até o estábulo. Yonatan fizera isso mancando com a perna esquerda, Shimon com a direita. Nachum também escolheu a perna direita. Depois, quando cansaram de mancar, Shimon gritou: “Retirem os alfinetes e vamos ver se alguém consegue me pegar antes de eu chegar ao rio!”. E todos haviam se agachado, comprimindo os dedos contra a poeira do chão como pernas de aranha, e de repente estavam correndo, correndo, os pés golpeando o chão em ecos duros e surdos.

De manhã, a caminho da junta convocatória, Nachum voltara a praticar o andar coxo — manquejando desajeitadamente pelas ruas de terra, manquejando ao passar diante da casa do professor de Moscou, manquejando, apertando o alfinete invisível para que ele não caísse. Funcionava mesmo: mancar, mancar a caminho da outra aldeia, onde se instalara a junta convocatória. Passara manquejando pela velha dos ovos. Ela acenara e dissera: “Nachum, o que é isso, meu filho?”. Mas ele não respondera. Não podia se distrair, senão o alfinete invisível podia cair de entre seus dedos. E ao ver a direção que ele tomava, ela pensara: “Ah, meu Deus do céu, por favor conceda ao pé desse menino toda a falta de jeito do mundo. Só por hoje”.

Nachum foi mancando até a junta de convocação. E mancou por todo o salão onde estavam os altos russos sentados à mesa com as pernas esticadas para a frente no chão, os pés cruzados nos tornozelos. O do meio, que chamava os nomes, tinha uma cicatriz em ziguezague no pescoço e uma voz fria e cortante que fez Nachum pensar em neve velha. Nachum ficou pensando se o czar também teria voz de neve velha, mas aí pensou: "Não, provavelmente a voz do czar parece uma geleira".

Ocupou seu lugar no fundo da sala junto com todos os outros rapazes convocados, alguns dos quais reconheceu, mas a maioria dos quais nunca tinha visto. Esperou a manhã inteira e metade da tarde na companhia de seu andar coxo, sentado a seu lado como um amigo fiel. Até que, finalmente, o oficial do meio, com a cicatriz em ziguezague e a voz de neve, chamou o nome de Nachum e Nachum se levantou do banco. O andar coxo também se levantou e avançou com ele diante de todos os outros rapazes, o alfinete invisível perfeitamente apertado entre o dedão do pé de Nachum e o dedo logo ao lado. Mas bem quando ele estava para atravessar a sala e tomar seu lugar na frente de todos aqueles russos uniformizados, o alfinete caiu e ele se viu abandonado. Seus calcanhares bateram no chão com igual força. E por mais que tentasse ordenar ao alfinete que ocupasse seu lugar, por mais que tentasse impor-se o andar coxo, não conseguiu levar um tombo; sentiu como seus pés se erguiam, se erguiam, no passo de um homem saudável. E enquanto os oficiais russos examinavam seu corpo com os olhos, sua perna direita falou com ele. Disse: "Posso correr um milhão de passos. E posso, sim, até mesmo escalar o monte Sinai, se você quiser". Nachum estava diante dos homens uniformizados, de mãos para trás. De chapéu de lã nas mãos. De solidéu de oração na cabeça. O cabelo comprido lhe caía sobre os olhos como uma franja decorativa. E quando o oficial com voz de neve e cicatriz em ziguezague chamou seu nome pela segunda vez e lhe perguntou como se chamavam seus pais e lhe perguntou se gozava de boa saúde e ele respondeu a essas perguntas, Nachum ficou pensando se Deus morava na Rússia e, caso morasse, ficou pensando se Deus alguma vez jantara com o czar.

MEU PAI ESCREVE:

Nachum foi convocado. Morreu no front russo-japonês naquele mesmo ano. Quando Nachum foi morto, meu avô, Shimon, resolveu que ia viajar para a Palestina no lugar de Nachum. Foi assim que nossa família (o lado Sepher) acabou em Israel. Se Nachum não tivesse sido morto, meu avô provavelmente teria ficado na Rússia.

EU ESCREVO:

Quando Shimon soube da morte do irmão, estava cortando lenha. Sentou-se na pilha de lenha e ali ficou por longo tempo; mesmo depois que esfriou, não saiu da pilha de lenha. Quando escureceu, fez uma fogueira. Parte da lenha estava seca, mas a maior parte estava molhada, de forma que o fogo não pegou imediatamente. Shimon juntou alguns gravetos aos dois troncos e depois colocou mais gravetos debaixo da tenda de madeira, alimentando o fogo até os troncos se inflamarem e o fogo começar a passar da borda de uma tora para a borda de outra, até finalmente toda a madeira estar envolta em chamas. Shimon ficou olhando e olhando o fogo, de um jeito como só é possível olhar o fogo ou a água corrente. Viu como o fogo estalava em chamas amarelas, alaranjadas e vermelhas. Nunca antes tivera a sua própria Tristeza. A sensação que tinha era a de não existir. E a de que aquela Tristeza, aquela Tristeza por Nachum morto é que o sonhara. Esfregou as mãos acima do fogo e aspirou e expirou depressa, soprando o ar pelos lábios num breve *staccato*. Não, ele não existia, era apenas um sonho e se esmaeceria, e em seu lugar a Tristeza por Nachum, criatura mais permanente, percorreria o mundo.

Nachum não teve enterro. Seu corpo ficou perdido em algum ponto da fronteira sul da Rússia. Mas a família observou o *shivá* pelo período tradicional de sete dias, sentando em bancos baixos com as roupas e os corações rotos. Muitos dias depois de encerrarem o *shivá*, Shimon foi a pé até a aldeia vizinha e à Casa de Estudo do rabino de Nachum. Bateu de leve à porta e pediu para entrar. A sala estava enfumaçada. Nos fundos, à esquerda, bufava um fogão, soltando faixas cinzentas de fumaça para o ar. Mas ninguém parecia importar-se. Shimon olhou a sala lotada, o chão de terra, o fogão que chiava, os alunos e seus livros. Avistou no chão, debaixo de uma das mesas, um lenço verde-escuro todo amassado e tentou imaginar de onde ele teria saído. Do bolso de quem? Avançou um pouco mais. O companheiro de estudos de Nachum tinha mãos grandes, pés enormes e uma boca que era pouco mais do que um traço. Shimon deixou que o companheiro de estudos passasse o braço em torno de suas costas e entrou com ele na sala apinhada, mas não quis sentar-se no banco vazio de Nachum, preferindo encostar-se na parede. Do outro lado da sala, o velho rabino balançou a cabeça para ele.

No segundo dia, Shimon voltou a encostar-se na parede.

No terceiro, sentou-se debaixo da janela, e também no quarto. Shimon freqüentou o lugar durante duas semanas. Cortava lenha noite adentro e trabalhava na fábrica de tintura da meia-noite até o amanhecer só para poder ir à Casa de Estudo durante o dia e simplesmente sentar-se lá. Não sabia com certeza se dormia durante esse período. "Talvez meus olhos fiquem fechados por dentro", pensou, "e toda esta vigília seja um jeito esquisito de descansar." Na verdade, não sentia necessidade de dormir. Não sabia o que queria na Casa de Estudo, mas sabia que tinha de entrar. Em troca, os jovens piedosos entendiam a presença de Shimon com olhares amigáveis e murmúrios musicais de silenciosa aceitação. O rabino ensinava que, mesmo a Arca Sagrada sendo a morada da maior revelação de Deus, há outras torás, uma delas escrita em páginas humanas, do tipo que não dá para enrolar e devolver à arca. Ninguém lhe pedia que participasse das conversações talmúdicas, ninguém o pressionava a aprender. Simplesmente deixavam que ficasse ali sentado.

No oitavo dia de sua vigília, Shimon se viu suando, embora não estivesse muito calor. Sentia as pontas dos dedos amortecidas. E havia uma pulsação incômoda no côncavo de seu cotovelo direito. Shimon sentiu que estava com o corpo embaralhado e que talvez em breve seu rosto migrasse para seus pés e vice-versa, e que aí seria obrigado a voltar para casa andando de cabeça para baixo.

No nono dia da vigília, Shimon levantou-se de seu assento, atravessou a sala e se aproximou do rabino. Durante alguns segundos ficou ali parado vendo o rabino ler. O rabino levantou os olhos do livro com um olhar ambíguo que dizia ao mesmo tempo "Estou contente de ver você, meu filho" e "Já vi você, meu filho", mas Shimon não se deixou abalar pela contradição. Cruzou os braços no peito e fez estas duas perguntas ao rabino:

"Rabino, a Palestina é muito longe daqui? E me diga, por favor: qual a natureza do terreno, lá?"

O rabino levantou-se de sua mesa e avançou para uma estante apoiada na parede esquerda da sala. Andava inclinado para a frente, arrastando os pés. Ao chegar à estante, curvou-se com agilidade e retirou da segunda prateleira de baixo para cima um volume fino de tecido verde rostido e lombada puída. Entregou o livro a Shimon e disse: "Vá para o oeste e depois para o sul, meu filho. Com sorte, a viagem toda não deverá levar mais do que alguns meses. No meio da viagem pelo oceano você atingirá uma profundidade equivalente à altura da Torre de Babel, e nesse ponto recomendo insistentemente que vigie dia e noite em busca de cardumes do elegante baiacu essencial. São raros, sabe?, muito raros, e só vivem naquela latitude, nadando na superfície da água apenas alguns dias por ano. Procure por eles, meu filho. Todo ano eles escolhem uma hora diferente para subir e mostrar suas barbatanas, que são amarelas com magníficas manchas vermelhas".

Shimon riu alto, sem conseguir controlar-se. O rabino, que tinha um enorme nariz vermelho e uma barba que se repartia em duas partes, cada uma chegando até seu umbigo, abriu um grande sorriso e torceu a parte esquerda da barba. Shimon continuou rindo. Teve uma sensação estranha. Achou que estava sentindo sua Tristeza por Nachum rir com ele. O rabino lhe entregou o livro, e os dedos deles se tocaram na lombada. Shimon pensou: "Que estranho uma Tristeza ter senso de humor... mas ela tem". Vários estudantes levantaram os olhos de seus livros.

Shimon agradeceu ao rabino pelos presentes e foi para casa levando um livro cheio de nomes de pássaros, minerais e flores da Palestina, suas elevações absolutas, distâncias e profundidades. Shimon leu vorazmente o livro. E começou a recitar litanias. As árvores são assim, dizia, o solo é assado, os pássaros são isso, as nuvens aquilo. Parecia ser muito importante saber aquilo tudo. Shimon não foi mais à Casa de Estudo, voltando lá apenas uma vez, dois anos mais tarde, na véspera de sua partida de Tokmach. Foi devolver o livro do rabino, mas o rabino recusou e pôs o livro de volta nas mãos de Shimon.

Shimon deixou a Rússia com os bolsos quase vazios a não ser por uns poucos rublos preciosos ali colocados por seu irmão mais velho, Yonatan, e uma elegante caixa de sabonetes da Rússia. Yonatan ganhava mais do que todo mundo na família vendendo sabonetes finos para os russos ricos em férias nos montes Urais. O sabonete era feito de minerais provenientes de uma caverna secreta debaixo do rio Volga. Eram empacotados em caixas de madeira clara de diversos tamanhos, estampadas com uma imagem bem detalhada do rosto do czar.

No dia que Shimon havia fixado para partir da aldeia em sua longa viagem com destino à Palestina, Yonatan ficou com pena do irmão pobre. "Pegue estes rublos e corra", disse a Shimon, esticando a mão e despenteando o cabelo do irmão mais moço como só um irmão mais velho pode fazer.

Shimon sorriu. Pôs os rublos no bolso e agachou-se no chão de terra da casa de seus pais na posição clássica do corredor antes de iniciar a corrida.

Eles haviam crescido disputando corridas um com o outro.

A brincadeira consistia em inventar qualquer frase boba para fazer o outro disparar. "Pegue uns gravetos e corra até o riacho!" "Pegue um bilhete e eu ganho de você até Babel!" Daí você podia correr, disparar, voar pela aldeia como um cossaco maluco, ombro com ombro com seus irmãos, vocês três chegando juntos ao fim da corrida, cada um jurando que havia chegado primeiro. Dotados da velocidade da gazela, sempre voando pelo *shteitel* com a rapidez de anjos suados. Yonatan corria com as mãos espalmadas, os dedos retos e apertados como os de um soldado. Shimon corria com o queixo projetado para a frente e os punhos cerrados. Nachum corria com a língua entre os dentes e levantava as pernas de um jeito engraçado que, olhando de lado, dava a impressão de estar dançando.

Shimon olhou para Yonatan. "Diga quando, irmão, e eu aposto uma corrida com você até o rio Jordão e dou a volta ao mundo até o seu amado Volga. É só dizer quando."

Yonatan riu e com um movimento lateral sorrateiro deu um chute no traseiro de Shimon num local estratégico com uma quantidade estratégica de impulso, de forma que a física do chute bem-humorado fez Shimon cair de cara no chão. Shimon ater-

O RIO JORDÃO

rissou com um baque e um gemido. Shimon, que era de fato o mais ligeiro, também era o menos estável nas pernas. Eram tão rápidos, os rapazes mais velozes do Sul da Rússia, eles se gabavam, mesmo não tendo nunca apostado uma corrida com um cristão. Porque judeu corria contra judeu. E judeus corriam dos cristãos. Era assim.

Shimon se ergueu. Apoiou-se no ombro esquerdo do irmão — num contato rude, do tipo "vou-te-empurrar-para-o-chão". Mas Yonatan agüentou firme, e o contato se transformou num raro abraço. De repente, desajeitado, Shimon enrolou os braços na cintura musculosa do irmão sobrevivente. Depois Yonatan, com igual falta de jeito, lançou os seus braços em torno da figura sólida, de ombros vigorosos, de Shimon. Yonatan era o mais alto dos dois. Com a cabeça apoiada no ombro de Yonatan, Shimon aspirou o cheiro de suor almiscarado do pescoço do irmão. E ali ficaram alguns segundos, presos no aperto horrível daquilo que os dois sabiam que provavelmente seria uma despedida para sempre.

"Até logo."

"Até logo."

"Ah, leve esta caixa de sabonete", Yonatan ofereceu, baixinho. Ainda estavam abraçados e por isso as palavras dele foram ditas ao lado da cabeça de Shimon. "Leve, deixei ali na porta. Sabonete fino da Rússia. Leve com você, irmão, troque por alguma coisa de que precise. Vale um bom dinheiro."

"Pegue estes rublos e corra", Shimon repetiu o último desafio do irmão. Embora continuassem parados, imóveis, ainda abraçados, os dois irmãos se sentiram tomados pela força e a energia espiritual de uma boa corrida.

"Obrigado, irmão", Shimon disse. "Obrigado." E se separaram.

Durante a viagem, Shimon muitas vezes pensava nos irmãos. Muitas noites, antes de descer para o porão do navio, ele olhava o céu estrelado e pensava na oração de que seu irmão Nachum mais gostava: "Bendito seja Deus que arruma as estrelas no Céu". Nachum havia dito a Shimon que gostava dessa oração porque o ajudava a pensar em Deus no processo de efetivamente inventar o mundo.

"Fisicamente arrumando as coisas. Sabe, como um escultor, ou um pintor, ou mesmo um engenheiro." Nachum tinha um jeito muito físico de falar. Quando falava, agitava as mãos enfaticamente, como se tivesse vogais extras nos dedos e verbos nos punhos. Também costumava balançar a cabeça no final das frases, o que fazia seu cabelo, que usava comprido e um tanto despenteado, cair-lhe sobre os olhos. Shimon, parado no convés, olhava as estrelas e pensava se Deus seria bondoso a ponto de encaixar seu irmão ali ao lado daquelas cintilações, explosões e brilhos celestiais.

Mas Shimon não pensava só no céu. Depois de passear sob as estrelas, ele descia para o porão e tentava dormir. Sofria com os sonhos mais estranhos, em que Yonatan mergulhava no Volga e brincava nas águas, nu, com o czar. Tentava não sonhar esse sonho, mas ele voltava sempre. Shimon tentou expulsar o sonho, ou ficar acordado para não sonhar com coisa nenhuma, mas nada funcionava. Ele acabava adormecendo e o czar e Yonatan continuavam pulando e mergulhando de costas na água.

Na metade da viagem, Shimon procurou os peixes amarelos do rabino, mas não os encontrou. Debruçado na grade do convés, disse baixinho, para si mesmo: "O baiacu essencial tem barbatana amarela. Aparece na superfície da água só uma vez por ano". Mas nenhum peixe subiu à superfície escura e risonha da água. Shimon apoiou-se ainda mais na lateral de madeira do navio. Nos últimos dias, andava vendo rostos nas ondas e ondas nos rostos dos seus companheiros de viagem. Estava sozinho e confuso.

Quando atracou em Jafa, era uma sombra do Shimon que havia partido da Rússia. Uma sombra magrela com apenas alguns rublos no bolso e uma caixa de sabonete fino com o rosto do czar estampado. Trazia só mais um item de bagagem, uma mala cinzenta e gasta com duas mudas de roupa e um par de sapatos de inverno, além da pequena Bíblia preta de Nachum, com a carta do tio dobrada entre as páginas.

Eles se conheceram na delegacia de polícia turca dentro das muralhas da Cidade Velha, à direita da Porta de Jafa. Shimon estava atrás das grades. Avra não. Ela estava no corredor, esperando ele ser solto. Pois embora fosse *verdade* que ela *surrupiara* uma miniatura da Última Ceia esculpida em madeira de oliveira da barraca de um vendedor de bugigangas cristão naquela mesma manhã, Avra não estava na cadeia por ter sido apanhada roubando (não foi), mas porque havia testemunhado o crime que enviara o inocente e enfurecido Shimon para trás das grades.

Aconteceu no começo da tarde. Avra estava passeando pelo mercado, à procura de alguma coisa para roubar. Seus olhos pousaram sobre uma miniatura oval da Santa Ceia, esculpida em madeira de oliveira, não maior que a palma de sua mão. E resolveu pegar. Estendeu a mão e enfiou a peça no bolso do vestido. (Era assim que ela sempre agia, fazendo-se decididamente de desentendida — como se *estivesse previsto* que ela pegasse as coisas que estava pegando.) Depois, foi até a loja ao lado, que vendia especiarias, sabonetes e perfumes finos. O que ela pretendia fazer era deixar a Santa Ceia no meio dos cravos e cardamomos, da canela, da pimenta e do sal. Gostava da idéia de Jesus fazendo sua última refeição sobre os odores cálidos dos pacotes de especiarias. Mas quando estava a ponto de tirar a Ceia do bolso, viu o batedor de carteiras desdentado que enfiava a mão direita no bolso do paletó do belo jovem que, afinal, era Shimon. O batedor de carteiras e Shimon estavam ambos no meio da loja. O ladrão esticou a mão e tentou puxar o saquinho de dinheiro. Shimon sentiu a mão do invasor entrar no bolso e deu-lhe um golpe com a própria mão, quebrando os dedos do homem. O batedor de carteiras recolheu imediatamente o membro machucado e começou a gritar. A mão ferida balançava mole no ar como um peixe morto. Juntou-se uma multidão. O dono da loja recuou para a muralha das suas mercadorias, sem saber o que fazer. Em pouco tempo, um gendarme turco apareceu correndo para ver o que era aquela confusão.

Ora, Shimon era um estranho em Jerusalém. Nunca havia

estado na Cidade Velha. Morava na propriedade do tio em Petach Tikvah, a dois dias da Cidade Santa se o burro era rápido, três se era lento. O burro rápido estava ocupado levando o novo amigo de Shimon, Alexander Tsarfati, para Jafa, onde ia encontrar parentes no porto, de forma que Shimon pegara o burro lento, parando diversas vezes no caminho para apreciar a vista e descansar. Viera conhecer Jerusalém e aproveitou que estava ali para vender os sabonetes finos do irmão a fim de comprar madeira e construir a sua própria casinha e um celeiro.

Então, Shimon era um estrangeiro tentando vender sua única caixa de mercadorias. O mendigo, em compensação, era um alimentador-filtrador nato no oceano sagrado, do tipo que purificava o leito lodoso de Jerusalém. Nascido e criado na Via Dolorosa, era famosso por ter roubado as lascas da Santa Cruz. Sempre que não estava ocupado dando sumiço nos pertences alheios, era líquido e certo que o larápio se dedicava a tentar vender aos outros um cílio genuíno de João Batista ou um retalho caprichado do couro cabeludo de são Pedro. Comerciante de última laia, mas sempre comerciante. Os gendarmes turcos tratavam-no com certo respeito porque ele sempre lhes dava uma porcentagem decente.

O gendarme não duvidou da história de legítima defesa contada por Shimon e decerto o teria deixado partir imediatamente, ou seja, sem punir nenhum dos dois homens. Mas Shimon não conseguiu controlar sua fúria, e a situação escapou ao controle. Depois de quebrar os dedos do batedor de carteiras, Shimon ficara parado no meio da loja com tal expressão no rosto ainda muito magro que o dono da loja, os transeuntes, e por fim o gendarme ficaram bastante assustados. Este, cerrando os punhos, pensou se seria o próximo a ter os dedos quebrados. Shimon não era, em geral, um homem irado, mas quando se zangava sua fúria era ruidosa e violenta. Apertava muito a boca, quando estava enfurecido.

Em vez de responder às perguntas de praxe feitas pelo gendarme, foi fechando o rosto, ficando zangado, apertando cada vez mais os lábios. Por isso o gendarme, ajudado por seus reforços, arrastou o jovem judeu furioso, que chutava e gritava, até a delegacia.

Mas Avra estivera observando o desenrolar dos acontecimentos. E gostara do jovem judeu de punhos fortes e índole séria. Gostara do jeito dele. Daquele corpo magro e forte. Da compleição clara. Do modo como seu queixo ficava quadrado embaixo e sua cabeça se arredondava em cima. Achou que ele era muito bonito. Por isso foi ao encontro de seu pai, que mantinha, como o pai dele antes dele, relações próximas com o cônsul britânico. Eliezer conseguiu mexer alguns pauzinhos turcos. E Shimon saiu da prisão em poucas horas.

Avra conduziu Shimon pela Cidade Velha até a casa de sua família na rua Rav Pinchas. A delegacia ficava no bairro árabe, e os dois tiveram de atravessar o bazar a caminho do bairro judeu. Shimon andava atrás de Avra. Ou melhor, trotava. Ela não parecia estar correndo, mas avançava muito depressa, ainda que as pernas dele fossem bem mais compridas que as dela. A loja de especiarias em que havia sido preso ficava bem na entrada do bazar. Era o ponto mais distante a que ele havia penetrado na Cidade Velha. Pelo pouco que conhecera, a Cidade Velha de Jerusalém lhe parecera labiríntica e assustadora. Lembrava mais as entranhas de alguma criatura pré-histórica petrificada do que um lugar adequado para se viver. E eles estavam indo cada vez mais para dentro daquilo. Descendo degraus. Depois à direita. Depois virando à esquerda. Descendo uma ruazinha estreita. Atravessando uma rua quase toda tomada por uma carruagem verde e dois burros lânguidos de arreios vermelhos sacudindo os rabos. Quando estavam passando pela carruagem, o burro da esquerda levantou a cauda e bateu no braço de Shimon. Depois, de volta à rua principal. Havia tanta gente. Dava a impressão de que eram centenas de pessoas. Passaram por uma padaria que exibia bandejas cheias de *baklava* de pistache com as nozes verde-claras no centro. Shimon achava incrível Avra seguir em linha reta. Era tão pequena que passava pelo espaço entre dois corpos como uma flecha. Ele, porém, tinha de desviar o tempo todo. Embora fosse magro, era musculoso, um tanto volumoso, e sentia-se deslocado, porque a sua silhueta pertencia a uma estrutura espacial inteiramente diversa. Shimon entrou em pânico e sentiu medo, teve vontade de gritar "Por favor, mais devagar!"; porém continuou trotando e desviando e finalmente chegaram. Avra apoiou o pé no segundo degrau da casa e curvou-se para amarrar a botina. Ao fazê-lo, disse: "É aqui que eu moro", e avançou para a porta em arco. Shimon ficou olhando. A casa na rua Rav Pinchas, setenta anos depois de os avós de Avra terem se mudado para lá, sofrera uma redistribuição em suas partes. Não era mais semigrandiosa e semidecrépita, mas vinte e cinco por cento grandiosa e setenta e cinco por cento decrépita: os degraus da entrada estavam se desintegrando, a fachada estava lascada, rachada em diversos pontos. Até a porta que Avra indicara tinha vários cortes, como se alguém tivesse tentado arrombá-la.

Avra olhou para Shimon que olhava para a casa e nesse momento decidiu que iria se casar com aquele homem. Talvez porque gostasse da idéia de encontrar um marido na cena de um crime. Talvez porque simplesmente quisesse casar. Talvez porque simplesmente gostasse da aparência de Shimon. Qualquer que fosse a razão, Avra sabia que precisava dele, e algo no olhar de Shimon dizia que ele também precisava dela. Shimon coçou o nariz e deu um meio sorriso. Apoiou-se na mureta de pedra na frente da casa. O sol estava alto sobre a igreja de Maria. Avra apertou os olhos para ver Shimon melhor. Retribuiu o sorriso dele, e os dois deram uma risada tímida.

Shimon juntou-se à família para o almoço. Antes de a refeição terminar, Avra enfiou a mão no bolso e tocou a pequena Santa Ceia de madeira lisa de oliveira que ainda estava ali. Deve-se registrar que aquela miniatura era uma das raras coisas roubadas por Avra que ela realmente pensara em guardar para si. Não como um totem religioso, claro, mas porque se transformara num embaixador do país em que ela e Shimon haviam se encontrado pela primeira vez. Só que ela não a guardou para si. Como fizera com todos os outros objetos que roubara, Avra acabou devolvendo aquele secretamente. Não para o dono original, mas para alguém que possuía algum objeto alguma vez roubado por ela.

No dia seguinte, Shimon e Avra foram dar uma volta no bairro judeu. Dessa vez, Shimon não teve de correr para acompanhar Avra. Andaram juntos, num passo companheiro.

Shimon reuniu-se novamente com a família para o almoço. E veio o Sabá. Ele planejava voltar para Petach Tikvah logo depois de vender o sabonete. Mas não foi a lugar nenhum. Ficou no bairro judeu com a família do irmão da mãe de Avra, que era abatedor ritual, com uma estranha ausência de sobrancelhas e a barba crespa malhada. O tio de Avra trocou a hospedagem de Shimon por trabalhos prestados na loja. Shimon cortejava Avra à noite. O resto do tempo passava aprendendo a cortar, pesar, lavar e rechear os intestinos do que lhe pareceu um rebanho inteiro de vacas. De noite, ouvia mugidos. O trabalho não combinava nada com ele. Sabia que seus dedos pertenciam à terra, não a todo aquele sangue.

Cinco semanas depois do primeiro encontro, já estava casado o jovem par que se encontrara por causa daquela caixa de aromáticos sabonetes russos do rio Volga, ainda não vendidos. Na véspera do casamento, Avra roubou uma linda e longa pena do rabo de um dos preciosos periquitos dourados que um dos padres ortodoxos russos mantinha numa gaiola. Depois, aproximou a pena do rosto da deusa cujos olhos, nariz e lábios roubara tantos anos antes. Depois, sem nenhuma razão, deixou lá a pena, ao relento, no escuro, pousada na ruína de uma maravilha arqueológica. Ali, onde antes estavam os lábios.

Foi assim que minha bisavó, Avra Schine, ladra nata, veio a se casar com Shimon, um homem do Sul da Rússia de punhos fortes e pés muito rápidos. Ela se mudou com ele para Petach Tikvah, bem longe da Cidade Velha. Mas as estradas de terra e os pastos largos e abertos de Petach Tikvah eram arejados e vazios, murados apenas pelos olhos inquietos dos vizinhos que vigiavam de perto e que cuidadosamente protegiam seus pertences. De forma que Avra parou de roubar (por algum tempo), voltando sua arte para dentro, e, como sua avó Esther, ela se transformou numa mulher de fala ferozmente original.

EU ESCREVO:

Quatro meses depois de se casarem e mudarem para a casa nova em Petach Tikvah, Avra acordou Shimon no meio da noite e lhe confessou que era uma ladra compulsiva. Não confessou porque quisesse ser franca com o novo marido, mas porque, não havendo possibilidade de continuar fazendo aquilo que

MEU PAI ESCREVE:

Shimon e Avra casaram-se em 1909. Nesse ano, com a generosa ajuda de seu tio, Shimon comprou materiais de construção de dois estabelecimentos de Jafa: do depósito do senhor Briteman e da loja de materiais do senhor Rokach (pai do primeiro prefeito de Tel-Aviv). Entre os

nascera para fazer, precisava de algum outro tipo de alívio. Naquela noite, Avra contou a Shimon toda a história de suas mãos pegajosas, do dedal à colher de prata, dos sapatos às pedras preciosas. Contou-lhe as histórias de tudo o que havia roubado e de tudo o que havia devolvido. Com essa primeira confissão, Shimon se afastou vários centímetros dela, na direção de seu lado na cama, depois dobrou as pernas junto ao corpo e as abraçou, para não se deixar tocar pelas palavras dela. Não queria olhar para Avra e pregou na porta os olhos nervosos. Será que os turcos viriam prendê-la? Achou que estava ouvindo o troar das botas aproximando-se da casa deles, embora não houvesse esse barulho, apenas o zunido agudo, insistente da revelação de sua mulher. Nenhuma polícia turca à vista, tão-somente grilos e a confissão de Avra e o farfalhar noturno das folhas e galhos.

documentos encontrados debaixo da cama de Shimon em 1968 estavam as contas detalhadas dessas compras. Numa delas lia-se este incrível comentário anotado à mão: "Despachar em vinte camelos". Com o material, Shimon construiu uma casinha minúscula na terra do tio. Shimon e Avra foram muito pobres. Moraram nessa casa por mais de quarenta anos.

À medida que as histórias dela iam crescendo em número, Shimon sentia o estômago contrair-se e os lábios se apertarem. Sentiu a raiva aproximar-se dele atravessando a penumbra do quarto, como a mão de um estranho que tateia. Puxando a coberta até as orelhas, tentou se esconder das palavras da mulher, mas ela continuava falando, falando. Ele não reagia. Logo seus lábios se travavam, comprimindo dolorosamente a raiva que agora o tomava, deixando sua cabeça horrivelmente pesada.

Avra continuava falando. E, embora Shimon tentasse não ouvir, o que aconteceu foi que, depois de algumas horas, ele deixou que a coberta lhe escorregasse do rosto e olhou para Avra enquanto ela falava. Shimon acabou se sentando na cama e começou a fazer perguntas. Quando o sol nasceu, viu-se completamente interessado no que ela estava dizendo. Na verdade, ele começou a achar graça nas histórias. A raiva sumiu de sua cabeça e foi se reunir à multidão invisível da reserva de emoções que se aglomerava no lado oposto do quarto escuro. Shimon coçou a orelha esquerda e umedeceu os lábios com a língua. Estava curioso e cálido. Desde o momento em que se conheceram, Shimon achou que os lábios de Avra eram os mais bonitos e vermelhos que já vira, e agora eles pareciam ainda mais vermelhos, maquiados com o tentador pigmento do crime trivial e da confissão.

Logo estava querendo saber detalhes específicos de cada roubo. Começou perguntando: "O rabino francês que perdeu a colher de prata da herança... de que cidade da França ele era?"... "Como era o recital de viola? Quem estava tocando? Tocavam bem?"... "Qual era a distância entre a mesquita Omar e a barraca de sabonete e especiarias? Qual era, exatamente?"... "A tatuagem de Jesus estava sendo desenhada para um membro de qual seita cristã? E para qual parte do corpo? Costas? Ombro? Quadril, talvez?".

Shimon perguntou a Avra coisas que ela evidentemente sabia e outras que evidentemente não sabia. Mas fosse qual fosse a pergunta, ela respondia. Dizia: "Quadril. A tatuagem era para o quadril de um peregrino holandês que usava tapa-olho e estava assobiando quando desceu a Via Dolorosa". Avra falava com uma deliciosa segurança na voz, e, como Nachum, sua verbalidade era física. As mãos construíam a palavra casas que saía de sua boca, e logo marido e mulher estavam deitados não na cama, mas numa aldeia muito súbita e muito roubada que surgira entre os lençóis.

Shimon continuou fazendo perguntas: "Que deusa pagã era

essa que ficou sem os olhos, o nariz e a boca? Atena? Ártemis? A deusa do amor? Da sabedoria? Da caça?".

Avra contou-lhe tudo. E enquanto ela falava, Jerusalém, a cidade de ouro, fez uma aparição especial em Petach Tikvah, cidade dos campos mansos, das palmeiras e de muita poeira de verão.

Por fim, ao amanhecer, Avra terminou seu relato. Estava deitada de lado, o rosto pequeno afogueado e os olhos cintilando. Passou a língua nos lábios e disse: "Havia um pássaro. Não me sinto muito bem por ter tomado suas penas emprestadas". E contou a Shimon da pena da cauda que roubara do pássaro raro dos padres cristãos na véspera de seu casamento. Enquanto Avra falava, a pena pousou uma segunda vez no rosto da deusa (com a mesma maciez e a mesma graça amarela). E, quando ela pousou, Shimon teve a visão de um gigantesco pássaro amarelo voando acima do dossel de seu casamento bem no momento em que ele pisava no vidro. Sorriu na escuridão que se dissipava. Era como se alguém tivesse acabado de ler para ele o melhor capítulo de um bom livro. "Ou talvez", pensou, "tudo seja uma peça de teatro; talvez minha mulher tenha acabado de fazer uma apresentação." Nunca antes pensara em Avra como atriz. Mas sem dúvida havia uma bela dramaticidade em suas indiscrições criminosas. Estendendo a mão, Shimon tocou carinhosamente o rosto de sua noiva. Ela beijou seus dedos. Ele sentiu o calor do vínculo entre os dois. Pouco depois, moveram-se um na direção do outro, se enlaçaram e adormeceram.

Quando Shimon acordou, horrorizou-se outra vez. Avra ainda dormia. Estava encolhida de lado, de frente para ele, as mãos abertas, os dedos separados. Mais uma vez, sentiu-se esmagado e oprimido. E xingou a si mesmo por não ter ficado irado. Teve a horrível sensação de que todas as coisas que Avra roubara estavam ali no quarto com eles. Ali na cama com os dois. Amontoadas na curva entre a barriga plana de Avra e suas mãos abertas. Sem dúvida a polícia haveria de encontrar a pista dela e jogá-la na cadeia! E talvez a ele também, por proteger uma criminosa!

Levantou-se da cama e saiu de casa sem acordá-la. Passou o dia inteiro abatido, zangado e tenso. Tinha a sensação de que haviam lhe pregado uma peça horrenda. Como se alguém tivesse copiado Avra e trocado por sua esposa de verdade. Talvez a própria Avra tivesse feito isso. Indo para outro lugar e deixando com ele uma sombra falante. Não sabia o que pensar. Não sabia o que fazer. Mas sabia que na noite anterior aquela mulher na sua cama era uma outra Avra, uma mulher que não reconhecia nem queria em sua casa.

Aquela noite Shimon voltou do pomar muito mal-humorado. Não sabia o que iria fazer, mas sabia que tinha de fazer alguma coisa. Avra sorriu para ele e perguntou como estava. Ele só acenou com a cabeça, grunhiu e sentou-se à mesa encolhido, nervoso. Ela serviu o jantar e sentou-se para comer. Só que, antes mesmo de cortar a carne, disse-lhe sem o menor traço de nervosismo, vergonha ou medo na voz que o vizinho possuía um cordão de contas de turquesa extraídas de alguma mina australiana que ela estava com muita vontade de roubar. Shimon ficou perplexo. Ela olhou para ele, sorriu e acrescentou: “Mas é claro que não vou fazer isso”. Ele não respondeu. Naquela noite, mal se falaram. No dia seguinte, quando Shimon voltou do pomar, ela disse que o rabino local possuía uma miniatura do Livro dos Salmos encadernada em couro vermelho e que a desejava desesperadamente. Mais uma vez, Avra sorriu e disse: “Mas é claro que não vou fazer isso”.

Mais dias se passaram e mais objetos foram cobiçados: esta enxadinha de cabo vermelho, aquela touca de tricô para bebê, uma carta do barão Rotschild, escrita para o cidadão mais prestigiado do assentamento e exposta no museu local, explicando a importância dos judeus no desenvolvimento da indústria local, principalmente na indústria da fermentação doméstica do vinho. Avra queria roubar muitas coisas. E sempre concluía com as mesmas palavras: "Mas é claro que não vou fazer isso".

Afora suas confissões, os dois mal se falavam. Shimon estava arrasado. Sentia vergonha de ter ouvido toda a litania de sua mulher naquela primeira noite sem fazer-lhe a menor censura. E estava mortificado por ter feito todas aquelas perguntas. E por que não reagia? Por que não dizia para ela se calar? O que estava acontecendo com ele? Como podia coonestar aquela paixão criminosa, e ainda pior, estimulá-la?

Em pouco tempo Shimon chegou à conclusão de que tinha de tomar uma atitude. Fazer alguma coisa para reprimir ou remediar os crimes de sua mulher. Então, começou a rondar. Primeiro, foi à casa ao lado com a desculpa de pedir um martelo emprestado e assim certificar-se de que as contas de turquesa ainda enfeitavam o pescoço da vizinha. Depois, procurou o rabino e lhe fez uma pergunta simples, cuja resposta já sabia, sobre o ano *shmitá* e a maneira mais religiosa de cultivar o trigo, a fim de ter certeza de que a miniatura do Livro dos Salmos continuava no canto direito da escrivaninha do rabino. Por fim, foi verificar a carta de Rotschild. Visitou também o bebê de um jovem casal polonês e admirou sua touquinha azul de tricô.

Quando viu que as coisas que sua mulher cobiçava continuavam em seus devidos lugares, Shimon começou a achar que, ao falar com ele sobre o roubo, sua mulher encontrara uma forma inofensiva de saciar seu mau hábito. Shimon voltou para casa e entrou calado, sem bater a porta. Avra estava no quintal. Podia ouvi-la cantando para si mesma enquanto semeava.

Naquela noite, como fizera na primeira noite, ele fez perguntas. Em resposta, Avra viajou com ele pelo mundo todo em palavras. À Polônia, onde visitaram a avó que havia tricotado a touquinha azul do bebê. Sentaram-se ao lado dela alguns minutos e admiraram seus trabalhos manuais. Ambos perceberam as saudades e o amor pela família com que ela unia os pontos de seu tricô. Depois, saíram da casa da velha avó polonesa e Avra os levou até a Inglaterra, onde visitaram o próprio barão Rotschild, e o aconselharam quanto ao texto da carta, dizendo-lhe que "Sim, os judeus precisam de trabalho. Sim, a terra precisa ser cultivada". Em seguida, recuaram no tempo. Foram ao antigo reino dos Salmos, onde fizeram um piquenique no alto da montanha com o autor do livro em miniatura que pertencia ao rabino, e ele sonhava com Sião e amava Deus em cada haste de grama que ali crescia.

As histórias de Avra preencheram a noite e aqueceram a casa. Em Jerusalém, ela roubava objetos e colocava-os em lugares diferentes; agora, porém, os objetos que Avra cobiçava continuavam em seus lugares. E em vez deles, Shimon, seu marido, é que se sentia transportado. Imaginava a distância que separava seu quarto em Petach Tikvah dos lugares de que Avra falava. Mas sabia que não havia maneira exata ou fácil de medir essa distância. Com o queixo apoiado na mão, observava a mulher falar. Mechas de cabelo escuro haviam se soltado de seu coque e caíam-lhe sobre os olhos. Avra não as afastava: falava de detrás dessas mechas. Shimon respirou fundo e pensou: "Se minha Tristeza por Nachum podia ter senso de humor, acho que meu Avra Amor pode ter um sentido de crime". Sorrindo, estendeu o braço e tomou a mão da mulher. Parecia não haver o menor mal nisso.

Segunda parte

4. A dança da água

5. Zohar

6. Zohar e Moshe ou Chasia/Maria

7. Miriam

4

A dança da água

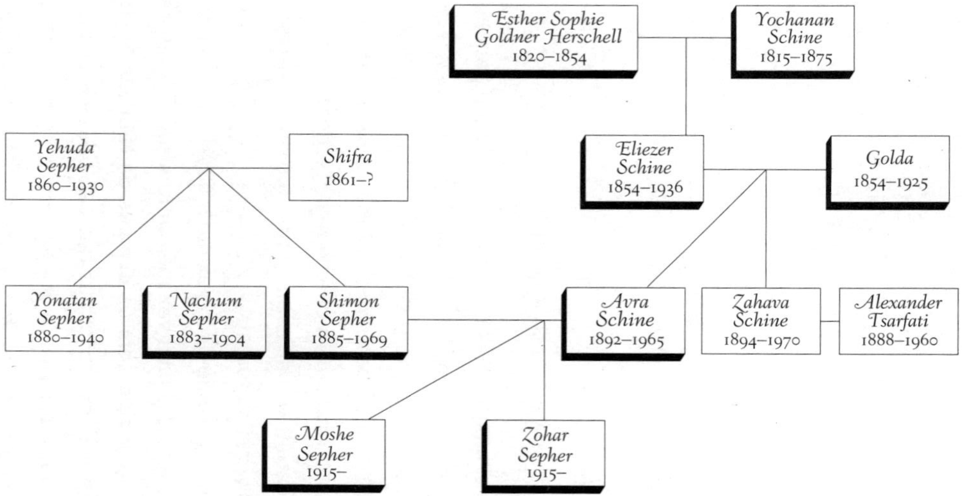
Esther Sophie Goldner Herschell 1820–1854
Yochanan Schine 1815–1875
Eliezer Schine 1854–1936
Golda 1854–1925
Yehuda Sepher 1860–1930
Shifra 1861–?
Yonatan Sepher 1880–1940
Nachum Sepher 1883–1904
Shimon Sepher 1885–1969
Avra Schine 1892–1965
Zahava Schine 1894–1970
Alexander Tsarfati 1888–1960
Moshe Sepher 1915–
Zohar Sepher 1915–

MEU PAI ESCREVE:

Em 1914, Avra, uma mulher pequena, começou a trabalhar como faxineira numa base do exército turco. Shimon, que era baixo, moreno e muito musculoso, trabalhava nos pomares cítricos de Petach Tikvah. Em 1915, eram vizinhos da irmã de Avra, Zahava, que havia se casado com um homem chamado Alexander Tsarfati. Shimon e Alexander Tsarfati trabalhavam juntos como *pardessanim*, isto é, "pomareiros" [fruticultores].

A respeito de meu tio-avô Alexander Tsarfati, existe uma história interessante. Meu pai uma vez me contou que Tsarfati estivera profundamente envolvido com os espiões da NILI. Os espiões da NILI eram um grupo de jovens judeus que espionavam os turcos para os britânicos. Eles acreditavam que só sob o protetorado benigno de uma potência européia, por exemplo os britânicos, os judeus conseguiriam se estabelecer em seu próprio país. Os espiões eram chefiados por uma bela jovem chamada Sarah Aaronson. Sarah Aaronson foi um personagem incrível da história de Israel. Supostamente,

teve muitos amantes. Segundo certos boatos, teve um caso com Lawrence da Arábia. Sabe-se que diversos espiões estiveram apaixonados por ela. NILI é um acrônimo de uma frase bíblica em Samuel, 15: *Netzach Israel Lo Ishaker*: "A eternidade de Israel não falhará". O nome foi escolhido ao acaso. Os espiões pegaram a Bíblia de um compatriota morto, deixaram-na cair aberta e recolheram dali essas palavras.

MEU PAI ESCREVE:

As condições na Palestina eram terríveis nessa época. Havia fome generalizada, malária, colheitas deficientes, e os turcos estavam expulsando os judeus de suas casas. Refugiados vagavam pelo país.

EU ESCREVO:

Alexander Tsarfati mostrou a Shimon como fazer a dança da água no pomar. E, na cabeça de Shimon, era a dança da água que depois (anos depois) mais o fazia lembrar-se de Sarah Aaronson. Não os projéteis, não as muitas mortes, não a história do espião no deserto, nenhuma dessas coisas trazia Sarah Aaronson à mente de Shimon tão depressa quanto a dança das águas.

A finalidade da dança da água era irrigar as árvores do pomar. Era a única forma de irrigação empregada na Palestina naquela época, porque não exigia canos, só pernas. Era feita assim: os homens que cuidavam do pomar cavavam canais entre as fileiras de árvores frutíferas. Os canais eram todos interligados, e cada árvore tinha o seu próprio canal que permitia que a água chegasse diretamente às raízes. Shimon ficava no meio da fileira de árvores. Alexander Tsarfati, no fim. Alexander gritava: "*Yalla*, agora! Pule! Aí vem ela!". E junto proferia um xingamento que não era dirigido a Shimon, mas a algum mosquito que pousara nos dedos de Tsarfati enquanto ele batalhava com a bomba para fazer a água correr. Alexander Tsarfati batia no mosquito, mas não a tempo de impedir que sugasse seu sangue. Aparecia um calombo vermelho no lugar. Shimon, no meio do pomar, ficava com as pernas bem separadas. O pé esquerdo num canal, o direito em outro, de forma que a água que chegava até ele não corria para os dois canais que estava bloqueando, mas para os dois que deixara livres. A água corria para as duas tangerineiras. Os limoeiros à sua direita continuavam secos. Alexander Tsarfati chupava o dedo picado. Gritava: "Como está indo?". E Shimon gritava de volta: "Muita lama!". Estava enfiado na lama porque um dos canais havia cedido e estava afundando. Shimon saltou do primeiro conjunto de canais para o segundo. Sentia o corpo transformado numa máquina e pensava se quem sabe em seguida se transformaria nas árvores.

EU ESCREVO:

No décimo segundo dia de abril do ano de 1915, Avra se viu numa situação estranha e horrível. Ela estava no escritório do paxá no acampamento do exército turco, nos arredores de Petach Tikvah. Aos seis meses de gravidez de gêmeos, seus primeiros filhos, estava agachada atrás da porta do escritório, para que ninguém a visse de fora, da entrada. Ali, ficava o oficial de nariz arrebitado e cheio de alergias. Era horrivelmente perverso e uma vez gritara com Avra porque ela virara o balde, reagindo como se ela não tivesse apenas derrubado água, mas cometido um crime hediondo. O oficial roncava e chiava pelo menos uma vez a cada cinqüenta segundos, de forma que ela, Avra, de onde estava, agachada dentro do escritório, conseguia ouvi-lo. Avra estava sozinha na sala. A saia levantada quase até os quadris, os joelhos separados e a mão direita dentro da roupa de baixo, os dedos enfiados dentro da vagina. Mais para dentro. E mais. Uma a uma, ela colocou quatro balas dentro de seu corpo. Logo abaixo de seu pesado útero. O oficial roncava. Ela sabia que se ele entrasse e a descobrisse, seria enforcada como ladra ou como espiã. Avra enfiou as balas mais para dentro. Isso provocou-lhe uma contração, mas ela continuou enfiando. Tinha muito medo de que caíssem quando se levantasse. As balas eram frias e duras, e Avra sentiu uma febre malsã e nauseante ao se levantar e endireitar a saia. As balas ficaram no lugar. Avra tornou a se abaixar. Dessa vez, mergulhou a mão no balde de água com sabão que estava usando para limpar o chão do paxá. Agitando a mão na espuma, lavou o próprio cheiro.

Depois limpou o chão. Tomando cuidado para deixar os cantos bem limpos, porque o paxá conferia. A seguir, espanou as mesas, os vasos e as cadeiras. E espanou a caixa de madeira que ficava no canto direito da escrivaninha do paxá. A caixa de onde tirara as quatro balas, e onde havia muitas mais. O oficial lá fora estava assoando o nariz. Ela levantou o balde pesado e saiu do escritório.

Ao passar pelo oficial, notou pela primeira vez que ele tinha uma marca vermelha de nascença atrás da orelha esquerda. O balde batia em seus joelhos. A alça de metal marcava sua mão. Avra jogou a água na terra seca marrom-acinzentada atrás do galpão. Ficou olhando a água escorrer para dentro da terra em filetes e linhas. Não conseguia sair do lugar. E ali parada, concentrada e enojada, contraiu os músculos da vagina, em torno do metal duro. Sentia cada bala alojada ali dentro. E, embora soubesse ser impossível, achou que as sentia alojadas até a altura de seus pulmões. “Deus meu”, disse em voz alta. “Deus meu.” Embora não fosse nada religiosa, Avra conhecia o provérbio: a mãe que se assusta na gravidez dá à luz uma criança com a cara do medo da mãe. Durante alguns segundos, Avra sentiu que era uma espécie de espelho místico e que o mundo inteiro estava refletido em sua pele. "Deus meu", disse de novo, dessa vez num sussurro, "que cara vão ter os meus bebês?" Curvou-se para a terra e vomitou. Os gêmeos começaram a chutar dentro da sua barriga quando o restinho da água espumosa desapareceu, deixando uma mancha escura sobre a terra ressecada. Avra endireitou o corpo e limpou a boca nas costas da mão; depois comprimiu com as mãos a base das costas, no esforço de aliviar a dor de carregar uma carga tão grande.

MEU PAI ESCREVE:

Em 1916, um pombo-correio da NILI foi capturado pelos turcos. A mensagem que o pombo levava revelou aos turcos a existência de um círculo de espiões. Eles logo chegaram a Sarah. Pegaram a espiã e seu pai velhinho e torturaram os dois durante vários dias. A tortura de Sarah foi severa. As unhas de seus dedos foram arrancadas, as palmas de suas mãos foram queimadas, o cabelo foi arrancado de sua cabeça; seu corpo foi espancado repetidamente. Mas ela não entregou nenhuma informação.

Sarah Aaronson implorou que a deixassem voltar para casa uma última vez antes de morrer. Seus algozes concordaram. Ela foi levada acorrentada até sua casa. Quando chegou, foi ao banheiro. Lá, escreveu uma carta para os outros espiões, pedindo que fossem valentes e garantindo-lhes que não havia entregado nenhum segredo. Depois, tirou um revólver de um armário secreto e deu um tiro na própria boca. Não morreu imediatamente. Paralisada, flutuando entre a consciência e inconsciência, morreu quatro dias mais tarde.

Segundo meu pai, meu tio-avô Alexander Tsarfati foi quem comprou a arma que Sarah Aaronson usou para se matar. Pelo que se diz, quando as coisas começaram a ficar muito perigosas para os

espiões, Sarah pediu aos companheiros que lhe arranjassem uma arma, "para autodefesa". E Tsarfati recebeu essa missão.

Não sei se essa história é verdadeira. Meu tio-avô não tocava no assunto dos espiões, e meus avós, Shimon e Avra, que eram muito chegados a Tsarfati, também sempre guardaram silêncio sobre o assunto. Meu pai ouviu a história quando era criança. Quem contou foi um primo mais velho que, assim como meus avós e meu tio-avô, morreu muitos anos antes de eu começar a escrever esta história.

EU ESCREVO:

Avra costurou as balas dentro de uma almofada de sela roxa. O tecido era muito grosso e seus dedos depois ficaram doloridos de enfiar a agulha no pano. Shimon pegou a almofada de sela, arreou o cavalo com ela, e seguiu para o norte com Alexander Tsarfati. Shimon rasgou a almofada e deu as balas para Sarah Aaronson. Colocou-as em sua mão. Alexander Tsarfati deu-lhe uma arma. Sarah ficou segurando essas coisas durante alguns minutos, sem dizer nada. Fechou os dedos em torno delas e agradeceu profusamente aos dois homens. Mais tarde, naquela mesma noite, Shimon e Alexander foram com Sarah para a praia, esperar o navio mensageiro de Cairo. Era uma noite fria, a água estava picada de um jeito escuro e prateado. Sarah foi a primeira a ver o nadador, mas antes que o homem chegasse à praia, ouviram o tropel de uma patrulha turca. Todos se espalharam. Shimon correu atrás de Sarah. Ela era muito rápida. Levou-o para uma caverna, onde esperaram juntos no escuro silencioso até alguém vir dizer que podiam sair em segurança.

Na manhã seguinte, Alexander e Shimon voltaram para casa. No caminho, Alexander contou a Shimon histórias que ele não quisera escutar antes. Histórias de Sarah Aaronson, cuja beleza legendária não era mais legendária para Shimon, mas tão real quanto as batidas de seu coração. Shimon concordou com o amigo que ela era a mulher mais bela, mais atraente que já conhecera. Continuaram viajando. Alexander ficou calado por um longo tempo, depois disse, de repente: "Nós, espiões, estamos espionando uns aos outros". Shimon não perguntou o que ele queria dizer com isso, mas não conseguia esquecer a imagem de Sarah correndo à sua frente no escuro, e pensou se a areia sabia quem estava correndo sobre ela, e se o escuro sabia seu nome, e se a água do mar também estava apaixonada por Sarah, ou se só parecia que devia estar, como todo o resto. Quando finalmente chegaram a Petach Tikvah, Shimon estava muito cansado. Avra abriu os braços para seu marido.

EU ESCREVO:

Depois, ela pensava sobre o que havia feito. Avra se lembrava do que sentira abaixada atrás da porta do escritório. Lembrava-se de como, ao enfiar as balas dentro de seu corpo, as palavras *incrível* e *horrível* lhe vieram à cabeça. Vieram-lhe à cabeça e ali ficaram, como se descrevessem não apenas aquele momento, mas também o universo inteiro durante alguns segundos.

O tempo passou. Avra fazia o seu trabalho doméstico e lembrava como havia roubado as ba-

MEU PAI ESCREVE:

Para ter os gêmeos, Avra foi para Jerusalém, à casa de seu pai, que ficava muito perto do "hospital do dr. Wallach". Foi dois meses antes do parto. A instituição depois se transformou em Shaare Tzedek, um dos melhores hospitais de Jerusalém. O parto foi difícil, mas os gêmeos nasceram saudáveis, no dia 7 de julho de 1915. Avra e os bebês ficaram em Jerusalém durante um mês, e Shimon veio para levá-los para casa. Os me-

las, como havia lavado a mão na água do balde, como havia passado na frente do oficial de nariz arrebitado, e dizia para si mesma que fora errado pensar em *incrível* e *horrível*. Porque o que tivera de fazer naquele dia havia sido tão antiético à vida que aquelas palavras — incrível, horrível —, faladas na língua dos vivos, não conseguiam descrever a profunda tristeza da tarefa que se oferecera para realizar. Não descreviam os resíduos daquela tristeza, deixados para trás na trilha das balas, deixados para trás na caverna de seu corpo. Mas como não sabia a língua dos mortos, e como também não tinha sido realmente um momento de morte (não, não uma morte, com os gêmeos suspensos ali em cima, cobrindo as balas com suas vidas ainda não vividas), Avra não conseguia encontrar as palavras certas para contar a si mesma a história do que havia feito naquele dia no escritório do paxá.

ninos eram absolutamente idênticos. Avra amarrava fios de cores diferentes em seus pequenos pulsos para identificar os dois.

Ela ficava pensando insistentemente nessas coisas depois da morte de Sarah Aaronson. Às vezes, Avra se surpreendia sonhando com Sarah Aaronson, e esticava a mão tentando tocar a beleza da outra mulher em seu sono, mas acordava no escuro e sentia ciúme de seu querido marido dormindo ao seu lado. Shimon tivera a chance de ver Sarah Aaronson quando ela ainda estava viva. Avra havia visto apenas uma fotografia. E aquelas palavras ainda a incomodavam. Incrível, horrível. Horrível, incrível. Mantinham-na acordada, vinham-lhe à mente em horas estranhas e a deixavam nervosa.

Então, um dia, Avra estava limpando o chão da cozinha enquanto os gêmeos dormiam o sono da tarde. Ela parou e abaixou-se sobre o rodo. Seus pés nus estavam cobertos de água fresca. Olhou as próprias mãos, depois o teto, e de novo as mãos, o balde, a água. Disse a si mesma para se apressar. Disse para si mesma que, para poder dizer a verdade sobre o dia de sua vida em que roubara as balas para a arma de Sarah Aaronson, ia precisar de uma gramática de esqueletos e de um vocabulário de frutas e flores. "Para isso", disse, quase em voz alta, "para isso, eu precisaria de outras bocas." E limpou o chão da cozinha até ficar brilhando.

A dança da água sempre fazia Shimon lembrar-se de Sarah Aaronson, mais do que a sensação das balas em sua mão, mais do que a lembrança de todas as mortes e conversas secretas. E quando os anos se passaram e a tecnologia mudou e os canos chegaram à Palestina, imensos e pesados canos de chumbo que tiveram de carregar nas costas até os pomares, Shimon não acreditava de fato em sua existência. Após depositar os pesados canos na terra, verificar as juntas e abrir uma torneira e ouvir a água correndo pelos corpos de metal, ele às vezes andava pelo meio das fileiras de árvores, e, quando ninguém estava olhando, fazia a dança da água de qualquer jeito, mesmo não havendo canais para os seus pés nem água para desviar, mesmo que as árvores agora recebessem nutrição de outras fontes. Shimon ficava no meio das fileiras de árvores e pulava de um canal imaginário para outro, pensando: "Cada um de nós é um pomar. E esta vida é como a dança da água. E é Deus quem pula entre as nossas árvores".

Shimon se lembrava sempre de sua corrida com Sarah pela praia. E se lembrava sempre de como Sarah se recostara na caverna, apertando o corpo contra a pedra fria. Às vezes, com o passar dos anos, Shimon pensava em seu irmão morto, Nachum. Em sua cabeça, Shimon o via caminhando para a Casa de Estudo. Às vezes, como se fosse pelo canto dos olhos, via Nachum ao seu lado, sempre um passo à frente ou um passo atrás. E aí Shimon voltava a pensar em Sarah. Imaginando se no dia em que ela se matou Deus estaria dançando no pomar de Sarah com especial talento e fervor físico, ou se a verdade era o oposto disso e no dia em que ela se matou Deus resolveu não dançar os passos da dança de Sarah. Fazendo algumas de suas raízes se ressecarem e outras se inundarem. Fazendo seu pomar mirrar.

MEU PAI ESCREVE:

Sarah Aaronson não chefiava sozinha os espiões. A seu lado na liderança da operação estava seu irmão mais velho Aaron Aaronson. Aaron era agrônomo e famoso em todo o mundo por ter descoberto que a bíblica "Mãe Trigo" crescia silvestre nas montanhas da Palestina.

Há uma história fascinante sobre um dos espiões da NILI que morreu no deserto do Sinai. O nome desse espião era Avshalom Feinberg. Muito antes da morte de Sarah Aaronson, Avshalom Feinberg e um companheiro tentaram atravessar o deserto do Sinai para chegar até os britânicos no Cairo e passar-lhes informações sobre os movimentos das tropas turcas. Naquela época, uma viagem pelo deserto era muito perigosa. Corria-se o risco de perder o rumo e morrer de fome e sede; além disso, muitas vezes os viajantes eram atacados e mortos por bandidos.

Dizia-se que Avshalom Feinberg era amante de Sarah. Segundo a lenda, seu parceiro espião também estava apaixonado por ela. Os dois homens penetraram no deserto juntos. Sarah ficou na Palestina, esperando a notícia da travessia deles.

Feinberg jamais chegou ao Cairo. Seu companheiro de viagem chegou sozinho. Disse que haviam sido atacados por beduínos que mataram Feinberg e foram embora arrastando seu corpo. O corpo

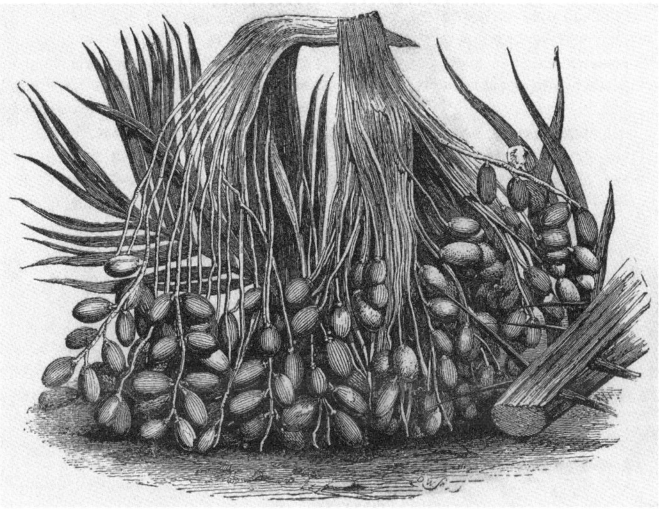

CACHO DE TÂMARAS

dele nunca foi encontrado, mas, muitos anos depois, um grupo de soldados israelenses estava no deserto do Sinai e foi levado por beduínos até uma tamareira a que chamavam de Al Jud. Em árabe, Al Jud quer dizer "em cima do judeu". Embora não houvesse prova, os soldados concluíram que a palmeira chamada Al Jud marcava o túmulo do espião da NILI. O que se supõe é que Avshalom Feinberg estivesse com os bolsos cheios de tâmaras e depois de sua morte a palmeira brotou dessas sementes de tâmaras que estavam em seu corpo. Numa versão da história, os soldados, reunidos em torno da árvore, colheram seus frutos recitando a oração dos mortos. Em outra versão, nada disso aconteceu.

Durante muitos anos, o espião que escapou do deserto levou a culpa pela morte do outro. Achavam que ele havia matado o camarada para eliminar Feinberg como rival nas atenções de Sarah Aaronson. Achavam que o espião sobrevivente matara o parceiro, en-

PALMEIRA

terrara seu corpo e inventara a história do ataque de beduínos. Foram necessários muitos anos para limpar seu nome dessa suspeita.

EU DIGO:

A *palavra* legend, *"lenda" em inglês, vem do latim* legere, *que quer dizer "ler". A palavra* fiction, *"ficção" em inglês, vem do latim* fingere, *que significa "dar forma". De* fingere *vem também a palavra fingers,"dedos" em inglês. Com nossos dedos damos forma às coisas. A palavra* history, *"história" em inglês, vem do grego* istor, *que quer dizer "aprender" ou "saber".* Acredito *na etimologia original.* Acredito *que a ficção é a verdade com forma.* Acredito *que a história é uma maneira de saber disso tudo.* Acredito *que a lenda é o que lemos nas entrelinhas.*

Prova? Não existe prova de que Al Jud realmente marque o local do túmulo do espião da NILI. *Mas acho que isso não importa. Certo tipo de história não precisa das pernas da prova para caminhar, não precisa da água dos fatos para beber. Ao contrário do espião, a história de Al Jud conseguiu sair do deserto, e ainda vive entre nós. Não, não há prova. Shimon dançava a dança da água, e Avra era ladra. E nos apoiamos numa tamareira porque o corpo ausente oferece muito pouco em que possamos nos apegar.*

5

Zohar

EU ESCREVO:

Zohar tinha sete anos e ninguém o fazia de bobo. Sabia que Piki Kleinman era o maior menino da escola — ele tinha quase dezessete anos, ou algum número assim astronômico. E sabia que quando Piki Kleinman pedia para você fazer uma coisa, você fazia, nem que fosse mijar no cachorro do vizinho, ou dar flores para alguma menina mais velha. Em nome de Piki, claro. Piki Kleinman, que era o maior menino da escola, era também o mais bem-apessoado. Estava sempre cortejando as meninas

MEU PAI ESCREVE:

Meu pai Zohar e seu irmão gêmeo, Moshe, cresceram em Petach Tikvah. Petach Tikvah era o centro do cultivo de frutas cítricas na Palestina. Quando eram bem pequenos, Shimon começou a levar os gêmeos (meu pai e meu tio) consigo para o pomar. A família brincava que eles aprenderam a fazer um enxerto antes de aprender a andar. Claro que é um absurdo, mas demonstra até que ponto a vida deles estava mergulhada no pomar. Infelizmente, mostra também como

mais bonitas de Petach Tikvah, e um de seus rituais de acasalamento favoritos era fazer os meninos menores levarem pequenos presentes seus para as escolhidas. Flores ou doces roubados da loja dos soldados britânicos na esquina das ruas Pardess e Amnon.

a nossa família era pobre. Em idade muito tenra, os gêmeos tiveram de deixar a escola e começar a ganhar dinheiro.

Por ordem de Piki Kleinman, Zohar já havia mijado no cachorro de um vizinho, um filhote de terrier marrom. Piki Kleinman não estava olhando. Não estava nem perto. Mas havia dito a Zohar que se mijasse no cachorrinho poderia ir com ele ao pomar, o que era uma honra e tanto, uma vez que todo mundo sabia que Piki Kleinman sempre cuidava da árvores sozinho. Zohar nem perguntou nada.

MEU PAI ESCREVE:

Petach Tikvah não era um lugar sossegado para crescer. Quando meu pai era pequeno, assistiu à sua cota de violência e combates. Em 1917, a batalha entre os britânicos invasores e os turcos retirantes passou por Petach Tikvah. Meu pai e seu irmão gêmeo tinham apenas três anos de idade, mas nunca mais esqueceram que a família fugiu para a casa de uma tia em Jafa para escapar da guerra.

Nesse mesmo ano, os britânicos fizeram a Declaração Balfour. Nela se encontrava este depoimento crucial: "O governo de Sua Majestade vê com simpatia o estabelecimento de uma pátria nacional para o povo judeu e empenhará todos os seus esforços para propiciar a obtenção desse objetivo". Evidentemente, os judeus da Palestina ficaram felicíssimos com essa proclamação, mas os árabes se sentiram traídos. Antes, haviam sido levados a acreditar (por Lawrence da Arábia e outros oficiais britânicos simpáticos à causa do

POMARES DE LARANJEIRAS PERTO DE JAFA, COM A PLANÍCIE DE SHARON E AS MONTANHAS DE EFRAIM

nacionalismo árabe) que a Grã-Bretanha iria ver "com simpatia o estabelecimento de uma pátria nacional" não para os judeus, mas para o povo árabe na Palestina.

Em 1920-21, como reação ao aumento da imigração judaica, os árabes promoveram uma série de ataques esporádicos por todo o país, nos quais muitos indivíduos, tanto árabes como judeus, foram mortos. O pior desses ataques teve início em Jafa, em 4 de maio de 1921. Nesse dia, um grupo de comunistas judeus marchou pelo centro da cidade imediatamente depois de uma passeata trabalhista sionista. Os nacionalistas árabes viram na forte demonstração da presença política judaica um desafio à sua existência. Explodiram em ferozes manifestações, que durante os primeiros dias se limitaram à área de Jafa.

EU ESCREVO:

Agora Zohar segurava as flores cuidadosamente, com as duas mãos, no centro dos caules. Levava-as adiante do corpo, sem dobrar os cotovelos. Pétalas cor-de-rosa e pétalas brancas. E espinhos. Zohar achava que eram rosas, mas não tinha certeza.

Entregou as flores para a menina de cabelo vermelho e dezessete e vinte uma sardas nas costas das mãos. Zohar sabia quantas eram as sardas porque um dia ele e Moshe haviam contado. Tudo começou no desfile do Purim. A menina ruiva estava fantasiada de rainha Ester. Os gêmeos, fantasiados de bobos da corte, estavam saracoteando para lá e para cá, fazendo todo mundo na escola cair na risada, pulando para cima e para baixo, dando cambalhotas e apresentado o seu número preferido, que consistia em ficar um de frente para o outro fazendo caretas e movimentos engraçados com as mãos e os pés, sincronizados como se o outro fosse um espelho vivo e descontrolado. Mas a professora bateu palmas e os gêmeos tiveram de ir "atender à rainha". Cada um pegou uma de suas mãos pálidas e sardentas para conduzi-la, à maneira da corte, a um desfile pelo pátio da escola. Depois, os gêmeos ficaram obcecados com a questão: quantas sardas a rainha ruiva tem nas mãos? Moshe, o mais prático dos gêmeos, disse que eram pelo menos quarenta e cinco. A estimativa de Zohar era muito mais alta. Cinqüenta, sessenta, oitenta até. Finalmente, o problema foi resolvido quando Zohar e Moshe espionaram a rainha ruiva em seu quintal. Esconderam-se atrás de um arbusto à esquerda do banco em que ela se sentava para fazer as costuras da família. Enquanto suas mãos subiam e desciam com a agulha, os dois contaram uma sarda para a agulha entrando, outra para a agulha saindo, até a barra inteira estar feita.

Depois que Zohar entregou as flores para a rainha ruiva, Piki Kleinman apareceu no quintal. Veio direto do pomar, de camisa de trabalho azul-escura e calça azul-escura suja. Na testa, logo acima da sobrancelha direita, sangrava um arranhão reto que Zohar sabia ser resultado do beijo dos galhos. E o dorso das mãos de Piki Kleinman também estava ensangüentado por causa dos espinhos das raízes que todo mundo chamava de porcos. Os porcos eram fortes ramos dos citros selvagens e cresciam em ângulo, sugando toda a seiva do resto da árvore, de forma que tinham de ser cortados. Mas quando se cortavam os espinhos, eles sempre cortavam de volta se a pessoa não estivesse de luvas, coisa que ninguém usava.

O menino maior piscou para Zohar, fez um sinal com a cabeça dizendo "*Yalla Kofiko*", que queria dizer "Agora se manda, macaquinho", numa mistura de gírias hebraica e árabe. Zohar entendeu que seus serviços haviam sido apreciados. Mas não estava com vontade de ir embora. Então, saiu pelo jardim fronteiro da casa e deu a volta, indo se esconder no arbusto ao lado do banco onde o casal estava, e onde a rainha ruiva costumava fazer sua costura, e onde os gêmeos tão empenhadamente haviam contado as sardas nas costas de suas hábeis mãos.

MEU PAI ESCREVE:

Então a violência se espalhou. Meu pai me contou que a luta em Petach Tikvah explodira de repente, "no meio de um dia muito normal". Disse que durou apenas sete dias, mas que parecia uma eternidade. Para meu pai, assim como para todas as outras crianças, homens e mulheres de Petach Tikvah, foi uma experiência de extremo horror. Na primeira tarde de luta, meu pai se lembra de ter de ficar parado no meio da rua principal da cidade junto com todas as

mulheres e crianças. Havia mais de duzentos árabes armados, montados a cavalo, reunidos em cada uma das extremidades da rua principal do assentamento. Os homens da aldeia, bem como algumas mulheres armadas, reunidos em torno das mulheres e crianças, formaram um anel de proteção até os árabes irem embora. No primeiro dia das "manifestações de Petach Tikvah", não houve muitas baixas sérias.

Mas aí aconteceu o pior. Na manhã seguinte, 9 de maio de 1921, encontraram os corpos de quatro "meninos grandes e populares" nos arredores de Petach Tikvah. Foram encontrados pelo vigia noturno e levados para o pátio da escola, onde ficaram depositados. Meu pai disse que todos os judeus de Petach Tikvah — crianças, mulheres e homens — foram ver os corpos. "Todos nós em fila, um por um. Não sei bem por que levaram a gente, as crianças, mas acho que queriam nos mostrar até que ponto ia o horror da luta. Era horrível, mesmo. Houve muito choro, muitos gritos. Alguns rezavam." Meu pai disse que os corpos dos meninos haviam sido "desonrados" de um jeito horrível. Suas barrigas abertas do peito até a virilha. Dentro dos peitos abertos, em cima de suas entranhas, os sapatos de cada um.

Descobriu-se mais tarde que os quatro jovens haviam ido com tochas à aldeia árabe vizinha, no meio da noite. Estavam a cavalo, e armados. Especulou-se que talvez os meninos houvessem tentado assustar os aldeões árabes para que deixassem em paz a cidade na manhã seguinte. Alguns disseram que simplesmente foram idiotas, outros que foram muito valentes, ou não valentes o bastante; alguns disseram que eram bagunceiros, outros que eram heróis. Em Petach Tikvah existe um monumento em honra dos quatro jovens.

Naquele dia, a agitação se espalhou, em grande escala, por toda a região. Morreu mais gente. Meu pai e seu irmão se esconderam, com a mãe e outras mulheres e crianças, num abrigo semi-enterra-

do durante mais de vinte e sete horas. Os britânicos chegaram para pôr fim à violência. Mas antes de tudo terminar, quarenta e sete judeus e quarenta e oito árabes haviam sido mortos.

EU ESCREVO:

Zohar foi com o resto da família, vizinhos e amigos até o pátio da escola. Sua mãe o levava pela mão. O pai segurava a mão de seu irmão. Ao se aproximarem e depois ao passarem diante dos corpos, Zohar viu a barriga e os sapatos, viu o sangue e a expressão de surpresa no rosto do menino maior. Piki Kleinman estava surpreso, sim, mas era a surpresa da morte, não dos vivos. Um ar distorcido que dizia que aquele menino grande havia descoberto algo grandioso, estranho e terrível, não sobre a vida, mas sobre o além.

A rainha ruiva também estava no pátio da escola. Ajoelhada ao lado dos corpos. Sua boca estava aberta, mas não gritava. Com o sangue dos meninos nos joelhos. Os dedos sardentos separados, acariciando o ar para a frente e para trás, num estranho movimento contínuo. Zohar não dormiu, aquela noite. Afinal, era um menino pequeno e aquelas grandes idéias não deixavam espaço para descansar e ter lindos sonhos. Ficou acordado horas e horas. Viu a barriga, viu os sapatos. E só conseguia pensar que os sapatos estavam desamarrados, e que Piki Kleinman ia acabar tropeçando se alguém bondoso não fosse lá depressa e amarrasse os sapatos.

6

Zohar e Moshe ou Chasia/Maria

MEU PAI ESCREVE:

Uma vez por ano, Avra levava os meninos a Jerusalém para visitar seus pais. Shimon não ia junto. Não podia deixar seu trabalho de gerente de pomar em Petach Tikvah. Avra viajava com os gêmeos a bordo de qualquer veículo que encontrasse. Ao longo do anos, foram de carroça puxada por burros, carruagem puxada por cavalos, caminhão, carro, e finalmente de ônibus.

Golda morreu em 1925. Eliezer não se casou de novo. Quando os gêmeos tinham catorze anos, não foram visitar Saba Eliezer em Jerusalém. Não foram porque naquele ano, 1929, os árabes novamente atacaram em toda a Palestina. Muita gente foi morta, e mais ainda ferida. Jerusalém, sobretudo, foi palco de muita discórdia. Isso porque o catalisador das manifestações foi uma disputa acerca dos direitos de os judeus rezarem no Muro das Lamentações. O Muro pertencia oficialmente aos muçulmanos de Jerusalém, mas os judeus sempre puderam rezar lá. Porém, quando os judeus colocaram uma tela para criar áreas de oração separadas para homens e mu-

LOCAL DE LAMENTAÇÃO DOS JUDEUS, JERUSALÉM

lheres, os árabes acusaram os judeus de desrespeitar o status quo e de ameaçar tomar a mesquita Al-Aqsa, que ficava bem atrás do Muro das Lamentações. A violência logo irrompeu e se espalhou.

Durante esse momento perigoso, Avra e Shimon imploraram para que Saba Eliezer deixasse a casa da rua Rav Pinchas e fosse viver com eles em Petach Tikvah. Mas ele se recusou a sair de Jerusalém, dizendo: "Eu sou um dos guardiães das muralhas". Ele ficou em casa e graças a Deus não teve nenhum problema.

Em 1930, a violência arrefeceu, e a família resolveu voltar a Jerusalém para as férias. Nesse ano, Shimon foi com eles. Os quatro, Shimon, Avra, Zohar e Moshe, não iam juntos a Jerusalém desde o nascimento dos meninos. Na lembrança de meu pai, foram férias especiais.

EU ESCREVO:

DOMINGO, DIA
DA VIAGEM

MEU PAI ESCREVE:

Na primeira foto dos gêmeos, Avra escreveu os nomes deles fazendo furos com um alfinete no papel. Senão, não saberia dizer quem era quem.

Avra foi a primeira a entrar na carruagem. Ela subiu na parte de trás e se acomodou na beirada, as pernas balançando alegres para fora. Estava contente de ir para Jerusalém. Gostava de sua nova vida nos campos abertos de Petach Tikvah, mas durante todo o primeiro mês da vida dos meninos, enquanto ainda estavam em Jerusalém, cochichara para eles respirarem mais fundo. Tinha esperança de que a cidade fosse bondosa e os cobrisse com a cor da luz do anoitecer, "para vocês serem rosados, dourados e prateados, para vocês brilharem, meus filhos". Ela beijou o rostinho, o nariz deles, sussurrando: "Isso mesmo, respirem fundo". Os bebês, estimulados pela mãe, pareceram respirar com mais alegria, com mais gratidão, naquele primeiro mês. Eles lamberam suas primeiras poças de ar como se soubessem da qualidade especial da fonte. Avra apertava os gêmeos contra o peito e agradecia em silêncio à cidade por ajudá-la a amamentá-los.

Agora, claro, esses cuidados não eram mais necessários. Avra piscou para os meninos e eles rapidamente subiram na parte de trás da carruagem. Não piscaram de volta; passaram por cima dela, correndo para disputar o melhor lugar na pilha de cobertores ao fundo. Shimon, o último a entrar, não piscou, nem sorriu, nem se agitou. Subiu devagar e se acomodou ao lado da mulher com um suspiro. Avra pegou a mão dele e sem dizer nada tentou tranqüilizá-lo. Quando a carruagem começou a andar, ela fechou os olhos e visualizou a casa da rua Rav Pinchas e seu pai, esperando por eles. "A casa da gente é uma reunião", disse a si mesma, "e a família também é uma morada." Esse pensamento a fez sorrir enquanto seguiam.

Shimon retirou a mão das mãos de Avra e enxugou a testa suada. Depois se acomodou no banco e respirou fundo. Estava ao mesmo tempo nervoso e excitado. Excitado por causa das férias e nervoso porque temia que sua mulher, sua boa mulher sentada ao seu lado cantarolando uma linda canção, caísse de novo na tentação da cidade que ela considerava pessoalmente responsável por seus hábitos de ladra (embora, pensou Shimon, ela sempre sorrisse ao culpar Jerusalém). Sacolejando, a carruagem saiu de Petach Tikvah.

MEU PAI ESCREVE:

Tenho de fazer uma digressão para descrever o caráter de meu bisavô Eliezer, de quem herdei o nome. Quando eu tinha treze anos, perguntei a meu pai como era o avô dele. Ele me disse que Eliezer era "um homem muito bom, muito entusiasmado". E então meu pai riu alto antes de me contar que, quando tinha a minha idade, o avô dele havia ficado obcecado com a história de um assassinato que aconteceu em nossa família. Foi a primeira vez que ouvi falar de assassinato. Dá para imaginar como fiquei fascinado. Com um sorriso no rosto, meu pai contou que toda vez que ele e Moshe iam visitar o avô na Cidade Velha passavam dias com ele "tentando resolver o crime antigo". Nesse dia, quando eu tinha treze anos, meu avô me contou a história abaixo. E foi assim que eu fiquei sabendo do assassinato de meu tataravô, o rabino David Berliner Herschell.

O rabino David Berliner Herschell era pai de minha trisavó Esther. Em 1845, sete anos depois de Esther e Yochanan terem se casado e mudado para Jerusalém, o rabino Herschell, viúvo, emigrou de Londres para Jerusalém com a filha mais nova, Sophie, e o marido dela, Jacob Silverman. Silverman, cidadão austríaco, era empresário. Logo depois de chegarem a Jerusalém, ele se tornou sócio de uma fábrica de pavios de fósforo. O rabino Herschell e os Silverman moravam com Esther e Yochanan na casa da rua Rav Pinchas, no bairro judeu da Cidade Velha.

Herschell vinha de uma linhagem muito importante. Não só era filho do rabino-mor do Império Britânico, como também, em virtude de ligações de parentesco por parte de três filhas, descendente direto do famoso orientador espiritual, o Ari de Sefat. O Ari viveu em Sefat no século XV. Lá, o Ari ensinava o Zohar, ou "Livro do Esplendor", que é o texto central da Cabala. O rabino Herschell se considerava descendente espiritual do Ari. Devotou seus últimos anos ao estudo e à prática do misticismo. Segundo a tradição familiar, durante os últimos anos de sua vida o rabino Herschell escreveu um tratado de misticismo "na tradição do Ari". Mas não sobreviveu nenhum registro desse trabalho.

Logo depois de sua chegada, Herschell passou a ser um membro muito importante da comunidade anglo-judaica de Jerusalém. Conseqüentemente, o cônsul britânico em Jerusalém, James Finn, permaneceu a seu lado no leito de morte. James Finn era um ávido diarista: manteve diários dos negócios consulares de todos os anos que passou em Jerusalém. Esses diários sobrevivem até hoje: foram publicados sob o título *A View from Jerusalem* [Uma vista de Jerusalém], e são considerados importantes documentos históricos. Grande parte do que os historiadores modernos sabem da vida cotidiana na Jerusalém no século XIX provém dessa fonte. Foi com a narrativa em primeira mão de Finn sobre a tragédia que complementei o que recordo da história contada por meu pai.

Eis a história do assassinato: seis anos depois de se mudar para Jerusalém, em 10 de novembro de 1851, Herschell deu por encerrados os seus estudos matinais e estava na sala da casa da família, almoçando. Depois de algumas garfadas, sentiu-se muito mal. Imediatamente foram chamados os médicos, e também o cônsul britânico, James Finn. Depressa se concluiu que a comida do rabino havia sido envenenada.

Imediatamente, Jacob Silverman e seu filho Anshel, de dezessete anos, foram considerados suspeitos do crime. Havia duas razões para isso, ambas devidas ao fato de Herschell ser um homem muito rico. Primeiro, havia o problema dos maus investimentos de Jacob Silverman. Silverman queria que Herschell investisse dinheiro em sua fábrica de pavios de fósforo. Na época, os pavios de fósforo eram usados para acender o fogo. Eram considerados uma revolução tecnológica. O pavio seco era colocado numa pedra de sílex e batido com um martelo de pedra. O impacto produzia faíscas que acendiam o pavio. O rabino Herschell, conservador em questão financeira, recusou-se a participar dessa aventura. Silverman investiu nos pavios e perdeu uma grande quantia em dinheiro. Não porque a tecnologia fosse deficiente, mas porque seus sócios no investimento fugiram para a Síria com o grosso do dinheiro da empresa. Mas talvez o mais importante fosse a questão do recente casamento de Herschell.

Herschell se casara havia pouco com uma jovem chamada Chasia. Chasia era pelo menos quarenta anos mais nova que Herschell! Segundo o folclore familiar, ela era muito bonita. Tiveram um filho que ainda era bebezinho quando Herschell foi assassinado. Desconfia-se que os Silverman tenham matado Herschell para impedir que ele fizesse um novo testamento em favor de Chasia e seu filho.

Mas os assassinos chegaram tarde demais: em seu leito de morte, Herschell ditou um novo testamento para o cônsul britânico, Finn. No novo testamento, deixou uma fortuna para Chasia e o filho.

Depois de um prolongado julgamento, os acusados foram absolvidos por falta de "provas irrefutáveis". Porém continuaram sendo considerados culpados por todo mundo. A tal ponto que até hoje, mais de cento e quarenta anos depois do crime, nas grandes reuniões familiares, se acontece de algum descendente dos Silverman estar presente, alguém do nosso lado da família inevitavelmente aponta com o dedo e cochicha de brincadeira: "Assassinos!".

Chasia Herschell herdou a fortuna do marido. A única parte da herança que permaneceu na nossa família foi um par de candelabros de prata deixados em testamento por Herschell a sua filha mais velha, Esther, minha trisavó. Hoje, esses candelabros estão com primos distantes que moram em Jerusalém.

Não muito tempo depois da morte do marido, Chasia partiu de Jerusalém com seu filho pequeno. Mudaram-se para Sefat, onde ela se casou de novo. Diz a lenda na nossa família que, além da herança, Chasia passou a mão no "tratado místico" de Herschell. E como seu destino foi a cidade do Ari — Sefat, o centro da Cabala —, parece mesmo muito adequado que ela tenha, de fato, levado a obra do rabino de volta à sua fonte de inspiração. Mas não há nenhuma prova disso.

EU ESCREVO:

Quatro anos antes dessa visita da família de sua filha, Eliezer descobriu que não conseguia mais dormir. A noite se transformara num lugar amplo que o mantinha prisioneiro. E ele não conseguia, nem com poções nem com orações, encontrar a chave. Punha-se na cama, virava o travesseiro para que ficasse frio e fechava os olhos. Mas sempre, em vez do sono, enxergava a história do assassinato resumida a uma única imagem que se repetia: a imagem da jovem viúva Chasia Herschell, sua avó-madrasta, sentada numa carruagem aberta na frente da casa da rua Rav Pinchas. A viúva Herschell, uma mulher que ele não conhecera. Jovem ao se casar. Jovem ao enviuvar. Uma antiga vizinha certa vez lhe dissera: "Bonita feito uma vinha, ela era; se enrolava toda na gente, cobria a gente de flores preciosas". "Flores." Eliezer pronunciava a palavra, sentando na cama. Viúva recente, ela estava deixando Jerusalém para ir a Sefat. Era uma imagem estagnada. Os cavalos apenas faziam parte da imagem em movimento, as patas fronteiras no ar. "Sefat", Eliezer murmurava, "onde orações flutuam entre as casas como nuvens suaves, nuvens mas nada escuras." As palavras eram de um famoso místico contemporâneo.

Essa era a natureza da insônia de Eliezer Schine. Havia uma imagem gravada na sua alma, e ele não conseguia desalojá-la. As noites eram sempre a mesma noite. Ele ficava acordado, não lutando com a imagem, mas recebendo-a. Era uma espécie de correspondência estrangeira, ele sabia, uma mensagem que lhe vinha de longe. "Só que ficou encalhada nas engrenagens conscientes do meu mecanismo interior", gemia. E gemia de novo e virava de lado, depois para o outro lado. Mas não conseguia dormir, em nenhuma posição. Ficava tão incomodado. A noite passava devagar.

Depois de semanas de insônia, Eliezer resolveu examinar de perto a imagem; então fechou os olhos e esquadrinhou a carruagem. O filho de Chasia estava ao lado dela, um bebê dentro de um cesto envolto em cobertores. O bebê, ele sabia, estava condenado. Morreria meses depois da partida de Chasia, vítima de escarlatina. Eliezer franziu os lábios para o bebê em sua cabeça. Estava muito confuso. Mas beijou o ar mesmo assim. E em algum lugar na noite dessa cidade, ou daquela, uma criança foi acalentada. Quando seu filho morreu, Chasia casou-se com um bem-sucedido comerciante de tinturas. Sempre que Eliezer imaginava o comerciante de tinturas de Chasia, via um homem esguio de olhos escuros, com os dedos manchados um de cada cor. Eliezer respirou fundo.

Num capricho, levantou-se da cama e apertou o ouvido com uma mão, pulando numa perna só, depois na outra. Mas a imagem não ia embora. Ele balançou cabeça com tanta força que o quarto começou a rodar e sentiu tontura e náusea. Quando tornou a se deitar, tremendo, sentiu vergonha de sua tentativa mecânica de remover a perturbação. No entanto, ponderou, tinha o direito de tentar. Finalmente adormeceu em algum momento antes do amanhecer.

Horas depois, um Eliezer Schine muito cansado levantou-se da cama, foi até a janela e olhou a rua Rav Pinchas lá embaixo, mas não viu a carruagem. "Não", pensou, "ela está só na minha cabeça." Arrastando os pés até a pia, mergulhou as mãos na água fria e jogou água no rosto. Depois foi até a janela com o rosto ainda pingando e perguntou ao vazio: "O que sou eu, meu Deus? Uma presa para os seus suspiros?". Ali ficou por longos momentos, sentindo a imagem gravada como um fóssil familiar, um pedaço petrificado do passado que ele alojara em si mesmo. "É", pensou, "flores." Eliezer pegou uma toalha e enxugou o rosto. Então, começou a rezar as orações da manhã.

Depois de infernizado por isso intermitentemente durante quase um ano, um Eliezer Schine muito, muito cansado começou a pensar que precisava de uma nova estratégia. Entendeu que não conseguia remover a imagem, que ela estava grudada nele. Mas que podia cumprir o que passou a chamar de "seu dever para com ela". Seu dever consistia numa mistura de investigação e imaginação agressiva. Ele se pôs a investigar os acontecimentos que acarretaram a partida de Chasia. Com o tempo, a imagem e a história que a servia viram que seu hospedeiro realmente estava fazendo o máximo possível para acomodá-las, de forma que devolveram o sono a Eliezer.

MEU PAI ESCREVE:

Meu pai me contou que, além da "preocupação" de Eliezer com a história do assassinato, o que ele mais lembrava daquelas primeiras visitas era que ele e seu irmão Moshe adoravam correr pelas muralhas da Cidade Velha. Ficavam horas correndo, explorando, brincando, ou simplesmente vagabundeando. Uma vez perguntei a meu pai se ele sentira medo de correr por Jerusalém depois das manifestações. Mas ele disse que a vida voltou rapidamente ao normal, e que as ruas da cidade estavam de novo cheias de árabes e de judeus.

Meu pai e Moshe corriam pelas muralhas quase todas as tardes. Construídas no século XVI pelo sultão otomano Süleyman, o Magnífico, as muralhas possuíam seis portas. Eliezer uma vez contou aos gêmeos a história da Porta dos Leões. Disse-lhes que os leões esculpidos nas vergas simbolizavam um par de leões que haviam ameaçado jantar o pai de Süleyman, Selim I, primeiro sultão otomano, se ele levasse a cabo seu plano de destruir Jerusalém. Selim não destruiu a cidade, mas os leões nela permaneceram como sentinelas de pedra contra futuras ameaças dessa natureza. Meu pai se lembra de ter ficado apavorado com os leões por causa dessa história. Dava sempre uma grande volta diante da jaula do leão no zoológico.

EU ESCREVO:

Otimista e amante em sua juventude, Eliezer Schine se tornou um velho não tão otimista, mas tinha orgulho de ainda ser o amante que nascera para ser. Sua querida esposa havia morrido. Mas quando ela morreu ele se empenhara com seriedade na tarefa de amar outras coisas. Amava suas filhas e genros, amava sua cidade, amava a comida condimentada de seu velho amigo Bartok, amava sua casa. Ao envelhecer, Eliezer tornou-se conhecido na vizinhança como um bom sujeito, um homem não muito rígido em suas orações, nem relaxado em sua religião; amigo sábio, vizinho perfeito, o tipo do sujeito confiável, alegre, com quem as mães jovens costumavam deixar os filhos quando davam uma corrida até o armazém. Quando nasceram os netos, Eliezer sentiu crescer seu amor por eles. O que sempre o deixava surpreso ao descobrir novos amores é que eles nunca tomavam o lugar dos antigos. Simplesmente aumentavam a gama de afeto do mundo. Quando os gêmeos eram bebês, ele embalava os dois para dormir, um neste braço, outro naquele, deslumbrado com os corpinhos minúsculos.

No dia em que a família estava para chegar, Eliezer acordou sorrindo. Esticou os braços, estalou as juntas dos dedos e saltou

MEU PAI ESCREVE:

Na escola, Zohar era bom em história e literatura, e Moshe era bom em matemática e ciências. Zohar e Moshe costumavam fazer um a prova do outro nas matérias em que eram melhores, e conseqüentemente ambos tinham sempre boas notas.

Aos cinco anos, Moshe passou mal e sabia que a mãe ia lhe dar óleo de rícino, que ele evidentemente detestava. Então, no último segundo, trocou de cama com Zohar. A mãe não só forçou Zohar a tomar o remédio, como também bateu nele por dizer que era Zohar e não Moshe.

depressa da cama. Não vestiu as roupas de todo dia. Escolheu calças especiais, reservadas para exercícios, e uma camisa leve e larga que havia comprado muitos anos antes no *shuk* de Jafa. Quando terminou de se vestir, bateu nos bolsos das calças largas e exclamou "Hunf!". Os bolsos eram estufados demais para seu gosto, e ele gostaria de ter outra calça. Ainda batendo nos bolsos, fez rapidamente suas orações. Depois desceu as escadas e saiu para o minúsculo quintal atrás da cozinha.

Ali, em companhia de uma galinha desgarrada, Eliezer deu vinte pulos, sacudindo os braços para cá e para lá. Em seguida, pôs as mãos nos quadris e girou o torso de um lado para o outro. Tocou os dedos dos pés dez vezes e esticou os braços para o céu também dez vezes. Finalmente, fez um *gran finale* com oito flexões de joelho incrivelmente profundas. Ao terminar, sorriu e deu tapinhas generosos no velho peito. Estava respirando pesado, mas ao mesmo tempo sentia o sangue borbulhar com vigor. "É", disse para si mesmo (e à galinha), "vou correr nas muralhas, sem problema."

Quando bebês, Eliezer os carregara. Quando pequenos, ele os levava pela mão e ficava vigiando enquanto os meninos tropeçavam pelas vielas e esquinas do caminho elevado. Agora os três corriam juntos pelo alto da muralha. Zohar e Moshe corriam na frente, o avô, que era bem forte para a idade, seguia logo atrás, o passo alerta e decidido.

Acompanhavam a muralha que circundava diversos bairros da cidade. Todo dia corriam por um caminho ligeiramente diferente. Nunca fizeram o trajeto completo, porque a muralha era comprida demais, mas sempre percorriam novamente as partes favoritas, de maneira que as pessoas se acostumaram a ver os três. E quando os meninos eram adolescentes, o trio já era bem famoso. Uma espécie de emblema aeróbico, um acréscimo vivo, movimentado, à magnífica muralha de Süleyman, o Magnífico. Tolerados por cristãos, armênios, árabes, e, é claro, pelos outros judeus, eles corriam onde bem entendiam.

Primeiro vinham os meninos. Cabelos castanhos voejando, olhos azuis cintilando. Eram tão lindos, tão idênticos, tão encantadores. Quando Moshe e Zohar passavam correndo, as pessoas dos quatro bairros esqueciam que viviam num lugar cuja alma era tão dividida. Seguindo-os, dez metros atrás, vinha o velho. Punhos cerrados, braços de locomotiva, o lábio inferior projetado para a frente, um velho extremamente divertido com suas calças largas de bolsos grandes. O livreiro árabe, quando os viu correndo atrás da Porta dos Leões, quis saber: "O que faz um velho correr desse jeito?". As teorias proliferavam. Este dizia que o velho judeu corria pelo futuro. Aquele dizia "Não, não está vendo? Ele corre pelo passado". Outro dizia que era por tédio, claro. Outro mais, que corria para curar uma azia, os membros amortecidos, o mau hálito, os dentes doloridos. Em certos bairros, começaram a fazer apostas. Mas a verdadeira razão de Eliezer "correr daquele jeito" nunca foi descoberta.

DOMINGO, FIM DE TARDE

Os meninos saltaram contentes da carruagem para os braços do avô. Avra e Shimon ficaram para trás, sacudindo a distância da viagem das costas e pernas duras. Mas logo eles também foram envolvidos. O velho passou os braços em torno de sua delicada filha e de seu musculoso marido. Ele, porém, parou no meio do abraço, apontou a própria roupa e disse para os meninos que tinham exatamente quarenta e três minutos até o pôr-do-sol. Em segundos os meninos e seu avô desapareciam sob o meio arco rachado, Moshe à frente. Avra e Shimon, parados nos degraus da casa da Rav Pinchas, riam, olhando os três se afastarem.

O MONTE DAS OLIVEIRAS VISTO DA MURALHA

Correndo, os três acenavam para este vizinho, para aquele comerciante. As pessoas se alegravam ao ver os meninos de volta a Jerusalém e Eliezer de volta às suas proezas de avô. Moshe ainda liderava. Zohar se mantinha alguns passos atrás. Eliezer sorria, orgulhoso. Sabia que seus netos idênticos eram extremamente bonitos. Sabia também que a dupla imagem deles refletida na muralha dourada contra o pôr-do-sol laranja-amarelo-e-rosa de Jerusalém inspirava assombro nas diferentes comunidades. Ele também ficava assombrado.

DOMINGO À NOITE

Eliezer fitou os meninos com intensidade antes de começar a falar, com voz macia. "Meu avô foi assassinado, vocês sabem." Zohar e Moshe olharam para o avô, não com tanta intensidade mas verdadeiramente atentos. Fizeram que sim com a cabeça.

Eliezer apontou as marcas deixadas no tapete pela poltrona-pavão vendida muito tempo antes. "Foi aqui", explicou, "que meu avô ingeriu o veneno." Eliezer apertou os lábios volumosos e balançou a cabeça para a frente e para trás.

Era sempre assim. Todo ano, na primeira noite da visita, depois de terem corrido pelas muralhas, voltado para casa e jantado, reuniam-se na sala e Eliezer tornava a contar a história. Contou aos meninos que Chasia e Herschell haviam vivido "aqui nesta casa" e que Chasia e Herschell haviam tido um filho, "um bebezinho". Segundo Eliezer, o rabino não fora apenas um estudioso brilhante, mas também um homem muito rico. E Chasia era "rica de rosto, sim, uma beleza estupenda". Nesse ponto, ele segurava o próprio rosto e dizia, teatral, cheio de compaixão: "*Oy Gut in Nu! Oy Veys Mir!*" — Ai, Deus meu! Ai, que tristeza!". "O miserável do marido da irmã de minha mãe", ele chiava, "um maldito chamado Silverman e seu filho maldito chamado Anshel mataram o avô Herschell envenenando a comida! E por quê?" Eliezer olhava para um menino, depois para o outro. Aí, fazia uma pausa e respirava fundo. Quando voltava a falar, Zohar e Moshe sempre falavam junto. "Os Silverman mataram o avô Herschell", diziam os três juntos, "para Herschell não fazer outro testamento em favor da bela e de seu bebê."

Havia recortes e velhas fotografias. Transcrições do julgamento e vários pedaços de papel amarelado que Eliezer insistia serem as páginas originais do diário de James Finn. Páginas nas quais Finn apresentava as "mais claras provas" de que os Silverman eram mesmo os assassinos, que tinham as mãos manchadas do sangue da própria família. Os meninos examinaram as provas. Leram os recortes e passaram os dias das férias andando atrás do avô nas quase-pegadas do neto assassino, Anshel Silverman. Ficaram ao lado do "verdadeiro leito de morte" do sofredor, desviando o olhar, as mãos apertadas atrás das costas. Examinaram os restos empoeirados do que um dia fora a grande coleção de livros do morto. Enquanto faziam isso, sabiam que estavam participando de algo ao mesmo tempo inadequado e grandioso. E que esse algo havia se instalado ali, transformando seu avô em inquilino do proprietário, a história viva. Os dois meninos achavam que, embora a tal criatura fosse sem dúvida interessante, ela não tinha nenhum cuidado com a casa. A casa era empoeirada e escura. Um tanto grandiosa, um tanto decrépita, nada mais, a decrepitude progredindo e a grandeza chegando ao fim. Mas mesmo assim havia certa maciez, uma doce suavidade no ar que não era nem um pouco incômoda.

Todo ano, depois de contar a história original com idêntica dramaticidade e idênticos detalhes, Eliezer oferecia aos idênticos netos um pequeno punhado de informação provocantemente diferente. Suas mãos macias apontavam Herschell em seu leito de morte, "de touca azul e camisa de noite com botões antigos". Apontavam Anshel Silverman, "que em sua juventude gostava de coelhinhos de estimação e tinha talento para matemática". A cada ano os recortes ficavam mais e mais apagados. A cada ano os detalhes ficavam mais complexos. No começo, Chasia era simplesmente "esguia e doce". No ano seguinte, "tinha uma bela voz". No outro, "estava sempre cantando pela casa óperas do velho mestre italiano Verdi". Eliezer cantarolava alguns compassos, de olhos fechados. Os meninos nunca contradiziam o avô, nunca apontavam seus gritantes anacronismos ou suas pequenas incoerências.

Houve um ano em que o avô Eliezer contou aos meninos

que chegara ao seu conhecimento que o veneno, o "instrumento do crime", havia sido "um pó nocivo empregado na produção de pavios de fósforo". A essa revelação seguiu-se uma expedição completa à fábrica local na esquina das ruas Choulda, a Profetisa, e Amnon, onde os pavios ainda eram produzidos. Na fábrica, tiveram uma conversa muito séria sobre a "natureza tóxica do produto" com o encarregado, um pequeno imigrante da Boêmia que ficou com a certeza de que aquele velho curioso e seus netos de olhos azuis estavam aprontando alguma.

Em outro ano, Eliezer contou aos meninos que Chasia era irmã de criação de um certo padeiro, "um iemenita cujas broas e chalás tinham fama sem igual no bairro judeu". Eliezer confidenciou aos meninos que, diziam, o padeiro havia sido amigo de "meus queridos papai e mamãe" e graças a essa "afetuosa relação familiar" o velho Herschell e a jovem Chasia haviam se conhecido. "Eu imagino", Eliezer segredou, "que Chasia devia estar trabalhando na padaria do irmão de criação quando o avô Herschell entrou um dia com mamãe para pegar uma encomenda."

No dia seguinte, Eliezer e os gêmeos passaram a tarde vagando pelo bairro judeu tentando localizar certa padaria iemenita "cuja história familiar", Eliezer observou comovido, "tem uma mistura de amor e tristeza tão intimamente ligada à nossa". Visitaram todas as padarias. Procuraram, experimentaram, beliscaram, perguntaram. Mas nenhum dos padeiros revelou ter na árvore genealógica uma irmã de criação chamada Chasia. Eliezer tinha certeza de que algum deles estava mentindo. Mas os meninos apenas sorriram para o avô. Acabaram pegando cada um numa mão dele para levá-lo para casa. Zohar e Moshe estavam satisfeitos de tantas respostas de doces, bolos, broas e pães.

Enquanto os meninos estavam fora com o avô, investigando uma informação de que um "velho e doentio" Anshel Silverman havia sido visto na parte do bairro judeu próxima aos poços romanos, Avra e Shimon também saíram para um passeio. Desceram a rua Rav Pinchas, passaram sob o meio arco rachado. Devagar, foram chegando ao shuk.

Avra respirou fundo. Shimon reparou que sua mulher estava muito bonita. Os grandes olhos castanhos, o cabelo escuro e a pele alva estavam mais castanhos, mais escuro e mais alva do que em Petach Tikvah. Parecia uma gravura preciosa. Estendeu a mão para ela. Penetraram mais fundo no mercado, passando diante de vendedores de tapetes, comerciantes de sapatos, padeiros e barracas de especiarias; diante de barracas em que se vendiam brinquedos, doces, rédeas de camelo, ferramentas de metal, roupas íntimas, guias turísticos, chapéus de homem e quinquilharias variadas para turistas. Havia muito tempo que não iam, juntos, a Jerusalém para uma visita substancial. Caminharam. Às vezes tocando-se os dedos, às vezes com metros separando seus corpos. Às vezes, tinham de se separar para deixar passar um menino empurrando um carrinho ou uma mulher com um cesto imenso na cabeça andando depressa pelo meio da rua gritando "*Yalla, yalla, yalla*" em voz aguda.

Logo viraram na "rua da carne", uma alameda de açougueiros *kasher* em que Shimon havia trabalhado enquanto cortejava Avra. "Foi aqui", uma parte de Shimon contou à outra parte de Shimon, "que aprendi as sutilezas rituais para destrinchar uma vaca." Suas mãos, cuja lembrança da sensação da carne havia muito se apagara no solo quente de Petach Tikvah, sussurraram para o resto dele que não acreditavam nessa nova informação. Havia

UMA RUA DE JERUSALÉM

carne pendurada em toda parte, entranhas e carcaças, pescoços carnudos, costelas, pulmões esponjosos, corações lisos e brilhantes, estômagos e pilhas enrodilhadas de *kishka* azul e vermelha ao lado de uma ou outra cabeça de carneiro, miolo de vaca, galinhas sem cabeça, cabritinhos novos balindo. Havia sangue nas pedras, o ar estava impregnado de sangue. Shimon estremeceu e tentou andar mais depressa, mas sua mulher estava andando devagar.

Shimon tentou não respirar pelo nariz. Nunca apreciara aquele cheiro ácido, nunca se acostumara com a estranha intimidade que se estabelece entre o carniceiro e a sua mercadoria. "Afinal", costumava pensar com o cutelo na mão, "se eu cortar meu *púpik* e disser para os fregueses que é o umbigo da barriga de alguma criatura *kasher*, não fariam sopa do umbigo?"

Avra, aparentemente, não pensava nessas coisas. Olhava tudo com interesse e admiração. Mechas de seu cabelo haviam se soltado do coque e voejavam em seu pescoço e na testa. Ela levantou a mão e afastou-as dos olhos. Tão bonita, Shimon pensou, enquanto ela se inclinava sobre uma bancada de açougue. Tão bonita, Shimon pensou quando ela se ergueu. Se ergueu? Shimon ficou horrorizado. Será que ela...? Será que ela tinha mesmo...? "Meu Deus! Deus das carnes e dos mercados", ele rezou. "Deus meu, desvia os olhos deste *treif*, este momento nada *kasher*!" Só depois de o órgão ter sumido na pessoa dela, ele não sabia onde, não conseguia imaginar onde, uma vez que ela não tinha bolsa nem bolsos, só depois que o órgão desapareceu efetivamente de cima da bancada foi que Shimon admitiu para si mesmo que Avra estava realmente de volta ao lar.

Resumindo, ela havia roubado uma língua de vaca. Uma enorme língua rosa-esbranquiçada que estava na bancada do açougueiro ao lado de dez ou doze outras. Shimon disse: "Mulher". Ela piscou para ele e respondeu um "Marido" muito doce e o chamou: "Venha, querido, vamos andar mais um pouco". Quinze minutos depois, Avra havia discretamente transferido a língua para o bazar de beleza Sétima Estação, lugar que considerou perfeitamente adequado. Ficou muito bem ali, até Shimon teve de admitir, em cima de uma mesa baixa de madeira coberta com um pano escarlate ao lado de "loções importadas e nacionais, poções e bálsamos para o corpo e para a alma".

E embora seja um exagero afirmar que naquela tarde Shimon se converteu à divertida religião material de sua mulher, a verdade é que, ao pensar na experiência, ele foi obrigado a admitir que havia se divertido ao lado dela. Talvez no futuro, pensou, não fosse tão avesso a orar ao deus das coisas e do acaso que Avra reverenciava, se sentisse os dedos coçando como os dela, e se a cidade continuasse a conspirar com o criminoso que ele não sabia ter dentro de si. Naquela noite, quando foi para a cama, Shimon sorriu quando Avra se aconchegou a ele. Ela adormeceu com os braços em volta do peito do marido, a cabeça repousando na pequena concavidade entre sua barriga e seu coração. Shimon não adormeceu logo. Um brilho de luar penetrava no quarto através de uma fresta das venezianas. Sua cabeça ficou repleta da luz intensa do raio fino. Ela iluminava coisas que ele aprendera ali muito tempo antes, mas que julgava ter esquecido: uma regra sobre o sacrifício. Quando um judeu levava um animal ao templo para um sacrifício ritual, tinha de se apoiar na criatura quando lhe cortavam a jugular. Deus havia decretado que para o sacrifício ser sagrado o homem tinha de sentir a vida do animal saindo dele. Shimon adormeceu imaginando que andava pelo mercado, Avra a seu lado, as mãos risonhas dela entre as suas.

A história do assassinato afetava os gêmeos de maneiras diferentes. Para Zohar, era uma espécie de labirinto. Quando ele fechava os olhos à noite, depois da narrativa do avô, passeava por suas muralhas tortuosas, seguindo um caminho que levava diretamente a Herschell, a Chasia, passando ao largo do motivo, evitando a arma do crime e, então, com um baque, topava com o fato de um neto poder matar o próprio avô, e pronto. O labirinto era um monstro. Mas era também um mistério e um reduto de magia antiga porque o mantinha em seu poder o ano inteiro. Queria saber como era Chasia. Queria saber de onde ela era. Queria saber o cheiro dela. Queria saber se ela cantarolava ou assobiava. Queria saber se era religiosa como seu trisavô, ou se, como ele próprio, teria graves indagações referentes à alma, à religião e à natureza de Deus. Zohar trabalhava nas fileiras do pomar. Debaixo de galhos, amarrando novos enxertos, conferindo antigos. E na hora de pararem para almoçar, o labirinto havia levado Zohar às suas câmaras secretas, nas quais ele via pelo menos dezessete Chasias diferentes. Esta cantarolava e aquela assobiava, esta era religiosa, aquela orgulhosa, esta ágil, aquela tinha voz de anjo, esta tinha espírito aventureiro, queria viajar pelo mundo.

Moshe também ficava fascinado com a história. Mas perdia-se nela menos de que seu irmão. Não que ficasse menos cativado, porém não ficava particularmente horrorizado com sua monstruosidade, nem interessado em suas minúcias. Zohar podia passar horas imaginando como Anshel Silverman estava vestido no dia do crime. E queria saber as palavras exatas que o pai de Anshel usara para motivar o rapaz. Porém, mais do que tudo, Zohar passava o tempo refletindo sobre o que chamava de "buracos na alma desse rapaz", e dizia coisas como "É claro que só uma alma esfarrapada pode fazer uma coisa dessas". Moshe não se importava muito com tais detalhes, nem com tal busca espiritual. Estava mais interessado em uma coisa, ou melhor, em uma pessoa. Assim como Zohar, ele sonhava com Chasia. E, assim como Zohar, queria saber como ela era, como era o cheiro dela. Mas se Zohar fosse o poeta dessa história familiar, Moshe seria o espia. Queria saber como era Chasia sem roupa, e como era o cheiro dela nas partes pudendas. Em suas divagações, enquanto trabalhava no pomar, Moshe estava sempre levantando as cortinas do quarto de sua mente em que ela morava.

E embora fosse definitivamente mais lascivo que Zohar, Moshe era também mais pessoal. Zohar via Chasia nas árvores, mas Moshe a via nas meninas de verdade, vivas, de Petach Tikvah. Ela estava em sua casa e na rua. Estava no vizinho, no pátio da escola. Às vezes, até pegava a mão de Moshe e beijava seus lábios quando ele tinha sorte. Simcha Rabinowitch, uma beleza esbelta de pernas finas, era uma Chasia esguia e séria que gostava de falar da poesia de Bialik e das peças de Tchekhov, dos males do socialismo, do fascismo e da guerra. Madeline Feldman, a loirinha de belos seios fartos, filha de um fabricante de sapatos formado em Paris, era uma Chasia formosa cuja risonha sensualidade incipiente e pés lindamente calçados deixavam Moshe meio louco por uma mulher cuja história apenas começara a explorar.

MEU PAI ESCREVE:

Nessas visitas, o avô Eliezer contava a meu pai e a seu irmão todo tipo de história: histórias sobre o assassinato do rabino Herschell, histórias sobre a Cidade Velha, histórias de família da Europa, histórias de sua própria vida. Uma de suas favoritas era sobre o mosteiro do Adormecimento. Segundo uma tradição cristã, Maria não morreu, mas adormeceu e foi levada dormindo para o céu. O mosteiro do Adormecimento foi construído no local da pretensa ascensão de Maria, que ocorreu no monte Sião. O estranho é que esse lugar fica logo fora das muralhas da Cidade Velha.

Eliezer contou aos gêmeos que o mosteiro do Adormecimento foi deixado do lado de fora das muralhas por uma razão muito especial. Quando Süleyman, o Magnífico, ergueu as muralhas, seu propósito era abarcar e proteger todos os lugares santos da Cidade Velha. Mas seus dois arquitetos principais, para economizar dinheiro, exigiram que os monges de monte Sião pagassem a sua parte da muralha. Além do pretenso sítio do adormecimento, o monte Sião também abriga a sala onde deve ter ocorrido a última ceia, bem como o suposto sepulcro do rei Davi. Os monges se recusaram a pagar. Por isso, os arquitetos deixaram o monte Sião do lado de fora das muralhas. Quando Süleyman descobriu que seus arquitetos haviam traído seu plano, ficou tão furioso que mandou matar os dois e os enterrou lado a lado, logo depois da Porta de Jafa. Os túmulos estão lá ainda hoje, mas sem marcas, e, embora a história seja geralmente aceita, não existe nenhuma prova de que os arquitetos foram mesmo enterrados ali.

EU ESCREVO:

TERÇA-FEIRA À NOITE

Eliezer reuniu novamente os meninos para contar-lhes o que havia descoberto, "este ano, na arqueologia dos nossos ancestrais recentes". O avô Eliezer contraiu os lábios e fez uma pausa, pensando no que ia dizer. Durante essa pausa, a imagem de Chasia sentada na carruagem de repente voltou à sua mente. Lá estava ela de novo, Chasia na carruagem. E então a mulher na cabeça dele virou a cabeça *dela*, e sorriu para ele quando a carruagem começou a se afastar devagar.

Eliezer pôs-se a falar depressa. Contou aos meninos que acreditava no boato de que o grande escultor italiano Giovanni Giovanni, contratado para criar uma efígie para o novo mosteiro do Adormecimento, modelara a sua Maria tendo por modelo Chasia, conhecida nos círculos elegantes como "a viúva Herschell". "O que se fala", disse o velho Eliezer olhando diretamente nos olhos muito azuis primeiro de um, depois do outro irmão, "é que décadas depois do abominável crime ter sido cometido, Giovanni Giovanni estava em Jerusalém e ouviu a história da jovem viúva, e ficou cativado tanto pelos relatos acerca de sua beleza como pelo espírito de sua história. Segundo a lenda local, o escultor entrevistou muitos anciãos para saber qual era a verdadeira aparência de Chasia. E foi assim", acrescentou Eliezer, com ênfase e um dedo balançando no ar, "que o rosto do verdadeiro amor do avô de seu avô se transformou no rosto da Madona dolorosa que adormeceu, mas nunca morreu."

Eliezer respirou fundo. Os gêmeos queriam que continuasse. Isso ele podia ver. Então explicou-lhes que ele próprio, um judeu piedoso, evidentemente não podia pisar numa igreja, mesmo que não fosse ilegal, e era. Conseqüentemente, nunca havia pensado em ir ver a mulher adormecida. "Mas acredito profundamente", acrescentou, "que é a nossa Chasia que está lá deitada no ventre daquela igreja." Ele indicou a igreja com a cabeça. "E, ao contrário do que vocês possam pensar, meninos, vejo a presença dela como uma vantagem, e não como um sacrilégio. Ela pode estar dormindo, sabem, mas é também uma espécie de espiã, e, em momentos difíceis, não é nem um pouco ruim ter um membro da família em perfeitas condições de observar, pensar e escutar."

Os gêmeos não estavam bem certos do que Eliezer queria que Chasia/Maria escutasse ou observasse. Zohar, olhando pela janela a igreja de Maria, viu naquela noite o grande salão circular cheio de padres renegados fazendo toda sorte de calistenias secretas. Moshe ficou na cama de olhos fechados. Havia herdado o senso de humor sexual de sua bisavó Esther e estava imaginando que a estátua de Chasia/Maria se ocupava em espiar por baixo dos hábitos dos fiéis quando eles se ajoelhavam a seu lado para rezar. "Estátua não é feita de pedra?", Zohar cochichou para Moshe. Mas Moshe não respondeu. Já estava sonhando com uma bela mulher deitada bem perto da casa deles, com um corpo não feito de pedra, mas de pele, seios, lábios e respiração.

Na tarde seguinte, Zohar e Moshe correram sozinhos pela muralha. Correram mais do que o costume. Era um dia quente, e os dois meninos ficaram imediatamente suados. Seus corações batiam forte. Mas continuaram correndo, bombeando os braços, os lábios apertados. Só pararam quando chegaram ao sopé do monte Sião. Debruçaram-se na muralha e contemplaram o mosteiro do Adormecimento, do lado de fora, durante vários minutos. Moshe sentou-se na beira da muralha. Zohar apoiou-se nele. Embora não tivessem trocado uma só palavra, um sabia no que o outro estava pensando.

"Bem feito para os arquitetos", disse Moshe.

"É", respondeu Zohar, e os dois meninos ali ficaram por longos minutos, agradecendo em silêncio a Süleyman por algo que consideravam um castigo muito justo.

QUARTA-FEIRA À NOITE

Os meninos queriam saber mais sobre Chasia/Maria, mas Eliezer recusou-se a ceder. Em vez disso, fez com que sentassem e falou com eles demoradamente sobre o testamento de Herschell, um documento que ambos haviam lido muitas vezes e que para eles tinha pouco interesse. Eliezer passou uma hora explicando como "bastava mudar a pontuação de determinada frasechave do documento para ele todo ter um sentido muito diferente. Isso", explicou, "implicaria conseqüências financeiras dramaticamente diferentes para Chasia, e, é claro, para a nossa família". Os meninos não conseguiam deixar de se mexer nas cadeiras, incomodados. Moshe tossiu bastante, embora não estivesse gripado. Zohar insistia em puxar um fiapo da cadeira já desfiada em que estava sentado. Por fim, Eliezer recostou-se. Tomou um gole de água, estalou os dedos. Ficou quieto durante alguns segundos, depois sorriu, ladino, dizendo, como se estivessem no meio de outra conversa: "Segundo meu bom amigo Bartok (que tem orelhas grandes e escuta uma porção de coisas), bem em cima do corpo da estátua da nossa Chasia/Maria adormecida existe uma inscrição do *Shir Hashirim* dizendo 'Levanta, meu amor, minha pomba, minha bela, e vem'". Piscou para os meninos: "Quem sabe a nossa Chasia não está só dormindo também! Hein?".

Zohar desviou o rosto do avô, enrubescendo. Sentiu o rosto por dentro de um jeito esquisito, como se a pele tivesse desaparecido e de repente a alma estivesse desprotegida. Estendeu uma mão e bateu nas bochechas, apertando as faces, os lábios, as sobrancelhas, os olhos. Às vezes, em seus sonhos, Chasia estava dormindo. Sempre deitada na cama dele. Ele a vigiava. Apreciava seus seios subirem e descerem com a respiração que coloria suas faces e fazia tremerem suas pálpebras. Sempre que tinha esse sonho, Zohar acordava de manhã com uma profunda sensação de agradecido prazer e se via flertando o dia inteiro com a terra, com o ar, até com o sol. E quando deitava na cama de novo, à noite, flutuava para o sono prazerosamente consciente de que fora, de algum modo, atraído por um fenômeno natural. Moshe olhava para o irmão com cara de enjoado e lhe dava um sorriso seguro e tranqüilizador. Ele também ficava impressionado. Mas não tanto quanto Zohar. "Levanta, meu amor", pronunciava as palavras e depois mordia o lábio. "Levanta, minha pomba." Tinha um pouco de medo. Sentia-se completamente tomado. E suava, mesmo não estando muito calor na sala. Depressa, os gêmeos deram um beijo de boa-noite no avô. Depois atravessaram a sala e também deram um beijo em seus pais. Avra e Shimon se retiraram logo depois dos filhos. Eliezer ficou sozinho na sala.

QUARTA-FEIRA À NOITE (QUINTA DE MADRUGADA), MUITO TARDE

Zohar espirrou e Moshe fez-lhe psiu. Mas o psiu foi mais alto que o espirro, e as duas coisas combinadas ao ranger da velha escada tornou a saída dos dois tão barulhenta que o espirrinho de Zohar realmente não teve importância. Na verdade, os gêmeos não estavam preocupados com a escapada para essa expedição. Achavam que os pais, que dormiam muito bem, e o avô, que era velho, dificilmente acordariam, apesar do espirro, do psiu e do rangido da velha escada.

Passava da meia-noite. Moshe sorriu para a meia-lua. Zohar também sorriu, e os dois desceram bem depressa a rua Rav Pinchas, passando embaixo do meio arco rachado e pegando a alameda que levava para fora do bairro judeu.

Correram em silêncio. Passaram pelos arredores do bazar fechado. Pelo campo de camelos adormecidos. Pela esquina do Poço Sagrado. Em silêncio. Zohar à frente. Moshe seguindo, mas só em espírito. Ele havia planejado essa expedição. Subornara o monge. Convencera Zohar de que "tinham de ir lá de qualquer jeito". Ele era o irmão com senso de crime, realmente filho de sua mãe. Mas Zohar era mais rápido e tinha melhor senso de direção. Continuaram correndo, desceram a rua das Beatitudes, atravessaram a rua da Cruz. Quando chegaram à igreja que em código chamavam de "a grande cama", os gêmeos estavam ofegantes, mas nenhum dos dois deu um pio. Olharam um para o outro e entraram andando no mosteiro do Adormecimento.

Embora nunca tivessem pisado antes numa igreja, os gêmeos estavam absolutamente focados em sua missão e não se deixaram distrair pelo luar que cintilava nos mosaicos de ouro da abóbada acima de suas cabeças. Não tinham nada a fazer ali. E se encaminharam depressa para a escada à direita da porta. Ela levava às catacumbas. O monge bandido havia dado essa informação e tivera o cuidado de deixar lamparinas de óleo acesas.

A escada era estreita e circular. Os gêmeos desceram depressa. Zohar sempre à frente. Ele a viu primeiro. Mas não foi imediatamente até ela. Ficou parado na base da escada alguns segundos, sentindo o suor escorrer da testa. Levantou a mão para enxugá-la. E ao fazê-lo, sentiu uma veia começar a pulsar no lado direito do pescoço. Estava tão excitado e tão assustado, não sabia dizer qual emoção era mais medula, qual era mais osso. Uma o preenchia, a outra o mantinha em pé. Virou-se para trás, olhou para o irmão. Moshe também estava suando. E Moshe também parecia excitado e assustado. Mas não havia dúvida de que o medo era o esqueleto de sua alma naquele momento específico. Moshe enfiou as mãos nos bolsos e agitou os pés. Ficou para trás enquanto Zohar, sentindo-se pela primeira vez inexplicavelmente mais ousado que o irmão, aproximou-se da criatura adormecida no centro da sala. Com toda certeza era Chasia/Maria, as mãos juntas sobre o seio substancial, os belos traços refletindo repouso permanente. Os gêmeos a reconheceram imediatamente. Zohar estava tão próximo que sentiu vontade de tocá-la. Estendeu uma mão, tocou as vestes da mulher enquanto a outra deslizava para a sua barriga perfeitamente lisa, perfeitamente vestida. Logo deixou ambas as mãos subirem até estarem em cima das mãos dela, sobre os seios. Zohar pensou sentir um coração batendo sob seus dedos.

Moshe aproximou-se do outro lado da efígie. Mas não tocou Chasia/Maria. Estava surpreso. E os dois meninos ali parados, respirando tão fundo que podiam encher não só seus pulmões, mas também o da estátua, notaram com gêmea frustração que, como os olhos estavam fechados, não poderiam saber de que cor eram. Zohar e Moshe ali ficaram por longos minutos, mas aí o coração de Chasia/Maria parou de bater sob os dedos de Zohar e a igreja pareceu ganhar vida, encher-se de rangidos e sussurros. Os dois subiram a escada e correram para fora do mosteiro. Nenhum dos dois disse uma só palavra. Logo estavam subindo para a muralha. E começaram a correr. A cidade ressoou com sua corrida, mas também se suavizou. Correram pelos suspiros de dez mil sofredores em dez mil leitos de morte. E correram pelos suspiros de dez mil lágrimas caindo dos olhos de dez mil amantes. A cidade era fria ao luar. A efígie era fria na catacumba. Havia crianças assassinas por toda parte. E tantas mulheres dormindo, dormindo para nunca acordar. Zohar e Moshe continuaram correndo, correndo na barra da noite. Era quase de manhã quando se enfiaram de volta na cama.

QUINTA-FEIRA DE MANHÃ

Moshe acordou muito antes de ficar descansado. Bocejou e olhou o irmão ainda dormindo na cama ao lado. Zohar estava deitado de costas, os braços abertos, a perna esquerda esticada, a direita dobrada em triângulo contra a outra. Moshe empurrou o braço do irmão que tocava seu cotovelo, e gemeu. Estava tão cansado, tão grogue. Eram onze horas. Muito antes, por volta das oito da manhã, a mãe tinha estado no quarto, o pai tinha estado no quarto, o avô tinha estado no quarto, e os três haviam chegado à conclusão de que os meninos, por algum motivo inexplicável, não haviam dormido bem e deviam ser deixados em paz. Afinal, estavam de férias. Moshe fez um esforço para voltar a um semi-sono, olhos fechados, mente meio aberta. Nesse estado, sonhou com o pomar. Não, não é bem verdade. O pomar era secundário. Primeiro, vinha Chasia. Ele a viu deitada na catacumba e na imaginação aproximou uma mão para tocar a barriga lisa, o seio ofegante. Seu corpo era macio e seus olhos se abriam no instante em que punha as mãos no rosto dela. Os olhos eram cor de turquesa, turquesa muito muito brilhante, e Moshe aspirou ruidosamente pela boca, não podendo acreditar que uma cor tão brilhante pudesse produzir algo que não uma visão brilhante, e ficou muito decepcionado quando Chasia/Maria não o reconheceu. Ela pareceu apavorada. Ele não queria assustá-la. De forma que tirou a mão e lentamente saiu da catacumba. Ainda sonhando, subiu correndo a escada circular e saiu pela porta do mosteiro. O mosteiro era cercado por um pequeno bosque de oliveiras. Moshe abrigou-se à sua sombra atarracada, onde disse a si mesmo que Chasia não o havia reconhecido porque tinha outras coisas na cabeça. E de um canto quente de sua memória, Madeline Feldman, a loirinha de seios fartos e maravilhosos, revelou a Moshe uma coisa ou outra que Moshe jamais imaginara nem esperara.

MEU PAI ESCREVE:

Zohar e Moshe muitas vezes pensavam igual. Seus pensamentos se sobrepunham e um terminava a frase do outro. Porém, muito mais estranho que isso era o que acontecia quando dormiam. Eram "sonhadores opostos". Se Moshe tinha um sonho particularmente vívido, Zohar não sonhava com absolutamente nada naquela noite. E vice-versa: se Zohar sonhava bem, a mente adormecida de Moshe ficava em branco.

Foi quando Moshe começou a sonhar com o pomar. Na verdade, se pudesse escolher, não sonharia com pomar nenhum. Continuaria concentrado em Chasia/Maria ou em Madeline Feldman ou em alguma outra amiga sua. Mas o pomar é o tipo de pensamento que se tem quando a mente está transbordando. A alma de Moshe estava transbordando. Apoiou a testa na oliveira de sua imaginação e sentiu o tronco áspero roçar sua pele. Rolou e deitou-se de costas, depois cobriu a cabeça com as cobertas. Na velada luz rósea da manhã, voltou para Petach Tikvah. Lá, caminhou em meio ao pomar de laranjeiras de seu pai. Estavam todas enxertadas, algumas com garfagem, outras com *temach* (suportes).

Shimon havia ensinado aos filhos: "Quando fazemos um enxerto, criamos uma coisa que não é natural". Falava com eles enquanto trabalhava, pedindo aos meninos que lhe passassem ferramentas, dizendo: "No entanto, essa coisa não-natural, quando amadurece, se transforma numa coisa que, pelo jeito, a natureza aprova. O homem deve fazer enxertos", Shimon disse a eles. "Como se isso fosse exigido de nós. Parte de nossa sociedade com a criação." Quando os gêmeos completaram oito anos de escola, Shimon presenteou cada um com uma faca de enxertia, levemente curvada, uma ferramenta quase parecida com uma foice, e mandou os dois trabalhar nos pomares. Tirou-os da escola, mas deu prosseguimento a sua educação. Mostrara-lhes como encontrar as células embrionárias logo abaixo das borbulhas do ramo. Ensinara-os a remover a casca sem matar a polpa verde-esbranquiçada embaixo, e a cortar o chanfro no caule de base, e a amarrar a machucadura da junção. Mas sua melhor lição, aquela que os dois jamais esqueceriam e que continuaria ensinando-lhes a vida inteira, foi a lição que a oliveira ensina ao enxertador.

As oliveiras são o melhor exemplo de enxertia natural. Elas liberam seus próprios suportes, seus próprios *temach*, e assim con-

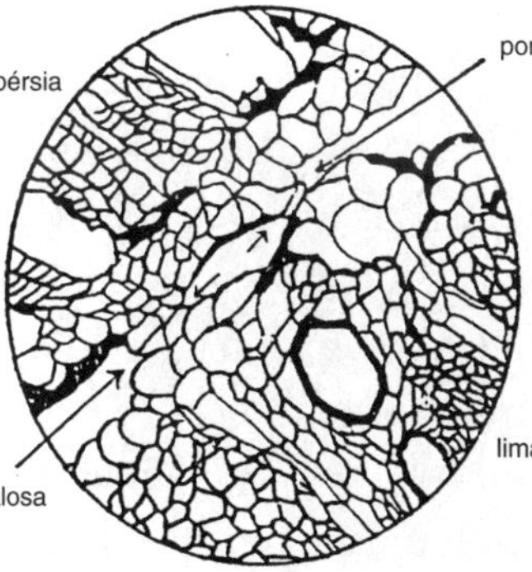

Junção de gema de shamuti com lima-da-pérsia, cinco dias depois do enxerto. O corte mostra as pontes calosas que vão da polpa para as abas levantadas.

tinuam crescendo por incontáveis gerações humanas. Quando os dois tinham catorze anos, Shimon sentou os meninos, um gêmeo à direita de uma oliveira, o outro à esquerda. E os deixou ali. Em dez minutos estavam inquietos, em quinze entediados, mas em vinte minutos a árvore começou a falar e os irmãos idênticos ficaram sentados pelo menos duas horas ouvindo a mestra de todos os enxertadores discursar em lenhosos sussurros sobre sua arte. Um ramo enrolando ali, outro curvando-se aqui, e o tronco central se dissolve devagar em perfeita sincronia com o ritmo com que os ramos mais distantes despejam novas raízes no solo. Quando Shimon voltou, Zohar e Moshe estavam de pé. Passando as mãos na árvore. Apertando os dedos e as palmas em seus ramos.

Pouco depois, os gêmeos convenceram o pai a plantar uma fileira de oliveiras na extremidade oriental do pomar principal. Os meninos esperavam secretamente que as oliveiras contassem seus segredos às laranjeiras. Então seus pomares seriam os primeiros na terra a se enxertarem sozinhos, frutíferos por séculos e séculos, como as oliveiras, só que mais doces.

Moshe acordou ao meio-dia. Ao se levantar da cama, viu uma última imagem em sua mente: Chasia/Maria se erguera da catacumba. Erguera-se e voltara com eles para Petach Tikvah. Corria

OLIVEIRA

entre as fileiras de oliveiras do lado oriental, que haviam dobrado de tamanho desde a última vez em que Moshe as vira. Moshe também estava lá. Não tinha bem certeza do que os dois estavam fazendo ali juntos, ele e Chasia/Maria, mas pareceu-lhe que estavam planejando algum jogo, talvez de esconde-esconde. Os galhos das árvores escondiam os dois, um do outro.

Zohar dormiu um pouco mais que seu irmão. Quando acordou, lembrava-se apenas da noite. De sair escondido de casa, de entrar sorrateiramente na catacumba, de parar ao lado da efígie e depois correr. Tudo isso estava claro para ele. Mas, ao contrário de seu irmão, Zohar não sonhou nada.

QUINTA-FEIRA À NOITE (SEXTA DE MADRUGADA), MUITO TARDE

Da esquina, Eliezer Schine espiou o muro externo do prédio que crescera chamando de igreja de Maria, mas que agora se chamava mosteiro do Adormecimento. Espiou e vigiou na escuridão, apertando os olhos para enxergar melhor. Mas não viu nada: a igreja estava quieta, e a porta pela qual os gêmeos haviam desaparecido continuava fechada. Pouco depois ele se escondeu de novo, comprimindo as costas contra a parede, as pontas dos dedos nas frinchas frias entre as pedras. Era o meio da noite, pelo menos três da manhã, e Eliezer batia os dentes. Seria a primeira vez? Estava repleto de dúvidas. Ou já teriam vindo antes? Era uma proeza? Uma piada? Uma obsessão? Eliezer não conseguia parar de pensar. O que faria se os dois fossem pegos? Estariam realmente rezando para a estátua? Deus nos livre! Que vergonha! Teriam-na tocado? Estariam fazendo algo obsceno? Um pecado! Uma *shanda*! Engolindo em seco, virou-se para a parede e pousou o rosto nela até as perguntas se calarem. Então, de novo espiou da esquina. Mas nada viu. Também não ouviu nada; a noite estava quieta, e não havia, graças a Deus, pensou Eliezer, nenhum vigia, nenhum guarda, nenhum soldado britânico a fazer rondas na vizinhança. Soltou um profundo suspiro. E olhou de novo, dessa vez com os olhos bem abertos. Estava horrorizado, sim, mas havia um cerne em seu horror que pouco a pouco foi se impondo e que não era tão horrível assim.

Ele despertara e ouvira passos no corredor. Aí, enquanto ele se levantava, ouviram-se passos descendo a escada. Vestiu as calças enquanto a porta da rua se abria e desceu a escada correndo, bem a tempo de espiar porta afora e verificar a direção tomada por seus netos. Começou a correr. Se alguém visse Eliezer Schine naquele momento, veria apenas um velho de camisa de dormir branca e calça de bolsos estufados correndo de punhos cerrados, braços para a frente e para trás, lábio inferior projetado para a frente. O passo não era exatamente animado, mas era forte. Seguiu os gêmeos pelas ruelas, virando esquinas. Eliezer seguiu os dois até uma porta na muralha e os seguiu até o outro lado. E espiando por trás de um muro baixo, viu quando entraram na igreja. Quando sumiram de sua vista, pediu a Deus, com um piedoso dar de ombros, que concedesse a seus netos o que desejavam. "Mas por favor, meu Deus", sussurrou, "que esse objetivo seja puro."

Logo depois, viu os meninos saindo da igreja. Pararam, olharam um para o outro e cruzaram a muralha que cercava a Cidade Velha, iniciando a volta. De não muito longe, Eliezer viu Zohar e Moshe subirem na muralha e começarem a correr. Moshe na frente, Zohar logo atrás. Tentou chamar seus nomes, mas as palavras não saíram. Ficou ali, apenas vigiando o vazio deixado pelos dois. Depois, iniciou a caminhada de volta para a rua Rav Pinchas. Eliezer estava aterrorizado com a idéia de que seus meninos pudessem não voltar, se perder, ser apanhados ou arrumar confusão.

De pé nos degraus de sua casa, estendeu as mãos, palmas para cima, e ficou olhando seus velhos dedos de unhas amarelas, de juntas grossas, vermelhas, ligeiramente curvados para dentro. Durante alguns segundos pensou que podia sentir os meninos correndo nas linhas das próprias mãos. Seus pés eram pequenos como cabeças de alfinetes, e eles corriam para lá e para cá em serpentina. Abrindo a porta devagar, Eliezer entrou na casa e subiu a escada. Ficou na cama quase uma hora, o tempo todo com as mãos em cima das cobertas, os dedos ligeiramente voltados para dentro. Às quatro e meia ouviu os meninos entrarem sorrateiramente e subirem para o quarto. Só então Eliezer encolheu os dedos e permitiu-se adormecer num sono profundo, ao mesmo tempo cálido e confuso.

SEXTA-FEIRA E SÁBADO

Avra percebeu imediatamente que as coisas estavam fora dos eixos com sua família. Cruzando os braços no peito, apertou os dedos nas costelas sob os seios, um hábito nervoso. Depois deixou os braços penderem de novo, foi direto para a sala e olhou ao redor. O pai estava parado à janela com o queixo para a frente, a testa franzida. Os filhos, sentados num canto do cômodo, calados, lendo velhos livros de capas rasgadas, pareciam ter deslocado seus eus normais; estavam quietos e no perfeito controle de suas bocas e membros compridos, nada parecidos com os meninos desajeitados e oscilantes que sabia serem os filhos adolescentes em seus quinze anos. Por um segundo, recordou-se de como tinha sido carregar dentro de si aqueles meninos. Um pequeno "hunf" escapou de sua boca e inconscientemente ela pôs a mão na barriga. Os dois não haviam lhe dado um só momento de descanso. Avra gostava de brincar dizendo que os meninos haviam jogado futebol na sua barriga. "Os nove meses inteiros chutando tantos gols que na hora em que saíram eu já era um jogo de campeonato!" Mas agora estavam quietos. Nada parecidos com o que haviam sido enquanto bebês, nada como haviam sido em meninos. Pareciam muito cansados. Às três da tarde, quando quiseram sair para correr, Avra impediu a saída e mandou os dois para o quarto, cochilar.

Shimon também estava estranho. Sentado num canto com os dedos apertados, olhava intensamente toda a sala. Avra ficou preocupada com o marido. Desde o passeio do outro dia ele estava diferente, e quando se tratava de Shimon, não tinha muita certeza se diferente era bom.

Ele *estava* diferente. Havia acordado aquela manhã fascinado com todas as pequenas coisas da casa. As velhas escovas, sapatos, cestos de costura, *tchotchkes* decorativos quebrados, tinteiros, espelhos. Todas essas coisas apelavam para ele. Mas Shimon não sabia se elas queriam que ele as pegasse e colocasse em outro lugar, ou se devia apenas deixá-las, acrescentando a seu lado um bando de imigrantes interessantes. Sentado na sala, ele observava os objetos em torno: o cinzeiro turco em forma de camelo; um tapete decorativo com as beiradas esfarrapadas e as cores desbotadas; uma faca sem corte, um livro infantil com o título *O sapo freqüente* no fundo de uma estante que ninguém mais olhava. Shimon, que por natureza não era urbano e na verdade tinha certo receio de andar sozinho pelas ruas da cidade, ficaria muito contente de fazer esse trabalho sem jamais deixar a sala em que estava sentado. Mas algo lhe dizia que isso não ia acontecer. Então, pediu licença sem dar uma boa razão e saiu depressa da casa. Avra, que não tinha nenhuma idéia real do que o marido estava aprontando, mas sentia que ele precisava ficar um pouco sozinho, ficou olhando enquanto ele descia a rua Rav Pinchas e desaparecia sob o meio arco rachado. Suspirando, ela fechou a porta.

Shimon voltou uma hora depois. Entre outras coisas, jogou um lindo abridor de nozes de bronze em cima da escrivaninha empoeirada do velho Herschell. Deixou um sapatinho de lã de carneiro à esquerda da porta da rua, e uma linda amostra de bordados em azul e dourado com um salmo brando recitado em sua trama, deixou flutuar até o fundo da velha estante, onde foi enfeitar *O sapo freqüente* que, havia tantos anos, não sabia quanto lhe fazia falta uma roupa fina e caridosa.

Shimon tentou deixar essas oferendas discretamente. Queria que elas se fundissem com as coisas. Não queria que ninguém percebesse. Mas Shimon não era naturalmente discreto. Na verdade, era um tanto desajeitado e, embora musculoso, possuía pouco daquele tipo de força silenciosa necessária para guardar segredos. Avra, que percebeu tudo instantaneamente, ficou horrorizada. Passou a tarde inteira da sexta-feira descobrindo aqueles objetos deslocados, escondendo-os depressa nas dobras da saia. Depois, correu pelo *shuk* tentando com todo o empenho descobrir as barracas de onde haviam sido retirados, devolvendo-os um a um, se não aos lugares certos, pelo menos a um lugar onde estariam menos deslocados do que na sala de seu pai. Quando terminou, voltou para casa não menos horrorizada. Não porque seus dedos inquietos tivessem ficado menos inquietos, mas porque seu marido era um homem tão naturalmente honesto, e pela primeira vez na vida ela sentiu remorso por algo que havia pegado.

A casa estava, naquele dia, numa incrível bagunça. Zohar e Moshe dormiram a tarde inteira. Avra ficou perturbada. Shimon estava tomado por uma euforia nada natural. Eliezer estava exausto. E, embora sentisse que a imagem de Chasia não estava mais alojada em sua alma, ele ficou zanzando pela casa, recusando-se a dormir. Naquela noite, a família se reuniu em silêncio em torno da mesa do Sabá.

Era um estranho sabá na rua Rav Pinchas. De manhã, Eliezer foi sozinho à sinagoga. Quando voltou, a família almoçou apressadamente. Depois fizeram as orações. Mas as orações pareciam grandes em suas bocas, e o almoço não grande o bastante, embora todos tivessem repetido várias vezes. Se a família falasse, teriam todos concordado em que as coisas normais estavam assumindo dimensões anormais. Principalmente a velha casa. A casa, geralmente tão espaçosa, de repente parecia não ter mais espaço. Eliezer trombava com Shimon. Shimon trombava com a mulher. Avra trombava com o pai. Mas nenhum dos caminhos cruzados levava a sorrisos genuínos, nem a uma boa conversa.

No andar de cima, Zohar se debruçou na janela e ficou olhando fixamente a igreja de Maria. Fechou os olhos e imaginou que Chasia o levava pelo pomar, contando-lhe alternadamente a história de cada árvore e a de sua vida. Imaginou como ela podia saber tanto, mas não ousou interrompê-la. Moshe, deitado na cama no mesmo quarto, tirou uma boa soneca. Sonhou que Chasia estava andando de mãos dadas com todas as beldades de Petach Tikvah. Vinham na direção dele, esguias, morenas, claras, loiras, bem calçadas e bem-falantes, curvilíneas e magras, e beatas, mas de um jeito sexy. Enquanto isso, no andar de baixo, o avô Eliezer passava a tarde procurando inutilmente sua caixa de óculos, um objeto útil e passivo que Shimon não havia trazido, mas que Avra equivocadamente havia devolvido.

SÁBADO À NOITE (DOMINGO DE MANHÃ), MUITO TARDE

Eliezer seguiu os meninos de novo, mas dessa vez não parou do lado de fora da igreja. Entrou e ficou alguns minutos debaixo da abóbada cintilante antes de descer para a catacumba onde sabia que os meninos estariam. Depois, desceu a escada circular e os viu parados lado a lado junto da Madona adormecida. Ouviram quando ele chegou e se viraram num movimento sincronizado. Eliezer percebeu que estavam surpresos com a sua presença, mas também que não podiam realmente reagir a ela. Esse momento se situava em algum ponto entre a plenitude, a religião e a puberdade. Os gêmeos não estavam longe. E ele, apenas um avô, não podia nem afastá-los nem aproximá-los da mulher tão calmamente adormecida entre eles. Avançou para os dois e colocou uma mão no ombro de cada menino. Ali ficaram durante um longo tempo, ligados por um entusiasmo particular que os dourava por dentro do mesmo jeito que os mosaicos lá em cima douravam a abóbada. Quando finalmente Eliezer falou, foi um sussurro: "Bem, se ela não é a nossa Chasia, então deve ser alguma outra". Zohar assentiu com a cabeça. Moshe não se mexeu. Mas os dois meninos sabiam que o avô sabia que ela pertencia a eles.

Saíram da igreja. E começaram os três a correr juntos pela muralha. Os meninos à frente, como sempre. Não muito, porém. Correram durante longo tempo. Passaram pela tumba do Sheik de Um Olho Só, pela residência do cônsul britânico, pelo Muro das Lamentações. O céu passou de preto a leite pálido e o sol começou a nascer, dando à cidade um lindo tom de manteiga. De quando em quando, os gêmeos olhavam para trás. O avô acenava com a cabeça, piscava, e os animava a continuar. Ao se aproximarem de casa, amigos que levantavam cedo, vizinhos, donos de loja, acenaram surpresos na direção deles. Correu a notícia: "O velho Eliezer e seus meninos estão vindo para cá, trazendo o sol nas costas". Correram. Zohar e Moshe sentiram que podiam correr na muralha para sempre, e o passo animado de Eliezer levou-o, naquela noite, mais longe do que jamais esperara chegar.

Voltaram para casa muito cedo de manhã, entraram sem acordar Shimon e Avra, que dormiam com os pés encostados, Avra com a boca entreaberta, a mão direita de Shimon na coxa esquerda de Avra.

No fim da tarde do dia anterior, Shimon vira Avra pegando um dos objetos que ele havia roubado. Era uma caixinha de jóias redonda de metal. Ela a encontrou na prateleira de madeira que ficava debaixo do espelho no hall de entrada. Ele a seguiu pela rua e a alcançou no meio da rua do Anjo da Morte, onde, com a face muito vermelha, tentou lhe dizer alguma coisa. Algo sobre curvar-se, aprender e pegar as coisas preciosas de Deus. Ele gaguejava. Não conseguia completar as frases. Avra teve pena do marido. Tirando a caixinha das dobras da saia, disse: "Querido, só me diga de onde saiu. Em seguida voltamos para casa. Sem língua hoje, prometo". Colocaram a caixa de jóias de volta no lugar de onde Shimon a tirara: uma loja armênia de importados finos, bem atrás da rua dos tapeceiros. E voltaram para casa. E naquela noite passaram horas dando, recebendo e devolvendo um mercado inteiro de amor e prazer.

Zohar, Moshe e Eliezer subiram a escada nas pontas dos pés. Os meninos adormeceram imediatamente. Sonharam um sonho só, segurando-a de todos os lados. Deitado em seu quarto, Eliezer acenou sorridente com a cabeça para o sol que nascia sobre o mosteiro do Adormecimento. Depois fechou os olhos e fruiu um sono que não era mais cinzentinho, mas de novo o veludo profundo de antes.

7

Miriam

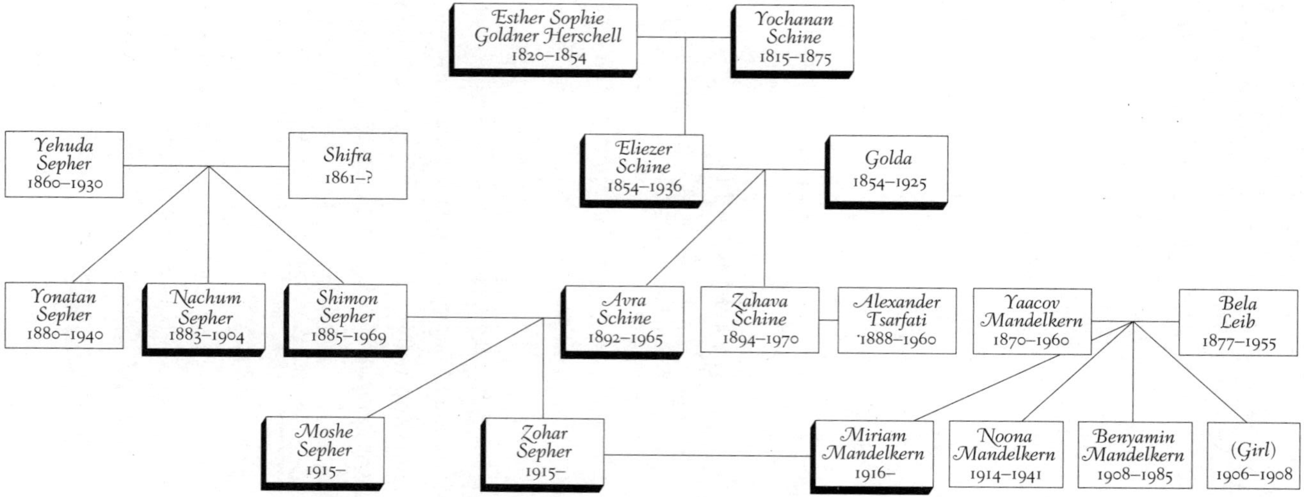
Esther Sophie Goldner Herschell 1820–1854
Yochanan Schine 1815–1875
Yehuda Sepher 1860–1930
Shifra 1861–?
Eliezer Schine 1854–1936
Golda 1854–1925
Yonatan Sepher 1880–1940
Nachum Sepher 1883–1904
Shimon Sepher 1885–1969
Avra Schine 1892–1965
Zahava Schine 1894–1970
Alexander Tsarfati 1888–1960
Yaacov Mandelkern 1870–1960
Bela Leib 1877–1955
Moshe Sepher 1915–
Zohar Sepher 1915–
Miriam Mandelkern 1916–
Noona Mandelkern 1914–1941
Benyamin Mandelkern 1908–1985
(Girl) 1906–1908

MEU PAI ESCREVE:

A família de minha avó materna vivia no Sul da Ucrânia, na aldeia Noviye Mlini, que quer dizer "moinhos novos". Em 1900, meu avô Yaacov Mandelkern casou-se com sua prima-irmã Rasia, em Noviye Mlini. Em 1902, nasceu o filho deles, Pinchas. Em 1903, Rasia morreu de tuberculose, deixando o jovem Yaacov viúvo com um filho pequeno. Quando terminou o período de luto tradicional, Yaacov foi aconselhado por um casamenteiro a visitar um certo rabino Leib, na aldeia vizinha de Kodrovkah. O casamenteiro disse a Yaacov que o rabino tinha várias filhas em idade de casar. E como ambas as famílias, os Mandelkern e os Leib, eram Lubavitch, ou seja, eram membros da mesma seita religiosa, parecia provável que a visita resultasse num casal adequado.

Bela Leib era, falando-se relativamente, uma solteirona quando Yaacov apareceu para cortejá-la. Tinha vinte e sete anos e duas irmãs mais velhas ainda solteiras. Já recusara diversas oportunidades de casamento por causa da antiga tradição segundo a qual ir-

mãs mais velhas devem se casar primeiro. Yaacov era um jovem muito atraente, muito educado e estava bem de vida. Bela era a mais inteligente e a mais bonita das irmãs. E Yaacov botou os olhos nela assim que chegou a Kodrovkah. Bela no fim resolveu casar-se com ele apesar da tradição, e seus pais não fizeram objeção.

Em Noviye Mlini, o casal foi morar com os pais de Yaacov. A família era proprietária de um grande armazém no qual tanto Bela como Yaacov trabalhavam. Em 1906, Bela deu à luz uma filha que morreu aos dois anos. O filho deles, Benyamin, nasceu em 1908, a filha, Noona, em 1914, e Miriam (minha mãe) nasceu em 1916.

EU ESCREVO:

De Miriam pode-se dizer que tinha o sentido da moda desde o momento em que nasceu, e que quando brotou no mundo até sua nudez era não só bonita, como também, de alguma forma, tinha estilo. Aos seis anos, fazia o pai, um homem religioso, pensar em rainhas (e sorrir) e a mãe, uma mulher realista, pensar em concubinas (e franzir a testa) quando ela passava saltitando.

Desde tenra idade demonstrou talento para trabalhos manuais. Adorava tricotar, bordar e fazer crochê. Aprendeu primeiro com a mãe, que havia aprendido com a mãe dela, que aprendera com uma tia de quem se conta a história de que era de fato um tio, embora esse boato seja apenas uma questão de lenda familiar. A mãe de Miriam, Bela, vinha da aldeia de Kodrovkah, local de renome por sua produção de tapeçarias preciosas que levavam pelo menos seis anos e sessenta pares de mãos para serem fabricadas. Bela, que era um passarinho de mulher com grandes e belos olhos, ensinou à filha tudo o que lembrava. As rápidas mãos alvas de Miriam eram como poleiros de memória para velhas imagens, fofocas maliciosas e pontos complicados. De Miriam pode-se dizer que sustentava sua arte como pombos. Seu fio voava fundo no tecido.

MEU PAI ESCREVE:

Os judeus começaram a deixar Noviye Mlini e outras cidades da área antes da eclosão da Primeira Guerra Mundial. Alguns foram embora no final do século XIX e durante a Guerra Russo-Japonesa de 1904 a 1905. Com a eclosão da Primeira Guerra Mundial (1914) e depois, durante a Revolução Comunista (1917), as condições de vida dos judeus pioraram. *Pogroms*, assassinatos, estupros eram acontecimentos corriqueiros. Muitos judeus trocaram as cidades pequenas pelas grandes, onde eram menos visíveis. Pelo menos cinco membros da nossa família foram assassinados durante esse período pelas gangues de Petlura, ou pelo exército czarista branco do general Danikin.

Assim como muitos outros judeus, meus avós temiam um *pogrom*. Então, em 1916, mudaram-se com os quatro filhos para a cidade de Sartov, no rio Volga. Em Sartov, Yaacov abriu uma fábrica de café. Moravam numa casa cujo grande pátio era repartido entre cerca de quarenta e cinco famílias de não-judeus. Quando Benyamin estava praticando o *Haftará* para o seu *Bar Mitzvá*, tinha de manter a voz baixa para não enfurecer os gentios.

Ficaram em Sartov até 1918. Quando os comunistas começaram a assumir o controle da área, os empresários entenderam que estavam correndo perigo. O forte desejo que Yaacov tinha de educar os filhos orientou seu passo seguinte. Decidiram mudar-se para a Lituânia. Yaacov sabia que as comunidades judias da Lituânia haviam estabelecido um amplo e moderno sistema de ensino. A família planejava ir para a cidade de Riga, mas o primeiro trem a aparecer ia para Kovna. Tomaram esse trem e viveram em Kovna de 1918 até 1923. Em Kovna, os filhos estudaram no Gymnasia Realick judeu.

NOTAS DE MIL RUBLOS CONTRABANDEADAS DA RÚSSIA POR YAACOV MANDELKERN

Em Sartov, antes de partirem, Yaacov mandou um carpinteiro fazer um baú com paredes ocas. Dentro delas, guardou seus rublos russos e as jóias da família. Foi o dote de suas filhas (minha mãe e

minha tia). Quando chegaram a Kovna, os comunistas mudaram a moeda russa e os rublos não valiam mais nada. Yaacov montou uma fábrica de café e chocolate.

O passo seguinte da família foi mudar-se para a Palestina. Yaacov Mandelkern era sionista. Minha tia Noona me contou que quando o famoso poeta judeu Chaim Nachman Bialik recebeu permissão para emigrar para a Palestina, ela acompanhou meu pai a uma recepção especial de despedida. O filho mais velho, Pinchas, era membro ativo de um movimento da juventude sionista. Conta a crônica familiar que Pinchas resolveu fazer *aliyah*, isto é, mudar-se para Israel. Mas Bela disse para Yaacov: "Sozinho, Pinchas não vai. Ele pode se perder lá". O resultado foi que os seis membros da família emigraram para a Palestina em 1923. Esse é um fato excepcional porque Pinchas era enteado de Bela: é apenas um exemplo da mãe maravilhosa e devotada que ela foi.

A caminho de Israel, a família visitou seus cunhados, Shai e Devorah Leib, na cidade polonesa de Chopot. De Chopot seguiram para Berlim. Isso ocorreu exatamente no momento do *putsch* nazista de Munique (o começo da ascensão de Hitler ao poder), e foram aconselhados a deixar a Alemanha imediatamente. Ficaram em Berlim exatas doze horas. Tomaram o trem noturno para Trieste, na Itália. Quando já estavam em Trieste, chegou um navio da Palestina cheio de judeus que haviam deixado o país. A maioria desses judeus estava indo para a Austrália. Disseram a Yaacov e a Bela que a situação econômica da Palestina era insuportável. Meus avós não se permitiram desencorajar-se com essa má notícia e continuaram a jornada. De Trieste, prosseguiram de barco para Port Said, no Egito. Para essa viagem de barco, tiveram de levar a própria comida. De Port Said, pegaram um barco menor para Jafa, na Palestina. Chegaram no sexto aniversário da Declaração Balfour, em 1º de novembro de 1923.

JAFA

EU ESCREVO:

No momento em que a família emigrou, Miriam já havia superado a perícia de sua ancestral. Aprendera a costurar a dispersa geografia dos judeus. Noviye Mlini, Sartov, Kovna, Chopot, Berlim, Trieste, Port Said, Palestina. Cada lugar tinha seu próprio ponto. E Miriam identificava os pontos, como uma história. Acompanhava a jornada familiar de perda aqui, num redemoinho negro, de medo ali, numa meia-lua verde, de desespero numa estrela cinzenta, de esperança num lindo ponto de cruz roxo com pontinhos que se irradiavam para o leste em fluxos instáveis. Viajaram de trem, de carroça, a pé, de barco, a pé, de trem de novo e de barco de novo. Quando a família chegou ao porto de Jafa, Miriam havia bordado muitos mapas, e a impossibilidade de serem lidos a deixou mal do estômago. "Lendas demais", murmurou para si mesma desmanchando uma fileira de pontos. "Sem terra firme."

MEU PAI ESCREVE:

Imediatamente depois de desembarcar no porto de Jafa, a família foi para Petach Tikvah, uma pequena cidade nove quilômetros a leste de Tel-Aviv. Viajaram numa carroça coberta puxada a cavalo, chamada *diligans* em turco. Em Petach Tikvah compraram um lote na rua Herzl. Primeiro, construíram um celeiro no qual moraram cerca de seis meses até a casa ficar pronta, no final de 1924. Tinha três quartos e um banheiro do lado de fora. Não havia energia elétrica na cidade. Segundo minha mãe, não havia chave nas portas da casa. Eles geralmente comiam na varanda, onde havia uma mesa, cadeiras e uma caixa de roupa suja. Uma manhã, constataram que a toalha da mesa havia desaparecido, fora roubada. Bela, que era muito generosa e tinha muito senso de humor, disse: "Alguém devia estar com muito frio e precisava muito de um cobertor".

Logo depois que chegaram, um amigo da família pediu cinco libras (provavelmente libras egípcias) emprestadas a Yaacov. Esse amigo planejava comprar uma vaca no Líbano. Yaacov lhe deu dez libras para a compra de duas vacas: uma para ele próprio. Bela sabia tirar leite de vaca desde os seus dias em Noviye Mlini.

Petach Tikvah era o centro de cultivo de citros no assentamento judeu. Yaacov comprou um pomar de citros. Além de seus pomares, ele se empenhou em plantar pomares para os judeus lituanos que planejavam vir para Israel.

Anos depois de chegarem, Yaacov assinou uma garantia de empréstimo para um amigo. O amigo abriu falência e Yaacov foi obrigado a vender sua casa e seu pomar.

EU ESCREVO:

Assim que se instalaram em Petach Tikvah, Bela mandou a filha passar as tardes ao lado de uma perita costureira, uma velha viúva cujo nome, Shalva, significava "tranqüila". Miriam foi devagar até a sua casinha. Lá dentro era surpreendentemente claro, apesar de não haver mais que uma única janela. A velha estendeu uma mão enorme e Miriam tropeçou. Levantou a cabeça e seus rostos quase se tocaram. Shalva tinha seios enormes e um coração de ouro. Shalva tinha um senso de desenho iemenita, um senso de humor sírio, os olhos antigos de uma indiana, e a boca grande e faladora de uma libanesa loquaz. Vinha de uma espécie de graciosa toda-parte, um país que ficava no centro de todos os mapas chamado "nenhum lugar específico".

Com Shalva, Miriam aprendeu os padrões que ficavam por trás dos padrões das linhas e curvas. Aprendeu o tecido por trás do tecido, o ponto por trás do ponto. Finalmente, aprendeu que havia dedos por trás dos próprios dedos, e como impedir que os seus atrapalhassem. E embora Shalva nunca ensinasse Miriam a costurar os velhos encantamentos em suas criações, ao longo do tempo a professora percebeu que a estudante havia aprendido isso mesmo assim. E desde o tempo em que Miriam tinha onze anos, as duas podiam ser vistas sentadas lado a lado: o mosaico de mulher de peitos grandes e a adorável menininha, costurando oceanos inteiros de encantamentos.

Quando Miriam tinha dezessete anos, mudou-se para o assentamento de Petach Tikvah uma família de judeus absurdamente ricos, absurdamente rudes, vindos da ilha da Sardenha. Essa família tinha o nome de um tipo raro de pedra ígnea que soava como um cruzamento entre a palavra hebraica para "mofo" e a palavra iídiche para "monstro". O nome — geológico, grotesco e inerentemente ardente para a língua — era impronunciável. E assim, dependendo do humor e da proximidade dos atores principais, as pessoas se referiam à matriarca e ao patriarca como o senhor Mofo e a madame Monstra. Ou como a madame Mofo e o senhor Monstro. E os filhos, três rapazes e uma filha única em idade de casar, eram os Monstrinhos Mofados.

Eram arrogantes e orgulhosos, de cabelos pretos, ombros largos e traseiros ossudos. Imperavam na cidade como se fossem dono dela toda, coisa que não eram, mas quase. Eram donos de metade dos pomares, de um quarto inteiro dos vinhedos e de todas as melhores e mais férteis terras do leste.

Miriam era então reconhecida como uma das melhores costureiras de todo o assentamento. Ela costurava histórias em seus panos. Quem usava aquelas roupas assumia o humor e o momento da história em questão. Ela experimentou essa técnica pela primeira vez com seus pais, fazendo para eles um par de lindos pijamas nos quais bordou um conto de fadas conhecido. Miriam, porém, não era chegada à precisão literária. Portanto, durante esse período estranho na história da família, Bela andava pela casa exercitando os músculos, à procura de um dragão para matar, enquanto Yaacov acordava se sentindo como uma princesa resgatada e ficava horrorizado ao descobrir que havia perdido, ou guardado em lugar errado, ou cortado seus cabelos dourados.

Sete meses depois de a família Mofo invadir Petach Tikvah, Miriam foi chamada ao seu conjunto. Estava localizado no extremo da periferia da cidade, numa parte alta e ventosa da paisagem. Miriam foi andando depressa, sem levar nada com ela. Nem a fita métrica. Nem suas amostras de pontos, de cores, de tecidos. Não porque não estivesse preparada, mas porque o chamado viera acompanhado de instruções precisas para ir de mãos vazias.

Miriam entrou pelo portão do conjunto e bateu à porta. Foi aberta por uma mão que não era nem monstruosa nem mofada, mas que lhe pareceu feita de seda preciosa. A pele era tão perfeitamente pálida que parecia correr o risco de macular-se até com o próprio ar. Era muito desconcertante.

Miriam achou que talvez estivesse na casa errada. Mas é claro que não havia outra casa como aquela num raio de muitos quilômetros. Entrou e olhou a jovem sedosa. Depois cumprimentou-a com a cabeça e sorriu. A jovem retribuiu o cumprimento, mas não o sorriso. Nesse momento, várias outras pessoas entraram na sala. Miriam concluiu que aquela era madame Monstro, que, como a filha, cumprimentou Miriam mas não se dirigiu a ela, e um jovem que ela julgou ser o noivo. Tinha uma pequena cicatriz redonda na face esquerda e olhos que lembravam cristal rachado. Ele andou de parede a parede com passos pesados. Quando parou de andar, disse: "Você não está acostumada a vestir personagens do nosso calibre, mas talvez possa usar alguma técnica ao contrário". E riu, um riso tão rachado quanto seus olhos e tão redondo quanto sua barriga. Aquilo feriu os ouvidos de Miriam.

A jovem não dirigiu uma palavra a Miriam durante toda a entrevista, nem mesmo quando ficaram sozinhas e Miriam começou a envolver seu corpo em dobras de tecido. Miriam respirou fundo. Sabia que o trabalho de suas mãos era mágico e não via nenhuma razão para mágica não combinar com materialismo. Acenou com a cabeça para a jovem. Aceitaria a encomenda.

Miriam voltou para casa devagar. Tinha as mãos carregadas de sedas da China, damascos do elegante bairro parisiense de Neully e linhos do Marrocos: branco, púrpura e preto. Quando chegou em casa, Miriam colocou os tecidos de lado e juntou-se à mãe na cozinha. Não ia começar a trabalhar até o dia seguinte. Precisava de tempo para escolher uma história.

Naquela noite, Miriam fechou os olhos; pesquisou todas as histórias de suas vidas, e todas as histórias da vida dos vizinhos, e todas as histórias da vida de pessoas que nunca encontrara, mas que apenas imaginara. Enfim, voltando-se para o que lhe era mais próximo, escolheu a história perfeita para aquele casamento. De manhã, pegou a agulha e começou a bordar o pano.

MEU PAI ESCREVE:

Meu avô, Yaacov Mandelkern, era um homem de moral rígida e boas intenções. Em 1918, antes de emigrar para a Palestina (e quando ainda tinha algum dinheiro!), a família morava na pequena cidade russa de Kovna. Em Kovna, havia uma *ieshivá*, ou Casa de Estudo, bem grande e conhecida. Todo dia, Yaacov convidava um aluno da *ieshivá* para comer em casa com sua família. Cada dia vinha um aluno diferente. Por duas razões. Primeiro, para dar ao maior número possível de alunos a chance de vir, e a segunda, para garantir que eles não se apaixonariam por suas filhas, minha mãe e minha tia, Miriam e Noona. Miriam tinha cabelos castanhos compridos. Noona era loira. As duas eram muito bonitas.

EU ESCREVO:

Assim Yaacov Mandelkern estabeleceu sua regra. Os jovens vinham para almoçar. Um por um. E, sim, cada aluno vinha uma única vez. Yaacov tinha muito orgulho de discutir com o estudante assuntos bem diversos: o último tratado sobre o Talmude, a última moda em Minsk, o problema de tantos cavalos estarem perdendo as ferraduras na neve muito muito alta. Os meninos sempre respondiam com eloqüência desajeitada. Falavam baixo. Nunca encaravam o hospedeiro, mantendo o olhar nas mãos.

Miriam e Noona se recusavam a participar da conversa. Chutavam-se por baixo da mesa. E sempre tentavam memorizar as fisionomias dos meninos para depois poderem dar risada de cada um deles. Os meninos tinham barba cerrada e olhos tristes. Tinham maçãs do rosto salientes. Eram gordos. Ou magros, e tinham bocas pequenas. Bocas grandes. Narizes grandes. Os meninos tinham sobrancelhas altas, cerradas. Sobrancelhas que se encontravam no centro, sobre a ponte do nariz.

E assim ia. Um menino vinha almoçar. E sempre, no dia seguinte, outro diferente o substituía. O sistema parecia funcionar. Yaacov Mandelkern sentia a virtude das filhas garantida e seu senso de orgulho cívico inflado.

Mas aí, poucas semanas depois dos primeiros convites, a Casa de Estudo da cidade de Kovna ficou irreconhecível. O que aconteceu foi o seguinte. Todo dia um aluno vinha almoçar. E todo dia respondia às perguntas de Yaacov. E todo dia olhava timidamente as próprias mãos, fazendo o possível para evitar olhar as filhas. Mas todo dia o aluno se desmanchava. A beleza de Miriam e de Noona flutuava sobre a mesa na direção dele, passando por cima do prato principal, a galinha, o guisado de carne, as batatas, e entrando em choque com a tentativa do pai de impedir toda e qualquer aliança. Os efeitos desse choque eram intensos e sensuais, ilícitos, irresistíveis. Tempero inesperado aspergido sobre a comida. Os alunos comiam a comida e eram transformados por ela. Ao final da refeição, as mãos dos jovens tremiam, e sua timidez se transformara em idéias de sedução, de amor e de luxúria.

Saíam do almoço possuídos, voltando à Casa de Estudo com os olhos arregalados, a pele pegajosa, e um volume na parte de baixo do ventre com o qual muitos não estavam acostumados. E nesse estado, começavam a ler uma nova Torá. Os jovens, curvados sobre seus livros costumeiros, liam as filhas de Yaacov e Bela

Mandelkern. As matriarcas assumiam seus rostos delicados. Os patriarcas e profetas (maiores e menores) começaram a tocar a si próprios, a tocarem-se uns aos outros, começaram até a tocar os alunos de novas maneiras.

Os alunos continuavam comparecendo à mesa de Mandelkern. E voltando à Casa de Estudo com uma nova visão de sua religião.

Kovna sentiu esses efeitos. Os alunos tropeçavam pelas ruas com um estranho passo saltitante e, no rosto, engraçados sorrisos retorcidos. E, com o decorrer do tempo, o passo começou a ficar mais e mais saltitante e os sorrisos mais e mais retorcidos. Porque os alunos estavam vivendo a indignidade da imposição de Yaacov Mandelkern. Suas porções de prazer eram fiéis à sua origem: eram irrealizáveis, irrepetíveis, e duravam apenas uma única refeição. Em apenas três meses, a Casa de Estudo da cidade de Kovna se metamorfoseou num recipiente de pura frustração carnal. Era uma escola conhecida, antes dos convites, como um local de excelente reputação para estudos de textos profundos.

Todo aprendizado regular foi abandonado. Muitos passavam seus dias e noites folheando os livros sagrados, à procura do encantamento esotérico que pudesse salvá-los, à procura do milagre escondido no tempo que pudesse trazer saciedade a Kovna. Os jovens pesquisaram séculos místicos e épocas importantes. Vasculharam o futuro, o passado, o presente. Pesquisaram os épicos ilícitos de suas próprias ereções. Pesquisaram e pesquisaram.

Quando haviam se passado três meses e mais de quarenta meninos haviam sido convidados para almoçar, a Casa de Estudo da cidade de Kovna se transformou completamente. Como esponjas, suas paredes absorviam na tinta a tristeza dos rapazes. Pisos e tetos também, de forma que o edifício zunia como uma colmeia de abelhas sofrendo a eterna falta de todo mel.

Foi uma época estranha em Kovna. Uma época frustrante. Uma época de intensidade, desejo e desorganização. Uma época tão transformadora que o amor e a lascívia que aqueles jovens estudantes sentiam pelas filhas de Yaacov e Bela Mandelkern se incorporaram a seus corpos, como corações extras e hálitos especialmente sedosos. E quando a família finalmente foi embora de Kovna, foram necessários muitos meses para as matriarcas e os patriarcas desvencilharem seus corpos e retomarem sua antiga atitude de graça saciada. Os próprios alunos estavam bastante mudados. Todos tocados pela lembrança de uma suave loucura que ficaria com eles por toda a vida, sobretudo nos momentos mais difíceis em que os segundos demoram a passar em tons de cinza porque o tempo perdeu o colorido.

Yaacov Mandelkern, meu bisavô, homem de moral rígida e boas intenções, nunca soube o problema que provocara. Noona e Miriam sabiam exatamente o problema que elas provocaram. Ouviam os murmúrios dos criados e andavam por Kovna com passos altivos e animados, duas garotas dominando as alterações do clima local.

Miriam trabalhou furiosamente. Nenhum dos jovens de Kovna era reconhecível no damasco branco, no linho preto. Mas Miriam traduziu a essência dolorida deles em formas geométricas, em arcos, linhas, círculos, duplos círculos, quadrados, retângulos e uma ardente variedade de flores. Concentrou-se não tanto na lascívia e no amor, mas na frustração. Trabalhou com fantástica imaginação. Usou combinações de cores que não eram vistas na terra desde os dias do Templo, quando os altos sacerdotes usavam hábitos bordados com desenhos de uma tonalidade mágica conhecidos por... desenhos conhecidos apenas por seletos iniciados e que lhe foram revelados num devaneio. Trabalhou durante noventa dias, até a véspera do casamento. E então, quando estava a ponto de completar a tarefa, fez uma pausa. Levou o tecido ao rosto, perdeu-se dentro dele. E durante alguns segundos especulou se os Dez Mandamentos não seriam um documento como aquele, uma história estranha qualquer registrada como vingança. Imaginou se os profetas existiam de fato. "Talvez", pensou, "Moisés fosse de fato um mestre-alfaiate, e a revelação não passou de uma piada." Costurou a última barra no colete do noivo e depois foi trabalhar no véu.

Na noite do casamento, a noiva e o noivo, sob a influência carnal dos rapazes de Kovna, foram possuídos por uma feroz urgência sexual. E essa urgência era contagiosa. Parecia flutuar pelo dossel do casamento, fazendo o tecido inflar-se e subir mesmo sendo uma noite sem vento, e fazendo todos os homens que estavam debaixo do dossel se apertarem mais uns contra os outros e depois recuarem violentamente ao perceber a causa do aperto. A noiva e o noivo foram, claro, os mais afetados. Depois da cerimônia e da festa, retiraram-se para a câmara nupcial e um levou o outro a extremos de prazer nunca antes experimentados na Palestina. Mas quando estavam ambos a ponto de se saciar, uma sedutora flacidez tomou conta do noivo e os dois se separaram. Todo sexo abandonou o navio de seu corpo e ele ficou se sentindo como um menino envergonhado: esvaziado, minúsculo, enrugado, e sem nem sombra de arrepio ou sensibilidade nos lábios, nas mãos ou nos quadris. A mortificação se manteve durante dias: em público ele ficava com as partes pudendas rígidas e a postos — avolumando-se a tal ponto dentro da calça que a maioria da comunidade desviava os olhos da indiscrição. Mas em particular as partes pudendas do noivo eram flácidas, insatisfeitas. Ele ficava mais e mais murcho. Não havia a menor possibilidade de subir. Nem à vista do corpo nu da noiva, e principalmente não à vista de seu muito frustrado rosto.

Miriam, no fundo do vale, ficou sabendo daquilo tudo. Não sorriu com a desgraça da vizinha, mas sabia que fizera o que devia ser feito. Um dia, talvez, lhes mandasse um presente: uma pequena tapeçaria na qual teceria a história do casamento de seus próprios pais. O amor de Yaacov e Bela era como uma cebola, com muitas camadas interessantes e um sabor forte e bom que permanece na boca por muito tempo. Mas não ainda. Não, ainda não. Miriam gostava de deixar as coisas cozinhando.

Terceira parte

8. Zohar e Miriam

9. A árvore dupla

10. Conjurar o gêmeo

11. Debaixo dos ramos torcidos

12. As pedras

8

Zohar e Miriam

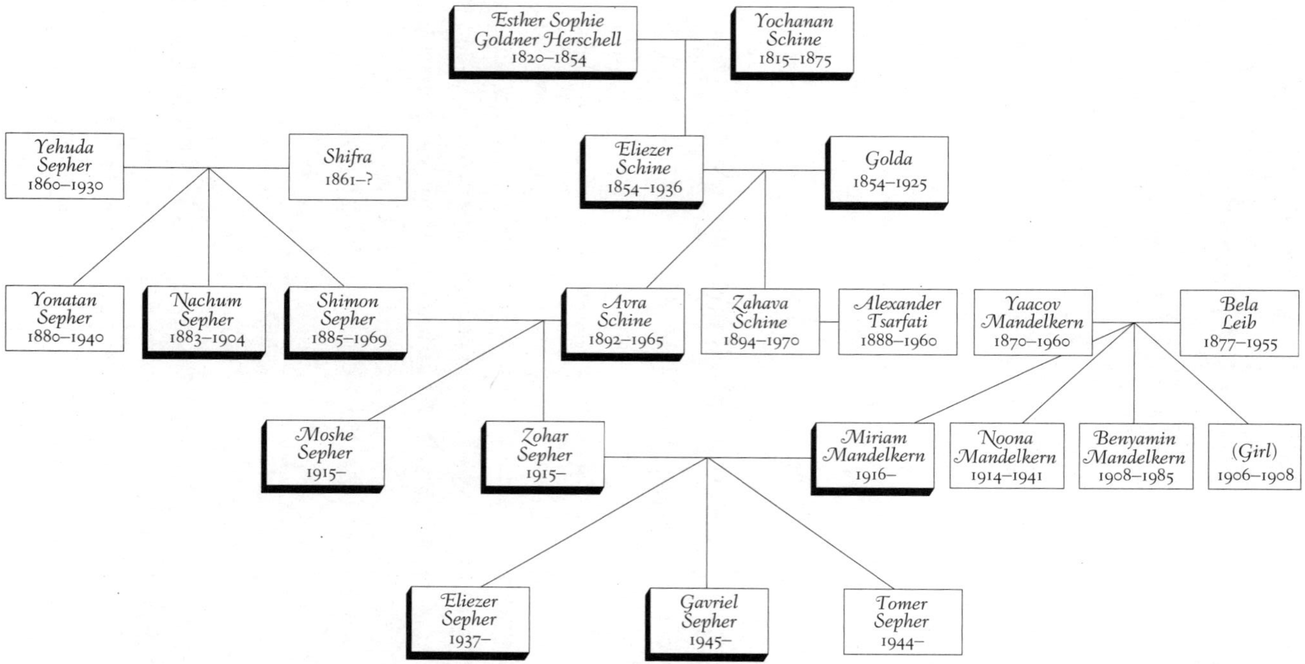

Esther Sophie Goldner Herschell 1820–1854
Yochanan Schine 1815–1875
Yehuda Sepher 1860–1930
Shifra 1861–?
Eliezer Schine 1854–1936
Golda 1854–1925
Yonatan Sepher 1880–1940
Nachum Sepher 1883–1904
Shimon Sepher 1885–1969
Avra Schine 1892–1965
Zahava Schine 1894–1970
Alexander Tsarfati 1888–1960
Yaacov Mandelkern 1870–1960
Bela Leib 1877–1955
Moshe Sepher 1915–
Zohar Sepher 1915–
Miriam Mandelkern 1916–
Noona Mandelkern 1914–1941
Benyamin Mandelkern 1908–1985
(Girl) 1906–1908
Eliezer Sepher 1937–
Gavriel Sepher 1945–
Tomer Sepher 1944–

MEU PAI ESCREVE:

Meus pais eram excelentes atletas. Minha mãe era uma ginasta de talento e meu pai, campeão de futebol. Quando ele jogava em casa, a multidão gritava: "Zohar-Koach! Zohar-Koach!"(Zohar-Força!).

Eles se conheceram no campo de futebol no ano de 1933; ela completara dezessete anos; ele, dezoito. Zohar estava se aquecendo para um treino quando viu Miriam do outro lado do campo. Ela estava pendurada de cabeça para baixo nas barras paralelas, fazendo ginástica. Ele atravessou o campo, esperou que ela descesse e pediu um encontro. Seguiu-se um romance de cinqüenta e nove anos.

Quando meu pai tinha apenas dezesseis anos, comprou uma motocicleta, uma Rudge britânica, chapa 536. O preço foi cem liras. A motocicleta veio a ser uma parte importante de sua vida. Ele sempre adorou dirigir e viajar, até seu último dia. Naquela época, as fronteiras eram abertas, e ele viajou por todo o Oriente Médio. Uma das muitas viagens de motocicleta que meu pai fez foi à Síria. Com

RUDGE 500c.c. 'SPORTS SPECIAL'
— GRACE — SPEED — SILENCE —

RUDGE 250 c.c. 'RAPID'
THE '250' WITH THE '350' PERFORMANCE

DAMASCO

três outros jovens em duas motocicletas. Viajaram por toda a Síria e chegaram até a fronteira turca. Passaram também várias horas na cadeia, em Damasco, por terem lutado com "árabes que nos atacaram". Meu pai me contou que os quatro haviam se juntado costas contra costas, punhos em riste, defendendo-se de um batalhão inteiro. Oficiais sírios e franceses foram até a cadeia para ver "os judeus da Palestina que lutam e não fogem". Meu pai foi também até Beirute, onde ele e os amigos visitaram os clubes noturnos; ele viajou por todo o Líbano.

A Rudge desempenhou um papel importante na vida de meus pais. Eles sempre saíam nela juntos, quando estavam namorando, e depois, já casados. Eram um casal realmente animado. Talvez exagerando um pouco, meu pai me disse uma vez que os dois levavam só seis minutos para ir de moto de Petach Tikvah ao teatro Mugrabi, em Tel-Aviv, uma distância de nove quilômetros! E naquela épo-

ca só existiam estradas de terra. Eles iam a toda parte na Rudge: a Jerusalém, a Netanya, para cima e para baixo no litoral do Mediterrâneo. Um local popular entre os jovens de Petach Tikvah eram as ruínas do forte de Antipater, no rio Yarkon, perto da cidade. Meus pais adoravam ir com a Rudge até o forte e lá acampar com todo um grupo de bons amigos, acender uma fogueira, cozinhar alguma coisa simples.

Meus pais se casaram no primeiro dia de Iyar de 1936. Na manhã seguinte ao casamento, partiram de Petach Tikvah na Rudge. Foram passar a lua-de-mel em Jerusalém com o avô de Zohar, meu bisavô Eliezer, na casa da rua Rav Pinchas.

O avô Eliezer estava com oitenta anos. Não saía de Jerusalém desde seu aniversário de setenta e cinco anos, não porque não fosse convidado, mas porque, como costumava dizer, deixara de "acreditar que existisse alguma coisa fora daquelas muralhas". Meu pai me contou que, nos últimos anos de vida, Eliezer parecia ficar confuso com visitantes, mas ao mesmo tempo apreciava sua presença. Zohar e Moshe o visitavam regularmente, de forma que ele e os gêmeos permaneceram muito próximos. Meu pai me contou uma vez que a viagem matrimonial, subindo as montanhas de Jerusalém com sua "noiva abraçando minhas costas", foi a viagem mais maravilhosa de sua vida.

EU ESCREVO:

Zohar carregou Miriam até a Rudge, que estava encostada na lateral da casa. Os dois montaram na motocicleta e começaram a viagem. Ela havia tirado o véu, mas durante toda a viagem teve a sensação de que continuava com ele na cabeça e de que ele flutuava atrás deles.

Chegaram a Jerusalém logo depois do escurecer. A casa da família na rua Rav Pinchas estava agora inteiramente decrépita com apenas um fantasma de grandiosidade. O velho Eliezer ficou bastante excitado com a perspectiva de hospedar um jovem Amor ativo em sua casa. Ele sabia que a consumação do matrimônio era uma bênção especial, e gostava muito da idéia de prover o lugar adequado para esse tipo de oração. Além disso, Eliezer desconfiava que o declínio físico da casa tinha menos a ver com o envelhecimento natural do que com a ausência de habitantes apaixonados. Ele sempre andava pelos quartos vazios tentando conjurar de volta beijos das gerações passadas.

O avô recebeu o jovem casal com xícaras de chá forte aromatizado e uma farta refeição. Mas mal deixou que terminassem. Zohar e Miriam não estavam na casa não fazia nem meia hora e Eliezer já estava mandando os dois para a cama com uma pressa tão evidentemente utilitária que fez Miriam enrubescer.

Naquele quarto, os bisavós de Zohar, Esther e Yochanan, haviam dormido, sonhado, rezado e se abraçado, e, às vezes, se afastado. Seus fantasmas não estavam inteiramente presentes, mas tampouco muito distantes. Era o tipo de noite em que os ancestrais habitam a distância média da alma, um curioso lugar enevoado à esquerda da memória e à direita do momento presente. Tanto a noiva como o noivo se sentiram tomados por um silêncio sereno e confortável. Despiram-se e deitaram-se na cama que tinha lençóis frescos, mas cuja armação era uma relíquia cheia de rumores. Ficaram deitados lado a lado, sem falar. Seu silêncio parecia fazer parte de um antigo ritual que vinha ao encontro deles, parente do dossel matrimonial, mas também semelhante ao vidro que Zohar quebrara com o pé: algo que estava ao mesmo tempo acima de suas cabeças e sob os seus pés.

Zohar olhava para o teto e em pouco tempo viu-se murmurando consigo mesmo uma oração silenciosa. Zohar recitou a oração das primeiras coisas em honra de sua primeira noite como marido e da primeira noite de Miriam como esposa. *Shehichienu vekiemanu, vehigianu, lazman hazé.* O canto rítmico das palavras comprazia sua boca. Acrescentou um enérgico Amém interior, e virou-se para olhar sua mulher.

Miriam também estava mergulhada em quietude. Mas não estava rezando. Estava era olhando para fora da janela, para o mosteiro do Adormecimento ao longe, deixando seus pensamentos subirem e descerem pela abóbada cintilante com uma nítida cruz no alto, porque a Jerusalém de sua alma era vigilante e cálida e, à sua própria maneira tortuosa e mística, implacável. Miriam pensou na cruz e na abóbada cintilante, e no rangido da cama. E ali, deitada, sentiu seu casamento crescer dentro de si, e começar a latejar, pulsar e protegê-la. Ficou surpresa e perplexa com esse fenômeno. E perguntou-se por que ninguém havia lhe dito que o casamento era um órgão que a alma desenvolve. Que era todos os órgãos ao mesmo tempo, e todos eles juntos; o casamento era pele e fígado, coração, estômago e pulmões. Isso lhe pareceu, naquele momento, tão óbvio. Na cama da casa da rua Rav Pinchas, Miriam estava deitada e absolutamente perplexa. Começou a pensar num jeito de bordar aquela nova informação. Que cor de tecido usar? E fio de que qualidade?

Parecia aos dois, abraçados ali na cama, que o outro havia se transformado numa espécie de porta. E que a porta conduzia ao Amor, um território invisível, eterno e acessível apenas desse jeito. Miriam pensou se toda gente não teria sido criada para isso: ferramentas de construção numa cidade secreta que não tinha ou-

A CIDADE DE JERUSALÉM VISTA DO MONTE DAS OLIVEIRAS

tra entrada. Zohar também refletia. Entre beijos, disse a ela que desconfiava que o resto da vida fosse só um desvio, "para manter a nós, humanos, ocupados enquanto estamos fazendo o trabalho real da vida — servindo de portas e janelas, e outros tipos de parede". Riram alto, e depois apertaram os corpos nus um contra o outro e se beijaram mais um pouco.

O velho Eliezer ouviu a risada deles e o ranger da cama alto, intermitente, e riu também. Afofou o travesseiro e fechou os olhos. No escuro de sua mente teve uma visão de muitas pedras de Jerusalém, brilhantes e novas, voando pelas alamedas da cidade, zunindo para a direita e para a esquerda, por baixo do meio arco, descendo a rua dos Anjos da Morte, na direção da rua Rav Pinchas, onde, uma a uma, grudavam na fachada da casa, sobre as pedras que haviam mofado até praticamente virar pó.

Enquanto isso, os jovens "construtores" estavam ocupados "construindo". Miriam segurou e apertou as nádegas de Zohar.

Deixou um dedo escorregar para dentro e para fora da fenda quente de seu traseiro. Ele gemeu e moveu os quadris para a frente e de novo para trás. Zohar estremeceu, sentou-se e curvou-se sobre sua noiva. Percorreu com a língua o mamilo de seu seio esquerdo, mordiscando-o com os lábios até ela gemer e arquear o corpo; e depois enfiou dedos carinhosos na quente e muito desejosa janela entre as pernas dela.

MEU PAI ESCREVE:

Fazia quatro meses que meus pais estavam casados quando se mudaram da cidade de Petach Tikvah para Shachar HaChayal (Shachar), uma pequena cidade de cultivo de laranja em Emek Héfer, perto da estância de Netanya. Emek Héfer é um grande vale fértil na parte central do país, ao longo da planície costeira. O vale tem nome bíblico. As filhas de Héfer foram as primeiras mulheres na Bíblia a herdar a propriedade do pai. O pai delas era dono de todo o vale. Como estava morrendo sem herdeiro homem, Héfer foi à corte lutar pelo direito à propriedade de suas filhas, e saiu vitorioso. Nosso vale foi batizado em honra das filhas de Héfer, que foram proprietárias de nossa terra até morrerem e passarem-na para seus filhos.

Nasci em Shachar em 16 de fevereiro de 1937. Recebi o nome de Eliezer por causa de meu avô, que morrera três meses antes de eu nascer. Meu irmão, Tomer, nasceu em 6 de abril de 1944, quando eu tinha sete anos de idade.

Tomer era uma criança incrivelmente ativa, e um desordeiro desde que nasceu. Nossa família tem uma porção de histórias sobre ele, porque estava sempre aprontando. Começou a andar aos nove meses e já falava com um ano e meio. Quando bebê, no cercadinho, ele ouvia meu pai chegar de motocicleta e começava a ficar louco, pulando para cima e para baixo e balançando o cercado. Quando

meu pai voltava para casa, antes mesmo de entrar tinha de levar Tomer para dar uma voltinha (sentado na frente de meu pai).

Aos dois anos, Tomer andava sozinho por toda a aldeia. Acho que só havia dois carros na aldeia — e meu pai tinha a única motocicleta —, portanto não havia estradas pavimentadas e nenhum carro com que se preocupar. Mas é claro que os sumiços dele deixavam meus pais malucos e estávamos sempre correndo atrás dele.

Morávamos numa casinha minúscula de um só cômodo. No começo, meu pai sustentava a família cultivando seu *dunam*, seu pedaço de terra, porém, com a eclosão da Segunda Guerra Mundial, a exportação de laranja foi totalmente interrompida, de forma que meu pai teve de parar de trabalhar na terra e ir ser *gafir* (soldado), vigiando um campo de exploração de petróleo britânico. Minha mãe também trabalhava, costurando insígnias em uniformes do exército australiano. Ela me disse que era um trabalho incrivelmente difícil: o pano dos uniformes era tão grosso que seus dedos chegavam a ficar amortecidos de tanto fazer força para perfurá-lo com a agulha.

Da metade para o fim dos anos 40, meus pais se envolveram (como a maior parte de nossa aldeia) na Haganah, a força de defesa judia secreta. Meu pai e meu tio se alistaram aos dezesseis anos e prestaram juramento, segundo meu pai, "com uma mão sobre a Bíblia, numa cerimônia secreta, numa sala escura iluminada por velas". Uma vez, meu pai e seu gêmeo nadaram por baixo da água no rio Yarkon para instalar uma bomba que explodiu um importante ponto de passagem britânico. Minha mãe também era ativa. Ela e outras mulheres da área sempre praticavam atirar granadas, montar metralhadoras e outras habilidades militares. Muitas vezes seu trabalho consistia em contrabandear armas. Minha mãe me disse que os soldados britânicos eram fáceis de enganar. As mulheres da aldeia ficavam se esfregando neles, dizendo que seus maridos estavam passando a tarde fora. No meu carrinho de bebê, escondida embaixo dos cobertores, podia haver uma metralhadora. No carrinho de uma vizinha, munição suficiente para explodir o próprio alto comando. Mas, nas palavras de minha mãe, "aqueles britânicos eram tão estranhos". Todas as mulheres sabiam que, para não serem revistadas, tinham de flertar. Quanto mais as mulheres flertavam, mais apavorados pareciam os soldados. Às vezes, de brincadeira, as mulheres forçavam um pouco a sorte. Esfregando-se nos soldados e lançando olhares que só podiam ser entendidos como um convite. Os soldados sempre deixavam as mulheres passar quando agiam assim. As mulheres tinham orgulho do seu esforço de guerra. Gostavam de se gabar de que haviam contrabandeado metade de um arsenal nos carrinhos de bebê ou debaixo das saias.

Meus pais, como muitos outros em nosso vale, foram particularmente ativos nas tentativas da Haganah de ajudar refugiados a emigrarem para a Palestina. Na década de 1940, dezenas de milhares de judeus, muitos deles saídos de campos de concentração, estavam tentando escapar da Europa. Muitos queriam ir para a Palestina, no entanto a Grã-Bretanha restringia severamente a imigração judaica. Por essa razão, a Haganah, a força de defesa judia, organizou um complexo sistema de imigração ilegal.

Shachar fica terra adentro, a cerca de um quilômetro da cidade costeira de Netanya. Barcos carregados de "ilegais" chegavam a Netanya nas noites sem lua. A costa é muito rochosa e não há porto. Os membros da Haganah, disfarçados de pescadores, iam ao encontro dos refugiados bem dentro da água e conduziam os botes salva-vidas por entre as grandes rochas que se elevavam do mar. Quando chegavam bem perto, tiravam os refugiados dos botes e punham-nos nas costas, levando-os pelas ondas em segurança. Os refugiados eram então conduzidos terra adentro, através de dunas e pomares, até alcançarem Shachar e outros assentamentos próximos, onde eram espalhados por todas as casas. Se os britânicos

apareciam procurando ilegais (coisa que faziam sempre), os aldeões diziam: “Este aqui é meu primo Shlomo, de Sefat”, ou “Esta é minha irmã Ruth, de Jerusalém”. Em Shachar e nas aldeias vizinhas, todo mundo sempre recebia mesmo a visita de parentes, pois estavam perto da praia e o ar não era tão úmido como em Tel-Aviv.

EU ESCREVO:

Nas noites em que sabiam que iam chegar refugiados, todas as mulheres jovens e as meninas mais velhas se dirigiam a um dos restaurantes da cidade onde os soldados britânicos se reuniam. Claro que as moças da Haganah eram parte do plano. Elas tentavam embebedá-los. Usavam roupas provocantes e dançavam com os soldados, deixando que as apertassem e passassem a mão por todo o seu corpo. E enquanto as mulheres distraíam os soldados, os homens ficavam na praia. Zohar entrava na água, subia num barco a remo, ajudava um homem a descer, subia-o para os ombros, conduzia o refugiado pelas ondas e voltava para pegar outro refugiado.

Perto de Shachar há outra aldeia, chamada Neve Boker. Miriam ouvira dizer que os refugiados que chegavam a Neve Boker recebiam o que se podia chamar de “um tipo diferente de boas-vindas”. Evidentemente, havia lá algumas damas que competiam entre si para ver quem fazia a recepção mais “completa”. Diziam os boatos (muito dignos de crédito!) que uma mulher chamada Sophie Gefen era a melhor nesse assunto. Era bonita, muito inteligente, tinha um olho azul e outro castanho, cabelo preto encaracolado e traços delicados, quase asiáticos, embora fosse inteiramente polonesa. Nos restaurantes da cidade, o líder da Haganah providenciava para que Sophie fizesse companhia para capitães, sargentos ou tenentes que aparecessem por lá. Miriam e suas amigas costumavam brincar sempre que se Sophie Gefen pudesse ser embrulhada para presente e entregue ao alto comando britânico, eles teriam conseguido seu país muito antes.

Segundo os rumores, nas noites em que havia refugiados dormindo na varanda dos fundos, Sophie costumava sair da cama no meio da noite. Seu marido tinha um sono muito pesado. Nunca escutava nada. Sophie saía para a varanda sem nenhuma roupa no corpo e se enfiava na cama com os refugiados. Todas as jovens de Shachar brincavam que Sophie provavelmente os acordava com as palavras "Bem-vindo à Terra Santa!", ou "Que tal um pouco de leite e mel nativos?". Sophie Gefen era famosa por ter "recebido" uma dupla de judeus franceses (primos) de Paris, um socialista ferido da Cracóvia, dois meninos *ieshivá* de Kovna e um rabino lituano que perdera a fé nos calabouços da Europa, e que a recuperara instantaneamente, segundo os boatos, entre os braços de Sophie. Todo mundo no vale sabia o que ela fazia. Mas ninguém nunca contou nada ao marido, o que, dependendo da pessoa a quem se perguntava, era considerado um grande crime ou um ato de grande compaixão.

Não muito tempo depois de Miriam e Zohar terem se mudado para Shachar, um dos líderes da aldeia fez uma visita a Miriam. Zohar não estava em casa aquele dia, estava fora, trabalhando. O líder da aldeia, cujo nome era Horowitz, sabia que Zohar e Miriam eram membros da Haganah. Horowitz contou a Miriam que duas duplas de soldados britânicos estavam dando busca na aldeia naquele dia, à procura de armas e informações ilegais. Perguntou se ela possuía alguma arma escondida na casa. Bem, não tinham arma nenhuma, mas tinham uma pilha de papéis que descrevia como desmontar uma submetralhadora Sten e montar de novo. Miriam era perita na Sten, sempre ganhava concursos por "desmontá-la" mais rápido. Ela revelou a Horowitz que possuíam alguns papéis, e ele disse que era preciso livrar-se deles imediatamente. Claro que isso era muito complicado. Eytan Rimon, que morava do outro lado da aldeia, tinha um *slick* em seu galinheiro. *Slick* era um compartimento subterrâneo onde costumavam esconder armas e outras coisas ilícitas.

Mas fazer Rimon vir até Miriam e depois voltar até sua casa com o material de contrabando significava atravessar a aldeia e correr o risco de topar com soldados no caminho. Era aí que Abraham Lincoln entrava em cena. Abraham Lincoln era da Lituânia. Seu nome verdadeiro era Yoni Burgs, mas todo mundo o chamava de Abraham Lincoln porque sua esposa era norte-americana e o casal falava inglês em casa. Horowitz organizou tudo nos trinques. A mulher de Abraham Lincoln, Devorah, preparou um almoço rápido enquanto Abraham Lincoln percorria a aldeia em busca das duas duplas de soldados. Quando os encontrou, puxou conversa com eles e os convidou para almoçar em sua casa. Os britânicos adoravam Abraham Lincoln porque ele falava inglês bem. Mais tarde Miriam pensou que ele talvez tivesse esse apelido como parte da estratégia da Haganah para fazer os ingleses se interessarem por ele. Todos os soldados voltaram à casa de Abraham Lincoln para almoçar, Devorah preparou algum prato delicioso, e Rimon conseguiu chegar à casa de Miriam e Zohar e voltar, atravessando a aldeia inteira até o seu *slick* debaixo do galinheiro sem ser apanhado!

MEU PAI ESCREVE:

Nos últimos dias do mandato britânico, havia uma presença militar britânica muito forte em toda a Palestina. Durante esse período de aumento de tensão, nosso povo continuou treinando em segredo para a guerra. Estávamos sempre sob toque de recolher e os movimentos eram severamente restringidos. Mas mesmo sob toque de recolher, as pessoas treinavam. As mulheres de nosso vale usavam os bebês para camuflar suas sessões de treinamento da Haganah. Diziam aos britânicos que tinham de ir até a árvore das ferramentas para seus bebês tomarem um pouco de ar fresco e que elas eram atletas que precisavam treinar para os jogos pan-palestinos. A árvore das ferramentas é um velho fícus com ferramentas incrustadas em seu tronco. Ninguém sabe de quem eram as ferramentas, nem quando exatamente foram abandonadas, mas deve ter sido em algum momento do final do século passado. A árvore cresceu naquele lugar, em torno das ferramentas. Lâminas de serrote, um torno, martelos, tudo meio saindo da madeira. Duas vezes por semana, as mulheres se encontravam na velha árvore das ferramentas e treinavam atirar granadas. Os britânicos sempre pensaram que as mães estavam apenas fazendo exercício ou, mais ridículo ainda, "treinando disco para os jogos pan-palestinos", segundo minha mãe.

Quando minha mãe e as outras mães levavam os filhos para a árvore das ferramentas, uma delas ficava tomando conta das crianças enquanto as demais se afastavam um pouco. Formavam uma linha e atiravam pedras num alvo, que era uma mancha de tinta vermelha no tronco de um fícus morto. Às vezes, os soldados iam observar as mulheres. Eles se debruçavam na cerca, alguns deles, e ficavam olhando com o que minha mãe descrevia como "olhares de desejo e admiração". Para disfarçar, as mães às vezes disputavam corrida ou faziam ginástica quando terminavam de atirar granadas/"discos".

O final dos anos 40 foi uma época difícil para a nossa família, na

verdade para todo o assentamento. A guerra era iminente. A Haganah estava acelerando sua campanha contra os britânicos. Os britânicos por sua vez retaliavam com toques de recolher e ignorando tacitamente a campanha de violência deflagrada pelos árabes contra os judeus. Como resultado, muita gente no assentamento não tinha trabalho regular e, conseqüentemente, não tinha o que comer. Nossa família não foi exceção. Minha mãe ia ao mercado com uma amiga na sexta-feira para comprar um único peixe, que repartiam, metade para cada família. Durante esses anos, nunca passamos fome, mas conseguimos miraculosamente viver com muito, muito pouco.

EU ESCREVO:

Ela está na varanda da frente, recostada numa das colunas de tijolo. *É assim que sempre a vejo.* Suas costas contra a coluna e uma das pernas apoiada nela também, formando um triângulo. O braço direito acima da cabeça. Com um vestido de algodão xadrez azul-claro, a mão esquerda na barriga, os dedos separados. Ela fica ali por alguns minutos. Depois entra na casa, a porta de tela bate atrás dela. Está muito quente e muito úmido no meio desse verão. A testa de Miriam pinga suor enquanto ela troca o bebê. Eliezer está no quintal, cavando buraquinhos na terra arenosa à beira do pomar. Quando ele ouve a porta dos fundos abrir e fechar, levanta a cabeça e acena com a pá para a mãe. Miriam se senta debaixo do telhadinho da varanda, na sombra. Tomer se retorce em seu colo. Ela o deixa engatinhar até o irmão. Mais uma vez põe a mão na barriga. Sabe que está grávida, mas ao mesmo tempo não pode acreditar que esteja grávida de novo. Tão depressa. Os dois meninos brincam na areia. Miriam aperta os dedos no estômago. Aperta forte, até a mão marcar seu corpo.

É uma mulher forte, uma mulher de coragem e beleza. Tem muitos amigos e, quando conta uma história, as pessoas sempre param para ouvir. Miriam tira a mão da barriga e enxuga o suor da testa. Olha o pomar, primeiro os filhos, depois as árvores que estão verdes, agora que é verão, e não enfeitadas com frutos cor de laranja. Depois olha acima das árvores, o céu tão azul, azul quente, azul como uma vingança.

Ela pegou as crianças. Tomer no andador, Eliezer pela mão. Sabia que não devia ir, não em seu estado, mas foi mesmo assim. Até a árvore das ferramentas, e lá os deixou na sombra, aos cuidados de uma das outras mães. Depois foi ao campo, onde levantou o braço direito e apertou os olhos para enxergar melhor o alvo. A pedra fresca cabia perfeitamente em sua mão. Fechou os dedos em torno dela, respirou fundo. Com a mão esquerda afastou o cabelo que a todo momento lhe caía sobre os olhos. Deu um passo para trás, deixou o braço balançar para trás, a mão pendurada, depois levantou-o novamente com força suficiente para a pedra lançar-se no ar e espatifar-se no centro do alvo com um estalo alto que chamou a atenção das outras mulheres. Em seguida, repetiu aquilo. E mais uma vez. Abaixou-se para pegar outra granada de mentira da pilha de pedras a seus pés. E as outras mães pararam de jogar para assistir, aplaudindo quando ela atirou a última pedra. Aplaudiram o jeito como a pedra saía de sua mão feito uma bala, e a graça poderosa de seu corpo no vestido xadrez azul. Ela fechou os olhos e observou a pedra interior viajando numa trilha reta, mas numa guerra diferente, uma escuridão particular, rumo a um alvo que ninguém mais podia ver.

Ao longo dos meses seguintes sua barriga cresceu. Quando

as outras mulheres descobriram que estava grávida, não deixaram mais que treinasse com elas. Todo mundo sempre se preocupava com um bebê novo. As mulheres não deviam fazer exercício nesse estado. E havia aquelas mulheres desdenhosas que olhavam o bebê agitado nos braços de Miriam, depois para o que estava dentro de sua barriga e diziam descaradamente: "Como você pôde fazer uma coisa dessas? Nos dias de hoje, quando a comida é pouca até para os que você já tem?".

À tarde, quando Eliezer ia para a casa de algum amigo e ela ficava sozinha com Tomer na casa, Miriam saía para a varanda dos fundos. Primeiro, fechava os olhos e imaginava a fila de mulheres, os vestidos levantados quando se abaixavam para atirar, os braços erguidos. Depois, abria os olhos e erguia o braço bem alto. Firmava bem os pés e dava um passo para trás com a perna direita. Erguia o braço, inclinava-se para a frente, depois para trás, sem mexer os pés, mas deixando as pernas aceitarem a íntima troca de energia entre a parte da frente e a parte de trás da coxa, entre a barriga da perna e o calcanhar e daí para os dedos dos pés; então levantava o pé esquerdo no ar enquanto uma pedra invisível saía voando de sua mão. Por cima e para além do pomar. Atingindo um alvo fantasma. Dava um passo atrás, olhava bem e atirava de novo e de novo, com mira perfeita, nos frutos que amadureciam nas árvores.

Para Zohar, o nascimento de seu terceiro filho estaria para sempre associado a borboletas e cinzas. A cinzas porque no ano em que o bebê nasceu, houve uma geada prematura acompanhada por uma séria tempestade de granizo que arruinou a maior parte da produção das árvores. Nessa primavera, a aldeia queimou uma colheita inteira de frutas estragadas. À medida que a queimada prosseguia, uma fina película de cinzas cítricas se espalhou por todas as casas e pareceu cobrir tudo com uma carapaça cinzenta mas doce, quase caramelizada. A cinza cor de âmbar pousou nas varandas e nos galhos, nos batentes das janelas como uma morte que se podia comer como doce. Depois, enterraram o que sobrou da fogueira e até os menos religiosos entre os *pardessanim* murmuraram preces enquanto a terra era aberta e fechada de novo, cheia das brasas alaranjadas ainda brilhantes da produção de toda uma estação.

O parto sempre o faria pensar em borboletas porque assim que se viu que o bebê não tinha dedos nem nas mãos nem nos pés, o médico-chefe da maternidade puxou Zohar de lado e disse-lhe que devia ir visitar imediatamente "outra criança, uma criança extraordinária que nasceu com essa mesma deformidade". Assim, no dia seguinte, com Miriam ainda no hospital, Zohar deixou Tomer com uma vizinha e levou Eliezer para visitar outro menininho que, como o seu bebê, havia nascido com mãos e pés deformados.

A família dele morava em Zichron Yaacov. O filho, contaram os pais a Zohar, se inspirara no grande naturalista local Aaron Aaronson, irmão de Sarah, e que também havia sido um dos líderes dos espiões da NILI. Desde pequeno, o coitadinho mostrava fascínio por "todas as coisas selvagens e naturais". Mas enquanto Aaronson cultivava frutas e flores, essa criança colecionava borboletas. Os pais fizeram Zohar atravessar a casa até um quarto nos fundos, cujas paredes eram forradas de caixas de vidro. Nas caixas, havia centenas de borboletas montadas. "No total", disse o garoto, todo orgulhoso, a Zohar e Eliezer, "tenho cento e quarenta e duas variedades. Muitas do estrangeiro." Então ele lhes mostrou, na varanda dos fundos, uma grande gaiola de tela de arame bem fina. Dentro da gaiola, havia cinco ou seis borboletas de um azul muito, muito brilhante. O menino explicou que as guardava assim até morrerem, depois as preservava, montava e acrescentava à coleção. "Mas às vezes", admitiu, "sufoco as criaturas para as asas não perderem a cor."

Zohar entendeu que o médico quisera que ele fosse até ali para entender que uma criança de pés e mãos deformados podia realizar alguma coisa. Podia colecionar borboletas e saber muitas coisas sobre suas manchas, suas cores e a forma de suas asas. Mas depois, quando ficou claro que seu bebê não apenas era fisicamente deformado, como também doente mental, e catastroficamente doente, Zohar relembrava a visita. Fechava os olhos e via aquelas borboletas, todas as cento e quarenta e duas variedades: as asas brilhantes, intricadas, azuis, magentas e amarelas. Perguntava-se se o médico sabia que o estado do bebê era muito mais sério que a deformação dos dedos dos pés e das mãos. E perguntava-se se, em vez do menino, ele não teria mandado Zohar ver as borboletas. Porque certamente havia uma semelhança entre o bebê que nasceu de Miriam no hospital e aquelas lindas criaturas que estavam pregadas nas paredes, ou esperando a morte numa gaiola.

Zohar voltou ao hospital. Olhou para Miriam e ela olhou para ele. Seus olhares eram feitos de tristeza. E embora não fossem um casal religioso, as palavras em seus lábios se transformaram em orações. Nomearam o filho com uma oração, chamaram-no com o nome de um salmo, pediram uma resposta a todos os anjos. Chamaram-no Gavriel. Gavri El, que quer dizer "Deus o ajudará a superar". Carregaram o bebê e tomaram as mãozinhas aleijadas nas suas. Zohar pensou nos enxertos que aquele menino jamais faria. Miriam pensou como as pessoas iam ficar olhando sua deformidade. E quando ele dormiu, eles também dormiram, enquanto o filho mais velho, Eliezer, rondava em torno de sua cama, ciente das estranhas sombras nos rostos dos pais.

Na manhã do *brit* do bebê, Zohar foi até o pomar, o bebê apertado no peito, o rostinho apertado em sua camisa para não se arranhar nas folhas e galhos. Foi avançando mais e mais até chegar a uma clareira entre quatro árvores; ali Zohar parou e levantou a criança acima de sua cabeça. Gabi era tão leve. Não pesava nada. Zohar levantou Gabi mais alto, ainda mais alto, e ali permaneceu por longos segundos. Gabi flutuou no ar cítrico como uma espécie de âncora ao contrário, prendendo os dois no lugar em virtude da falta de qualquer peso. Ali ficaram por um tempo que pareceu dez mil minutos, mas que na verdade foi um único minuto, esticado até seu limite máximo. Finalmente, Zohar baixou o bebê de volta à camada de folhas, troncos e galhos. E aí desceu ele próprio para a camada de raízes, pedras e vermes. Havia amargura ali, e estava mortalmente escuro, mas pelo menos no escuro sentia-se confortável. Zohar apertou as costas do bebê em seu peito, que estava sacudido por soluços, e juntos saíram do pomar.

Uma noite, quando Gabi já estava com várias semanas, Miriam repassou tudo na cabeça. Quando as três crianças finalmente foram para a cama, ela se deitou e repassou as possibilidades. A primeira era a mais terrível. A primeira possibilidade era de ela própria ter causado a ruína desse filho. Não sabia exatamente quando havia tomado a decisão ou se havia realmente tomado a decisão. Foi no segundo mês, antes mesmo de começar a aparecer. Ela não sabia nem se havia tomado a decisão sozinha, ou se Zohar havia sussurrado, convencido, insistido. Não sabia. Não sabia dizer. A lembrança lhe parecia uma trama de sins e nãos que sua boca podia ou não ter pronunciado. Lembrava-se de ter se sentido, ao pegar o envelope da mão da enfermeira, como alguém que sai de uma versão de si mesmo para outra diferente.

Voltara para casa devagar naquele dia. Por uma rota tortuosa, circundando o pomar de Amnon Tered, passando pelo abrigo de bombardeio, pelo velho galinheiro e de volta outra vez, por trás da escola onde crianças brincavam. E, por mais que tentasse fazer esses momentos durarem, eles resistiam. Chegara em casa, passara pelo portão, seguira pelo caminho da entrada, subira os degraus da varanda e entrara em casa.

Na cozinha, fizera um momento de pausa. Depois, abriu o envelope e examinou o pó. Era branco. Branco apenas. Encostou um dedo nele, pegou um pouquinho e provou. Não tinha gosto de nada. Durante alguns segundos ficou parada, tentando explicar a si mesma por que estava fazendo aquilo. Mas quando falou para si mesma de racionamento e privações, de não ter comida suficiente para os dois filhos que já tinha, começou a entrar em pânico e fez um esforço para parar de pensar. Pegou um copo de água, despejou uma parte do pó dentro e mexeu. Depois ficou olhando o líquido alguns segundos mais, antes de beber.

A gravidez, porém, continuou. A enfermeira da clínica lhe disse que devia ser falsificado, o pó, farinha talvez, nada perigoso. Tinham sido enganadas. Miriam sabia que não tinha gosto de farinha e tentou se convencer de que "o nada" que experimentara era mesmo nada. Às vezes acreditava. Outras vezes, ao longo da gravidez, sentira um fogo pânico queimar-lhe a cabeça, por dentro do crânio. E ficar sozinha, ficar quieta, era sentir aquela conflagração, aquele medo de ter realmente destruído alguma coisa.

Miriam era uma mulher esperta. Não se culpava inteiramente pela escuridão que agora sofriam. Intuitivamente, sabia que a enfermeira não a consolara com palavras vazias tantos meses antes, e que havia uma forte possibilidade de o pó que tomara para provocar um aborto ser inofensivo, uma falsificação. A terra vivia inundada de pílulas, xaropes e pós inócuos. Miriam repetia insistentemente para si mesma que Gabi nascera do jeito que nascera não por nenhum erro seu. Os médicos haviam dito que era muito provável que Gabi tivesse nascido assim devido a uma anormalidade congênita na família que nunca antes se manifestara. Ela se conformara um pouco com essas declarações, sobretudo com a última, e se viu repetindo as palavras finais "anteriormente oculta", repetindo, repetindo na cabeça, como um totem para afastar a tortura da culpa e também a possibilidade de que aquela "anormalidade" reaparecesse numa futura geração.

E havia ainda outras possibilidades. No quarto mês, Miriam estava descendo de um ônibus, fora visitar seus pais em Petach Tikvah, quando a mulher atrás dela tropeçou, rolando os degraus e caindo em cima de Miriam, que foi para o chão. Fora um tombo e tanto. Ela aterrissara de cara no chão. Todo mundo a ajudara a levantar-se. Estava bem, um pouco arranhada, assustada, mas muito bem. A pequena multidão que se juntou não acreditou muito nela. Principalmente as mulheres. Ficaram com expressões de grave preocupação no rosto, pois perceberam que estava grávida.

Miriam levantou-se da cama e foi até o berço onde o bebê dormia. Ficou olhando para ele enquanto tentava localizar a tragédia no tempo e no espaço. Embora não conseguisse lembrar-se bem de como era a mulher que caíra sobre ela, agora imaginava ver seu rosto claramente. Deu-lhe lábios grossos e um nariz grande. Miriam fechou os olhos e viu a mulher rolar insistentemente pelos degraus do ônibus e para dentro de sua vida com um baque e um choque que não deixavam sobreviventes.

EU DIGO:

Não, eu não escrevo para feri-la. Escrevo para construir um museu de palavras. Em meu museu existe um salão de imagens. Arranjadas numa série de cambiantes figuras em tamanho natural, de forma que quando se olham todas vê-se uma ação completa, como um livro de animação. Uma série de imagens mostra minha avó, ainda jovem, atirando uma pedra. Seus pés estão plantados com firmeza, o braço direito erguido acima do ombro. Segura na mão uma pesada pedra redonda. À distância, à direita, a árvore e os bebês. Dá para vê-los. Na imagem seguinte, o braço, dobrado no cotovelo, está ainda mais projetado para a frente, e todo o seu corpo, retesado, energizado, mostra a expectativa do tiro como se fosse uma roupa. Na imagem seguinte, seus dedos estão abertos, a pedra ainda em sua mão. Mas na imagem seguinte ela já deixou a pedra voar. Ela explode à frente como uma granada e seu corpo se transforma no ricocheteio, recuando, mas sem perder o equilíbrio. Depois, várias imagens fixas da pedra voando no ar. Uma única imagem da pedra batendo no alvo, que é uma moita de cardos à esquerda de um muro de pedra despedaçado. Depois, a imagem final. Ela está de pé, com as mãos nos quadris, o rosto satisfeito, orgulhosa de acertar o alvo. Vovó, eu museologizo você e você me museologiza, pois o que é uma família senão uma exposição viva das muitas faces de alguém?

EU ESCREVO:

Quando Gabi estava com vários meses de idade, tornou-se evidente que não só suas mãos e seus pés eram deformados, mas que havia algo horrivelmente errado dentro da sua cabeça. Miriam e Zohar já desconfiavam disso desde que ele nascera, mas os médicos haviam garantido o contrário e insistido para que levassem o bebê para casa e o tratassem como um "bebê normal". Só que ele não era um bebê normal. Não era vivo como haviam sido seus irmãos mais velhos. Principalmente, não era nada parecido com Tomer, apenas onze meses mais velho que ele. Tomer era uma faísca precoce e agitada. Quando Gabi tinha seis meses, Tomer, de um ano e meio, já falava.

Aos seis meses, Gabi não conseguia sustentar a cabeça. Não tentava rolar na cama. Seus olhos estavam sempre sem foco. Zohar e Miriam voltaram aos médicos e fizeram exames e mais exames, com Miriam segurando a criança ao peito o tempo todo. Enquanto ele mamava, ela imaginava que sua alma não havia saído de seu útero. Que ainda estava lá dentro dela e que talvez pudesse sair no seu leite, para dentro dos lábios dele, fluindo como o rio Jordão pelas margens do seu corpinho que, embora malformado, era cor-de-rosa, macio e quente.

Ficava com Gabi no colo horas e horas, enquanto Eliezer aprendia a se divertir. Tomer andava o tempo todo pela aldeia, e o trabalho de casa ficava por fazer. Miriam segurava Gabi e o embalava até dormir em seus braços e divagava. Miriam sabia que estava chorando. Chorava o tempo todo. Enquanto Gabi ainda estava dormindo, Miriam o colocava num cesto na varandinha ao lado da casa, a varandinha fechada por uma treliça de concreto. Deixava-o sempre ali enquanto tentava fazer algum serviço da casa. Começava a lavar batatas para o jantar, mas o bebê acordava quase imediatamente e ela tinha de ir até ele.

O RIO JORDÃO

Os anos se passaram. E a criança pesou nos seios e nos braços de Miriam até ela não ter mais seios, nem braços, apenas o corpo de uma mulher acabada que não conseguia mais continuar desse jeito. Zohar também sofria. Mas seu sofrimento era diferente. Miriam sofria com o peso da criança, enquanto Zohar sofria com sua falta de peso. Quando passeavam com o menino pela aldeia, ele começou a recear que Gabi saísse flutuando. Flutuando acima das casas e das árvores. E os levasse com ele. Não para o céu, mas para uma espécie de inferno flutuante. Um inferno de anjos idiotas cujos olhos são vazios e cujas bênçãos não servem para nada.

Nem a terra se mostrava um abrigo. Nem o céu parecia ter muito interesse ou influência no sentido de melhorar as coisas para eles. Viviam em dois cômodos minúsculos numa casa de concreto. Ela cozinhava num minúsculo fogão de campanha Primus, e como nunca havia muita comida ela e as vizinhas repartiam tudo. Metade de um peixe num feriado. Dois ovos para duas famílias. Se havia leite, era só para as crianças, claro. Pão, um pedaço de vez em quando. Uma ração de café, às vezes um pouco de óleo, um pouco de açúcar. Enquanto isso, a guerra estava por toda parte. Nas próprias mãos de Miriam, quando ela erguia o braço e atirava a pedra, seu arco horrível explodindo contra o alvo, fantasma ou não. A guerra estava nos olhos de Gabi. Quando o pegava do berço de manhã, tentava fazer o bebê olhar para ela. Focalizar seu rosto. Mas ele passeava os olhos, sem registrar a existência dela, nem a dele próprio. E quando ela o punha na cama à noite, imaginava às vezes que a guerra estava sendo travada na cabecinha dele. Mesmo já estando claro para ela que aquela era uma batalha perdida havia muito, beijava a testa dele e com seus lábios de mãe tentava impedir que esse campo entrasse em conflito.

Miriam curvou-se para beijar os meninos mais velhos, adormecidos. Primeiro, foi até Eliezer. Esse menino, pensou, tem o rosto e o porte de um gamo: um animal sereno e sonhador cuja pelagem camuflada se fundia com tal perfeição no deserto que às vezes nem se percebia sua presença. Abaixou-se e apertou os lábios na testa de seu filho mais velho, pensativo e sonhador. Depois, virou-se para o outro, Tomer. Seu rosto adormecido era tão diferente de quando estava acordado. Dormindo, era um anjo. Miriam sentou-se na cama de Tomer e beijou sua testa lisa, fresca, relaxada. "*Ma ihie im Tomer?*", sussurrou. O que vai ser de Tomer? Toda noite ela rezava para que ele atravessasse com segurança a infância, não porque fosse doentio como Gabi, mas porque era exatamente o oposto — parecia ter vida demais dentro dele. Estava sempre se metendo em confusão. Embora nenhum dos dois admitisse, Zohar e Miriam se orgulhavam da rebeldia de Tomer, da força vital que borbulhava e queimava debaixo de sua pele. Miriam fechou os olhos e durante um momento tentou sentir a alma de seus filhos mais velhos adornando a escuridão. Pensou: "Se Eliezer é um gamo, este aqui é uma zebra selvagem, com suas improváveis listras exigindo atenção, as batidas de seus cascos perigosas, rápidas e diferentes". Comprimiu os lábios na testa de Tomer e ali os deixou ficar um pouco mais, respirando o filho.

9

A ÁRVORE DUPLA

MEU PAI ESCREVE:

Nos anos que levaram à guerra de Independência de 1948 vários grupos de judeus da Palestina resistiram ativamente ao domínio britânico. Um, que já mencionei, foi o Haganah. Alguns grupos eram mais militantes do que outros, diferença que acarretou eventuais explosões de atritos internos mortais. Havia um grupo chamado Etzel que era particularmente militante e que assumiu a responsabilidade por muitas bombas e atentados daquela época. Em maio de 1947, os britânicos enforcaram dois militantes judeus da célula de resistência Etzel. Como retaliação, a Etzel seqüestrou e ameaçou executar dois soldados britânicos. Raptaram os soldados diante de um bar em Netanya, a cidade próxima de nossa casa.

O incidente com os sargentos britânicos ocorreu quando eu tinha onze anos de idade e teve um estranho e dramático efeito sobre a nossa família. Primeiro, quando os sargentos foram seqüestrados, os britânicos colocaram todo o nosso vale sob toque de recolher e depois nos isolaram e impediram nossa saída.

Mas o que aconteceu em seguida foi muito mais memorável. Depois de algumas semanas mantendo os sargentos numa prisão secreta, a Etzel enforcou os dois numa laranjeira de um dos pomares da cidade. Na noite seguinte aos assassinatos, meu tio Moshe se casou. Casava-se com Dina Mordechai, uma moça nativa dali.

EU ESCREVO:

Naquela época, todos os convidados traziam comida. A festa foi preparada com porções racionadas por muitas pessoas diferentes. Na noite do casamento, Dina usava um vestido cor de lavanda que alguém lhe trouxera da Inglaterra. Tinha lírios no cabelo loiro-escuro e um broche incrustado de pérolas no lado esquerdo do peito. Moshe pisou no vidro. Todo mundo gritou *Mazel Tov!* e bebeu à saúde do jovem casal. Depois, começou o baile. Zohar, como um Astaire do Oriente Médio na pista de terra batida, valsou com Miriam e dançou tango com a noiva. Depois cruzou os braços sobre o peito sólido, agachou-se no chão e arremessou as pernas para os lados como um cossaco ao som de música russa, fazendo os convidados esquecerem por um bom tempo que haviam emigrado.

O noivo então juntou-se a ele. Moshe também se agachou no chão: os gêmeos dançaram juntos, arremessando as pernas com igual energia, ambos gritando "Ha! Ha! Ha!". E a multidão bateu palmas e deu vivas. Depois, ficaram frente a frente e um apoiou o braço no ombro do outro. Começaram a girar e girar, testas encostadas, pernas chutando para trás no ar, girando, girando.

Então aconteceu. A dança terminou. Moshe e Zohar limpavam o suor da testa. As pessoas começaram a sentar-se. Mas antes que um único bocado da preciosa comida fosse servido, Amnon Avishai entrou correndo na festa e interrompeu a celebração com um assobio de dois dedos dentro da boca. Sua notícia era a seguinte: o exército britânico estava dando buscas em todos os pomares dos arredores à procura dos corpos dos dois soldados britânicos. Quando encontrassem os corpos, tocariam fogo na aldeia mais próxima. Os corpos não estavam em Shachar, mas Amnon Avishai, que tinha um "contato" (que ninguém perguntou quem era), ouvira dizer que a Etzel ia tentar mudar os corpos para um pomar inocente. E dessa forma livrar a sua gente da culpa e da certeza de revide.

Nem todo casamento se consuma da maneira usual, principalmente em tempos de guerra, quando os rituais costumeiros se esgarçam. O que aconteceu foi que todo mundo, inclusive a noiva e o noivo, foi embora da festa imediatamente. Durante toda a noite e boa parte da manhã, os homens formaram um anel de proteção em torno dos pomares de Shachar. Ao longo de toda a noite, as mulheres levaram o banquete de casamento de homem a homem, alimentando-os. E assim se defenderam dos pecados de sua própria gente.

EU ESCREVO:

Muitos, muitos anos depois daquela noite, Zohar encontrou o livro numa loja pertencente a um sul-africano que vivera com os beduínos durante um ano, e que lhe preparou uma xícara de café doce e espesso de tão forte, enquanto ele lia encostado à estante. Quando abriu o livro, enten-

MEU PAI ESCREVE:

O seqüestro e a execução dos sargentos britânicos foi um acontecimento importante na história do surgimento do Estado. O temerário sucesso da Etzel se deu contra o pano de fundo da desintegração da autoridade britânica. Os enforcamentos precederam em muitos meses a reti-

rada dos ingleses. O fato ocupou os jornais durante semanas, e foi assunto de todas as conversas durante muito tempo. Em nossa família, porém, a menção aos "dois pobres sargentos" sempre foi referência ao estranho mas belo casamento de Moshe e Dina.

deu na mesma hora. A foto estava no meio do livro. A legenda dizia: MAIO DE 1947: DOIS SOLDADOS BRITÂNICOS ENFORCADOS EM UM POMAR PERTO DE NETANYA. Zohar viu a meia-lua no quadrante superior direito do céu. Luz cinzenta. Não havia frutas nas árvores. Mais perto. Pequenas linhas pretas esticadas na casca prata-acinzentada. Folhas úmidas, enceradas como línguas verdes. Mais perto. A cabeça do soldado da direita estava caída de lado, os dedos dos pés voltados para baixo, as mãos amarradas nas costas, o quadril projetado para a frente numa posição que lembrava o Messias cristão. O outro soldado pendia da árvore em linha reta, como um fio de prumo. Tinha bigode. Seu queixo quadrado estava enfiado no pescoço e tinha as mãos pudicamente amarradas na frente do púbis.

Virou-se para falar com o proprietário. Mas o homem estava ocupado atendendo outro cliente, então Zohar olhou para o livro. Queria dizer: "O enforcamento aconteceu não na nossa aldeia, mas em outra bem próxima". Queria dizer: "Na noite seguinte ao enforcamento, Dina Mordechai e meu gêmeo idêntico, Moshe, se casaram".

Lembrava-se de tudo, agora. De como ele e o irmão haviam ficado lado a lado. Moshe perto da árvore dupla, Zohar algumas árvores adiante. Haviam ocupado as horas contando as histórias de todas as muitas vezes na vida em que haviam sido confundidos. Moshe começou. "Quando você e Miriam se mudaram para Shachar e eu vim atrás de você, quando desci do ônibus e perguntei onde era sua casa, seus vizinhos pensaram" — e Zohar interrompeu — "... que eu tinha ficado louco, perdido a cabeça. 'Imagine', diziam, 'o vizinho novo está perguntando onde é a casa dele mesmo!'"

"E aquela vez em que eu beijei Dvorah Ofek", disse Moshe. Zohar sorriu: "A vez em que ela me beijou!". Ficaram nisso durante algum tempo, antes de caírem num silêncio interrompido apenas pelas ocasionais palavras atenciosas das mulheres que vinham até eles com sorrisos nos rostos e pratos cheios de comida do casamento.

Zohar andou em círculos em torno da árvore de *grapefruit* que estava guardando. Depois parou e olhou o céu. Na escuridão da noite os sargentos lhe pareciam dolorosamente anônimos, mas ele queria saber: qual dos dois havia nascido numa granja nos arredores de Oxford? Qual dos dois adorava o sabor da manga mas detestava sentir o céu da boca picando, depois de comer a fruta? Qual dos dois tinha uma mãe que falava quatro línguas, inclusive tcheco? Qual dos dois tinha irmão? Qual dos dois tinha um gêmeo? Qual tinha um filho? Qual, como eu e Miriam, teve um filho com problemas? Ao dispor os próprios detalhes, Zohar cerzira o vazio em que estavam e o transformara em algo ferozmente duro e pessoal.

Zohar conhecia de cor todas as suas árvores. Coçara a nuca e, pela milésima vez naquela noite, inventariou as árvores: as que conseguia ver e as que estavam escondidas. À medida que imaginava cada uma delas, pronunciara os nomes dos enxertos, *rosh*, cabeça, *temach*, suporte, *ayin*, olho. Viu quais árvores eram as melhores geradoras, quais exigiam maiores cuidados, quais recusavam tudo a não ser um mínimo de atenção, quais eram as mais velhas, as mais novas, as mais azedas, as mais doces. E quando chegou à última árvore, viu-se olhando para as machucaduras dos enxertos que desejava que não pegassem. Mas seu desejo era vão.

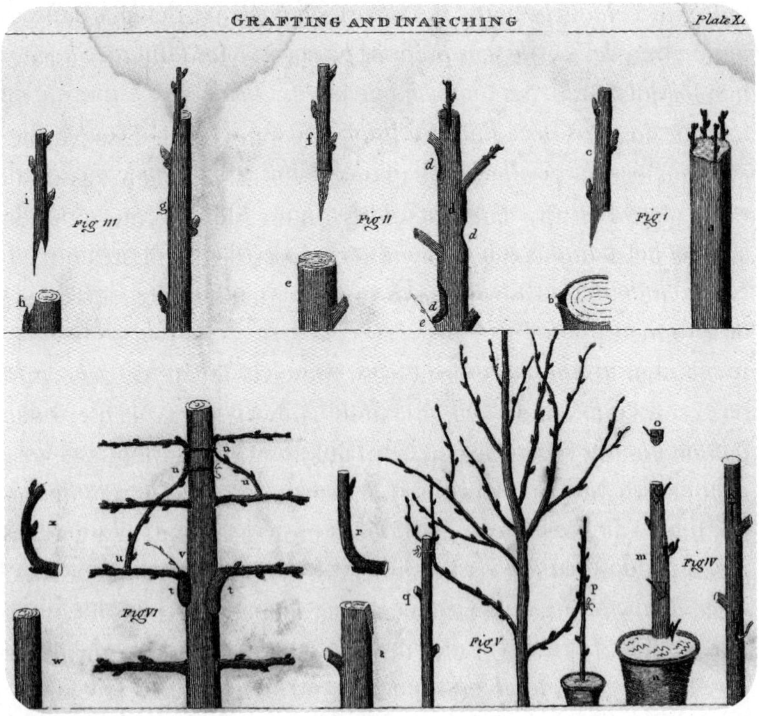

ENXERTOS E SUBENXERTIA

Enxertos muito bem executados. E quando o sol começou a nascer sobre o vale, entendeu que, independentemente de onde os corpos fossem afinal encontrados, os dois britânicos estavam enxertados em suas árvores para sempre.

EU DIGO:

Há histórias que contamos para nós mesmos o tempo todo, nossa vida inteira. Essas histórias, vértebras verbais, coluna de nossas mentes, ajudam-nos a ficar se não de pé, pelo menos não tão curvados. Sei que a guerra dá origem a feras mutantes. Naquela noite, um assustado cachorro de duas cabeças tentara morder um de seus próprios pescoços. Mas falhara. Shachar não foi queimada. Sei também que um dia meus avós estiveram no interior da mais doce muralha humana. Às vezes, em sonhos, encosto-me nessa muralha, passo os dedos nos corpos que a compõem e leio como se fosse em braile a história de Dina Mordechai e Moshe Sepher parados sobre o solo irregular, cruzado por tantas raízes, ao lado da árvore dupla. Dina veste seu vestido importado cor de lavanda e ainda traz os lírios no cabelo. Está parada sobre o solo irregular, cruzado por tantas raízes, ao lado da árvore dupla, e oferece ao marido um knish *frio de batata. Ele come o invólucro empanado, lambe os dedos dela com doçura, depois estende o braço e acaricia seu mamilo esquerdo, logo abaixo do broche de pérola. Ela põe a mão direita entre as pernas dele e aperta de leve. Durante vários segundos ficam ali assim, ela equilibrando o prato de* knishes *na mão aberta, muito abaixo do ombro direito dele. Durante vários minutos eles pensam em afastar-se do círculo dos vizinhos e ir deitar-se juntos, dando ao desejo a primeira noite que lhe cabe de direito. Mas pouco depois Dina segue adiante, alimentando o homem seguinte da fila, perguntando-lhe se está com frio, se pode trazer-lhe um agasalho.*

A corda da história se tensiona na direção da família e percorro o estranho espaço anímico entre as extremidades. Jeremy, você me pergunta "Quão afastadas as pessoas devem manter-se para que os corpos mortos permaneçam do lado de fora?". Respondo "Não sei. Quatro ou cinco metros, talvez, talvez mais, talvez menos".

10

Conjurar o gêmeo

EU ESCREVO:

Zohar conseguia sentir. Sua pele não estava rompida nem sangrando, mas o ferimento definitivamente estava ali. Passando a mão direita por cima do ombro esquerdo, comprimiu o local para tentar eliminar a dor. Como se quem sabe aquilo fosse apenas uma câibra muscular ou o deslocamento passageiro de um osso. Mas o machucado não ia embora; ao contrário, quanto mais ele pressionava, pior ficava, até perfurar, queimar, explodir, atravessando-o. Zohar caiu de joelhos, deixou que sua mão voltasse para a

MEU PAI ESCREVE:

Em 1948, no dia dezessete do Tamuz, durante a guerra israelita de independência, perdemos Moshe. Ele morreu combatendo soldados iraquianos numa montanha marcada com o túmulo de um *sheik*. A montanha ficava nos arredores de Petach Tikvah, num lugarejo chamado Migdal HaEmek, que significa "Torre do Vale". Quando foi morto, Moshe estava casado fazia menos de um ano. Dina, sua mulher, sua viúva, estava longe, em Jerusalém, visitan-

frente e deslizasse por seu quadril até o chão. E aí começou a soluçar. Porque o ferimento em seu ombro não tinha nem origem lógica nem manifestação palpável.

do a irmã, e só foi informada mais tarde, naquela noite. Meu pai sentiu a bala entrando nas costas de seu gêmeo. Eu não passava de um menininho, mas me lembro bem daquele dia. Meu pai estava fora, no pomar, e entrou em casa dobrado em dois, acompanhado de minha mãe, queixando-se de uma dor terrível. Sabia que tinha acontecido alguma coisa com seu irmão.

Depois de jazer no chão por vários minutos, Zohar sentou-se, pôs-se de pé e foi para casa. Andava curvado, arrastando os pés, o braço direito mais uma vez sobre o ombro esquerdo, a palma da mão apertando o epicentro da dor. "Moshe levou um tiro", gritou ele para Miriam ao sair do meio das árvores. Miriam, que estava no tanque dos fundos da casa, não respondeu, apenas subiu com o marido os degraus da varanda dos fundos e conduziu-o para o pequeno quarto, e depois foi correndo chamar o médico. O médico não encontrou nada de errado no ombro. Com voz calma e olhos atenciosos, disse a Zohar que ninguém é capaz de sentir a dor de um outro.

Miriam, sentada na cama, ficou olhando o chão. Não acompanhou o médico até a porta. E quando, uma hora depois, Lazzie Friedman cruzou o jardim e entrou na casa com a notícia da morte de Moshe, viu-se ouvindo não o homem à sua frente, mas o mensageiro que não podia ver. Aquele mensageiro invasor que fora enviado por algum deus louco ou algum demônio muito sadio com a finalidade de manter um diálogo horrível com a curva muscular do lado esquerdo das costas de seu marido. Miriam estendeu a mão e apertou a cabeça de Zohar contra sua cintura, as mãos sobre os ombros dele.

Lazzie contou-lhes que Moshe morrera instantaneamente.

E que a bala que o matara entrara logo abaixo da clavícula esquerda. E que seu corpo estava em segurança no *bunker*. E que ele era um herói amado por todos. Lazzie chorou enquanto falava. Amparando o corpo de Zohar devastado pelos soluços, Miriam também chorou.

Quando Lazzie Friedman foi embora, Zohar ergueu-se da cama. Atravessou a casa correndo e saiu para o pomar, onde vomitou num pedaço nodoso de chão. Eram espasmos vazios e dolorosos. Quando passou a náusea, olhou os ramos e de novo a casa e pensou: "Esta é uma morte difícil de enterrar".

E Zohar tinha razão. O funeral de Moshe foi realizado no dia seguinte, na cidade de Petach Tikvah, a cidade cujo nome significa "A Abertura da Esperança". Mas a morte do gêmeo não toleraria ser encoberta pela terra. Uma espécie de gemitude fantasma permaneceu teimosamente acima do solo aos cuidados de Zohar por mais de cinqüenta anos. A morte de Moshe foi como algumas frutas estranhas que não amadurecem nem caem ao chão, mas continuam penduradas na árvore com uma graça estagnada e antinatural.

No dia em que foi morto, Moshe estivera planejando afastar-se de sua unidade durante uma hora para ir almoçar com os pais em Petach Tikvah. Depois de ser informado da morte de Moshe, Zohar saiu imediatamente da cama e se dirigiu à casa dos pais para dar-lhes a terrível notícia. Ao chegar à casa de Avra e Shimon, Zohar subiu os degraus da frente. Avra, que esperava Moshe para almoçar, viu Zohar pela porta de tela.

Avra abriu a porta e caiu sobre o filho, que caíra. Ao chegar ao chão, viu-se com o rosto comprimido contra o peito do filho e os joelhos torcidos para a esquerda de seu quadril. As mãos, que estendera diante de si para amparar o tombo, estavam plantadas com firmeza dos dois lados da cabeça dele. Tudo considerado, não foi um tombo muito feio. Só estranho. O mais estranho naquele tombo fora, claro, seu filho, que ela pensava ser Moshe, ter caído primeiro.

"Moshe", ela disse, nervosa. "Moshe, acorde." Mas ele não acordou. Avra repetiu, dessa vez aos gritos: "Moshe, acorde!". Foi então que ela viu as marcas tênues na lateral da cabeça de Zohar. As marcas, minúsculas, quase imperceptíveis, na verdade não passavam de manchas rasas não maiores do que a marca que um dedo rosado, se comprimido, deixaria no local. Zohar, o primeiro gêmeo a nascer, não deixara o útero com facilidade. O médico o puxara de dentro dela com um fórceps. Avra, mãe novata e jovem, primeiro amaldiçoara e chorara ao ver aquelas marcas, mas depois, bem depressa, passara a apreciá-las, pois as marcas mecânicas (de fato tão pequenas que só uma mãe as perceberia) lhe forneciam um instrumento seguro para distinguir um de seus filhos do outro. Pois enquanto seus meninos enganavam todo mundo o tempo todo, para ela bastava olhar para a lateral de suas cabeças. Moshe, o segundo gêmeo a nascer, deslizara com facilidade de dentro dela logo depois do irmão, e seu cenho permanecera liso.

Avra não se mexeu. E o peito de Zohar subia e descia debaixo dela. Seu desmaio não era de delicado repouso, mas parecia uma espécie de luta de olhos fechados. Era um dia quente, e os dois estavam com os corpos cobertos de suor. A mãe segurou com as duas mãos a cabeça do filho e tocou de leve as manchas que o diferenciavam daquele por quem esperava.

Quando Shimon se afastou do pomar e contornou a casa, viu a mulher quase deitada por cima do filho e não soube o que pensar. Começou a gritar "O que está fazendo? O que está fazendo?".

Era uma visão perturbadora. Disparou a correr na direção deles, mas não chegou a tempo de evitar que Avra apertasse com força as laterais da cabeça de Zohar. Ela não agia assim para fazer o filho sentir dor, mas para apagar aquelas marcas minúsculas do fórceps. Não, certamente aquilo não fazia sentido. Não se pode simplesmente apertar, cutucar e remodelar um crânio. E, se isso fosse possível, a pressão não faria mais do que aprofundar as marcas. Só que Avra não estava pensando em nada disso. Sua lógica estava na necessidade desesperada, pânica, de conjurar com as mãos o gêmeo chamado Moshe para fora do gêmeo chamado Zohar. Porque ela podia ser uma mulher desajeitada, mas também era muito esperta. E tinha decifrado o código com facilidade: somando as marcas de fórceps com o desmaio, e com o fato de Moshe ser comandante numa guerra escrita, como todas as guerras, com o sangue de tantos seres amados mortos ou feridos, o resultado só podia ser a morte de Moshe e a presença anunciadora de Zohar inconsciente em seu lugar.

Claro que a pressão causou dor. E o filho acordou por isso, exatamente no momento em que o pai chegava à porta da frente e se abaixava para tirar as mãos de Avra da testa de Zohar.

Os três se amontoaram no caminho que levava à porta da frente, gritando, debatendo-se, doentes de dor.

11

Debaixo dos ramos torcidos

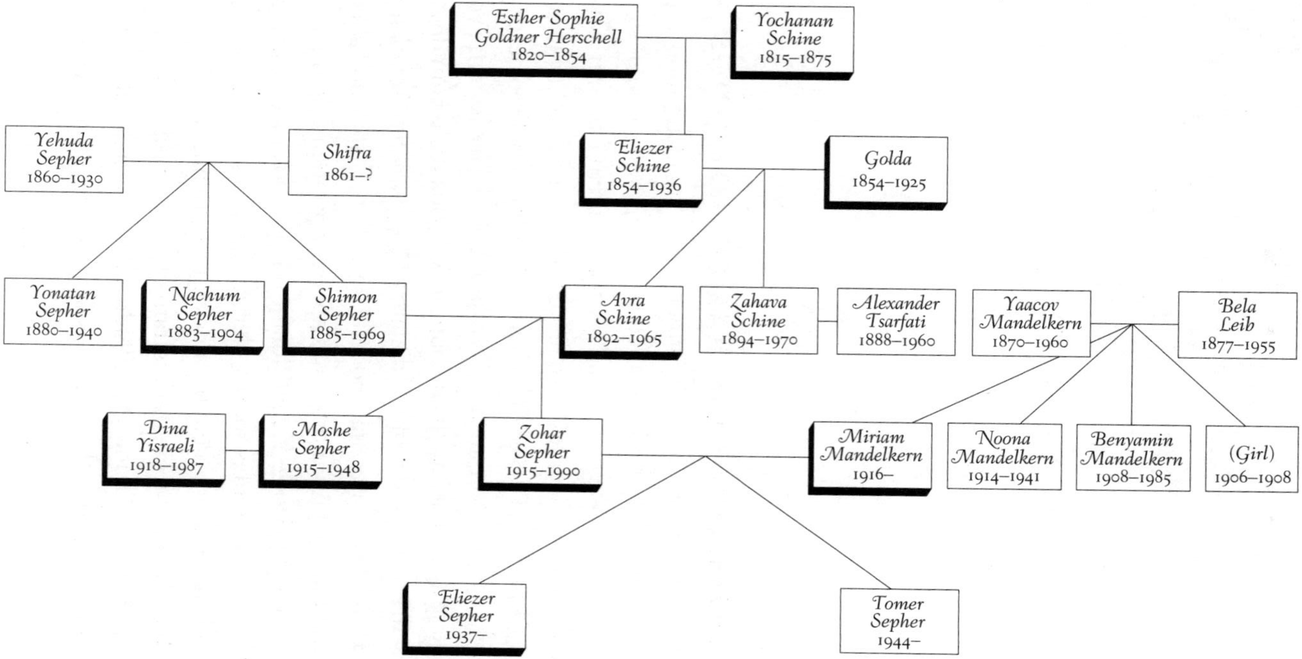

Esther Sophie Goldner Herschell 1820–1854
Yochanan Schine 1815–1875
Yehuda Sepher 1860–1930
Shifra 1861–?
Eliezer Schine 1854–1936
Golda 1854–1925
Yonatan Sepher 1880–1940
Nachum Sepher 1883–1904
Shimon Sepher 1885–1969
Avra Schine 1892–1965
Zahava Schine 1894–1970
Alexander Tsarfati 1888–1960
Yaacov Mandelkern 1870–1960
Bela Leib 1877–1955
Dina Yisraeli 1918–1987
Moshe Sepher 1915–1948
Zohar Sepher 1915–1990
Miriam Mandelkern 1916–
Noona Mandelkern 1914–1941
Benyamin Mandelkern 1908–1985
(Girl) 1906–1908
Eliezer Sepher 1937–
Tomer Sepher 1944–

EU ESCREVO:

Quando Gavriel tinha cinco anos, mandaram-no morar entre estranhos. Os médicos apontavam Tomer, depois Gabi e diziam: "O quê? Vocês têm em casa um assim e outro desse jeito? Depressa, vocês têm de afastar a criança excepcional. A presença de Gabi em casa vai comprometer o desenvolvimento das outras crianças". Os assistentes sociais diziam: "Vocês têm de se apegar ao que há de bom na sua vida. Pelo bem dos meninos maiores". Os rabinos diziam: "*Lo Hametim Yehalelucha Ya*". Deus, os mortos não podem louvá-Lo. E mesmo sabendo que Gabi não estava morto, mas apenas prisioneiro de uma morte em vida, Miriam e Zohar deram ouvidos aos médicos, deram ouvidos aos assistentes sociais, deram ouvidos aos rabinos. Mandaram Gabi embora. Pelo bem dos outros meninos.

Tentaram esquecê-lo. Fingiram que não existia. Com o tempo, ele ficou sepultado. Sepultado como as raízes das árvores, pois, como as raízes, ele se enfiara na vida deles sem aviso. E, com as raízes todas emaranhadas, e debaixo de ramos vergados, eles afundaram numa teologia do inominável. Chamavam o filho de nada. Nunca mais clamaram a Deus. E já não sabiam como chamar-se a si mesmos.

Zohar não conseguia parar de pensar no que haviam feito. Abandonar um filho aos cuidados questionáveis de estranhos. Dezenas de vezes ele montava na Rudge e ligava o motor, só para sentar na moto e ir a lugar nenhum, porque a estrada que levava até Gabi era tortuosa demais, traiçoeira demais, distante demais. "E além disso", ponderava, "eu agora sou um estranho." Sem gêmeo e tomado pela dor, não foi atrás do filho para trazê-lo para casa. Simplesmente ficava sentado na moto que rugia, agarrado ao guidão trepidante até os nós de seus dedos ficarem brancos. E mordia os próprios lábios até quase tirar sangue. Então seus olhos davam com o metal cromado sobre a roda dianteira e ele entrava em pânico com a visão de seu próprio duplo distorcido. Ao desmontar da Rudge, Zohar se horrorizava pela milionésima vez, desde a morte de Moshe, com o fato de uma pessoa poder simplesmente desaparecer. Sentia-se nauseado na alma. E, ao deixar a moto de lado, amaldiçoava o aparecimento e o desaparecimento, amaldiçoava os estranhos e amaldiçoava os amigos. E não ia resgatar o filho.

Miriam também vivia assombrada pelo que fizera. Virava a cabeça e imaginava, não, não imaginava, efetivamente via o filho mais moço daquele seu jeito encurvado, balançando o corpo, sentado no chão do quarto. Havia saliva nos dedos dele, ele tinha o hábito de lamber os dedos e depois sacudi-los no ar. Fazia isso muitas e muitas vezes. Lambia os dedos, sacudia. Às vezes aproximava um dedo molhado dos olhos, sem tocar os olhos mas aproximando o dedo o máximo possível, como se enxergasse alguma coisa na gotinha viscosa. Miriam podia estar passando roupa, ou cerzindo, ou guardando alguma coisa nas gavetas, e ao virar a cabeça via o filho assim, como já o vira tantas vezes antes. Imaginava, como imaginara desde a primeiríssima vez em que o vira fazendo aquilo, o que Gabi veria naquele pingo da própria saliva. Imaginava se haveria algum sentido no movimento ou se ele era apenas um espasmo, um tique, um hábito que não queria dizer nada, e não um sinal de que seu filho estava procurando por alguma outra coisa. E ela se aproximava dele de mãos estendidas, mas quando chegava ao local onde ele estivera sentado, não havia Gabi nenhum no chão, e ela voltava atrás como se tivesse levado um soco na barriga, não só pela ausência do menino, mas também pela persistente presença dele em seu coração.

Com o passar dos anos, fizeram o possível para ajudá-lo a desaparecer. Primeiro, tiraram sua fotografia dos álbuns de família, escondendo algumas, rasgando a maioria. Depois começaram a esconder ou jogar fora os documentos que pareciam insistir, apesar das provas, que tal pessoa existia, que nascera naquela mesma casa — os relatórios médicos, os boletins médicos, as cópias das cartas enviadas para tal especialista e recebidas de tal outro. Depois, começaram a removê-lo mecanicamente das conversas, inserindo uma pausa no lugar onde o nome dele teria estado. Com o tempo, a mecânica deu lugar à fluência que surge do fato de se saber uma coisa de cor. A pausa desapareceu, e de Gabi só restou uma sombra nas línguas deles.

E Miriam continuou praticando. Parava na varanda dos fundos, firmava as pernas e levantava o braço. Quando atirava, desviava um pouco do alvo, sua força já não era o que fora. Mas continuava atirando, ano após ano, sempre que não houvesse ninguém olhando. Atirava placebos, granadas de mentira, laranjas moles podres, limões verdes brilhantes, duros como rochas. Atirava e atirava, o braço subindo, os dedos apertando algo duro, ou esponjoso, ou invisível. Dedos apertando emissários de dores recentes e ofensas antigas. Deixando que voassem para as árvores, um a um. Muito embora os britânicos tivessem ido embora havia muito tempo. Muito embora havia muito as outras mães não se reunissem junto à árvore das ferramentas, muito embora os bebês que elas usavam como cobertura não fossem mais bebês, mas moças e rapazes capazes de pegar suas próprias pedras e comandar suas próprias explosões. Miriam atirava, e de vez em quando acertava o alvo. Limpava as mãos no avental e entrava em casa para terminar de fazer o jantar ou lavar o chão.

À medida que cresciam, Eliezer e Tomer foram aprendendo a preencher o espaço um dia ocupado pelo outro. Empinavam mais o corpo ou estufavam o peito para ocupar mais espaço sempre que ouviam o vazio da casa começar a rugir. Tornaram-se os melhores contadores de piada da aldeia, os melhores cantores, os melhores contadores de história, passavam o tempo tentando ser divertidos, atrair todas as atenções para que não sobrasse atenção nenhuma para mais nada. E assim, cresceram tentando, com a graça desajeitada dos anjos-crianças, suavizar o mundo para os adultos que amavam, e para quem a dureza da existência cotidiana era evidentemente um tormento. Quando as pessoas perguntavam "Quantos filhos têm Zohar e Miriam?", tornou-se fácil para as pessoas, com o passar dos anos, olhar para os dois meninos e responder com convicção "Dois". Isto é, fácil desde que o sol não brilhasse sobre o vale num certo ângulo imprevisível, como acontecia de vez em quando, e a silhueta do terceiro filho aparecesse de repente, pálida e estranha, por trás do corpo dos irmãos mais velhos. Mas habitualmente Gabi permanecia escondido.

Passado tempo suficiente, o fantasma deixou de aparecer para Miriam e Zohar parou de subir na Rudge e de acelerar o motor, decidido durante uns breves segundos a ir resgatar o menino que um dia fora seu. Finalmente, o desaparecimento atingiu as praias de suas almas onde vive a memória. De alguma maneira, fosse por misericórdia, fosse como efeito colateral da aflição, fosse porque era isso que eles haviam pretendido o tempo todo, a lembrança daquele filho se dissipou quase por inteiro. Eles já não tinham na cabeça imagens de como era a vida nos anos imediatamente posteriores ao seu nascimento. As imagens simplesmente se esmaeceram. Ou melhor, a imagem dele se esmaeceu, e tudo o mais sobre aquele tempo, inclusive a guerra, e a morte de Moshe, e o nascimento do Estado, e as guerras que se seguiram, assumiu cores mais cruas. E quando os anos se transformaram em décadas, e as décadas se transformaram no tipo de tempo que não precisa ser contado, eles constataram, com a certeza que sobrevém ao lado do túmulo, que ele já não estava entre eles, mesmo não havendo morto a enterrar e a prantear.

Mas havia um túmulo. Um túmulo que flutuava pela casa, pelos quartos, pela sala, pousando na cozinha na hora das refeições. Quando Eliezer e Tomer fingiam não vê-lo com todo o empenho, Miriam e Zohar ficavam inteiramente atraídos por ele. Viam-se a si mesmos no túmulo. Deitados dentro dele, enlaçados num abraço amoroso. O túmulo vogava à deriva pela casa como um barquinho num rio de ar. Às vezes, crescendo, desconjuntados, andando daqui para lá, os meninos colidiam com o túmulo e se machucavam. Outras vezes simplesmente olhavam-no passar acima de suas cabeças, fingindo que uma coisa daquelas era muito normal. Fingindo que todas as casas da aldeia tinham um *kever*, um túmulo retido no interior de suas paredes.

O túmulo vogava à deriva pela casa. E na lápide estavam escritas palavras que nem Zohar nem Miriam jamais haviam pronunciado em voz alta, mas que gritavam constantemente, mascarando suas palavras com outras palavras, e aquelas palavras com ainda outras palavras. Por mais que tentassem disfarçar, ambos sabiam o epitáfio que lhes doía. "Aqui jazem o Zohar e a Miriam que podíamos ter sido." Enroscados num abraço amoroso. Sem aflição, sem agonia silenciosa, sem tormento de consciência. "Podíamos ter sido assim." Não, eles não murmuravam nenhum *kadish*, não acendiam nenhuma chama anual, mas cada um deles transformava aquela promessa não enunciada numa prece da vida inteira: "Nunca o traremos novamente para junto de nós".

Quando havia visita, tudo era diferente. Quando havia visita, não havia túmulo na casa, não havia silêncio, não havia irmãos nem filhos mortos ou desaparecidos por alguma outra razão. A presença de outras pessoas na casa fornecia o escudo certo. Miriam punha as mãos nos quadris e começava a contar uma história. Zohar abria um grande sorriso e se transformava no anfitrião perfeito. Eram encantadores. Todo mundo gostava deles. Tinham tantos amigos. Ninguém sabia contar uma história como Miriam e ninguém era melhor amigo que Zohar. Ele perguntava pela mãe das pessoas, pelo irmão, chamava a todos pelo velho apelido, levava as pessoas a sério, ria das piadas e, quando se levantava e estendia a mão para cumprimentar alguém, sentia-se que o espírito da própria terra dava suas calorosas boas-vindas. E Zohar sorria para Miriam.

A comida era mais farta. Miriam servia café e bolo de maçã. *Kugel* de macarrão e *blintzes* recheados de purê de batata ou de queijo. Servia confeitos, café, conversas. Zohar sorria para a mulher, linhas de luz irradiando de seus olhos, depois erguia a cabeça e olhava para além do pomar. Na distância, localizava a árvore dupla, metade laranja-sangüínea, metade tangerina, e, ao visualizar seus ramos na imaginação, ao contar os pequeninos frutos verdes que começavam a crescer, tinha a impressão, durante vários segundos, de que lograra o destino e encontrara, debaixo dos ramos daquele momento abençoado, um solo sagrado. Mas quando as visitas iam embora, o túmulo sempre flutuava de volta.

EU DIGO:

Sob os ramos da árvore dupla tudo está quieto, e o ar, fresco e limpo. Comprimo a nuca contra o tronco e coço o pescoço. Inclino-me e enfio os dedos na terra úmida, acompanhando as raízes da árvore que se retorcem abaixo da superfície do solo. São grossas e curvas e sei que, se as seguisse, encontraria não o centro da terra, mas um local próximo, onde algo crucial está se preparando. Estou muito cansada. Fecho os olhos e penso: "Não somos feitos de palavras: carne e sangue não são páginas. Não temos uma história, nem mesmo contamos uma história; uma história é que nos tem e nos conta".

A palavra delete, *"eliminar" em inglês, vem do latim* letum, *que significa "morte", e dela vem também a palavra "letal". A palavra* revise, *"revisar" em inglês, vem do latim* revidere, *que signi-*

fica "ver de novo". Eu gostaria de acreditar que em algum lugar do passado, no reino dos visionários, dos escribas, dos sacerdotes, existe um ancião bondoso capaz de desescrever passagens com o poder de nos ferir e de acrescentar outras com o poder de curar. Aproximo-me do chão e com o dedo escrevo na terra um nome familiar. Não é tanto que eu queira apagar o passado, mas, sim, que quero criar um presente e um futuro diferentes a partir de tudo isto. Quero eliminar nossa dor, revisar nossa prosa, até que a história nos conte a todos de modo mais gentil.

12

As pedras

EU ESCREVO:

Zohar estava regando as clementinas. Passava vários minutos dentro dos canais, desviando a água com as pernas. E aí, quando estava quase passando para as tangerinas, uma pedra única soltou-se do solo. Zohar se curvou e esperou que ela chegasse aonde ele estava. Esperou que pousasse na palma de sua mão, e em seguida dobrou os dedos em torno dela. A dureza cúbica e fresca da pedra narrou-se a sua pele de uma maneira que ele sabia ser muito mais antiga do que as árvores, muito mais antiga até

MEU PAI ESCREVE:

Algumas de minhas lembranças favoritas de Shachar são de meu pai e do *pardes*, o pomar. Naquele tempo, irrigávamos com pequenos canais abertos. Ver meu pai pulando de uma fileira de canais para outra, usando as pernas para orientar a água em diferentes direções, fazendo isso em três fileiras ao mesmo tempo, era uma experiência e tanto. Que maravilha de burro de carga ele era.

Logo depois que nos mudamos para Shachar, em fins

do que a própria água. Gritando para o homem que estava na ponta do renque de árvores que fechasse o *berez*, a torneira, Zohar pôs a pedra no bolso e disse ao homem que podiam encerrar o dia. "As árvores já estão regadas", disse, embora na verdade não estivessem.

Mais tarde, naquela noite, ele tornou a sair. Levou o mosaico consigo. O mosaico e uma pá. Cavou até chegar às raízes da árvore. Logo encontrou. Um pedaço de piso antigo. As raízes esguias da clementina cresciam em torno de suas bordas. Ele esfregou os dedos sobre o piso, contou as pedras. Dezessete. Continuou cavando, com cuidado para não cortar nenhuma raiz. Do lado de lá da árvore, encontrou outra peça. Um pouco adiante, à esquerda, encontrou um pedaço de parede. E à direita o que parecia o canto de um aposento. Parou. A meia-lua brilhava no céu. Pensou na natureza das coisas permanentes. E imaginou se os frutos das árvores que cresciam em cima dos mosaicos adquiririam a dura qualidade da pedra — seria impossível comer aquelas laranjas? Ou será que elas adquiririam a doçura secreta de seu achado e sairiam mais gostosas do que o produto da colheita normal? Zohar voltou a enterrar os mosaicos, exceto a pedra solitária que o conduzira às outras. Essa, guardou no bolso da camisa. Depois voltou para casa, para Miriam. Naquela noite os dois começaram um jogo que duraria sua vida inteira. Um jogo que jogavam à noite, na cama. Miriam se encolhia ao lado do marido. Envolvia a cintura dele com os braços e apertava os peitos contra o oco da

dos anos 1930, meu pai encontrou pedras de mosaico sob o solo de seu pomar mais recente. Era crime não informar descobertas arqueológicas às autoridades. Mas meus pais nunca informaram sobre as pedras. Temiam que, sabendo das pedras, os arqueólogos viriam cavar nosso pomar. Por isso mantiveram as pedras em sigilo.

dobra de seu braço. Ela é que começava. Segurava o mosaico na frente dos rostos dos dois e dizia: "Aqui moravam antigos fenícios. Uma próspera comunidade de casas e lojas. Onde está a nossa cama, onde estamos deitados, era talvez uma padaria, ou uma banca de temperos".

Miriam recomeçava. Dizia: "Aqui viveu uma princesa da Judéia. Tinha a pele dourada como o trigo. Este mosaico faz parte do piso de sua alcova. Ela era decorada com imagens coloridas de animais e pássaros, com o rosto dela, como uma jóia. E as pedras eram perfumadas com mirra. É, mirra, ainda dá para sentir o cheiro". Passava a pedra para Zohar e ele a cheirava. Ele acrescentava suas próprias frases. Geralmente povoava a cidade com agricultores e trabalhadores. Com agricultores cananeus de pés descalços e bochechas caídas. Com agricultores gregos de túnicas amplas de cor cinza e coroas de folhas de oliveira na cabeça. Com agricultores judeus de feições familiares, fossem eles de que século fossem.

Os dois jogavam o jogo. Diziam-se um ao outro que naquela terra haviam vivido as doze tribos de Israel e até alguns esquimós extraviados. Diziam-se um ao outro que um dia Ezequiel usara aquelas pedras como estacionamento para a sua carruagem, ao ver todas as nuvens ocupadas. Os dois jogavam o jogo e viviam suas vidas. E o campo em volta deles brotava e a terra em volta deles sangrava e eles também sangravam. Sangravam tanto que às vezes encenavam suas vidas enquanto viviam o jogo, famintos o dia inteiro pela quietude da noite, quando pedra se tornava história e história se tornava uma trama melhor do que aquela oferecida pela luz do dia.

Zohar se lembrava daquelas noites por intermédio das histórias. E das estações, não pelas mudanças climáticas, pela política ou pela guerra, mas pelas palavras que trocavam. Palavras que desafiavam o toque de recolher. O toque de recolher que deixava as noites solitárias e longas, eles iam cedo para a cama. Miriam segurava a pedra, semi-erguida, recostada num travesseiro azul-claro.

"Aqui vivia um grupo de pioneiros", disse. "Eles chamavam sua aldeia de Shachar, 'alvorada'. Este mosaico pertencia ao piso do banheiro deles. Moraram aqui muito tempo. Mas, além desta pedra, não deixaram nenhum outro vestígio." Zohar estendeu a mão e a pousou sobre a coxa de Miriam. Apertou-a suavemente, balançou a cabeça, e ela continuou. Disse: "Chamavam sua aldeia de Shachar, que significa 'alvorada', porque a ocupação da terra era o alvorecer de um novo dia para eles e eles queriam assinalar isso. Shachar como uma maré e como um hoje e como um amanhã. Viviam num lugar batizado em homenagem a um momento do dia, e quanto mais viviam ali, mais parecia que o tempo em si, fosse por gratidão, fosse por mera boa índole, ia adquirindo qualidades correspondentes. Todo segundo era um lugar em que podiam plantar. E plantar eles plantavam, até seus cinqüenta *dunams* iniciais produzirem o dobro dos frutos correspondentes àquela área. As árvores jovens lançavam boas raízes. E suas laranjas e limões, ao sair, tinham o sabor delicioso de eras passadas havia muito e de outras ainda por vir, apenas imaginadas."

Miriam continuou falando; enquanto falava, olhava janela afora com o esboço de um sorriso. Disse: "Tentaram explicar esse fenômeno. Alguns disseram que quando o sol nascia em Shachar seus raios traziam a graça especial da criação contínua. Outros preferiam uma magia mais terrestre, acreditando que as raízes de suas árvores eram regadas com a água subterrânea cuja fonte era o ontem do ontem, e cuja matriz brotava de um delta de bons amanhãs".

Zohar adormeceu pensando se poderia mesmo ser como ela dizia — como se removendo as pedras e drenando a água pantanosa de malária fosse realmente possível descobrir um jeito de alterar o tempo de forma que de algum modo a história das montanhas, dos vales e do futuro também se expandisse. Sim, eles contavam suas histórias na cama, à noite. E durante o dia plantavam suas árvores e seus pomares floresciam. E quando vinham as laranjas, no inverno, eles subiam em escadas e colhiam as frutas com cuidado, sempre torcendo os pequenos caules, nunca puxando, para não romper a casca. Depois ensacavam a colheita, aninhando cada laranja como um bebê, como lingotes de ouro — os verdadeiros tijolos sobre os quais seu país estava sendo construído. Às vezes, porém, a ordem natural das coisas parecia inverter-se, e seu país começava a desmoronar reunindo-se à poeira de onde estava emergindo, e suas histórias, as que apenas sussurravam, começavam a contá-los em voz alta.

Mais uma noite. Era a vez de Zohar. Ele pegou a pedra da mesinha ao lado da cama. Ao fechar a mão em torno dela, teve uma sensação muito estranha. Todas as coisas que ele e Miriam diziam um para o outro na cama, todas as histórias, de repente acreditou nelas. Abriu a mão e olhou a pedra. Era branca e bege e quase quadrada, com pequenos furos de um lado e ásperos resíduos cinzentos de argamassa do outro. Começou: "Aqui vivia um vinhateiro. Este mosaico fazia parte da parede decorativa de sua melhor prensa". Sorriu, estava gostando daquela. Depois continuou: "Aqui existiu um acampamento de soldados macedônios itinerantes. E aqui..." — colocou a pedra fria dramaticamente sobre o ventre nu da mulher —, "aqui morava uma trupe de antigos palhaços babilônios". Miriam riu e se esquivou, fugindo das mãos dele. A pedra escorregou de seu corpo. Zohar recolheu-a de junto do quadril direito dela e beijou-lhe o pescoço, as orelhas, os olhos. E as noites chegavam e os dias se assentavam. E enquanto eles contavam suas histórias e se tocavam, às vezes — por tristeza, desespero e especialmente raiva —, com a pedra por testemunha e as histórias como armas, eles também se torturavam.

Outra noite. Miriam começou: "Aqui morava uma criança cuja única história era um olhar vazio. Este mosaico fazia parte do quarto onde a mantinham". Olhou para Zohar e balançou a cabeça, como pedindo que ele continuasse. Mas ele não quis. Virou-se de lado, de costas para ela, enquanto ela prosseguia. Naquela noite, Miriam falou durante muito tempo. Contou ao marido uma história que ele já sabia. Ele não sabia de que modo sabia, mas sabia. Era uma história tão dele quanto dela. Algumas histórias são as flores da pessoa. Outras são sua carne e seu pão. Aquela não era flores, nem carne, nem pão. Era uma história extra, e era impossível. Era a herança amaldiçoada deles dois. Enquanto Miriam ia em frente, Zohar imaginava em que época as pessoas de quem ela falava teriam vivido ali. Depois, pouco antes de ela terminar de falar, ele entendeu que elas ainda viviam ali. A existência delas era concomitante à de Zohar e Miriam. Uma família de sombra num pomar de sombra com um mosaico de sombra que pavimentava suas vidas inteiras e os reunia a todos pela força. Zohar olhou a pedra na mão da mulher e pensou se as árvores das outras pessoas, de sombra ou não, teriam recebido água suficiente.

Havia séculos no solo e havia soldados em seus ramos e havia irmãos desaparecidos e havia bebês em todos os seus braços. Zohar era sempre o irmão, e às vezes Zohar e Miriam eram ambos os guerreiros e às vezes eram os pais e às vezes olhavam um para o outro e gritavam. Gritavam, adorando o alvorecer. Gritavam, odiando o amanhecer. Uma vez Zohar viu-se junto da árvore de clementinas. Estava tentando reenterrar as pedras — não tanto que ninguém mais encontrasse os mosaicos, mas o suficiente para que as pedras parassem de encontrar eles dois. As pedras os encontravam com excessiva freqüência. Uma vez, Zohar cavou debaixo da árvore dupla, cavou tão fundo... Não sabia se queria encontrar pedras ali, ou se queria que aquela terra estivesse vazia. A terra que pisara ao ver sua vida ficar vazia e a arquitetura de seu cotidiano ser detonada para sempre.

Numa outra noite, Miriam passou a pedra para Zohar e ele lhe contou não sobre as pessoas que moravam naquela terra antes deles, mas sobre as árvores que agora viviam ali, junto com eles. "Esta é muito séria", disse. "Aquela, a nova, de *grapefruit*, tem senso de humor. Este pomeleiro é orgulhoso. Aquela *shamutie*, no canto do pomar mais próximo da casa, é muito doce e tem uma natureza generosa." Quando ele terminou, Miriam olhou para o marido e fez um esforço para rir. Mas a risada entalou em sua garganta, e estando os dois ali deitados, cada um ouviu o outro contar uma nova história. Ele a ouviu contar a história. Ela o ouviu contar a história. A história era assim: "Aqui viviam Zohar e Miriam e seus filhos". Foi tudo o que disseram, tudo o que podia ser declarado em voz alta.

Os dois seguraram a pedra juntos, as mãos dele sobre as mãos dela, as mãos dos dois sobre um pedacinho de história tão duro que era um desafio para a maciez de seus dedos. Seguraram a pedra juntos, em silêncio, pensando que dezessete séculos depois alguém que escavasse a terra de tudo aquilo encontraria o remanescente de suas tristezas sem dúvida transformado em pedra, ou, se não em pedra, em algum outro elemento tão duro e tão perfeitamente resistente à passagem do tempo quanto a pedra. E com esses pensamentos ambos se moveram um na direção do outro. Ou quem sabe um para longe do outro. Para muito longe.

A pedra aparecia nos sonhos de Zohar. Num sonho a pedra estava em sua mão, entre o polegar e os dedos. Ele a segurava diante dos olhos e a examinava. Sua superfície se metamorfoseava, se retorcia, tornava-se tão lustrosa, tão brilhante que o cegava, fornecendo-lhe uma desculpa, mesmo temporária, para não ver. Quando abriu os olhos, a pedra se transformara novamente e já não era lustrosa, mas de uma tonalidade radical de diferença. Uma cor diferente, uma composição diferente de matéria, parecendo menos pedra e mais memória. Ele a examinou e viu suas muitas faces. Viu a princesa da Judéia reclinada em sua alcova perfumada de mirra. Viu os fenícios e os agricultores, os vinhateiros, os palhaços. Continuou olhando. Pouco depois, viu a criança de quem Miriam falara. Zohar viu o silêncio e o sofrimento da criança. Viu que a criança estava de fato necessitando de grande força, de grande ajuda, de grande cura.

Às vezes, quando não conseguia pegar no sono, Zohar ficava deitado sem dormir imaginando que estava levantando da cama e saindo para o pomar de baixo. Lá, agachava-se entre as árvores e começava a cavar um buraco fundo. Nesse buraco colocava suas próprias pedras, construindo assim o próprio século daquelas pedras, seus próprios segundos, dotando cada ladrilho de uma história diferente e depois enterrando todos. Fechava os olhos no escuro, imaginando que a pedra que ele e Miriam passavam de um para o outro na cama, à noite, fora originalmente enterrada daquele modo. Não para ficar abrigada, não. Mas para ser portadora das histórias das pessoas que haviam vivido naquela terra antes deles. De manhã, quando acordava, Zohar costumava perguntar-se se de fato saíra para o pomar. Ou se a terra embaixo de suas unhas e nos joelhos de sua calça de trabalho era somente o resíduo de seus sonhos de um dia real.

De vez em quando, eles iam juntos, Miriam e Zohar, até a árvore de clementinas, no pomar de baixo, onde ele encontrara as primeiras pedras. Não falavam muito; geralmente ficavam simplesmente ali sentados, em cima do lugar em que sabiam que os mosaicos originais ainda estavam enterrados. No começo, logo que ele encontrou as pedras, os dois haviam planejado procurá-las em outros lugares. Procurar debaixo do pomar de *shamutis*, debaixo dos pomelos ou debaixo da antiga plantação de limoeiros, ao lado da casa. Mas nunca fizeram isso. Não precisavam. Com o tempo, entenderam que os mosaicos não eram um fenômeno isolado. Ficou claro para eles que debaixo de todas as suas plantações e, sim, debaixo das plantações de seus vizinhos e debaixo das plantações dos vizinhos de seus vizinhos havia uma cidade secreta, uma antiga metrópole sem mapa.

Jogavam o jogo e viviam suas vidas. E, no devido tempo, suas vidas ficaram povoadas por um elenco de personagens malucos mas enternecedores. Tinham gerações de agricultores e de comerciantes e de palhaços. Tinham persas, gregos, babilônios, macedônios, ciganos e judeus. Tinham crianças que lhes ensinavam jogos antigos. Tinham sacerdotes esfaimados e profetas sedentos. Uma vez, tiveram um espião com problemas de pele. Tiveram fantasmas de soldados estrangeiros que se sentavam de ombros caídos, encostados nos troncos das árvores, contando-lhes histórias de mães e de amantes em línguas que eles mal conheciam. E o tempo todo o aroma de mirra estava em toda parte, desprendendo-se dos ladrilhos do piso, enrolando-se nas cobertas deles.

"É, mirra, ainda dá para sentir." Miriam passou a pedra para Zohar. E continuou: "Aqui morava a princesa da Judéia com a pele dourada como trigo". Em pouco tempo parou de falar, pousou a cabeça no travesseiro e adormeceu. Mas Zohar não conseguia dormir. Estava desperto e consciente. Viu os rostos da princesa e dos agricultores fenícios e dos vinhateiros, dos soldados, os rostos das crianças, e de pais e profetas. Fechou os olhos e viu os ladrilhos individuais que compunham os rostos deles irem perdendo a nitidez. Observou como os pássaros e os animais que circundavam a cabeça da princesa cobravam vida, saíam voando e davam início a um delicado desfile pelo quarto. Enquanto isso, as finas rugas de todos os rostos foram se apagando até a pele ficar lisa, os olhos brilhantes, as feições não mais petrificadas assumirem o ar e as expressões dos vivos.

Zohar ficou horas abraçado no escuro à esposa adormecida, ouvindo o canto noturno dos pássaros, o rosnado das feras, enquanto observava aqueles outros homens, mulheres e crianças que estavam ao mesmo tempo enterrados tão profundamente debaixo deles e ali presentes no meio deles. Observou durante longo, longo tempo. E então, de repente — talvez tivesse desviado os olhos por um segundo — de repente Zohar percebeu que faltavam peças em todos os rostos. Havia uma falha na face direita da princesa; um dos soldados estrangeiros estava sem metade do pescoço; um agricultor não tinha o olho esquerdo; uma criança, a quem reconheceu, não tinha testa nem dedos. Aqueles buracos, aqueles feios buracos deformadores perturbavam a harmonia do conjunto. Destruíam tudo. Zohar ficou olhando, triste, as linhas de cada ladrilho individual ressurgirem como uma trama grotesca, primeiro aprisionando a vitalidade dos personagens, depois destruindo-a.

Continuou olhando, mas em pouco tempo todos eles se tornaram novamente artefatos imperfeitos. Pessoas irreais com buracos no rosto, rugas na pele, cores desbotadas, e nenhuma reivindicação real à vida. Os animais e pássaros também recuperaram sua condição de pedras, retirando-se com gravidade do aposento. Miriam meio acordou. Olhou para o marido com olhos sonolentos e ele lhe sussurrou que voltasse a dormir. Quando Zohar finalmente adormeceu, seus sonhos giraram todos em torno do fato de que algo precioso se arruinara, e de que eles, deitados sobre as ruínas, eram ou testemunhas ou cúmplices de um crime enterrado tão profundamente que ninguém se daria ao trabalho de desenterrá-lo, ou de investigá-lo, ou mesmo de acreditar que ele um dia acontecera.

EU DIGO:

Jeremy, quando eu era uma menininha, meu avô me levou, junto com meu irmão, até o pomar. Mostrou-nos onde cavar. Cavamos até chegar aos mosaicos. Nunca esquecerei a sensação de tirar do solo fresco aquelas pedras, de retirar a terra que as recobria e, depois, de unir as palmas de minhas mãos em torno delas. Elas foram minha primeira experiência com tesouros enterrados.

Sempre que volto a Shachar, passeio pelo pomar onde um dia os mosaicos estiveram enterrados. Depois de tantos anos de irrigação, as camadas superiores do solo escorreram com a água e as pedras foram trazidas para a superfície. Estão por quase toda parte, agora, enfeitando o solo com inúmeros quadrados brancos e duros.

Quarta parte

13

Eliezer junto à mangueira

MEU PAI ESCREVE:

Os anos 1940 e o começo dos 1950 foram esmagadoramente difíceis. Em nossa terra, a Palestina, havia os terrores constantes associados aos conflitos britânico e árabe. E embora durante longo tempo não soubéssemos o que estava de fato acontecendo na Europa, quando os sobreviventes começaram a chegar, eram constantes as revelações de atrocidades inimagináveis.

Apesar de todos os problemas, conseguimos atravessar aqueles tempos. Acho que minha mãe é responsável por ter ajudado nossa família a transpor aqueles tempos, com as histórias que contava. Enquanto crescia, devo ter ouvido centenas de suas histórias — ela contava histórias sobre todo tipo de coisa, mas as melhores eram sobre os nossos próprios parentes.

Sempre gostei da história que ela contava sobre um ancestral nosso, o Chacham Tzvi HaAshkenazi. O Chacham Tzvi era o trisavô do meu tataravô por parte de pai. Nasceu em Vilna, em 1660, e era um rabino muito importante, conhecido em quase toda a Europa.

MATERIAIS DE ESCRITA

Sofreu uma horrível tragédia: sua mulher e sua filha foram mortas pelo exército imperial de Leopoldo I, em Ofen. Dizem as histórias que o Chacham Tzvi nunca se recuperou inteiramente dessa perda.

Além disso, ele foi o centro de uma grande controvérsia em seu tempo. A controvérsia era sobre um *golem*. O golem é uma criatura sobrenatural conjurada da terra por um rabino para proteger uma comunidade judaica do perigo. Supostamente, o golem não tem alma. O Chacham Tzvi tinha fortes razões para acreditar em golens: dizia o folclore que seu próprio avô, Elijah de Chelm, também criara um golem em seu próprio tempo.

O Chacham Tzvi escreveu uma famosa argumentação (responsa) sobre os golens. Escreveu que um golem podia fazer parte de um *minian* — isto é, podia constituir-se membro oficial de um grupo de dez judeus em oração. Muitos rabinos importantes ficaram furiosos! Falou-se até em excomungar o Chacham Tzvi por sua opinião herege. Mas isso não aconteceu. Ele também se viu envolvido numa segunda controvérsia rabínica. Perguntaram-lhe certa vez se uma galinha sem coração podia ser considerada *kasher*. Quando ele arbitrou que sim, que tal ave seria *kasher*, seu juízo deixou muita gente furiosa. Uma galinha sem coração? As pessoas especulavam: como uma criatura dessas podia ser natural, quanto mais *kasher*? Mas, apesar das controvérsias, o Chacham Tzvi tinha muitos seguidores e foi considerado um grande professor e estudioso durante toda a sua vida.

Quando me contava as histórias do Chacham Tzvi, minha mãe sempre acrescentava histórias sobre golens. Ela sabia muitas: "O golem e o noivo", "A trama contra o golem", "O golem de Praga", "O golem e a donzela desaparecida". Não sei se ela inventava aquelas histórias ou se faziam parte do folclore, mas ela as contava como histórias de aventura, e eu adorava ouvir. Às vezes, ia ao galinheiro do vizinho e tentava localizar uma galinha sem coração e imaginar que gosto ela teria se eu a mandasse cozinhar e a comesse. Mas a história do golem me interessava ainda mais. Eu sempre ficava imaginando se o Chacham Tzvi teria encontrado pessoalmente um golem. Caso tivesse, como podia saber se a criatura estava interessada em rezar?

A ARGUMENTAÇÃO DO CHACHAM TZVI:

Fecho meus olhos e deixo a visão vir a mim. Na visão, o golem entra na sinagoga no momento em que uma pequena comunidade está se reunindo para rezar. Ficava óbvio que o golem não era humano — ele se deslocava de um jeito rígido, desequilibrado, tinha o rosto pálido como giz e os olhos focalizados, mas vazios. Porém não havia dúvidas quanto à piedade da criatura. Usava *talit* e *tfilin* e um *kipá*, e como a comunidade estava à espera de dez homens

para o *minian*, ele se sentou silenciosamente num dos bancos, lendo salmos. A comunidade contava nove homens. Eles estavam reunidos no lado oposto do aposento àquele em que se encontrava o golem. Tinham os braços cruzados, obviamente recusando-se até a começar a rezar, se fosse na companhia da criatura.

EU ESCREVO:

Eliezer saiu correndo pelos fundos e deixou a porta bater. Desceu correndo os degraus da varanda e foi para o pomar. Era fim de tarde, quase noite, e só lhe restava um tempinho antes de ir para a cama. Estava com pressa. Passou correndo pelos limoeiros, contornando o pomar pela direita, onde havia uma única mangueira, plantada algum dia por alguma pessoa bondosa. As mangas estavam maduras e o ar em torno da árvore era adocicado, denso do cheiro das mangas, e Eliezer adorava aquilo. Mas não tinha ido lá para sentir cheiros, não era isso, nem para comer as frutas. Olhou em torno procurando o graveto adequado e, ao encontrá-lo, afastou para um lado algumas folhas do chão e começou a desenhar. Uma cabeça, ombros, dois braços, duas pernas, pés, dedos nos pés. Deu à figura olhos, um nariz, uma boca e orelhas. Deu-lhe até um umbigo e, quando teve certeza de que ninguém estava olhando, desenhou um pênis para dar sorte. Depois fechou os olhos e começou a cantarolar de boca fechada. Era uma criança musical e estava convencido, embora não tivesse nenhuma razão real para acreditar nisso, de que quando Deus criara o mundo devia haver alguma música tocando. E agora que ele também, numa escala microscópica, estava tentando imitar o ato da criação, sentia que era mais do que adequado cantarolar. E cantarolar, e cantarolar mais um pouco. E assim ele cantarolou e cantarolou e ficou olhando a figura e ficou num pé só e cuspiu três vezes, depois pulou para o outro pé. Mas nada funcionava, a figura no chão continuava uma figura no chão. Ele escolhera aquele ponto de propósito: como as mangas eram seu alimento predileto, Eliezer achou que seria não apenas gentil com a criatura conjurá-la do solo perfumado de manga, como também, quem sabe, tentador. Esperava que o golem ganhasse vida, se não por seus chamados, pelo menos porque as mangas clamavam num frutífero coro contínuo de "Venha e se sirva". Sabia que se ele próprio fosse um torrão de terra e tivesse a oportunidade de ter uma boca para comer uma manga, daria ouvidos ao cantarolar de um menininho e imploraria a todas as moléculas de sua existência que se transformassem de lama em homem. E em seus primeiros momentos acima do chão, e não dentro dele, agarraria a fruta, daria grandes mordidas e mastigaria bem depressa.

Eliezer se desculpou com a mangueira, agradeceu ao solo por dar o melhor de si, e saiu do pomar, passando bem devagar pelos limoeiros, subindo os degraus da varanda de trás e entrando na cozinha, onde sua mãe ralhou com ele por estar com as mãos tão sujas. Naquela noite, chegou à conclusão de que tinha de tomar alguma providência no que dizia respeito a sua técnica. Evidentemente, não era qualquer amador que ia conseguir conjurar golens. Ouvira dizer que para fazer um golem era preciso saber a ordem correta das letras misteriosas de um dos nomes mais misteriosos de Deus. Ele não estava acostumado a invocar Deus pessoalmente, quanto mais a contemplar os mistérios do Nome Divino. Pensara, com simplório entusiasmo, que seu cantarolar era uma espécie de aproximação do nome de Deus, ou, se não uma aproximação, pelo menos um apelido carinhoso. Mas obviamente estava errado. Fazia meses que vinha tentando, e nunca funcionara. Pensou durante alguns minutos na possibilidade de os golens detestarem manga, e cogitou se seria o caso de experimentar o solo debaixo de alguma outra árvore. De um pé de laranjas doces, quem sabe, ou talvez de um limoeiro. Será que os golens gostavam de frutos azedos? Mas depois concluiu que se os golens detestavam manga, não valia a pena conjurá-los, e que portanto era melhor manter o plano original.

E ainda ia melhorá-lo. Na cama, deitado de costas com as mãos sob a cabeça, resolveu que ia estudar. O luar dançava janela adentro, decorando o teto com uma treliça de sombras excelentes. Eliezer pediu ajuda às sombras, pediu-lhes que testemunhassem sua declaração solene. Sentado na cama, disse para si mesmo e disse para as sombras e disse até para a Lua — que, tinha certeza, era onde moravam todos os golens quando não estavam vivendo na terra —, disse a todos que haveria de tornar-se um Baal Shem, um Mestre do Nome. Que aprenderia a combinação correta de letras misteriosas para conjurar do chão a criatura.

A ARGUMENTAÇÃO DO CHACHAM TZVI:

Mas a visão não terminou aí. Os homens continuaram recusando-se a rezar com o golem. Armaram uma grande confusão. Levantando as mãos, falando alto, apontando raivosamente para a criatura que de vez em quando se virava e dava uma olhada mansa para o tumulto. Finalmente, os homens saíram da sala e a criatura, ao ver que estava sozinha, levantou-se e rezou sem mais ninguém. Quando o golem terminou, fui atrás dele porta afora. Fui atrás dele quando saiu do ar e entrou na terra. Ia dominado pela consciência de estar visitando um místico reino de lama. Um reino de anjos e arcanjos golens, profetas golens, sacerdotes golens. Vi debaixo da terra mares se dividirem, arbustos fossilizados irromperem em chamas, raízes se transformarem em cobras e cobras em raízes, e a terra se abrir para engolir mais terra, e mais

terra erguer-se para formar uma montanha tão alta que parecia que ia tocar não o céu, mas o solo que os homens pisavam. E ao meu redor, por toda parte, havia golens. Golens envoltos em *tallitim*, golens rezando, golens envolvidos em acaloradas discussões teológicas, que travavam fazendo sinais com as mãos. "Entendo", falei em voz alta. "As orações deles podem ser de trás para diante, mas o Deus deles também é de trás para diante." E dizendo isso, de repente me vi de volta em meu escritório, de pé ao lado da janela, atado a meu *tfilin*, embrulhado em meu *talit*, fazendo minhas orações num sussurro fervoroso.

EU ESCREVO:

Ele planejou tudo. Ia implorar aos pais que o deixassem estudar com os rabinos na cidade próxima. Claro que não iam ficar contentes com seu empenho, com sua religiosidade recém-descoberta, mas haveriam de concordar. Afinal, embora Zohar e Miriam não fossem eles próprios religiosos, havia religião nas famílias de ambos, rabinos e mais rabinos e mais rabinos, recuando até, como gostavam de brincar, o próprio rei Davi. Eles haveriam de deixar Eliezer estudar, contanto que não descuidasse do trabalho no pomar. Ele aceitaria. Faria os enxertos de manhã bem cedo e tarde da noite. Durante o dia, estudaria na *ieshivá*. Seria um excelente aluno. O diretor da *ieshivá* ia achar Eliezer tão bom que ia querer que fosse parceiro de estudo de seu próprio filho. Isso seria uma grande honra. Mas Eliezer não estaria atrás de honras. Seu maior desejo seria ficar a sós com os livros que continham os mistérios de que sentia que precisava. Voltaria sorrateiramente para a *ieshivá* à noite, quando terminasse o trabalho no pomar, para abrir os livros proibidos para os jovens como ele. Os textos esotéricos, a Cabala, o Livro da Formação, seriam suas fontes principais. Haveria de se debruçar sobre aquelas páginas, garimpando pedaços das fórmulas de que precisava para fazer o golem, para conjurar a criatura muda de dentro do chão. Eliezer respirou fundo. Ouviu um rangido em alguma parte da casa, depois um ronco, e mais outro rangido, e enquanto isso o vento lá fora começara a soprar. As sombras no teto valsavam. Eliezer se enrolou melhor nos cobertores.

Agradeceu à lua, com sua congregação de golens distantes, por iluminar o céu noturno. E disse às sombras, que se dissipavam devagar, que elas eram efetivamente ótimas sombras, das melhores que já vira. E finalmente adormeceu, sonhando não com golens, mas com mangas, mangas graúdas vermelhas e verdes, de polpa dourada. Estava dando uma dentada numa manga, suas mãos e seu rosto estavam ficando pegajosos e úmidos do sumo. E, enquanto comia, havia uma canção em sua cabeça que, para ele, tinha um som que lembrava muito Deus. É, pensou, se fosse eu o encarregado das coisas, Deus teria música, não nome, e os nomes com que chamamos uns aos outros também teriam notas. Pensando nessas coisas, adormeceu com um sorriso mais para piedoso no rosto, embora não fosse nem um pouquinho religioso.

A ARGUMENTAÇÃO DO CHACHAM TZVI:

Abri os olhos e tentei bloquear a visão. Quase me desvencilhei dela, porém ela logo voltou, com uma vivacidade que reconheci como prenúncio de clareza. Quando tornei a fechar os olhos, o golem ainda estava lá. Os homens parados de braços cruzados. Evidentemente estavam decididos a impedir que suas orações se misturassem às da fera conjurada. O golem continuava sentado no banco da frente, recitando silenciosamente os salmos. Nenhum som saía de sua boca, mas seus lábios se moviam.

Então comecei meu trabalho do dia. Deixei o golem para o final, escolhendo tratar primeiro assuntos mais fáceis. Sentando-me à minha mesa. Respondendo a perguntas com perguntas, interrogando respostas com respostas. Claro, eu teria de dizer que um arranhão é a conclusão lógica de uma coceira, mas uma coceira tem seus próprios ancestrais esotéricos nas funções misteriosas do corpo e poderia, portanto, estar relacionada, de alguma forma importante porém invisível, a uma história que a mão quer contar à pele. A conclusão lógica disso sendo minha opinião anterior, de que a história que a mão quer contar à pele se espelha, obliquamente, na história que a pele quer contar à alma, e, por associação, na história que a alma quer contar aos ossos, mais especificamente à coluna e aos ossos do crânio.

EU ESCREVO:

Eliezer estava deitado no chão, ao ar livre, ao lado da mangueira. De novo, era a noitinha; de novo, ele havia desenhado a forma de um ser humano na terra, e agora, pela primeira vez, estava experimentando uma coisa diferente. Pensou que talvez a terra precisasse de uma ajuda, que talvez não entendesse bem o que ele estava lhe pedindo e que talvez, se o sentisse deitado ali, dentro da forma, acabasse percebendo qual era o ponto. Então posicionou os dedos no traçado dos dedos, os dedos dos pés no traçado dos dedos dos pés, e a cabeça no traçado da cabeça. Tentou até posicionar seus próprios pensamentos no lugar onde ficariam os pensamentos do golem, mas na verdade não fazia a menor idéia de como seriam os pensamentos de um golem, de forma que acabou pensando em açúcar-cande, os cristais doces se amontoando como diamantes em sua cabeça. Afinal, disse para si mesmo, os golens devem ser loucos por doce.

E assim ficou ali deitado por um longo tempo. À distância, ouvia galhos se partindo e concluiu que o pai estava regando o pomar de baixo. Concluiu também que podia ficar tranqüilo porque aquela parte do pomar só voltaria a ser regada na manhã seguinte. Fechando os olhos, tentou sentir alguma coisa. Achava que sentiria um tremor subterrâneo. A partir de elucubrações pessoais, concluíra que devia haver uma sala de espera de golens no centro da Terra, em algum ponto entre o cerne derretido e as camadas primordiais mais profundas. Uma sala de espera onde todos os golens misticamente transportados de sua morada na Lua ficavam circulando, à espera de serem conjurados. É, sussurrou quase em voz alta, deve haver um tremor, um deslizamento, um tamborilar, talvez. Com tantos golens num mesmo lugar, deve haver alguma turbulência, pensou, e visualizou-os entrechocando-se, em brincadeiras de golem. Mas Eliezer não sentiu nada. Fincou os cotovelos na terra, mexeu a cabeça de um lado para o outro, colou o ouvido no chão e escutou. Nada ainda. Trepidou como um cachorrinho a quem coçam a barriga, tentando, com movimentos não ortodoxos, mas empenhados, mostrar ao solo e ao golem lá dentro que estava falando sério, que realmente queria que o golem viesse. Mas, fizesse o que fizesse, não houve estrondo, nem pancada, nem cutucão, nem tapinha em suas costas. A terra continuava quieta e lisa, sem mistérios. Então, numa derradeira inspiração, Eliezer baixou as calças e apertou contra o chão sua *tussik*, seu traseiro nu, achando que talvez, se estabelecesse um contato direto com a terra, melhorassem suas possibilidades de receber algum sinal ou comunicação crucial de um golem. A terra estava fria contra suas costas, e também pinicava um pouco. Mas Eliezer agüentou, e até separou bem os dedos, formando um "vê" de quatro dedos para ter muita sorte, como faziam os sacerdotes nas bênçãos especiais dos dias santos mais importantes.

E continuou ocupando o contorno que desenhara. Quando fechava os olhos, tentava senti-lo aderindo a seu corpo, tentava imaginar os sulcos que traçara erguendo-se como muretas a cercar sua pele. Queria tanto sentir que ele o examinava, que o testava, não tanto quanto a tamanho, mas quanto a alguma outra medida de dimensão não humana. Como chutara as sandálias, seus pés descalços foram acariciados por um vento suave. E quando moveu os dedos dos pés, os sulcos, que na verdade nunca se haviam erguido, tornaram a afundar na terra, e a terra voltou a mergulhar num cochilo frio desprovido de adornos e perturbações sob a forma de sonhos ou golens ou sonhos de golens. "Quer dizer", Eliezer falou para si mesmo, "isso se os golens têm sonhos." Eliezer bufou, e continuou deitado ali por um longo tempo, com o traseiro descoberto comprimido de encontro ao chão como um farol otimista ou uma antena. Ficou ali até a voz de sua mãe começar a chamá-lo, até ficar tão escuro que não dava mais para enxergar as mangas nas árvores, embora elas estivessem tão próximas.

Eliezer sentou-se e fitou o chão junto à mangueira. Ele desenhara a figura e a figura olhava para ele. As frutas já haviam quase acabado. Sabia que só ele, pessoalmente, comera um milhão de mangas naquela estação, e agradeceu à árvore sua incrível fertilidade. Depois olhou de novo para o chão e cogitou na possibilidade de ter estado inteiramente errado, e na de seu método *tussik* ter saído pela culatra. Talvez o golem estivesse ofendido. Talvez o golem tivesse efetivamente escutado o seu cantarolar, talvez tivesse efetivamente empreendido a jornada desde a Lua até a sala de espera e depois tivesse subido, subido, subido, desde o cerne derretido da Terra. E então, quando estava prestes a emergir, vira o traseiro nu de Eliezer e interrompera seu curso. "Quem sabe o golem é acanhado?", pensou, sentando-se muito ereto e ponderando aquela possibilidade de informação nova. "Ou quem sabe ele achou que eu estava sendo muito grosseiro?" Mas aí Eliezer apoiou novamente as costas na árvore. Chegou à conclusão de que provavelmente o golem não era uma criatura pudica porque vinha da terra, e a própria terra era completamente nua — quem já ouvira dizer que a terra usasse roupa? E, além disso, qualquer golem que fosse seu teria de entender que ele não estava sendo grosseiro; ao contrário, seu traseiro nu era uma forma de saudação. Estava se esforçando ao máximo para dizer-lhe um olá. De modo que ele insistiu mais algumas vezes com seu método *tussik*, até o tempo começar a mudar e ele concluir que já estava na hora de experimentar outro método, um que se adequasse melhor ao inverno.

A ARGUMENTAÇÃO DO CHACHAM TZVI:

É verdade. É como dizem. Sou um homem profundamente metafórico. Não posso deixar de pensar que os rolos de pergaminho e tinta não passam de um meio de tornar manifesta a Torá dos sussurros interiores. E acredito que as metáforas ocorrem normalmente na natureza. Digo aos meus alunos: "Metáforas são criaturas selvagens. Vagueiam livres, ilustrando a vida com imagens cheias de significados". Digo a eles: "Deus é um poeta, um pintor, e o mundo fala a língua da imagem e da arte. Nós, como nosso ancestral Yaacov, temos de aprender a interpretar os sinais e os prodígios. E se não somos capazes de interpretar, temos pelo menos de apreciar, estendendo as mãos abertas para colher os pingos de chuva que sentimos mas não vemos".

Primeiro uma galinha. Agora um golem. Essas questões não são exercícios intelectuais. São mais importantes do que isso. Senti, e ainda sinto, que são cruciais. Empurrei minha cadeira, apertei as pontas dos dedos umas de encontro às outras. Cruciais. Não porque lidam com assuntos como *kashrut* ou propriedades da sinagoga, mas por causa da maneira como penetraram em meu corpo. Da maneira como passei de repente a precisar delas como preciso de sono ou de água. Era o fim da tarde. Os homens deviam estar esperando. Queriam uma resposta. Eu não podia continuar retardando minha opinião.

Mas será que eles realmente queriam minhas respostas? Acredito em muitas coisas incomuns. Por exemplo, acredito que quando uma pessoa se casa, sua alma produz uma esposa ou um marido. Produz realmente, de fato, como um broto ou um ramo. A extensão lógica dessa crença é que, quando a pessoa tem filhos, sua alma produz uma filha, um filho, e, quando a pessoa nasce, sua alma produz os irmãos e irmãs que formam sua constelação mais íntima. E, assim, existe uma família interna que corresponde à família externa. Muitas vezes discuti isso. As duas famílias refletem uma a outra como objetos num espelho. Levantei-me da cadeira. Fui até o meio da sala e ergui as mãos para abraçar minha amada morta. Ela estava ali, juro que estava, de dentro para fora em mim, de fora para dentro de mim. No meu jardim de mim. E é por isso que dói tanto, eu disse para mim mesmo. Digo para mim mesmo repetidas vezes. Porque os espelhos já não correspondem um ao outro e estou paralisado tentando alcançar o reflexo de ontem.

Um golem que reza. Uma galinha sem coração. Voltei para minha cadeira e sentei, quieto, convencido de que essas criaturas e essas questões eram metáforas óbvias para meu próprio luto. E não só o meu, pensei. Não, claro, não só o meu.

Assim fiquei e fiquei. Finalmente, depois de horas de ponderação, tomei da pena e redigi minha argumentação sem hesitar. Escrevi pensando não no coração ausente da galinha nem na alma ausente do golem, mas na jovem esposa e na filha em cuja presença ainda acredito, embora para os outros elas sejam invisíveis.

Kasher? Claro!

Participar? Com certeza!

Externei minhas opiniões e combati a oposição. Não recuei. E quando vieram pedindo provas, eu estava preparado. Ergui-me diante deles e com a mão direita bati na caverna vazia do meu peito, onde sabia que meu coração não estava, e com a mão esquerda bati na minha cabeça, conjurando voluntariamente o eco de todo o vazio que havia ali.

Expliquei: "Meus amigos, vocês me perguntam se uma galinha sem coração é *kasher*, e me perguntam se um golem, que todos sabem ser uma criatura sem alma, pode participar de uma *minian*. Em resposta, digo-lhes que eu próprio sou um homem sem coração, e que também minha alma me foi retirada há muito tempo... há muito tempo, em Ofen. E mesmo assim vocês oram comigo, meus amigos. É, e mesmo assim vocês oram comigo".

Escrevi durante longo tempo.

Escrevi: "Em algum lugar, enterrado na terra, está o Torá golem, mas é óbvio que ele está em branco, que os rolos não contêm palavras".

Escrevi: "Em algum lugar do céu há uma cozinha onde anjos assam os nervos e as almas de filhas, irmãs, mães e esposas, fundindo-os com os nervos e as almas de filhos, irmãos, pais e maridos, e dessa forma a metafísica do matrimônio e do nascimento se torna manifesta no corpo humano". Quando terminei de escrever, fiz minhas orações, e depois me despi e fui para a cama. Logo estava entoando a *shmá* num cântico ardente que confirmava em sílabas de grande tristeza não só a unicidade de Deus como também a indivisibilidade de uma família tão violentamente dilacerada. Passei horas acordado, pensando: "Qual era meu coração — esposa? Qual era minha alma — filha? Ou eram ambas, ambos?". Quando finalmente adormeci, ambas eram ambos, e meus braços envolviam minhas duas amadas.

14

“Ele enviou, ele sussurrou, uma onda de calor, fruto vivo”

EU ESCREVO:

O silêncio nascido com o desaparecimento de Gabi não chegou repentinamente na casa, como chegara o nascimento da criança, ou a morte de Moshe. Ao contrário, veio rastejando, uma criatura que se aproxima devagar. Não, o silêncio não chegara à casa deles como outras tragédias chegaram, com choques súbitos, colisões violentas. Veio devagar como um vento quente de verão, um *sharav* do deserto cantando as palavras saídas de suas bocas, uma força natural a que não se pode fazer frente. Miriam respondendo à pergunta de algum estranho: "Sim, dois filhos, dezesseis e nove". E Eliezer assombrado por ninguém corrigi-la; mas claro, nem ele nem Tomer a corrigiram. O silêncio veio soprando, sem ar e espesso, soprando de fora das próprias vidas deles, soprando entre seus olhos e seus corpos, soprando não para destruir, mas para proteger. Proteger uma mãe, um pai, dois filhos. E eles o aguilhoavam, fazendo o que podiam para facilitar sua passagem quente e tempestuosa.

Isso, Eliezer recordaria para sempre — parado na porta da sala, vendo o pai remover as fotos do álbum. Eliezer sabia quais fotos Zohar estava fazendo desaparecer — não tinha dúvidas de que eram de Gabi. Retrospectivamente, Eliezer sempre acharia muito estranho Zohar não ter nem tentado dissimular o que estava fazendo. Ele não removera as fotos tarde da noite, quando todo mundo estava dormindo, nem durante o dia, enquanto Eliezer estava na escola. Fizera isso à tarde e abertamente, no meio da casa. Zohar ergueu os olhos e viu Eliezer olhando para ele. Mas não disse nada ao filho, simplesmente projetou o lábio inferior e fez um som de *tsk, tsk*, entre os dentes. Interrompeu o que estava fazendo, as mãos no álbum, e fitou Eliezer. Nenhuma palavra foi trocada entre os dois, mas Eliezer entendeu tudo. Era como se Zohar estivesse dizendo: "Nós todos estamos neste conluio e isto é parte do plano: esquecer inteiramente alguém, não por engano, mas de propósito". Zohar desviou os olhos e voltou ao trabalho, espiando deselegantemente as fotos de bordas decorativas serrilhadas retiradas das páginas pretas, sem a menor preocupação de rearranjar as demais de forma a cobrir os lugares onde antes estava Gabi. Tudo considerado, foi uma operação desajeitada, bastante rápida.

Mais tarde, naquela noite, quando os pais já estavam dormindo, os dois roncando alto, Eliezer foi sorrateiramente até a sala e abriu o armário de madeira onde ficavam os álbuns. Não ficou surpreso com o que encontrou. A luz do luar que entrava pelas janelas era suficiente para que ele visse que os álbuns estavam cheios de espaços vazios, mais escuros do que o resto das páginas. Mais escuros porque as fotos que antes estavam grudadas ali haviam protegido o papel da devastação do tempo e da luz. Eliezer pousou a mão aberta sobre o vazio e apertou. Acima do lugar onde antes estava a foto faltante havia uma foto dele com a mãe, sorrin-

O MAR MORTO PERTO DE MASSADA

do. Numa viagem ao mar Morto. Ele tinha onze anos. Sua mãe também estava sorrindo, ela estava em pé com as duas mãos nos quadris, olhando para a água salgada. Eliezer apertou o vazio com a base da mão. Apertou com força, sem se preocupar nem um pouco com o fato de que seus dedos estavam apertando as fotos que haviam sobrado na página, apertando suas próprias pernas magras, apertando o rosto da mãe. Apertou com tanta força que o pulso começou a doer. Mas continuou apertando, tinha certeza de que estava sentindo sua mão penetrar uma outra dimensão. Não tinha fim o espaço escuro que sua mão percorria. Por fim, Eliezer parou de apertar e o espaço pulou para cima outra vez, com um estranho baque surdo.

Eliezer fechou o álbum e quando foi recolocá-lo em seu lugar, encontrou as fotos descartadas dentro de um envelope atrás da fielira de livros. Não ficou surpreso por seu pai tê-las deixado ali, pois tinha a sensação de que estavam ali para que ele as encontrasse. Deu uma olhada nelas: ali estava a foto removida de Gabi e Tomer juntos no colo da mãe. E outra, Gabi enrolado num cobertor de bebê, e mais outra, Gabi nos braços do pai, outra, Gabi no colo do próprio Eliezer, outra, Zohar segurando Gabi e Tomer, com Eliezer montado nos ombros. E quando Eliezer fechou o armário sem devolver aquelas fotos, aqueles pequenos testamentos do que de fato existira, sabia que estava ao mesmo tempo em conluio com os pais e agindo contra eles. Estava roubando um pedaço do silêncio deles — tomando-o para si sem autorização; mas, ao mesmo tempo, estava contribuindo para o silêncio deles, transformando-o num tom mais escuro de quietude, num tom mais perigoso de ausência, porque agora ele, Eliezer, seria o único a poder ver Gabi fora de sua própria alma, o único a possuir a prova visual de que aquele filho efetivamente existira. Eliezer enfiou o envelope no cós da calça e foi bem quietinho para o quarto, onde escondeu as fotos entre as páginas de um livro muito grande que ninguém mais lia além dele.

Pouco depois disso, Tomer, então com sete anos, desenvolveu um tique facial. Seu olho direito se arregalava de repente e depois se fechava com muita força, uma e outra vez. O psicólogo a que Miriam o levou sugeriu que Tomer talvez estivesse com medo de ser mandado embora como Gabi. Miriam e Zohar pediram a Eliezer que conversasse com Tomer sobre Gabi. "Para ver", disseram, "se Tomer ainda se lembra dele." Eliezer resolveu mostrar a Tomer as fotos escondidas. De noite, à luz do luar que se filtrava pela janela, os dois olharam juntos as fotos, uma por uma. Eliezer deixou Tomer segurar as fotos enquanto apontava para a imagem de Gabi e dizia: "Você sabe quem é este?". Tomer assentiu com a cabeça e aproximou as fotos do rosto. Quando Tomer perguntou a Eliezer o que acontecera com o irmãozinho deles, Eliezer disse calmamente que Gabi era doente e teria de viver para sempre no hospital. "Para sempre?", Tomer perguntou. "Para sempre", Eliezer respondeu, cobrindo com a sua as mãos do irmão menor. Na manhã seguinte, o tique facial de Tomer desapareceu para nunca mais voltar. E essa foi a primeira e única vez em que Eliezer tirou as fotos do esconderijo para mostrar a alguém como era o rosto de Gabi.

No mesmo ano em que Gabi foi levado, 1952, ano em que Eliezer completou quinze anos, morreu o presidente Chaim Weizmann, e o primeiro-ministro Ben-Gurion ofereceu a presidência de Israel a Albert Einstein. Einstein graciosamente declinou, mas a importância desse convite foi amplamente noticiada nos jornais e não passou despercebida a Eliezer. Ele sabia que crianças do mundo inteiro escreviam cartas ao grande cientista. Na escola, sua classe escrevera cartas interrogando Einstein sobre sua infância, e ele na verdade respondera. Eliezer, então, pensou em escrever de novo para Einstein. Queria escrever: "Caro dr. Einstein, deve haver um teorema, uma fórmula absoluta para explicar o que aconteceu em nossa casa". Queria escrever: "Caro dr. Einstein, já percebi que não vou encontrá-la nos livros comuns de matemática". Queria escrever: "Caro dr. Einstein, há alguma coisa na sua teoria da relatividade que possa nos ajudar?". Acabou nunca mandando a carta, nunca chegou sequer a escrever as palavras, talvez porque tivesse medo de o grande cientista ter uma resposta, talvez porque temesse que não. Mas em sua cabeça, Eliezer construiu muitas respostas. Einstein diria: "Meu caro menino, sua família é privilegiada por fazer parte de um experimento matemático único". Ou: "A relatividade é sua, meu filho!". Ou: "Filho, lamento informar que a matemática não é um campo para você e que no lugar dela você deve devotar-se à filosofia e à religião".

Uma noite, deitado na cama, Eliezer disse para si mesmo que devia haver algum jeito de explicar o que acontecera com a família deles. Olhou para o teto e tentou contar até dormir, mas não funcionou. Estava bem acordado, mesmo ao chegar a mil. Pensou na matemática espiritual, a *gematria*, sistema cabalístico em que letras ocupam o lugar de números e as palavras têm valores, e em que, por meio da combinação de palavras com valores, coisas disparatadas se atrelam entre si. Estavam aprendendo aquilo na escola. Pensou sobre a ocasião do nascimento de Gabi. Na volta para casa, de carro, com o tio, o pai e o primo, a noite caía. Agora, deitado ali no escuro, Eliezer se lembrou daquela outra escuridão baixando. E fez a conta da noite e fez a conta das estrelas e fez a conta do hospital. Fez a conta da mãe e fez a conta do pai, e fez a conta do tio e do irmão, bebê, novo, nosso, tudo bem. Quase pronunciou a palavra irmão, *achi*, em voz alta. Não o surpreendia nada que em gematria a expressão "nosso irmão", *achinu*, fosse igual ao termo que designava "noite", *laila*. Eliezer tinha grande fé na bondade dos números, mas pela primeira vez em sua jovem vida desejou que eles estivessem errados.

No dia seguinte, na minúscula biblioteca da aldeia, Eliezer encontrou um livro de gematria que transcrevia para números quase todas as palavras da Bíblia, decompondo os versículos em palavras que se combinavam com outras palavras não em sentido, mas em valor. Tentou somar todos os nomes da família e comparar a soma de seus valores com frases da Bíblia que fossem descrições de desastres ou prenúncios de desastres ainda por vir. No fim, porém, essa abordagem acabou não funcionando. Nada combinava, as somas eram sempre radicalmente diferentes. Mesmo assim, Eliezer queria acreditar que havia uma equação e que, se conseguisse resolvê-la, teria nas mãos o instrumento correto para usar no caso de o futuro ousar se apresentar a ele com circunstâncias semelhantes que ameaçassem, na mesma escala terrível, não funcionar.

Tentou outra técnica, mais uma vez traduzindo as vidas deles todos para números. No entanto, em vez de deixá-las como números, retraduziu os números para ainda outra coisa, uma palavra ou frase com valor igual. Recorrendo a esse método, fazia a história inteira desaparecer numa coluna de áridos uns e dois e três, quatros, cincos, seis e setes que, quando decifrados corretamente, poderiam representar sua história mas que, com a mesma facilidade, poderiam representar a história de alguma outra pessoa, ou representar a história de coisíssima nenhuma.

Não que ele quisesse livrar-se dos números. Adorava-os intensamente. Recitava-os uma e outra vez, contemplando-os, arranhando seus corpos esguios e descomplicados na terra com uma varinha. Eles nunca o censuravam. Nunca caçoavam dele. Nunca se negavam, ou olhavam para ele de um jeito estranho, ou se recusavam completamente a olhar para ele, desviando os olhos, com medo de dizer a coisa errada. Os números não tinham mesmo nada a dizer, exceto uma ou outra fofoca sobre a adição ou a subtração, ou alguma outra rígida operação matemática. Os números não podiam feri-lo. Não podiam gritar, não podiam berrar, não podiam lutar. Mas quando se cansava deles, Eliezer podia retransformá-los em palavras vivas. Não em palavras vivas que censuravam. Em palavras vivas que não representavam sua tragédia familiar, mas coisas aleatórias num mundo aleatório de justaposições sem sentido. E no entanto, as justaposições tinham todas o mesmo valor. E assim, de alguma maneira, as duas listas eram iguais. Ele escreveu em quatro colunas:

"Ela concebeu"	*Hartá*	610	Eles fugiram para longe (*Ratzu rahok*)
"E nasceu"	*Vaivaled*	56	Ele doou (*Nidev*)
"Meu irmão"	*Achi*	19	Inimigo (*Oiev*)
"Mas as mãos"	*Aval hayadayim*	102	Gamo (*Tzvi*)
"E a alma"	*Vehanefesh*	441	Eles ficaram de brincadeira (*Hitlú*)
"Foram afligidos"	*Chakú*	37	O coração (*Halev*)
"E ela cuidou dele"	*Vatenikehu*	577	Calcanhar duro (*Akev kashé*)
"Até os cinco anos"	*Ad gil hamesh*	465	A raiz de suporte (*Hatemach*)
"Eles discutiram"	*Hem ravú*	253	Carpinteiro (*Nagar*)
"E o irmão do pai"	*Veach haav*	23	Dor (*Ke-ev*)
"Foi morto"	*Neherag*	258	Ele roncou (*Nahar*)
"Luto"	*Evel*	33	Uma onda (*Gal*)
"A mãe e o pai"	*Haem vehaav*	60	Ele irá (*Yelech*)
"Discutiram mais um pouco"	*Ravu od ktzat*	878	Um arco-íris salgado (*Keshet melach*)
"Luto e discussões"	*Evel umerivot*	697	Você irá espalhar (*Tefazrí*)
"Até que o expulsaram"	*Ad shehotziu mehabait*	1362	Em favor de tomar drogas (*Be-ad lishtot samim*)
"Lutaram mais um pouco"	*Vehem imshichu lariv*	674	Ele ensinou uma mentira (*Limed sheker*)
"E mais um pouco"	*Veod*	86	A nós (*Lanu*)
"Agora, há uma cicatriz"	*Achshav, iesh tzaleket*	1326	Eli sentou debaixo da árvore (*Eli yashav tachat haetz*)

"Em nossas gerações"	*Bechol dorotenu*	734	O fruto do pomar é belo (*Pri hapardes yafe*)
"Uma cicatriz"	*Tzaleket*	620	Coroa (*Keter*)
"Em segredo"	*Besod*	72	Dialeto (*Niv*)
"Eu esconderei"	*Ani achbi et zé*	496	Capítulo encerrado (*Perek muchan*)
"Mas ele diz: 'Lembre de mim'"	*Aval hu omer, "zichruni"*	585	Saco de café (*Sak kafeh*)
"Mas eu digo: 'Eu minto'"	*Aval ani omer sheani meshaker*	1342	E eles andam devagar nas muralhas da cidade (*Vehen halchu leat al hachomot shel hair*)
"Ele foi esquecido"	*Hu nishkach*	380	Um abrigo de madeira (*Tzrif*)
"Da memória"	*Mehazikaron*	338	Fraco (*Chalash*)
"Eu tinha medo"	*Pachadeti*	02	Uma onda de calor (*Sharav*)
"E ainda tenho medo"	*Veani adayin poched*	299	Fruto vivo (*Prichai*)
"Ele estava aflito"	*Hu haiá muké*	103	Foi apagado (*Nimchah*)

Ele leu muitas vezes a lista de equivalências. "Carpinteiro, Dor, Ele roncou, Uma onda." À noite corria pelas alamedas do pomar, repetindo incontáveis vezes as palavras — uma palavra para cada passo que ecoava: "Carpinteiro, Dor, Ele roncou, Uma onda". Eliezer achava que até o escuro gostava daquela ausência de sentido. Eram uma espécie de poema. Eram um comunicado secreto sobre algo distante e ridículo. "Gamo, Eles ficaram de brincadeira, O coração, Calcanhar duro." As palavras em sua língua lhe davam uma sensação de conforto, mais conforto do que qualquer outra palavra, antes, em sua língua. Considerou corajoso o modo como as palavras se roçavam descuidadas umas nas outras, sem se preocupar com quem era quem, ou o que era o quê.

E ele queria ser do planeta onde aquela lista alternativa era a história real. Parou no meio de uma pequena clareira de limoeiros e ficou girando, girando com os braços abertos, de palmas para cima, olhos abertos para as estrelas. "Ele enviou, Ele sussurrou, Uma onda de calor, Fruto vivo!" Era um épico, era uma comédia, era uma comédia épica, e ele queria tanto ser do país onde aquelas coisas eram ditas. Ficou girando e girando. "Ele irá, Um arco-íris salgado!" Queria ser do planeta daquele poema. Aí o lado oposto da existência, o lado que falava o idioma que deixava sua língua pesada e a vida, às vezes, parecer isenta de felicidade ou de luz, seria o lado carente de sentido, e aquela vida que estavam vivendo seria simplesmente uma lista de vocabulário aleatório com o qual ninguém estava preocupado porque não fazia sentido.

Eliezer não desistiu de tentar conjurar o golem. Às vezes, porém, ele ficava frustrado e apagava com o pé a figura desenhada com tanto cuidado. Chutava as linhas para apagá-las, e depois chutava o chão mais um pouco até não restar mais nada além de marcas no lugar onde uma alma poderia ter existido, mas aí relembrou a si mesmo que golens supostamente não tinham alma. Resolveu que no seu texto sagrado, no seu Livro da Formação pessoal, os golens não só teriam alma como seriam capazes de contar boas piadas. Seu golem haveria de contar piadas como um profissional. Continuou chutando o contorno até ele ficar quase invisível. Depois recuou e observou sua obra. Estava zangado consigo mesmo, zangado com o golem. Zangado com a idéia de que aquele contorno vazio pudesse algum dia ser preenchido.

Mesmo assim, continuava tentando. À noite, depois do trabalho, ou mais tarde, no meio da noite, quando todos já estavam dormindo fazia tempo, saía de casa e corria para o pomar. Ao chegar à mangueira, limpava as folhas do chão, chutava os limões podres engrouvinhados cujas cascas estavam ficando brancas de mofo. Depois achava uma vara adequada e se agachava. Segurando a vara como um lápis, desenhava a figura de um homem. Não se tornara religioso, não estudara na *ieshivá*, não passara noites em claro procurando secretamente no Livro da Formação o arranjo correto das letras do nome. E, por melhor que se saísse em matemática, quanto mais aprendia, mais temia que não existissem números — reais ou imaginários — capazes de fornecer-lhe a soma de que precisava. Mesmo assim, desenhava e tentava, fechando os olhos e sussurrando algum dos inúmeros encantamentos secretos que achava que funcionariam. Traçou os sete círculos caminhando, contudo. Foi fácil. E, enquanto caminhava, invocou fogo, água, terra e ar para que se apresentassem e animassem sua criação. Mas naquela vez, como em todas as outras vezes, nada aconteceu. E Eliezer ficou desapontado porque nenhum golem surgiu para lhe fazer companhia, salvar a aldeia ou cumprir tarefas.

E quando os dias ficaram escuros e as noites violentamente frias na velha casa de pedra, Eliezer ficava pensando se por acaso não teria feito tudo errado. Talvez a criatura tivesse conjurado *todos eles*. Talvez ele e Tomer, sua mãe e seu pai, e o irmãozinho desaparecido é que fossem o golem do golem, se é que tal coisa existia. Mas o que não estava inteiramente claro para Eliezer era o porquê. Com que propósito o golem os criara? Para sua proteção? Do quê? Por vingança? De quem? A única coisa que conseguiu concluir foi que, com tanta gritaria e tanto berro, seus pais haviam afugentado alguma coisa. Os inimigos do golem, talvez, maus espíritos que não ousavam chegar perto porque — todos sabem — os maus espíritos têm medo de barulhos fortes. Mas aí ele ficava muito confuso, porque todo mundo sabe que o golem é uma criatura muda, e se eles também eram golens, nesse caso o que estavam fazendo todas aquelas palavras que saíam de suas bocas? Não fazia sentido. “Se nós somos o golem do golem”, pensava, “então será que estamos mesmo falando o que achamos que estamos falando? Meus pais estão mesmo gritando quando acham que estão gritando? Ou estamos todos em silêncio?”

15

O CÓDIGO DA INFÂNCIA NA ALDEIA

EU ESCREVO:

As estações mudavam abruptamente em Shachar. Enquanto no resto do vale parecia que o outono relutava em ceder espaço ao inverno, em Shachar o frio simplesmente invadia. Mesmo a cidade vizinha sempre parecia mais quente, embora não houvesse nenhuma prova científica para confirmar o fato. Na cama, à noite, os moradores viam o próprio hálito, nuvenzinhas brancas flutuando para fora de suas bocas, e se aninhavam melhor de encontro ao marido ou à esposa; as crianças dormiam com os pais, e famílias inteiras se acostumaram a sonhar sonhos semelhantes, fenômeno que ninguém conseguia explicar, mas que todos atribuíam ao clima muito frio e ao modo como esse clima os fazia abraçarem-se com um pouco mais de força do que habitualmente.

Eliezer mudava o peso do corpo de um pé para o outro e tentava aquecer-se soprando as mãos em concha. Na verdade, porém, não se incomodava com o frio. Passara a noite com os amigos, e eles, em geral, não eram tão afetados pelo clima. Para seus amigos a chegada do frio significava a chegada das frutas, o que, para eles, era motivo de festa. Mas isso fora no início da noite, e agora que ela chegava ao fim, Eliezer não sentia nenhuma festa dentro de si. Ao contrário, em pé nos fundos da casa, olhando para a janela adormecida e escura de seus pais, sentia medo.

Eliezer tentou ficar o mais quieto possível enquanto considerava a possibilidade de subir os degraus da varanda dos fundos, abrir a porta e se esgueirar para o quarto. Mas sabia que até seus pensamentos estavam barulhentos demais, e que seus passos fariam ainda mais barulho e que, conseqüentemente, estava condenado. Seu pai acordaria. E por isso Eliezer não entrava na casa. Só ficava ali atrás. Era muito, muito tarde, talvez quase três da manhã. Parado ali, apoiando o corpo ora num, ora no outro pé, olhando o hálito que lhe saía da boca em nuvenzinhas, repassou os acontecimentos da noite que o haviam conduzido até ali.

Eles formavam um grupo de rapazes, entediados tarde da noite no início do inverno. Já passava da meia-noite quando se reuniram. Todos haviam fugido de casa e se encontrado na estação de ônibus, atrás do abrigo antibomba. Era para ali que iam quando a aldeia adormecia. Lá estavam Eliezer e seu amigo Yoni, que tinha sardas e era capaz de chutar uma bola incrivelmente longe. Eliezer conhecia Yoni desde que eram bebês, quase. Lá estava Moti Peleg, cuja família se mudara para lá apenas três anos antes. Era um rapaz magrinho que não corria muito depressa mas que em geral vencia as partidas de cartas. Lá estava Micky Anderson, cujos pais eram norte-americanos, e lá estava Amos, que tinha enormes olhos azuis e pele escura, e que era o mais "maduro" de todos: a voz de Amos estava mudando e ele tinha até alguns pêlos no rosto.

Eles não haviam ficado mais do que cinco minutos no ponto de ônibus. Geralmente não ficavam muito tempo lá, porque a cada vinte e cinco minutos mais ou menos o vigia da aldeia passava e eles tinham de se dispersar. Outras vezes eles simplesmente ficavam ali parados e o pai de um amigo ou o irmão mais velho de alguém acenava com a cabeça e os deixava em paz.

Mas naquela noite eles não pretendiam simplesmente ficar no ponto de ônibus. Amos virou-se para Micky e disse: "Hora de se divertir?". Micky o ignorou por um minuto, depois balançou a cabeça e disse: "Hora de fazer o que a gente faz melhor". Eliezer concordou com a cabeça. Moti suspirou e olhou para os próprios pés. O ponto de ônibus tinha uma moldura de metal, e Yoni estava pendurado em uma das barras que formavam o teto. Estava lá impulsionando o corpo no ar como um ginasta. Yoni balançou algumas vezes para a frente e para trás, depois saltou para o chão arenoso com um baque pesado e surdo. "O que a gente faz melhor", Yoni repetiu. Depois, devagar, com um dar de ombros afetado e uma expressão no rosto que parecia uma mescla de pergunta e careta, Micky estendeu os palitos para o pequeno grupo. Segurava as extremidades na mão fechada. Um por um, todos, menos Eliezer, tiraram a sorte.

No tácito Código do Pomar — que todos eles, Eliezer, Moti, Micky, Amos e Yoni, conheciam de cor —, roubar fruta era um crime capital. Os pais deles, os *pardessanim*, os fruticultores, tratavam seus pomares como filhos queridos, e cada laranja, cada manga, cada limão, cada *grapefruit*, era um prêmio precioso que ergueria do pó não apenas suas vidas individuais, como também todo o país, encerrando uma época que devia ser diferente do que era. Roubar fruta era quase um crime capital. E, no entanto, eles estavam a ponto de fazê-lo. Porque no tácito código da infância da aldeia roubar fruta era uma delícia necessária. Não podiam resistir. Os códigos se confrontavam. Todo menino fazia aquilo ao completar doze, treze anos, era parte integrante da encenação adolescente deles, sua aventura coletiva. Eles até denominavam *bar mitzvá* a noite em que um deles roubava fruta pela primeira vez. Prestavam-se honras ao que conseguia a maior colheita, ao menino que executava a escapada mais audaz, ao menino que se safava com o butim mais maduro ou com o butim de uma árvore nova, de uma variedade rara. Todos sabiam que árvores amadureciam primeiro: as mangas de Tzimmie, as clementinas de Mordechai, os abricós de Smilansky, as laranjas-sangüíneas de Goldschmidt. Sabiam exatamente onde estavam as árvores, em que pomar, em que quadrante, em que fileira; sabiam qual lado da árvore dava frutas mais saborosas, o norte ou o sul; provavelmente sabiam quais os hábitos do dono, quem dormia mais pesado, quem costumava dar uma escapada noturna, quem tinha cachorro bravo, quem não tinha, quem percebia se estivesse faltando uma só fruta, quem não notava nem mesmo que o próprio nariz estava faltando. Os meninos mais velhos passavam as informações para os irmãos menores e os irmãos menores veneravam os meninos mais velhos, cujas façanhas contavam e voltavam a contar. De como Micky correra mais depressa do que o cão pastor, com uma *grapefruit* madura em cada mão, de como Yoni dera de cara com Goldschimdt no meio de uma noite particularmente madura de verão, de como Yoni jogara as frutas bem alto e fugira, sabendo muito bem que Goldschmidt, que amava suas frutas como se fossem bebês, preferiria recolher as *grapefruits* a correr atrás dele, e que na hora em que elas caíssem na terra com um baque surdo ou nas velhas mãos dele, Yoni já estaria longe, correndo pelos pomares, com negativas e álibis já brotando da boca. Contavam essas histórias uns para os outros dando dentadas em frutas frescas que ninguém saboreara ao longo de todo o ano, o sumo escorrendo por seus rostos, os dedos pegajosos. Aquelas primeiras dentadas roubadas tinham a sua magia. Era como se as frutas fossem criadas novamente a cada ano que passava, a cada estação, recriadas especialmente para eles por um Deus que gostava de meninos e de travessuras.

Smilansky era um alvo particularmente visado, embora os meninos morressem de medo dele. Era um lituano grande de mãos enormes e nariz grosso, bulboso, e olhos cinzentos como um mar de inverno. Seu nariz, que era tão comprido quanto grosso, era igualzinho a um pepino, razão pela qual os meninos se referiam a ele em código como "sr. Salada". Smilansky era um alvo particularmente visado por causa de seus preciosos abricoteiros. Não havia muitos outros abricoteiros na aldeia, e seguramente nenhum como os de Smilansky, tão perfeitos quanto raros. O abricó é uma fruta cujo encanto está no sabor, ao mesmo tempo azedo e doce. Nos abricós normais, o sabor doce envolve o azedo — a língua se delicia com a polpa açucarada e, em seguida, distraída por uma falsa sensação de segurança, sente o azedo infiltrar-se na boca, devolvendo a mordida que acaba de sofrer. Mas os abricós de Smilansky eram diferentes. Nos dele, o azedo é que envolvia o doce, apresentando à língua primeiro um desafio acre, e em seguida uma recompensa suave e etérea por ela ter conseguido ultrapassar a órbita externa da fruta. Os abricós de Smilansky eram famosos até em Haifa, onde morava a irmã dele e onde um pomar irmão do dele produzia frutos perfeitos exatamente no mesmo dia e no mesmo minuto. Smilansky sabia que seus abricós eram visados, por isso costumava verificar as árvores uma ou duas vezes por noite, a partir do momento em que os frutos estavam quase maduros até eles terem sido colhidos com segurança.

Naquela noite específica daquele mês específico daquele ano específico, assim que os abricós passaram de duros demais a perfeitamente deliciosos, os meninos escolheram Moti Peleg para roubar os abricós da árvore do "sr. Salada". Fizeram um sorteio, e Moti ficou com o palito mais curto. Quando isso aconteceu, ele se levantou estoicamente do lugar, mordeu o lábio inferior, protuberante, e olhou para cada um deles como se eles fossem pessoalmente responsáveis por sua execução iminente. Mas era um garoto legal, e se afastou do grupo em silêncio, decidido a desempenhar corretamente seus deveres, nem que fosse pela última vez na vida.

Eliezer, Yoni, Micky e Amos saíram logo depois dele. Correram para o lado oposto, pelo caminho de pedra, ao longo da periferia da aldeia, e, já no caminho de volta, monte acima, depois dos galinheiros, diretamente para a preciosa árvore do pomar de Smilansky. Sabiam que Smilansky não estava lá naquela noite. Essa era a informação secreta que possuíam. Ele estava em Haifa, visitando a irmã doente, a quem amava ainda mais do que a seus abricós. Eliezer balançava os braços para cima e para baixo, correndo. Corriam num grupinho cerrado, quase pregados um no outro, entrechocando-se, o braço de um no cotovelo, no ombro do outro, de modo que a velocidade de um carregava o outro, e suas respirações ofegantes mas contidas, embora aparentemente fruto de pulmões separados, estavam todas fortalecidas pelo mesmo ar de excitação. Eliezer olhou para Micky e sorriu. Yoni soltou uma risada alta. Os outros quase começaram a rir em conjunto, mas engoliram o riso e continuaram correndo. "Hora de se divertir", disse alguém. "Hora de se divertir", todos repetiram. Era verdade, eles haviam trapaceado no sorteio. Moti estava condenado desde o primeiro momento em que o grupo se reuniu. Micky cuidara de tudo. Embora abençoado com um sorriso honesto, era um mestre nato em matéria de trapaça, uma fonte inesgotável de truques, piadas e esquemas. Os outros não sabiam muito bem como ele fizera a coisa. Ele lhes disse que aprendera sua "técnica de fazer os palitos parecerem diferentes" num livro de truques de mágica que ganhara de aniversário. Só que eles estavam mais interessados em seu conhecimento do que em sua "técnica". Era mesmo verdade que ele conseguia fazer aquilo? Tanto sabia que fez, e Moti pegara o palito mais curto, e agora os outros garotos cruzavam voando a aldeia na direção da praia. Habitualmente eles conseguiam correr mais depressa do que Moti sem dificuldade, mas já que eram obrigados a tomar o caminho mais longo, por trás, significativamente mais longo, tinham de correr o mais depressa possível. Quando chegaram ao belo pé de abricó, simplesmente ficaram ali parados durante alguns segundos. As frutas estavam perfeitamente maduras, pontilhando a folhagem verde-escura como diamantes preciosos ali colocados somente para eles. Yoni estendeu o braço e encostou a mão numa delas, e teria apanhado a fruta se não tivessem ouvido Moti avançar desajeitadamente pelo pomar, fazendo estalar gravetos, os passos pesados, mesmo sendo tão leve. Moti demorara mais do que o normal, não porque estivesse com medo (embora estivesse), mas porque resolvera executar sua missão cientificamente, esgueirando-se de uma árvore para outra e espiando, e em seguida correndo para outra árvore e espiando outra vez, desse modo aproximando-se do alvo com imenso sigilo. Além disso, ele se demorara um pouco camuflando-se. Esfregara lama no rosto e nos braços e amarrara um galho bem grande de clementina nas costas, de modo a ficar com sua folhagem acima da cabeça, dando-lhe um aspecto ao mesmo tempo suspeito e ridículo. Os outros meninos viram-no aproximar-se e tiveram de segurar o riso com as mãos. Estavam escondidos nas árvores próximas, à espera do segundo perfeito. Pretendiam assustar Moti antes de ele ter colhido alguma fruta. Mas não foram suficientemente rápidos — ou Moti, que sempre haviam achado lento, foi rápido naquele momento secreto específico. Sua mão branca disparara no escuro da noite e num instante ele colhera três abricós perfeitos da árvore perfeita. E naquele momento os meninos saltaram sobre ele, latindo e uivando e gritando como um zoológico inteiro de animais perversos e indomados.

Moti guinchou, largou as frutas no chão e começou a correr. Corria em ziguezague, entrando e saindo dos renques de árvores enquanto voltava encosta abaixo para a trilha da praia, a pele branca brilhando ao luar, os passos pesados ecoando por todo o vale, perturbando os que tinham sono leve, despertando cães curiosos e bravios. Pararam de segui-lo quando ele chegou à areia. O galho de clementina amarrado em sua cintura se soltou e começou a subir e descer com suas passadas, acabando por cair entre suas pernas, mas ele não parou nem para livrar-se do galho. Correu por cima dele, quase tropeçando, até ele simplesmente soltar-se sozinho.

Nem uma única vez, Moti voltou-se para ver o que o perseguia. Simplesmente continuava correndo, ziguezagueando mesmo depois de chegar à praia. Quando finalmente chegou ao esconderijo, urinara nas calças, estava tão encharcado de suor que a terra de seu rosto lhe escorria pelos olhos em fios escuros e seu peito arfava. "Smilansky... com uma arma... ele estava com uma arma... estava lá me esperando... correu atrás de mim até a beira do mar!" Quando lhe perguntaram como ele havia feito para escapar, como evitara não só as mãos enormes do grandão, como também a arma, a arma, Moti lhes contara sobre a estratégia adotada, sobre o fato de ter corrido sinuosamente. "Assim, quando ele atirou em mim", explicou, "e ele atirou em mim diversas vezes, as balas não sabiam onde eu estava. Fui rápido, ele não conseguiu me encontrar, e depois, quando ele chegou perto, me joguei numa duna e me enterrei do outro lado da areia, num lugar em que ele não podia me ver." Moti endireitou o corpo e sorriu, agora que estava particularmente orgulhoso do seu feito. Todos os meninos ouviram com expressão solene, mas apertando o nariz porque Moti estava com um cheiro forte. Depois caíram na gargalhada, e pularam e correram em serpentina um em volta do outro, e depois se atiraram uns em cima dos outros, chamando-se de *duna*, os corpos explodindo um contra o outro como ondas no mar. Ninguém teve coragem de contar a Moti Peleg que Smilansky nem estava na aldeia naquela noite, mas eles não conseguiam parar de rir. Riram tanto que seus olhos começaram a doer e seus pulmões formigar. Moti também riu, mesmo achando que nunca mais ia recuperar o fôlego.

Os meninos acabaram se dispersando. Cada um foi para sua casa. Eliezer foi com Yoni até a esquina da rua em que moravam. Em seguida Yoni virou para a esquerda e Eliezer continuou sozinho o resto do caminho. Quando chegou, não pegou o caminho da frente, mas fez uma volta por trás, entrou pelo pomar, e circundou o quartinho onde o novo inquilino estava dormindo. Pretendia subir os degraus da varanda dos fundos e entrar pela cozinha, mas antes que subisse a escada, ouviu um barulho. Eliezer ouviu alguma coisa dentro da casa; passos talvez, ou um estalo especialmente alto da mobília — quem sabe os pais se virando na cama? Ficou apavorado com aquele barulho. Sentiu uma fisgada conhecida de terror. E se o pai tivesse acordado? Eliezer fechou os olhos e viu os três abricós perfeitos, laranja-rosados, no chão, a polpa perfeita machucada. Na tarde do dia seguinte, Smilansky voltaria da visita à irmã doente em Haifa, encontraria os abricós no chão e veria as pegadas deles na terra, sabe lá, talvez até seguisse as pegadas até o mar e encontrasse a mesma duna atrás da qual muito provavelmente o fantasma apavorado de Moti Peleg continuava escondido. É, seriam apanhados, ou pelo menos alvo de suspeita. Embora nenhuma fruta tivesse sido efetivamente levada e embora não tivesse sido ele a jogar os abricós no chão, Eliezer sabia que estava encrencado. Suspirou alto. E estalou as juntas, dobrando os dedos para trás de encontro ao rosto.

Eliezer olhou para a janela escura dos pais. Sabia que se pudesse sentar-se com o pai, não como filho, mas como amigo, se pudesse sentar-se com o pai e contar-lhe a história, contar-lhe como Moti Peleg se atirara numa duna, como eles haviam corrido de volta à frente dele e como Moti se urinara todo e mentira para eles dizendo que Eitan Smilansky surgira do meio das árvores de arma na mão, os olhos de Zohar desapareceriam e sua face ficaria vermelha e ele daria muita risada, porque a história era realmente muito, muito engraçada. O magricela do Moti Peleg se atirando numa duna. Mas Eliezer não podia simplesmente sentar-se com o pai. Os dois não dariam risada da história. Porque a ira de Zohar não fazia concessões a ataques normais de travessuras de meninos. Porque a ira de Zohar era uma ira extrema, que ocupava não o âmbito visível ou audível de percepção, mas as regiões de som e visão muito visíveis, ultra-audíveis, que queimavam as lentes oculares e explodiam os tímpanos. Zohar sentia uma ira que era aterradora por ser extrema. E talvez fosse aterradora porque do outro lado de sua alma havia uma paz e uma calma, uma alegria de viver, uma grandeza e uma gentileza de rei, que faziam todo mundo adorar aquele homem, que faziam seu filho adorá-lo também, adorar tanto que Eliezer via a ira não como uma parte orgânica da personalidade do pai, mas sim como uma espécie de invasor ou de ladrão que roubava os melhores momentos de suas vidas.

Naquele momento, Eliezer sentia que tinha de se esconder do pai. Zohar suspeitaria imediatamente que Eliezer saíra com os meninos e que o grupo roubara alguma coisa. Eliezer nunca roubava nada. Sentia muito medo. Nem se dava ao trabalho de participar de sorteios com os outros meninos — e eles não o obrigavam porque tinham ainda mais medo de Zohar do que ele. Todos os meninos gostavam de Eliezer e nenhum deles queria incorrer na ira daquele pai específico. Não, Eliezer não podia entrar em casa. Mesmo não tendo feito nada. A única coisa que ele fizera fora correr alegremente na noite tranqüila que parecia estar a pedir um pouco de ruído, um pouco de animação. Eliezer nem respirava. Novamente, o ruído de um estalo veio de algum ponto no interior da casa. Ele fechou os olhos e viu de novo os três abricós, não no chão, mas em suas própias mãos. O azedo embrulhando o doce. Eliezer lançou um último olhar para a janela dos pais antes de virar-se e correr para o meio do campo, onde passaria a noite.

16

No jardim do golem

EU ESCREVO:

Era estranho estar em casa não mais como o menino que fora poucos meses antes, mas como um soldado de músculos doloridos e um apetite que nada saciava. Era sua primeira licença desde a convocação para o exército. Estivera ajudando a mãe na cozinha até ela enxotá-lo da casa. Disse: "Você precisa descansar. Vá, vá procurar seus amigos, dê um passeio". Os dois sabiam que todos os amigos dele estavam no exército. Mesmo assim, Eliezer gostou do mimo da mãe. Deu um beijo em seu rosto úmido e saiu

MEU PAI ESCREVE:

Quando eu tinha dezoito anos, comecei meu serviço militar no exército de Israel. Depois do treinamento básico, fui destacado para a Inteligência e servi principalmente no Norte, perto do mar da Galiléia. No exército, trabalhei sobretudo como estatístico. Minha função era tornar as operações táticas de campo mais seguras e mais eficientes, fornecendo uma análise estatística das estratégias de campo de batalha.

pela porta da varanda dos fundos. Desceu os degraus e sentou-se na pedra grande junto ao campo de picão. Começou a atirar pedrinhas na areia. No exército, durante as seis semanas anteriores, sentira-se diferente. Durante o treinamento básico, via-se fazendo flexões de braço com o rosto tão perto da terra, e a terra parecia só aquilo mesmo: terra poeirenta debaixo do seu rosto e das suas mãos molhadas. Olhava o próprio suor pingando na terra e pensava em como era estranho que tão pouco tempo antes ele acreditasse que o golem pudesse conjurá-lo, conjurar sua família — como se a terra poeirenta pudesse ter tal poder. E trabalhava os músculos com mais empenho, e mais empenho ainda, gostando, por incrível que pareça, das novas dores em seu corpo e da exaustão que sempre sentia à noite, que fazia o sono vir fácil e borrava tudo o que não fosse o exército e suas exigências.

Mas agora que estava de volta em casa, tudo aquilo voltava. A sensação de que eles eram de fato criaturas conjuradas por algo ou alguém. Começou a atirar as pedrinhas mais longe, na direção da parede da casa. Algumas caíam num cano e faziam barulho de ricochete. Havia formigas ao pé da pedra. Ele baixou a mão e deixou que uma delas subisse em seu dedo. Depois acomodou-se na pedra, esticou as pernas e pensou: "Se a sua família não passa de um fantasma que algum outro fantasma conjurou, você é o quê? Uma invenção de uma invenção? Eu sou real?". Refletiu: "Será que eu sou um fantasma? Será que estou mesmo aqui?". Ergueu as mãos e apertou os olhos. Por um segundo, quando o sol que se punha embrulhou seus dedos em raios, achou que conseguia enxergar através de sua pele e de seus ossos, enxergar através de tudo até chegar aos galhos e às folhas, até os troncos prata-acinzentados das árvores da orla do pomar. Isso o convenceu de uma coisa que desconfiava havia muito tempo: que ele próprio era tão insubstancial quanto a fumaça, tão vazio quanto o ar. Todos eles

LAGO DE TIBERÍADES, OU MAR DA GALILÉIA

eram. Agora que estava de volta a Shachar, não achava nada difícil acreditar que, ao mesmo tempo que sua família cuidava de seus assuntos, alguma força cósmica se filtrava através do solo das vidas deles, invocando-os por um nome conhecido, mas impronunciável.

Miriam acabara o serviço na cozinha e fora para a sala, costurar um pouco. Eliezer sabia disso porque ela o chamara da janela da cozinha, perguntando-lhe onde pusera as calças que precisavam ser cerzidas. Zohar estava no jardim da frente, conversando sobre a política local com um vizinho. Tomer estava na casa ao lado: estava apaixonado pela sobrinha do vizinho, uma morena sardenta que tocava clarineta, recentemente emigrada da África do Sul. Tomer aprendera a tocar trompete e os dois tocavam duetos. A música que faziam pairava sobre toda a aldeia, e todo mundo em Shachar estava feliz por Tomer Sepher tocar um instrumento e namorar uma menina, em vez de ficar na malandragem e aprontar confusão — pois suas brincadeiras foram ficando cada vez mais peraltas à medida que ele crescia.

Eliezer ficou ouvindo a música que saía da casa do vizinho. Visualizou o irmão, cujos olhos eram baços e que não morava mais na casa da família. E percebeu como a forma mística os ia envolvendo a todos — sentados na sala, em pé no jardim, na casa do vizinho, tocando duetos com uma menina sardenta, deitados, olhando para absolutamente nada, sentados na pedra grande do quintal, atirando pedrinhas na areia. Era a imagem não de um único ser humano, mas de uma família. Aquilo o deixou muito assustado. Não tivera a intenção de que aquilo acontecesse. Tentou desejar que tudo aquilo sumisse. Mas, por mais que tentasse, não conseguia apagar do chão a imagem deles todos, nem destacar sua própria silhueta das sombras coletivas. Eram indeléveis, estavam pregadas para sempre no solo cítrico. Embora estivessem todos andando por ali em carne e osso, embora obviamente tivessem sido conjurados, seu contorno continuava na terra, suas silhuetas agrupadas, bem próximas umas das outras — todos eles: um, dois, três, quatro, os cinco. Depois, já de volta à base, ele muitas vezes rememorava aquilo. E por mais distante que Eliezer estivesse do pomar, de Shachar, de Israel, na parte silente de sua alma ele sempre sabia que todos eles continuavam lá, esboçados na terra do pomar que os conhecia desde quando a família era jovem e as tragédias da família mais jovens ainda. Eram uma tatuagem que o solo ostentava não como enfeite, mas como memória, e, por mais que eles próprios tentassem esquecer o que queriam esquecer, as árvores lhes recordavam que aquilo era quem haviam sido um dia, quem ainda eram.

Uma formiga escalava sua sandália. Em seguida os dedos de seu pé. Fez cócegas, e ele a atirou longe com um piparote. Eliezer estremeceu. Olhou em torno — para as árvores, depois para acima das árvores, depois para o tanque de lavar roupa à esquerda, para o abrigo à direita, e para trás, olhou para as janelas da casa. Sabia que se não tomasse cuidado, ou seja, se não respeitasse as regras, logo voltaria a ser transformado em torrão de terra e seria jogado novamente no chão escuro do mundo. As regras, ou melhor, a regra era simples. "É", disse ele em voz alta. "O golem é uma criatura muda. Gavriel", disse em voz alta. As regras, ou melhor, a regra era simples. Eliezer arqueou as costas e se reacomodou na pedra. Estendeu os braços para o alto e os torceu, para estalar os cotovelos. Ouviu seus pais gritando dentro de casa. Visualizou o pai com o olho direito arregalado e o outro meio cerrado, a testa ferozmente enrugada e em diagonal. Quando Zohar ficava bravo, seu rosto sempre ficava irregular e estranho. Eliezer sabia que sua mãe estaria de pé, as pernas bem separadas plantadas no chão, as mãos nos quadris, o rosto virado para o lado oposto ao do marido, fixando um ponto vago no chão ou na parede. As regras. Nunca mencionar e nunca saber, nunca desenhar na terra a quinta silhueta, nunca admitir que Gabi algum dia existira.

Eliezer não acreditava num Deus distante. Deus estava perto, mesmo em suas próprias mãos, assim como nas mãos de seus irmãos, que, embora quase todas ausentes, continuavam sendo mãos bastantes para achegar-se a Deus. Eliezer prestou atenção nos pais. Haviam entrado na cozinha e brigavam por nada em especial. Algo sobre uma mulher cujo nome ela esquecera e um homem que consertava carros e que não devia ter sido convidado para uma festa que eles não deviam ter dado. Eliezer ficou ouvindo como tudo o que eles diziam e não diziam se infiltrava não apenas em sua alma, como no vale inteiro, com uma história não para um Deus-Daqui, mas para um Deus-de-Lá. Uma divindade distante para quem as preces de mães e pais, irmãos e irmãs são como setas que regularmente erram o alvo.

Os dois saíram e desceram os degraus da varanda dos fundos, entrando no campo de picão, ao lado do tanque de lavar roupa. Miriam estava de boca aberta, segurando um cobertor que obviamente queria sacudir. Zohar não estava ajudando a mulher. Zohar segurava com muita força uma *turiá*, vestindo calça e camisa de trabalho cinzentas. A briga continuava. Eliezer ficou olhando até as árvores atrás deles parecerem puxá-los para mais perto do pomar. Observou que, enquanto os dois continuavam brigando, suas vozes iam assumindo a qualidade dos ramos partidos, e seus rostos começaram a fundir-se ferozmente com a brotação. E Eliezer sempre observando os pais brigando nas árvores. "Não", disse para si mesmo, "a conta está errada." Porque ainda que ele soubesse as razões, os porquês e comos e os horríveis quandos que os haviam transformado em pais que brigam em vez de pais que amam, a equação continuava impossível. Pertencia a um mundo em que os números não representam valores fixos, mas miríades de tragédias, e as vidas de homens e mulheres eram os números torturados de uma estranha matemática, uma moeda corrente de demônios, uma álgebra de fantasmas enfurecidos.

Zohar acabou ajudando Miriam a sacudir o cobertor, que subiu e desceu entre os dois, com um barulho estalado, duro. Quando voltaram para dentro da casa passando por seu primogênito, por seu novo soldado, os dois registraram sua presença, sorrindo para ele, a mão de Miriam tocou seu ombro, despenteou seu cabelo. Eliezer ficou olhando os pais subirem os degraus da varanda e sumirem dentro da casa que fingiam que era deles. Ele sabia que fazia parte daquilo com eles, que eram todos hóspedes ou fantasmas na casa do golem, na história do golem, no jardim do golem. E embora uma parte dele desejasse um endereço diferen-

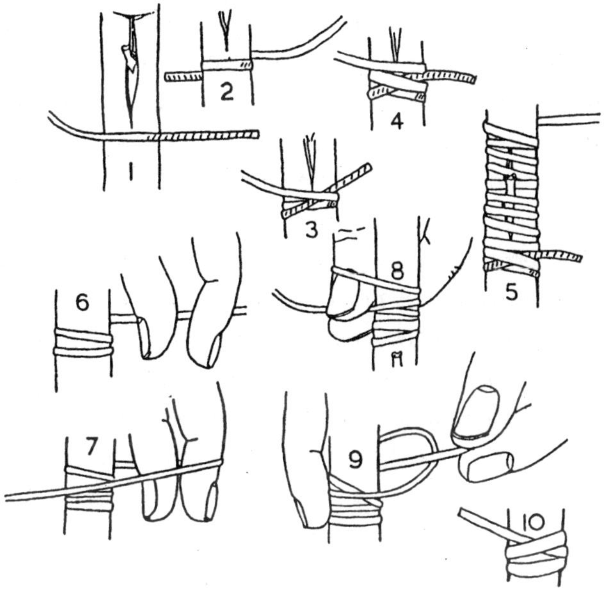

UM MÉTODO PARA AMARRAÇÃO DO BROTO

A atadura é colocada abaixo da incisão vertical (1) *e passada por trás do porta-enxerto* (2). *A ponta menor é presa pela passada seguinte* (3) *e a passada seguinte prende a ponta curta contra a passada anterior* (4). *Enrolando para cima, com cuidado, mas passando bem perto do broto* (5), *a amarração termina bem acima das incisões. Neste caso, a amarração é presa pela mão direita, o indicador e o polegar da mão esquerda são colocados por dentro da amarração, junto à haste* (6), *e é levada para trás da haste* (7), *onde os dedos a pegam da mão direita* (8). *O indicador da mão direita é então pressionado contra a amarração, para impedir que afrouxe, e a amarração é puxada por dentro* (9) *e em torno da haste de modo a formar um meio ponto* (10). *Faz-se um segundo meio ponto para garantir a atadura.*

te, uma resposta diferente, outra ficava aliviada ao saber que sempre faria parte do lugar onde as silhuetas deles estavam gravadas na terra fragrante e as laranjas cujas cascas eram amargas tinham a ousadia de ser tão doces. Imaginou uma última vez sua família, todos os cinco, a silhueta deles gravada no solo — mãe e pai no centro, filhos de ambos os lados.

Eliezer estendeu o braço na direção das formas e tentou pegar a mão do fantasma. Mas a mão do fantasma estava mole, e o rosto sem rosto do pai estava distorcido, e os olhos nervosos da mãe fitavam um ponto ausente numa parede ausente. As imagens recuaram. Ele respirou fundo. Disse para si mesmo que na verdade não se importava com o fato de não conseguir apagar a própria imagem, de não conseguir remover a si mesmo do estranho quadro de exteriores sem interiores. Porque do contrário estaria sozinho, sem família nem invenções para amar e odiar e esquecer e lembrar. Miriam chamava para o jantar. A última pedrinha caiu da mão de Eliezer para a areia. Quando sua mão ficou vazia ele avançou, atravessando o campo de picão. Perseguindo o sol poente, perdeu-se no pomar.

MEU PAI ESCREVE:

Quando terminaram os meus três anos de serviço militar, pensei seriamente em seguir carreira. Mas depois de muito ponderar, concluí que preferia uma ocupação civil. Quando fui dispensado, estudei na Universidade Hebraica de Jerusalém, onde me diplomei em matemática. Paguei meus estudos fazendo trabalhos eventuais de enxertia no verão. Paguei o meu período na Universidade Hebraica enxertando três quartos de todos os pomares de Shachar, no fim dos anos 50. Quando terminei a universidade, em 1961, fui para os Estados Unidos. A idéia, na verdade, foi de meu pai. Ele me mandou para os Estados Unidos para realizar estudos avançados de agricultura. Fui primeiro para Boston, onde tínhamos primos, e supostamente viajaria em seguida para o Kansas, para freqüentar a escola agrícola. Mas logo que cheguei a Boston resolvi ficar lá. Acabei me matriculando na Universidade Tufts, onde me diplomei em administração.

Quinta parte

17. Rebecca

18. Rebecca e Eliezer

19. Áspero retiro

20. A fotografia

17

Rebecca

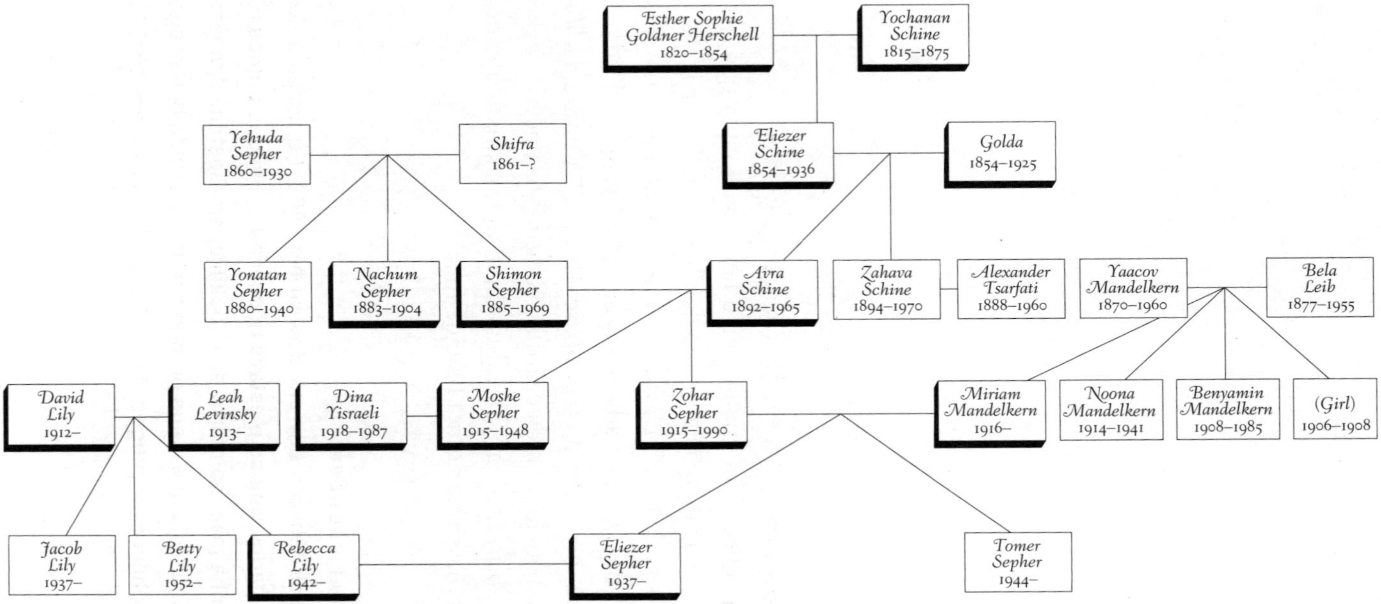
Esther Sophie Goldner Herschell 1820–1854
Yochanan Schine 1815–1875
Yehuda Sepher 1860–1930
Shifra 1861–?
Eliezer Schine 1854–1936
Golda 1854–1925
Yonatan Sepher 1880–1940
Nachum Sepher 1883–1904
Shimon Sepher 1885–1969
Avra Schine 1892–1965
Zahava Schine 1894–1970
Alexander Tsarfati 1888–1960
Yaacov Mandelkern 1870–1960
Bela Leib 1877–1955
David Lily 1912–
Leah Levinsky 1913–
Dina Yisraeli 1918–1987
Moshe Sepher 1915–1948
Zohar Sepher 1915–1990
Miriam Mandelkern 1916–
Noona Mandelkern 1914–1941
Benyamin Mandelkern 1908–1985
(Girl) 1906–1908
Jacob Lily 1937–
Betty Lily 1952–
Rebecca Lily 1942–
Eliezer Sepher 1937–
Tomer Sepher 1944–

EU ESCREVO:

Rebecca foi criada com a bênção de saber que sua bisavó, mãe da mãe de seu pai, Chana Frieda, havia sido "padeira do czar". David Lily erguia a filha mais nova e a sentava na borda da bancada de massa. "É, rosca de mel", dizia, sovando uma nova massa com a base da mão. "A minha *bubbie* é que fazia o pão do czar, da czarina." Rebecca balançava a cabeça e repetia "szar, szarina". David continuava trabalhando enquanto falava, amassando com a base da mão.

MEU PAI ESCREVE:

Conheci Rebecca Lily em Boston em 1962. Eu acabara de chegar aos Estados Unidos e estava hospedado com uns primos distantes de minha mãe, no bairro de Brookline, em Boston. Conheci Rebecca numa festa que meus primos deram em minha homenagem, para eu conhecer os amigos deles. Rebecca nasceu em 1943. É artista

plástica. Os pais dela tinham uma padaria judaica muito conhecida, a Lily's Famous, no bairro de Brookline, em Boston. Os pais dela, David e Leah, eram ambos imigrantes vindos da Rússia. A família vivia num apartamento nos altos da padaria. David cuidava de fazer os pães nos fundos, Leah os vendia na frente. Era uma padaria fantástica, com todo tipo de bolos e pães.

EU ESCREVO:

Rebecca balançava as perninhas na beirada da mesa e olhava o pai cheia de expectativa. David piscava para ela e continuava: "Uma ilustre história de família, a nossa, e não deixe ninguém desmentir isso. Minha avó tinha uma padaria pequenina. Muito pequenina, mas com uma fama muito grande. Conhecida de Chelminski até o rio Volga". E David parava de trabalhar e desenhava em cima da bancada de madeira um traço de farinha que saía de um rio representado por traços ondulados e ia até outro hieroglifo que supostamente representava uma coroa, mas que Rebecca achava mais parecido com o chapéu alto e fofo usado por um *chef* na cozinha. Rebecca sabia que era capaz de desenhar melhor um rio e uma coroa do que o do pai, mas como sabia que ele estava fazendo um nobre esforço, nunca apagava os desenhos dele. Ao contrário, com seu minúsculo indicador acompanhava toda contente o fio de farinha que unia as duas ilustrações.

David continuava falando. "Certo dia de primavera, depois de um inverno especialmente severo, apareceu um mensageiro real no chalé da minha avó convocando-a a apresentar-se em São Petersburgo. A fama de Chana Frieda por sua 'massa ousada, principalmente de *pumpernickel*', chegara à família real. E, como se diz, o resto é história — a nossa história, a história da nossa família, nossos destinos e, é claro, nosso pão *pumpernickel*. Chana

Frieda, a judia ruiva, como era conhecida, virou a queridinha da corte. Foi retirada de seu chalé de chão de terra batida para controlar uma equipe de setenta e cinco russos limpinhos numa padaria bem equipada no palácio, com um enorme forno de ferro fundido e autêntico chão de pedra." Sobrepondo-se à bulha da padaria (ou talvez logo abaixo dela, por baixo do bater das panelas, das vozes dos trabalhadores, do bater e sovar da massa, dos guinchos e grunhidos do imenso forno no qual era possível entrar), Rebecca podia ouvir as patas do cavalo do mensageiro real, pocotó, pocotó, pocotó. David respirava fundo e voltava o olhar para seu próprio forno. Não conseguia contar sua história sem sentir que de alguma forma ele e a avó, havia muito falecida e que não conhecera, tinham alguma forma de ligação. O forno de David era uma magnífica máquina com três metros de comprimento embutida na parede, com prateleiras giratórias que iam da frente para trás, e munida do que David gostava de chamar de "fulgor quente de um bom Hades" no seu bojo de metal. E enquanto Rebecca desenhava círculos concêntricos com o dedinho na farinha, David observava maravilhado o espectro atrevido de sua avó Chana Frieda às voltas com seu moderníssimo forno.

Rebecca falava: "Papai?". David estendia a mão enfarinhada e com o pulso — sua única parte limpa disponível — acariciava com doçura o rosto sardento da menina, depois olhava orgulhoso o cabelo dela. Rebecca, a filha de sua cabeça e de seu coração, era ruiva como ele. Seus cachos eram devotadamente alaranjados, e a arte de fazer pão também estava em seu sangue. Rebecca ficava horas sentada na bancada vendo como as mãos de seu pai orquestravam a sinfonia diária de pães, bolos e biscoitos variados. Rebecca tinha uma irmã mais velha e também um irmão maior, e sempre se sentiu proprietária de uma loja cheinha de irmãos adicionais. Os bolos e pães eram uma companhia adorada.

Cresceu cercada de filhós de cebola finos e crocantes, e de palitos salgados, longos e duros, que quando era muito pequena adorava chupar. Havia biscoitos *mun*, que ela detestava, e *babkes* de chocolate, de que gostava demais; e havia gravatas-borboleta brancas e açucaradas e pão preto-preto, que ela fingia que era feito com trigo do planeta Marte. Havia roscas de cereja, roscas *kaiser*, broas brancas, simples, quentes, polvilhadas de gergelim, chalás redondos e pão de mel no Rosh Hashaná, *hamantaschen* para o Purim (seus favoritos eram os de ameixa), e, é claro, o *pump* especial da família, que ao longo das gerações não perdera nem um pouco da sua ousadia e que Rebecca adorava comer quente, recém-saído do forno, com uma camada grossa de manteiga.

A padaria zunia e chiava e nunca dormia. David se encarregava da padaria e Leah cuidava da loja. Leah era uma mulher miúda de cabelo escuro, peito farto e estilo acolhedor e exuberante. Cumprimentava os clientes não só pelo nome como sabendo quem eles eram, de onde vinham e para onde provavelmente estavam indo — à sinagoga para um *kidush* levando aquele saco de *rugulach*, a uma casa em *shivá* a fim de retribuir uma visita com aquele bolo com lascas de chocolate, ao *brit* de um neto com três caixas de biscoitos dinamarqueses variados e uma garrafa de *schnapps* no bolso, ou simplesmente voltando para casa para jantar levando dois pãezinhos quentes. Leah era muito bem informada sobre a vida de seus clientes, mas jamais era intrometida, e seu sorriso ao dar o troco ou perguntar por um filho ou uma filha era sempre sincero.

Havia um quartinho que ficava entre a padaria nos fundos e a loja na frente. Nesse quartinho ficava a escada que levava ao andar de cima, ao apartamento da família. Ali eles guardavam material de papelaria, como caixas de biscoito desmontadas, rolos de barbante para amarrar as caixas, papel-manteiga e outras coisas essenciais. No quartinho havia também uma pequena mesa e um telefone para receber os pedidos. David e Leah se encontravam constantemente no quartinho. Não precisavam chamar-se um ao outro, nem combinar um horário para o encontro. Tinham uma sincronia espiritual. Quando um ia para os fundos, o outro sabia que tinha de ir para a frente, e vice-versa. Encontravam-se no meio do seu mundinho, como dois exploradores de um equador interno mapeando reciprocamente a distância entre seus corpos e necessitando a cada tanto calibrar o equipamento ou conferir as condições climáticas num lugar ao mesmo tempo distante e próximo.

David limpava as mãos enfarinhadas na calça, depois as estendia para Leah. E ali ficavam, trocando o que todo mundo chamava de olhares "de lua-de-mel". Viviam completamente apaixonados.

Com nove anos de casados, David e Leah descobriram que, quando crianças, ambos haviam viajado para os Estados Unidos no mesmo navio. Um sobrinho de David andara pesquisando a história da família e desencavara a coincidência.

Desde que o sobrinho de David lhes contara sobre o navio, os dois se abraçavam com mais vontade, e seu amor mostrava uma urgência ainda maior, como se os dois sentissem pânico diante da idéia de um dia ver-se novamente no meio de uma multidão e estar completamente inconscientes da proximidade do ser amado. Eles estavam no quartinho entre a padaria e a loja. David inclinou-se e beijou os lábios de Leah, ela inclinou a cabeça num gesto de confirmação, depois apoiou uma mão no quadril antes de retribuir o beijo e abrir um grande sorriso. É verdade que o terror que eles sentiam ficava muito menos aterrorizante por saberem que na verdade haviam se encontrado, afinal, e que talvez o fato de terem vindo no mesmo navio quando crianças não fosse tanto a metáfora de uma possível perda, mas sim a confirmação de que sempre haviam viajado juntos.

Nas manhãs de domingo havia sempre uma longa fila de clientes serpenteando para fora da loja. A família não fazia pose, mas privadamente sentia orgulho de seu passado imperial. E embora quase todos, no bairro, conhecessem os Lily como descendentes de toneleiros, de coveiros e até, eventualmente, de algum ladrão, eles tocavam o negócio como se a corte continuasse sendo seu melhor cliente. E ao sair da Lily's Famous com um biscoito numa mão e um saco de pães quentes na outra, a pessoa se sentia tocada por algo comestivelmente majestoso. E daí que o czar não gostasse de judeus? "Um rei é um rei", David dizia aos três filhos, "não importa o jeito como ele for fatiado."

Aos treze anos, Rebecca estava integrada à viga mestra da família. Continuava a história do pai na cabeça, dizendo para si mesma, em pé junto à bancada: "Estou em prisão domiciliar com o czar e a czarina". Olhava ao redor e em vez de ver os trabalhadores da padaria vestidos de branco, de expressão sempre bondosa no rosto, Rebecca via os malsinados Romanov. Eles também tinham expressões bondosas no rosto, mas sua gentileza era pegajosa, não insincera, mas estruturalmente danificada, como se tivesse sido exposta a muito calor ou muito sol. A família real vestia-se em ricos brocados, luxuosa púrpura, tecidos vermelhos, verdes, lustrosos. Agradeciam profusamente a Rebecca por tê-los acompanhado em seu exílio desesperado. Quando eles diziam isso, Rebecca modestamente baixava o olhar para as mãos, cobertas por uma fina camada de farinha de bolo, e voltava ao trabalho. Ela procurava iluminar os dias sombrios da família imperial criando para eles bolos divertidos em forma de animais. Fabricou seu próprio estranho zoológico de fôrmas de bolo utilizando as cápsulas de bala de canhão disponíveis em terrível abundância devido à recente revolução. Com massa de chocolate e baunilha fez leões e tigres e girafas e ursos de pelagem pintalgada e fisionomia feliz e sorridente. O jovem príncipe era quem mais apreciava aquelas criaturas. Ficava rondando pela padaria enquanto Rebecca trabalhava, enfiando os dedos na massa e dizendo para todo mundo que "ia sair num safári". E quando, quase no final da tragédia toda, as princesas, para garantir, costuraram seus diamantes e rubis e águas-marinhas nas dobras das roupas, Rebecca trançou para elas finos e delicados pães em forma de jóias preciosas, para que elas continuassem sentindo-se "principescas". Confeccionou braceletes torcidos de canela para seus braços brancos como porcelana, e broches crocantes de massa azeda para seus colos, e mesmo tiaras de *pumpernickel* para suas frontes, tiaras que talvez não cintilassem, mas que pelo menos emitiam um brilho generoso, resultante do fato de serem revestidas de uma camada de mel misturado com açúcar. As princesas ficavam muito gratas, e não se incomodavam nem um pouco por ficarem com as frontes lambuzadas, ou porque as "jóias" deixavam seus lindos vestidos cobertos de farelo.

Mas Rebecca nem sempre estava perdida em devaneios imperiais. À medida que ia crescendo, dava duro na padaria, depois da escola ou tarde da noite. Aprendeu com o pai a trançar chalás em forma de coração para o dia dos Namorados, estrelas de Davi para o dia da Independência de Israel, luas crescentes para aquele homem excêntrico que morava depois da esquina e que gostava de uma inspiração celeste em seus pães. Era "o braço direito" do pai, embora fosse canhota. Sabia fazer trança de seis, de nove e de onze voltas, e mais adiante mesmo o incrível "dourado especial de quinze voltas", de um metro e meio de comprimento. Trançava depressa, e com algo que o pai chamava de "uma dose saudável do velho espírito familiar". Desde o momento em que chegava da escola, Rebecca, o irmão mais velho e o pai trabalhavam lado a lado, aprontando encomendas, contando piadas. A maior parte do tempo, porém, eles trabalhavam calados, de ouvidos acalentados e dedos mais hábeis com o ruído da massa sendo batida na bancada de madeira.

Rebecca não demorou muito para entender que a padaria não era apenas assar pão. Havia arte nas mãos do pai, mãos grossas, grandes, musculosas, calejadas e mesmo assim sensíveis a ponto de perceberem a diferença entre os grãos de diversos tipos de farinha.

Mas não era o tamanho das mãos do pai que fazia Rebecca pensar em arte. Simplesmente sentia que seu pai era capaz de fazer qualquer coisa com farinha, açúcar, fermento, ovos e água. E que tudo resultava atraente não só ao mero sentido do paladar. Quando era bem pequena, sentada na bancada enquanto o pai trabalhava, e depois, trabalhando ao lado dele, trançando suas *chalás*, Rebecca esquecia que estava na padaria dos pais na rua Harvard, no bairro Brookline de Boston, e deixava voar sua imaginação. Sonhava acordada com o czar e a czarina, ou imaginava que havia assado biscoitos gigantes de flocos de chocolate para Paul Revere na noite de sua famosa cavalgada. Ou então pensava que havia sido escrava no Egito e que ao receber instruções de Moisés curvara-se sobre o fogo e preparara folhas chatas de massa, assadas sem crescer. Enquanto os dedos de Rebecca trabalhavam a massa, enquanto as mãos enormes de seu pai apertavam as pontas da *chalá* ao seu lado, os dois contavam histórias, ou imaginavam vários mundos doces ou crocantes em fermentado silêncio. Enquanto trabalhava, Rebecca via a si mesma não numa padaria, mas num estúdio onde elegantes fios de história e imaginação se misturavam num pão especial, servido não apenas como comida, mas também como decoração. E isso era, para Rebecca, o que seu pai sempre tinha em suas mãos enormes: uma espécie de arte da massa. A padaria era um saboroso universo trançado onde se sovava a massa e o espírito relaxava e as princesas usavam jóias de pão e Paul Revere dava uma grande mordida num gigantesco biscoito de lascas de chocolate antes de montar seu cavalo, e os israelitas faziam sua *matsá* com o famoso *pumpernickel* dos Lily.

É, Rebecca achava que o pai era capaz de fazer qualquer coisa de pão. Seus pães eram bonitos, idiossincráticos. Podia-se até dizer que eram assombrosos. Claro que David estava sempre assando os pedidos comuns, mas havia as outras ocasiões. Como aquela em que ele recebeu a encomenda de fazer um bolo de casamento de *chalá*. Era um bolo perfeito, de três andares, cada andar feito de delicadas tranças concêntricas. Rebecca ajudou com as rosinhas que ficavam do lado e em cima. Rosinhas que fazia beliscando a massa com as pontas dos dedos. "Isto aqui", David disse a Rebecca, apontando o bolo-pão em preparação, "foi o que a minha avó fez uma vez para uma amiga íntima da czarina." David assou o bolo de casamento andar por andar, e quando a última camada saiu do forno todo mundo parou de trabalhar, assobiou e aplaudiu. No dia seguinte, no casamento, o rabino que celebrou a cerimônia, ao ver aquela criação no começo do banquete, subiu numa cadeira e insistiu em acrescentar uma oitava bênção à litania tradicional. E assim, além de alegria e exultação, felicidade e contentamento, o noivo e a noiva receberam a bênção do "milagre das tranças, de David Lily e do pão *chalá*".

David sempre desenhava um projeto novo antes de experimentar. E Rebecca ficava olhando o pai esboçar uma criação particularmente difícil ou interessante. Os primeiros desenhos "sérios" que ela fez foram os dos sacos de farinha dos fundos da padaria. Os sacos estavam guardados perto do forno, empilhados quase até o teto. Ela se sentou numa grande lata de cacau, pousou o caderno de desenho nos joelhos e começou a desenhar enquanto os homens trabalhavam à sua volta, recheando os sonhos com geléia, enrolando pão *kmish*, polvilhando de grãos o dorso do *pumpernickel*. Depois, ao pensar nesse primeiro desenho, Rebecca lembraria quanto ela adorava os sacos de farinha, que em menina ela e os irmãos escalavam, fingindo ser um forte, ou as muralhas de um castelo encantado.

Às vezes, antes de ir encontrar o pai nos fundos da loja, Rebecca começava a desenhar. Pegava o lápis bem na ponta e começava a desenhar a czarina. Dava-lhe grandes olhos de gato, uma boca pequena mas elegante, e maçãs do rosto tão largas que atravessavam a Mãe Rússia inteira. Rebecca adorava desenhar membros da família real; consultava suas lembranças de um obscuro universo paralelo e fazia o possível para recriar os rostos dos patronos de sua família para homenagear devidamente sua bisavó Chana Frieda.

Rebecca desenhava no quartinho entre a loja e a padaria. Rabiscava as caixas de papelão desmontadas que usavam para embalar os biscoitos. As caixas por armar formavam uma pilha alta na prateleira à direita da mesa do quartinho. Uma vez por semana, uma grande quantidade delas era levada para a frente, onde as meninas da loja as transformavam em caixas para embalar os pedidos. Evidentemente, Rebecca não podia desenhar os olhos felinos nem as faces imperiosas de nenhuma czarina na caixas de papelão, e, quando seus pais a pegaram "rabiscando o material da padaria", mandaram que parasse com aquilo. Mas ela não conseguia se controlar. Quando não estava trabalhando nos fundos com o pai nem ajudando a mãe na frente, os dedos de Rebecca inevitavelmente acabavam nas caixas que, com sua brancura, pediam para ser decoradas com lindos desenhos. E então, por acaso ou de propósito, seus desenhos acabavam misturados com as caixas "limpas", e foi assim que sua obra saiu para o mundo pela primeira vez. Os primeiros clientes a receber caixas assim ficaram confusos. Ninguém sabia com certeza se aquilo era uma brincadeira, uma charada, um brinde, ou algum engano.

Rebecca desenhava inconscientemente. Desenhava compulsivamente. Desenhava com os músculos da barriga retesados e os lábios meio apertados em bico. Rebecca segurava o lápis bem perto da ponta, e um dia começou a desenhar os pais. Desenhou os lábios grossos e sensuais da mãe, e o queixo forte, as feições angulosas e o cabelo encaracolado do pai. Desenhou o "ar de lua-de-mel" que eles sempre traziam nos olhos quando olhavam um para o outro. Rebecca fez uma pausa, apontou o lápis e continuou trabalhando. Desenhou e desenhou, até que finalmente certo dia, Leah, com as mãos na cintura, os lábios grossos comprimidos de raiva, expulsou Rebecca da padaria e mandou-a subir para casa. "Você está proibida de se aproximar das caixas!", gritou, enquanto Rebecca subia correndo a escada. "Proibida! Ninguém na rua Harvard quer biscoito com retrato!"

Leah afastou-se da escada e voltou para a mesinha. A verdade era que ela sabia que a filha mais moça tinha talento para o desenho. Só que até aquele momento não conhecia a extensão do dom de Rebecca. Diga-se de passagem, sem exagero, que os desenhos que Leah viu naquelas caixas a deixaram de queixo caído, ou, mais precisamente, de quatro. Até aquele momento, atarantada com as exigências ininterruptas da padaria e da loja, Leah não prestara atenção no que Rebecca vivia desenhando. Ela fazia rostos, e eram excepcionais. Leah viu o retrato de Gladys, a vendedora mais velha que sempre piscava para os clientes homens; e o de Stevie, o irmão mais moço de Leah, já careca aos trinta e quatro anos; e o de Doris, a do nariz grande, do fim da rua; e o do belo Milty, o açougueiro; e o do czar, inconfundível com seu bigode antiquado e seu colarinho militar; e o da czarina, claro; e o de Demchick, o costureiro de corpetes que deixava todas as mulheres com belos corpos, mas que contava piadas idiotas. Leah examinou os retratos um por um até encontrar o do marido, David, e depois o seu próprio, olhando para ela de uma das caixas, como uma súbita irmã gêmea num dos muitos espelhos da vida.

Leah pensou "Meu Deus, meu Deus". Leah, a senhora daquele pequeno reino do pão, conhecia muito bem as tantas intrigas, tristezas e *simchas* que afetavam a vida de sua clientela apreciadora de doces. Mas nem mesmo ela conseguia saber tudo. E agora estava surpresa ao ver o caso de Tova Rabinowitz com Morris Goldberg claramente representado nas caixas de biscoito. Tova vinha sempre comprar sonhos de geléia e Morris gostava de torta de cereja. E, mesmo estando os dois em caixas diferentes, para Leah era óbvio que Morris e Tova, ela com seu penteado loiro bufante, Morris com as narinas abertas, estavam flertando um com o outro. "Como é que Rebecca conseguiu isso?", Leah se indagou. "O que há nos olhos deles que me faz entender que um está olhando para o outro?" Os fregueses ali representados falavam com Leah, confessando uma história de doce paixão polvilhada com uma pitada de temor (afinal, eram ambos casados e cunhados, além do mais). Leah ergueu mais uma caixa ainda desmontada e lá estava a linda Betty, sua filha mais velha, de perfil, com a expressão do seu último dia de escola secundária, exaltada, aliviada, e incrivelmente adulta. Em outra caixa viam-se os olhos saltados e as bochechas de Tony, que assava os bolos, e mais adiante, em outra ainda, Johnny Johnson, o entregador. Johnny abria um sorriso tão amplo na caixa que só de olhar para ele dava para saber que seu filho mais moço havia acabado de nascer. Leah disse alto "Graças a Deus! Parabéns!", pois, como não vira Johnny o dia inteiro, ainda não sabia que a mulher dera à luz sem problemas. Leah pegou aqueles rostos e pela primeira vez se deu conta do talento existente nas mãos de sua filha mais moça. Respirou fundo e levantou a ponta de uma das caixas, tornando a assombrar-se com o retrato que havia ali.

Naquela noite, sentou-se na beira da cama de Rebecca, afastou-lhe uma mecha de cabelos vermelhos, beijou sua testa e disse: "Meu bem, você pode continuar com as caixas, mas, por favor, tente desenhar só gente que não conhecemos. Não podemos arriscar perder os clientes com obras de arte".

E foi assim que os desenhos de Rebecca acabaram nas caixas de biscoitos. No começo, quando os rostos começaram a aparecer, os clientes se surpreenderam. Mas logo havia muita gente na loja e no bairro que se considerava cliente de Rebecca, seus admiradores, seus colecionadores. Isso porque quando os rostos que ela desenhava passaram a enfeitar as caixas de doces amarradas com barbante branco, que eram levadas da padaria pelas ruas de Boston, os que as carregavam sentiam que estavam comprando mais do que duzentos gramas de *kmish*, ou biscoitos sortidos, muito mais do que uma trança ou um pão de cereais. Havia uma incrível intimidade nos traços finos da arte de Rebecca. E a Lily's

RECEPÇÃO NA CORTE EM SÃO PETERSBURGO

Famous passou a ser conhecida de seus freqüentadores como um lugar onde com certeza se encontrava algo delicioso e ao mesmo tempo um lugar onde o fato de ser conhecido era considerado uma receita rara, desenhada e deliciosa.

No começo, Rebecca tentou desenhar só estranhos, quer dizer, estranhos misturados com um ou outro membro do clã Romanov. Mas logo rostos conhecidos começaram novamene a surgir de seu lápis. Ela não conseguia evitar. Era aquilo que fazia. Desenhava as coisas que sabia. É verdade que os clientes que tinham algo a esconder (Harry Blackman, que batia na mulher, Edna Levinsky, que roubava um ou outro picles no armazém) pararam de freqüentar a Lily's Famous e passaram a comprar seus *pumpernickels* em padarias menos ousadas ou diferentes. Mas a maior parte da clientela, e a maior parte dos funcionários, ficou mais próxima com as criações de Rebecca. E as pessoas nem se importavam quando seus segredos apareciam nas caixas. Afinal, Tova Rabinowitz e Morris Goldberg estavam apaixonados. E daí que eram cunhados? E daí que o divórcio estava fora de cogitação? O amor, por mais ilícito que seja, quer ser conhecido, desenhado, honestamente representado. Todo mundo sabe que os segredos acabam sendo conhecidos de todo jeito num quarteirão de cidade. E daquele jeito, pelo menos, nos desenhos das caixas de biscoito de Rebecca, as coisas que eles queriam calar não se transformavam em escândalos, mas em arte.

18

Rebecca e Eliezer

EU ESCREVO:

Rebecca conheceu Eliezer numa festa e na mesma hora entendeu que ia levá-lo para casa. "Eliezer Sepher", ele disse, "eu sou há pouco tempo chegado de Israel." Rebecca sentiu-se cativada pelos grandes olhos azuis e pelo ar exótico de Eliezer. Era atraente também o fato de ele não conseguir completar uma única frase em inglês. "Escola, Estados Unidos, eu vem." Não teve pena dele; apenas confiou instantaneamente em sua forma de comunicação fragmentada e irreverente. Sabia que ele não fazia aquilo de propósito, mas mesmo assim parecia-lhe que aquele jovem estrangeiro era especialmente sábio com as palavras. Rebecca, a artista visual, pensava em imagens e se ressentia do fato de existir uma expectativa de que as pessoas passassem a vida dominadas por uma rede de palavras sem graça, sem forma, sem cor, palavrinhas chinfrins. Estendeu a mão e sorriu. "Rebecca, eu chegada também", disse, e Eliezer, sentindo que havia encontrado uma alma gêmea, retribuiu o sorriso.

Depois da festa, Rebecca levou Eliezer consigo para casa. A padaria ficava a apenas dez minutos de caminhada dali. Desceram pela rua Louis, direto para a Chestnut, à esquerda na Druett, e seguiram em frente até a Harvard. A padaria era a terceira loja a partir da esquina. Era meia-noite e meia quando Rebecca e Eliezer chegaram, e a Lily's Famous estava bem acordada. Para David, vestido de branco, o cabelo vermelho muito brilhante, bastou lançar um olhar para Eliezer para concluir que era seu dever induzir aquele jovem estrangeiro ao culto do seu deus doméstico: o pão. Faltavam quatro dias para o Rosh Hashaná, David estava com carência de pessoal e menos interessado em Eliezer como novo pretendente à sua filha do que em Eliezer como um ser humano possuidor de um par de mãos capazes de trabalhar. David media um homem por suas mãos, e assim que Eliezer entrou na loja percebeu que as dele eram instrumentos afinados, heroicamente calejadas mas imbuídas de uma graça dançarina de palma e juntas que David reconhecia instantaneamente como a marca de alguém capaz de um belo desempenho com a massa. David não se enganou. As mãos de Eliezer eram criaturas trabalhadoras. Já haviam domado muitos enxertos recalcitrantes — não forçando a árvore a ficar no lugar, mas convencendo os ramos, por meio de uma mistura de fé e destreza, de que o enxerto era uma coisa boa, e o broto pegava. David sorriu para o jovem. Eliezer tentou apresentar-se e contar a David quem era e de onde vinha, mas mal conseguiu pronunciar o próprio nome. David, misericordioso, interrompeu-o, dizendo: "Bem-vindo ao nosso país, rapaz, agora fique aqui do meu lado que vou botar você para trabalhar". Eliezer foi colocado na bancada, à frente de Rebecca e à direita de David. Havia outros seis homens trabalhando naquela noite, inclusive o irmão mais velho de Rebecca e três dos irmãos mais moços

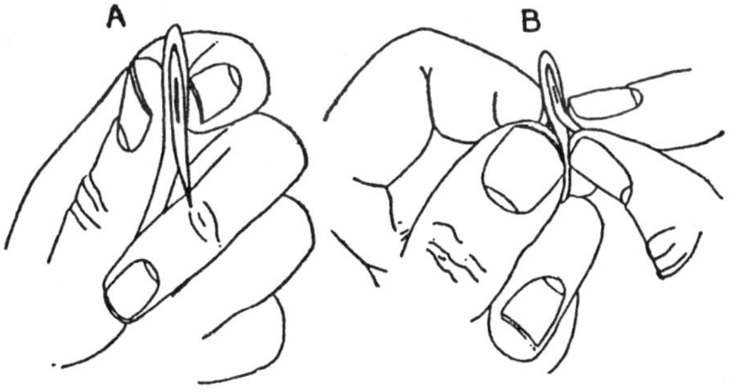

REMOÇÃO DA MADEIRA DA CASCA DO BROTO

A: Quando a lasca de madeira começar a se separar da casca, prender o "rabo" de casca entre a base do polegar e o indicador. B: Segurar a madeira entre o polegar e o indicador da outra mão e levantá-la da casca.

de Leah, que pareciam quase idênticos, a não ser pelo fato de dois terem bigode e um não.

Eliezer nunca havia trabalhado com massa antes, mas aprendeu depressa. E como estavam fazendo apenas *chalá* normal, assim que aprendeu o processo — em cima, embaixo, em cima, embaixo, em cima, embaixo, belisca, belisca —, ele, bem como os outros, mergulhou num silêncio enfarinhado, decorado a cada trinta segundos pela percussão quente do giro do forno. Mas enquanto o silêncio dominava as bocas do pequeno grupo, uma conversa parecia emanar de todos os dedos, de modo que no fim da noite, que era também o começo da manhã, embora ninguém tivesse "dito" nada, Eliezer teve a impressão de conhecer aquela família, e de que eles o conheciam. Concluído o trabalho, David balançou a cabeça para o rapaz e, depois de limpar as mãos na calça, gesticulou calorosamente para Eliezer subir e tomar café com ele, Rebecca e os outros trabalhadores, quase todos da família, e os demais, amigos.

No andar de cima, Leah já aprontara a mesa com café, suco de laranja, *bagel* quente, um quadrado grosso de queijo cremoso e uma variedade de peixe defumado. Leah estivera na loja durante a noite e já conhecera Eliezer. Ao contrário de David, estava interessada nele por outras razões, não por um par de mãos, embora, como David, também tivesse observado que Eliezer tinha mãos adoráveis. Leah conhecia um pretendente quando encontrava algum, e naquele momento, na mesa do café, às quatro da manhã, fez o possível para não perguntar demais, não só porque Eliezer não conseguia juntar duas palavras em inglês para dar uma resposta, mas também por saber que mais tarde, depois que aquele jovem de cabelo encaracolado fosse embora, Rebecca ia desenhar seu retrato, e nele toda a personalidade do israelita seria revelada em detalhes, e as únicas perguntas que permaneceriam sem resposta seriam quanto às cores com que iria colorir sua vida.

Enquanto o sol subia devagar sobre uma Boston sonolenta, todos os trabalhadores enchiam a barriga e conversavam a respeito dos negócios do dia. Ninguém parecia particularmente cansado, mas ao mesmo tempo todos pareciam um pouco estranhos. Eliezer não sabia dizer se eles eram naturalmente assim tão brancos, ou se a fina camada de farinha que cobria a sua pele cobria também a deles. Eliezer estava exausto mas excitado, e sorriu para Rebecca comendo o seu *bagel* com peixe. Rebecca estava sentada ao lado dele na grande mesa redonda. No começo, Eliezer não tentou participar da conversa. Pouco depois, porém, Rebecca começou a dizer-lhe alguma coisa. Ele não entendia bem o que ela dizia, mas tentou responder. "Primos vê eu agora não lá, é, não chega." Ela pegou a mão dele embaixo da mesa e pelo jeito como ela apertou seus dedos e acariciou suavemente sua palma Eliezer percebeu que sua tentativa de conversa não fora um completo fracasso.

Voltando a pé para a casa dos primos, Eliezer pensava no movimento da padaria e na calidez da família de Rebecca. O jeito alegre de David ao trabalhar lembrou a Eliezer o jeito de seu pai, Zohar, ao lidar com as árvores do pomar. Mas depois, quando Leah e David trocaram olhares na cozinha, Eliezer achou muito estranho que pais pudessem estar tão visivelmente apaixonados. E embora estivesse tão longe de Shachar, a parte da alma de Eliezer que não deixara a aldeia sussurrou com malícia que a palavra para "amada" possuía a mesma gematria da palavra para "vazio primordial, oco e perda", *ahuvá* e *ovuhú*, e que ambas somavam dezenove. David segurara a mão de Leah e juntos os dois haviam comido, de cabeças inclinadas, corpos ligados. Eliezer continuou andando, passando por lojas ainda fechadas, por casas ainda adormecidas. O céu cinzento ia clareando. Eram quase cinco horas da manhã. Enquanto andava, desejou que a parte dele que deixara a aldeia verdejante e fora para a cidade de Boston sussurrasse que a matemática às vezes opera maravilhas com opostos, e que as equivalências são apenas uma maneira que o mundo tem de corrigir seus próprios erros. Pensou no jeito macio de Rebecca pegar sua mão debaixo da mesa. Quando virou a última esquina e subiu os degraus da casa dos primos, Eliezer pensou em como o maquinário da padaria era brilhante, moderno e imponente, e disse para si mesmo que, se a padaria fosse uma canção, ela teria muita percussão, e que o ato de cantarolá-la faria cócegas na garganta e que seria difícil segurar o riso. E Eliezer estava quase rindo quando entrou na casa dos primos, torcendo para não acordar ninguém.

Nos encontros que se seguiram, Eliezer contou a Rebecca que nunca havia jejuado no Iom Kipur. Rebecca olhou para ele incrédula e disse: "Mas eu pensei que Israel era a terra dos judeus mais religiosos". Eliezer riu e disse: "Não, gente de você que reza, aqui em Boston". No dia seguinte, ela o desenhou de barriga cheia. Desenhou o interior do estômago dele com uma pilha de comida: havia costeleta de carneiro, batata assada e um fruto inteiro. Em outro encontro, ele descreveu para ela o pomar, contando como era o cheiro, não do jeito que se poderia esperar — cítrico, por exemplo — mas assim: "Laranja nua, fruta sem roupa, sem vergonha de cheiro, que nem bebê novo". E no dia seguinte Rebecca desenhou laranjas e limões nus, como gente. Deu-lhes interessantes sexos de polpa, dividindo-os em meninos e meninas, e depois desenhou as árvores das quais pendiam as laranjas, e depois desenhou o interior das árvores, os anéis que recuavam não trinta, quarenta ou cinqüenta anos no tempo, como Eliezer descrevera, mas retrocedendo até o rei Davi, cujo reino ela registrou com traços circulares aveludados. Quando Eliezer se cansou de contar a verdade a Rebecca, e Rebecca se cansou de desenhá-la, ele começou a inventar coisas. Contou que as mulheres em Israel sempre usavam vestidos de baile para fazer o trabalho doméstico, e que os homens usavam cartolas e bengalas nos campos, luvas brancas e casaca para fazer enxertos, plantar e colher. Naquela noite, Rebecca desenhou Eliezer todo bem-vestido e elegante, mais Fred Astaire que agricultor do Oriente Médio.

Mas quase sempre Eliezer falava a Rebecca sobre si mesmo e ela fazia perguntas ou simplesmente ficava escutando. Não falavam muito de Rebecca, não porque Eliezer não estivesse interessado, mas porque estavam cercados pela vida dela. Ela era cria tanto da padaria como de Boston, e os cheiros e sons e sabores do seu ambiente não precisavam ser explicados. Às vezes, Rebecca levava Eliezer para os fundos da loja e ele ficava ao seu lado na bancada enquanto ela trabalhava aprontando um pedido, ou preparando um pão especial de festa. De vez em quando Eliezer trabalhava junto com ela, outras vezes ele se sentava nas volumosas, estufadas sacas de farinha e estudava inglês, pedindo ajuda a Rebecca nas conjugações.

Certa ocasião, cansado do inglês, ele se aproximara dela e ela pusera um pedaço de massa nas mãos de Eliezer. Ele modelara uma coisa complicada que também era simples. Quando terminou, Eliezer ficou ali parado, olhando para aquilo. Suspirou, depois coçou o rosto com a mão enfarinhada, deixando uma marquinha branca na pele. Rebecca olhava para ele. Eliezer não tinha palavras com que denominar aquela criatura de massa e não deu a volta na bancada para traçar algum círculo mágico, mas sentiu-se ameaçado por sua presença e ao mesmo tempo teve a sensação de que aquilo é que o havia modelado, e que mesmo ali, na padaria, aquilo invocava uma parte dele que era ao mesmo tempo ancestral e assustadora. Rebecca observou a agitação crescente de Eliezer, provocada pela pelotinha decorativa de massa, e embora ela parecesse benigna e trivial, aparentemente representava uma coisa invasiva e malévola. Eliezer estendeu o braço e, num apertão firme, destruiu sua criação. Depois deu um murro na mesa com muita força e em seguida, como se nada tivesse acontecido, começou a falar alto demais sobre um assunto que já haviam acabado de discutir. E como ele falava alto não só com a voz, mas também com o corpo, Rebecca não se surpreendeu quando Eliezer derrubou no chão da padaria os livros de inglês que estavam em cima da bancada. Eliezer os recolheu, com um ar ao mesmo tempo embasbacado e ofendido por seus livros obedecerem às forças do universo e caírem no chão quando empurrados. Rebecca continuou a trabalhar. Fez o possível para ignorar a evidente agitação de Eliezer. Ele continuava falando tão alto...

Aquela não era a primeira vez, desde que os dois haviam começado a sair juntos, que ele ficava estranho, hostil, zangado com pequenas coisas que não faziam sentido. Uma vez, quando estavam indo para o cinema da rua Beacon, um gordo colidira com Eliezer na rua, empurrando-o pela porta aberta de um açougue. Na mesma hora o gordo pedira desculpas, mas, enquanto o homem estendia a mão e se desculpava, Eliezer ostentava no rosto uma expressão que era ao mesmo tempo de muita dor e muita fúria pelo fato de a vida tratá-lo tão ostensivamente mal. A intensa fúria de Eliezer não durava muito, alguns segundos apenas, mas Rebecca a vira e ficara surpresa com ela.

Rebecca se concentrou no pão: em cima, embaixo, em cima, embaixo, em cima, embaixo. A massa na bancada fazia tum-tum e ela sentia a farinha granulosa entre os dedos. Quando Eliezer parou de falar, Rebecca contou-lhe que quando era pequena ficava sentada na bancada ouvindo seu pai contar-lhe histórias da bisavó que fora padeira do czar e da czarina quando ambos estavam em prisão domiciliar numa das províncias orientais. Eliezer ouviu, mas ficou incomodado com a história. Olhou em torno, para os sacos de farinha, e para o forno, e para as prateleiras giratórias de metal repletas de biscoitos frescos de cheiro adocicado. Estava zangado com Rebecca por ela imaginar aquelas coisas. Por desejar escapar de uma paisagem que lhe parecia reconfortante e nada ameaçadora. Desejou que ela se calasse e, antes de ela concluir a história, interrompeu-a e começou a falar de seu primeiro dia de aula, que seria no dia seguinte. Rebecca deixou que ele a interrompesse e disse para si mesma que Eliezer estava apenas nervoso por causa do início das aulas, e que sua índole não era assim tão ruim, e que ela também ficaria agitada se tivesse de começar uma vida nova num país estrangeiro.

Naquela noite, Rebecca desenhou Eliezer sentado nos sacos de farinha. Desenhou seus cachos, e desenhou o grande livro marrom de inglês sobre os joelhos dele, e desenhou seus belos olhos, e em seguida concluiu o verdadeiro desenho abruptamente, omitindo a essência da semelhança ao chegar às mãos, quando os dedos dele, na ponta de seu lápis, ameaçaram fechar-se em punho e esmagar alguma coisa por baixo do papel ou em cima dele. Rebecca preferiu desenhar as mãos de Eliezer flácidas, e deu a seu rosto um ar desinteressado, como se ele estivesse olhando para a parede oposta aos sacos de farinha enquanto refletia sobre uma dificuldade gramatical. Rebecca o desenhou assim, embora Eliezer nunca pensasse em gramática, apenas sofresse com ela, e embora seu rosto nunca ficasse desinteressado, mas, ao contrário, estivesse sempre animado, com as feições emotivas, exageradas, elásticas. Quando Rebecca concluiu seu desenho, o Eliezer que criara nada tinha nada de conhecido, mas ela fingiu não perceber as diferenças entre seu pretendente de papel e aquele com quem passara a noite anterior, aquele com a mancha de farinha no rosto, que falava alto demais e que obviamente era vítima de algum tipo de sofrimento.

EU ESCREVO:

Estavam na cidade de Netanya; era apenas o quarto dia da viagem. Rebecca pegou um livro de capa verde-escura. Depois, iria dizer às pessoas: "Tudo começou com *A mulher tatuada*". Mas Eliezer, sorrindo, discordava e dizia: "Não, começou com homem com cabelo na cara toda. Pedacinhos pequenininhos pequenininhos de cabelo cortado dos outros. Na cara toda". O homem era um barbeiro, um velho judeu sírio com catarata. Era quase cego, mas manejava a navalha retilínea como

MEU PAU ESCREVE:
Rebecca e eu ficamos noivos em 1964. Naquele verão, antes do nosso casamento, ela veio pela primeira vez comigo a Israel. Planejamos passar o verão com meus pais em Shachar antes de voltar para casar e viver em Boston.

uma espada e contava histórias, trabalhando o dia inteiro, cortando o cabelo de soldados britânicos em Damasco. Seu rosto, sua roupa, a loja toda ficavam cobertos de "cabelo dos outros, milhares de pedaços, pequenininhos, pequenininhos". Devia ter cabelos de uma geração dentro da loja. Mas Eliezer achava que ele era um ótimo barbeiro. Enquanto Eliezer cortava o cabelo, Rebecca foi à livraria de antigüidades vizinha.

Rebecca usava um vestido amarelo curto que realçava seu corpo cheio e que combinava de um jeito engraçado e gostoso com o cabelo comprido, vermelho. Ela pegou o livro. Sua mão se fechou sobre a lombada verde-escura e empoeirada e o puxou da estante. Quando Eliezer entrou na livraria, vinte minutos mais tarde, de rosto barbeado e cabelo entusiasticamente curto, Rebecca estendeu para ele o livro aberto e apontou uma figura com a legenda "Mulher tatuada". A mulher do retrato era de uma beleza exótica. Tinha cabelo escuro e longo, coberto pelo lenço tradicional, e erguia o olhar, da página, a cabeça ligeiramente virada para a direita, com uma expressão de sedutora inquietude. Tinha marcas geométricas no rosto e nas mãos, e sua blusa solta de camponesa abria-se entre seus seios para revelar três pintas alinhadas na vertical, montando guarda no vale de sua feminilidade como sentinelas especiais. E o modo como ela estava representada, mediante uma técnica sofisticada de gravura em metal, conferia-lhe o realismo de uma fotografia aliado à fina qualidade artística de um desenho original.

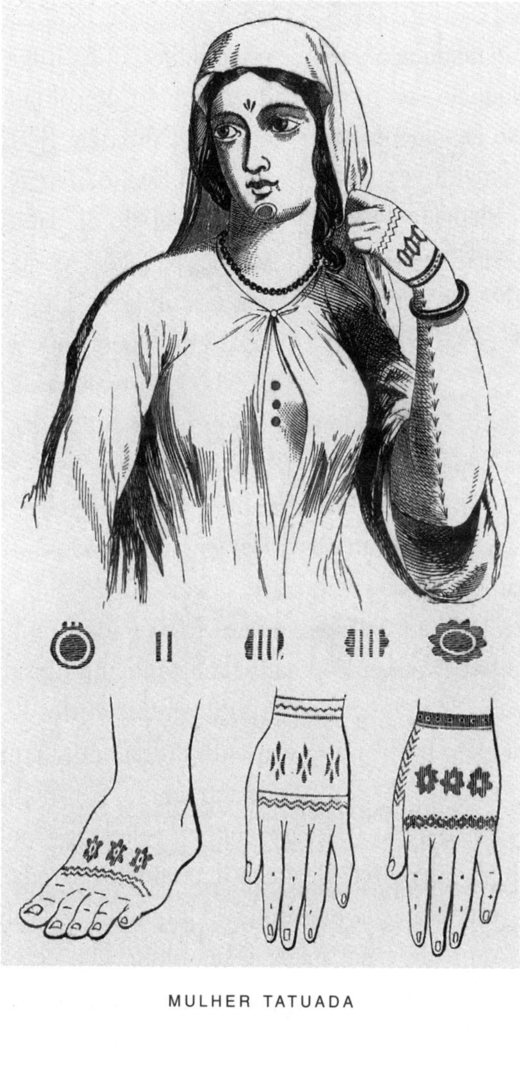

MULHER TATUADA

Rebecca e Eliezer permaneceram algum tempo contemplando a estampa em silêncio, ambos prendendo um pouco a respiração. Rebecca acabou folheando o resto do livro, detendo-se em outros rostos tão reais e tão belos quanto o primeiro. Depois de al-

JARDIM PÚBLICO EM DAMASCO

guns minutos, voltou para a "Mulher tatuada" e apontou para seu rosto, dizendo: "Adoro o jeito como essas ilustrações são feitas inteirinhas com pequenos traços. A gente vive no mundo achando que é tão sólido", disse, olhando não para Eliezer, mas para o livro. "Tão sólido, mas na verdade a gente não passa de um monte de traços, de varetas finas como barbante. Como ela." Enquanto falava, apontava com o dedo a mulher tatuada que os fitava com seus olhos escuros, muito curiosos e penetrantes. Rebecca virou a cabeça. Depois deslizou sua própria mão direita pela pele do braço, devagar, para cima e para baixo, como se quisesse confirmar que era feita de "traços", também, e que em algum lugar, no estú-

CAVALHEIROS SÍRIOS COM TRAJES COMPLETOS

dio de algum artista, estava a placa original na qual sua imagem fora gravada, entintada e depois impressa. Eliezer fitou as próprias mãos. Queria dizer a Rebecca que ela estava errada. "Nós sólidos, você não vê? Traços não, criaturas vivas." Mas não disse. Não disse nada. E ficou pensando se a solidez, a presença física real, não seria apenas um capricho em que sua alma desejava acreditar, porque a noção de "pequenos traços" o apavorava, fazia-o sentir-se débil, desvendado, compreendido.

Eliezer passou os dedos pelo cabelo recém-cortado e pensou no barbeiro sírio, no jeito como ele limpava a navalha com desenvoltura numa toalha branca sobre o próprio braço entre uma barbeada e outra. E pensou no barulho que a lâmina fazia, um *fffft*, *fffft*, *fffft*. "Pequenos traços", Rebecca disse, e estendeu a mão para apalpar a suavidade do rosto do marido. Mais tarde ela diria às pessoas: "Compramos o livro *A terra e o livro*, do reverendo W. M. Thomson, escrito em 1881. E assim começou minha coleção".

As imagens daquele primeiro livro eram vivas, elegantes, delicadas e concretas, tudo ao mesmo tempo. Rebecca folheou as páginas. Disse em voz alta os títulos, esperando prender a atenção do modelo. "Jarras e garrafas de água", "Dançarinas", "Instrumentos musicais", "Cavalheiros sírios em indumentária completa", "Amuletos", "Artesãos", "Cacho de tâmaras". Ela se sentava no seu lugar favorito em Shachar, na cadeira de balanço dos fundos da casa de Miriam e Zohar, folheando o livro e bebericando café gelado. A cadeira de balanço era antiga e rangia com o movimento. Era um dia úmido e quente do meio do verão. Eliezer estava no pomar com Zohar, Miriam estava deitada tirando uma sesta, e Rebecca sentiu gratidão pelas pessoas do livro lhe fazerem companhia.

Talvez por ser artista, talvez por causa do calor que deixava sua cabeça um tanto atordoada, em pouco tempo Rebecca um pouco sonhava, um pouco sabia quem eram aquelas pessoas. A "mulher tatuada" era uma prima em segundo grau do artista; sua pele tinha cheiro de hortelã e era evidente que o artista estava apaixonado por ela. "Aguadeiros" eram uma família de quem o artista alugara um quarto. O menininho ao fundo da imagem da "Dançarina" acabara de recuperar-se de uma doença terrível, talvez tifo. A dançarina principal tinha uma bela voz, mas raramente cantava. E o "cavalheiro sírio" da página 67 nunca ia para a cama antes das duas da manhã e era louco por bananas verdes. A cadeira de balanço continuava rangendo, e Rebecca flexionou a cabeça para os lados, alongando o pescoço. Em algum lugar atrás dela, um grilo solitário começou a cantar, embora ainda não estivesse escuro. Ela passou a mão pela testa suada e continuou virando as páginas. Rebecca raramente lia o texto, concentrava-se inteiramente nas figuras.

Naquele primeiro verão, Zohar e Miriam deram uma festa para o "jovem e feliz casal". Rebecca usou um vestido branco com bolinhas pretas. Miriam lhe dera de presente um pingente de turquesa, que ela usou, embora não o tivesse achado bonito. Miriam sugerira que a turquesa combinaria com a tonalidade rosada de sua pele e Rebecca fingira acreditar. Havia uma banda, e muita comida, e muita gente, e a maioria Rebecca estava encontrando pela primeira vez. Tomer estava lá, dançando com a namorada sul-africana, Sheila.

No meio da noite, Zohar se aproximara de Rebecca e, com um amplo sorriso e os braços abertos, convidara-a para dançar. Rebecca não era boa dançarina. Detestava dançar; preferia assistir ou conversar. Não que não fosse sociável; simplesmente não possuía senso de ritmo, e quando dançava tinha sempre a impressão de que seu corpo estava fora de controle e de que seu equilíbrio era tão precário que era capaz de se estatelar no chão. Estava sentada junto à pista de dança e quando Zohar se aproximou, sorriu e num hebraico elementar, de gêneros trocados e um substantivo que devia ser verbo, disse "*Lo todah*". Não, obrigada. "*Ani lo ohev rikud.*" Eu (no masculino) não gosta dança. Nunca poderia imaginar que o futuro sogro fosse ficar tão ofendido. Zohar se enfureceu quase instantaneamente. Seu rosto, tão bonito, se distorceu, de modo que aquela beleza ficou quase grotesca — um olho azul arregalado, o outro meio fechado, e as mãos gesticulando, embora não falasse nada. Quando falou, suas mãos cessaram o movimento. Ele chegou mais perto e perguntou de novo em mau inglês: "Você dança com eu?". E, quando ela tornou a declinar, viu sarcasmo em seu olho aberto e desdém em seu olho semifechado, e nas rugas da testa um regimento de orgulhosa decepção. Rebecca tentou explicar, mas não conseguiu. Em hebraico, disse de novo "*Lo todah*". E depois em inglês: "É que eu não gosto de dançar". Olhou para ele e levantou as mãos vazias. Eliezer, que estava do outro lado do quintal, aproximou-se de Rebecca e disse: "Nu, só um pequeno dança", mas quanto mais eles pediam, quanto mais insistiam, menos controle Rebecca sentia não apenas sobre as pernas e o seu equilíbrio, mas também sobre os "pequenos traços" que constituíam seu corpo, de forma que, quando finalmente se levantou, não foi para dançar, mas para sumir no interior da casa, chorando de vergonha.

Durante alguns minutos ficou sentada sozinha na sala, tentando entender a razão pela qual viera parar tão longe da padaria, tão longe de Brookline, tão longe de seus pais. Mas aí Eliezer se aproximou dela e ela afundou o rosto no peito dele e ele a acalmou com seus beijos e passou os braços em torno dela. Ela ergueu o olhar para ele. Eliezer não estava deslocado naquele lugar, e no entanto ela gostaria que ele estivesse. Como ela estava. E enquanto eles ficavam ali parados em silêncio, ela tentava fazer de conta que ele também era um estrangeiro lá, e que quando eles saíssem daquela casa, daquela aldeia, daquele país, o sotaque de Eliezer desapareceria e os dois falariam a mesma língua, e as expressões pitorescas de suas vidas jamais contariam histórias como aquela. Eliezer beijou os lábios de Rebecca e lhe disse quanto a amava e quanto lamentava o fato de que seu pai se enfurecesse por ninharias.

Rebecca retribuiu o beijo. Estava começando a se habituar às ocasionais explosões de ira incontida do próprio Eliezer, mas nada poderia tê-la preparado para o modo como a voz de Zohar se elevara em público, para o modo como os olhos dele haviam ficado injetados, para o modo como ele escarnecera dela, para o modo como ele parecera estar dizendo, embora ela não entendesse direito, que ela era uma esnobe, e que a opinião que ele tinha sobre os americanos estava sendo demolida por sua recusa absurda a ir para a pista de dança valsar com ele naquele mesmo instante. Aquilo era loucura, ela sabia, contudo Eliezer, Miriam e os outros convidados aparentemente não haviam se incomodado com o comportamento de Zohar. Na verdade, pareciam estar ou acostumados com aquilo ou acostumados a ignorar aquilo. No interior da sala, o "feliz casal" sentou-se e ficou apreciando a festa pela janela.

É, ela estava em território estranho. Eliezer a beijou de novo. E tentou fazer com que ela olhasse para ele, mas ela desviou os olhos para o próprio regaço. A música era ruidosa e alegre. Rebecca e Eliezer acabaram voltando para a festa. Ficaram de mãos dadas, e todos, inclusive Zohar, fingiram que nada havia acontecido.

Muitas vezes, quando Zohar e Miriam brigavam, Rebecca e Eliezer escapavam para o quartinho de baixo. Deitavam-se ali numa das camas, sobre a velha colcha de algodão cinzento, tão rostida e mofada que os dois brincavam: "Deve ser do tempo de *Hamandat Habriti*", o mandatário britânico. Ficavam ali deitados conversando ou se acariciando ou virando as velhas páginas de *A terra e o livro*, inventando histórias para as pessoas das ilustrações.

Mas às vezes, quando eles folheavam os livros, Eliezer acabava ficando nervoso. Quanto mais eles permaneciam em Shachar, quanto mais se aproximava a data do casamento, mais nervoso ele ficava. Era julho. O casamento seria em setembro, em Boston. Eliezer tentava gostar das ilustrações tanto quanto Rebecca. O cabelo vermelho dela caía sobre as páginas. Eliezer estendia uma mão e carinhosamente o afastava. Mas não conseguia gostar daquelas estampas; em vez disso, flagrava-se adicionando as imagens como se elas fossem números, dissolvendo toda a arte em secas equações que se depositavam sobre sua alma como a poeira de ontem.

Numa tarde quente e ensolarada, Eliezer e Rebecca saíram para ver os mosaicos no pomar de baixo. Ainda nos Estados Unidos, ele contara a ela sobre eles e, antes de chegarem a Shachar, ela fizera questão de dizer a Eliezer que queria "segurar aquelas velhas pedras" nas mãos. No caminho, Eliezer falou a Rebecca a respeito das diversas árvores. "À esquerda, *shamuti*", disse, apontando, "também chamada laranja-de-jafa, e à direita, pomelo." Ela olhou para ele estranhando o nome porque nunca ouvira falar daquela fruta. "Não", disse, "acho que não vendem isso nos Estados Unidos." Eliezer explicou que o pomelo era uma "enorme fruta" de "casca grossa" e "gosto doce e azedo". Ele puxou um galho e apontou alguma coisa invisível porque era verão e não havia frutas nas árvores. Mas apontou com tanta ênfase que Rebecca pensou ter visto o seu primeiro pomelo. Eliezer deixou o galho voltar para o lugar e os dois continuaram andando rumo ao pomar de baixo.

Avançaram mais pelo pomar em declive, afastando-se da casa. E Eliezer continuou falando, falando, falando. Mas, embora sua boca estivesse cheia de palavras, de histórias de cada árvore, de anedotas interessantes sobre as diferentes variedades e os desafios que se enfrentam com o plantio de cada uma, estava em pânico por causa da única coisa que realmente precisava contar a Rebecca sobre aquele lugar. Ele se virou e olhou para ela, que o seguia, depois voltou-se para a frente outra vez e continuou andando rumo a um destino falso. As pedras de mosaico haviam aflorado à superfície havia muito, muito tempo, mas aquelas que ele tinha em mente haviam acabado de aflorar. Cerrou os punhos. O pânico no rosto e no ventre de Eliezer estavam ficando intoleráveis.

Eliezer e Rebecca estavam namorando havia quase um ano, e durante aquele tempo todo ele nunca pensara em Gabi. Não pensara mesmo. Mas agora, quando estava se preparando para casar, de repente a memória se revelara. Naquela manhã, andando com Rebecca pela aldeia, de repente Eliezer vira Gabi. Ele erguera a mão e esfregara os olhos, mas não adiantou nada. Gabi estava lá, como uma espécie de aplique em seus próprios olhos, comprometendo a visão normal. Gabi estava na estrada de areia, Gabi debaixo da árvore de fícus, Gabi no correio, Gabi ao lado do abrigo antibomba, Gabi em seus braços enquanto ele, Eliezer, cruzava a aldeia de sua família ao lado da futura esposa. E embora não fizesse a menor idéia de como o irmão aparecera de repente, nem soubesse se Rebecca também era capaz de vê-lo, ele sabia que Gabi era pequenino, leve como uma pena, ainda com cinco anos de idade, como na última vez em que Eliezer o vira, e que o cabelo dele lhe caía sobre a testa, e que ele cheirava ligeiramente a urina, e que não tinha a maioria dos dedos das mãos e dos pés, e que ele, Eliezer, o carregava com cuidado, ah, tanto cuidado para não deixar aquela criança cair.

Eliezer se voltou para Rebecca, depois desviou o olhar. Curvou-se para pegar um galho do chão e o partiu-o ao meio, depois ao meio de novo, estalando a madeira seca com facilidade, quase com raiva. Queria contar a ela não tudo, mas a essência crucial das coisas. Rebecca sabia parte da história da família, sabia do irmão gêmeo idêntico de Zohar, Moshe, que morrera na guerra de Independência, mas não sabia sequer que Gabi existira, ou que ainda existia. Como contar a Rebecca aquilo que Eliezer se ensinara a nunca contar a ninguém? Ele não contara a ninguém em muitos e muitos anos. Como contar à futura mulher que Gabi e Moshe, as duas tragédias, haviam colidido na casa deles, e que a natureza explosiva daquela colisão marcara e queimara uma extensão de sua alma impossível de quantificar em metros ou em milhas? Como contar-lhe que bastava fechar os olhos para ver apenas cinza e carvão em tudo o que olhava? Eliezer não era um rabino como seus bisavós. Não pensava muito sobre a natureza mística de sua alma. No entanto, uma voz ancestral sussurrava dentro dele, dizendo-lhe que nunca ficaria inteiro enquanto não conseguisse tornar visíveis, de alguma maneira, o carvão, as cinzas. E no entanto ele não encontrava as palavras para fazê-lo.

Eliezer abriu a boca, mas não conseguiu falar. Rebecca, sentindo que ele tinha alguma coisa para contar-lhe, disse: "Tudo bem, meu querido". E quando ele realmente falou, só conseguiu contar que aquelas coisas tinham acontecido ali, tinham acontecido com a família dele, na casa deles. Ele contou a ela o mínimo indispensável. Enquanto falava, Eliezer desviava os olhos de Rebecca. Relatou os fatos com um ar remoto, como se descrevesse a trama de uma peça escrita por outra pessoa — uma peça a que haviam resolvido assistir eventualmente, mas a que provavelmente não assistiriam. Mantinha um distanciamento e, embora inequivocamente nervoso, parecia transmitir a informação de que aquelas coisas horríveis não o afetavam, que eram simplesmente uma parte de seu passado.

Mas evidentemente aquele distanciamento não foi capaz de ocultar sua dor verdadeira. Enquanto Eliezer falava, Rebecca viu as tragédias gêmeas nos olhos dele e não sentiu medo de sua ira. Tampouco sentiu medo do que ele acabara de dizer. Rebecca não via Gabi nos braços do noivo e era incapaz de sentir o espírito amaldiçoado de Moshe envolvendo com os braços fortes todos os momentos da família. Ela simplesmente pegou os braços de Eliezer e os colocou em volta de seu corpo e o abraçou com tanta força que no ato o irmão que ele pensava estar segurando se transformou numa ficção, num esquecido, e o tio que mantinha toda a família em suas garras se transformou, mesmo que por um momento, num fantasma comum, benigno e risonho. Eliezer sentia o hálito quente de Rebecca no pescoço. Beijou seu nariz, depois seus lábios, afundou os dedos nas costas dela, agarrando-se a cada um de seus ossos, a suas costelas, sua coluna, suas omoplatas, a cada um individualmente, desenhando seus contornos, comprimindo-se de encontro a seus contornos internos. Estava tão feliz por finalmente haver contado a ela. Respirava fundo e depressa, aliviado. Não lhe contara tudo. Não lhe contara das borboletas, e não lhe contara das fotografias que desapareciam das páginas dos álbuns de família, e não lhe contara qual era a sensação de ser obrigado a fingir o sumiço de um irmão inteiro, mesmo que o irmão em si não fosse inteiro. Eliezer não lhe contara do golem. Só contara a Rebecca a essência das coisas. Mas bastava. Ou pelo menos parecia bastar.

No final daquele verão, na véspera da partida para os Estados Unidos, Eliezer saiu da cama no meio da noite e foi até a mangueira, como fizera tantas e tantas vezes quando menino. A noite estava fresca, mas não fresca demais, o céu claro com uma lua quase cheia, mas não brilhante demais. Quando cruzou o pomar, sentiu-se ao mesmo tempo seguido e conduzido, vigiado e lembrado. Frias folhas orvalhadas roçavam-lhe o rosto enquanto avançava.

Eliezer lembrou-se de quando ia para a mangueira aos dez, onze, doze anos. Ia tão cheio de determinação. Decidido a realizar uma alquimia. Não a transformar pedra em ouro, mas a transformar terra em carne viva.

Na noite da partida, sentiu-se tentado a desenhar a figura outra vez. Tomar sozinho um navio para os Estados Unidos dois anos antes fora uma aventura juvenil, temporária. Mas agora, com Rebecca, era uma partida diferente e muito mais profunda. Ajoelhou-se e pegou um pauzinho que sabia capaz de desenhar uma imagem bem nítida. Mas parou antes de começar. Girava o pauzinho na mão e pensava. Perguntou a si mesmo: "Quando chegasse a hora, se a hora chegasse, o que eu realmente faria?". Pensava se, em seus estudos ou na observação descomprometida do mundo, um dia viesse a cruzar com o arranjo correto das letras do nome divino, será que efetivamente retornaria àquele lugar para conjurar um golem? Ou será que a figura que traçaria no chão seria sua conhecida? Desenharia o rosto de um tio? Ousaria inscrever na terra o corpo de um tio? E teria a ousadia de recitar o Nome fazendo sete círculos em torno da figura familiar do tio, acariciando na língua a magia, amando com seu alento o emergente Moshe? Faria isso? Ou escreveria no solo uma história diferente? Será que pegaria o pauzinho e desenharia Gabi? Não o Gabi que conhecera na infância, mas o Gabi que poderia ter sido. Eliezer pegaria o pauzinho como o lápis de um artista e preencheria os olhos, substituindo o vazio por uma alma brilhante e profunda? Caminharia em torno da forma pronunciando as palavras adequadas à medida que seu irmão passasse pelos estágios proibidos de brasas brilhantes para águas tranqüilas, do reino da terra para o reino da realidade, até sua forma nua subir da terra e dela se separar numa cerimônia tão doce que os pássaros, as flores, as nuvens e a própria noite irromperiam em canto, tão alegres por testemunharem essa reunião de irmãos, esse banimento de fantasmas.

Eliezer imaginou isso realmente acontecendo e ele e Gabi saindo juntos do pomar. Subiam os degraus da varanda dos fundos e entravam na casa, para os braços alegres e abertos de sua mãe. E a vida então ficava boa. Mas depois ele imaginou tudo saindo horrivelmente errado no pomar e que a criatura que surgia do chão se parecia com Gabi, mas na verdade era um golem perverso disfarçado, um monstro mudo sem alma e com tremenda força que vagava pela aldeia espalhando o caos para todo o sempre. E depois imaginou que a criatura que conjurara era de fato Moshe, mas não um Moshe vivo, não o Moshe de antes da catástrofe, e sim morto, todo atravessado por buracos de balas. E ele próprio, tendo sido despertado, vagaria pelo mundo, pouco parecendo com o tio que havia sido, ou com o gêmeo que deixara para trás, e Zohar recuaria, trôpego, horrorizado.

Eliezer encostou-se na mangueira, a testa apertada na madeira, o braço direito abraçando o tronco, o braço esquerdo pendurado de lado. À distância a casa atrás dele estava escura e quieta. Rebecca estava dormindo lá. Eliezer lembrou como, em criança, baixava as calças e apertava o traseiro nu contra a terra. Lembrou como ele, Yoni e os outros meninos haviam enganado Moti Peleg, pregando-lhe um susto mortal. Disse a si mesmo, e disse à mangueira e disse a Moti Peleg, que agora estudava engenharia elétrica no Technion de Chaifa, e disse aos golens próximos e distantes que ele voltaria. Eliezer imaginou que todos tinham um lugar especial como aquele. Um lugar que parecia um hino que o mundo inteiro cantava. Deixou para trás a mangueira. E ao se afastar mais, atravessando o oceano na direção de uma vida tão distante e tão diferente daquela que deixara para trás, ele às vezes se via inconscientemente de volta no pomar. Via-se agachado na terra arenosa, ouvindo os barulhos dos golens.

Ele então deixou a terra de suas histórias. Ele voltaria, sim. Eles haveriam de voltar, com devoção e regularidade, dois meses todo verão. Mas partindo sempre outra vez, voando para um local que ele não conseguia realmente ler de fato. Suas páginas estavam em branco para ele. Mas Eliezer adorava aquele vazio branco e adorava a padaria, e começou até a adorar Boston. Adorava seu novo país. Lá construiu uma vida. E era muito grato por ter encontrado um lugar distante cuja falta de letras legíveis o preservava de ter de viver de novo e viver para sempre o fim de sua história.

MEU PAI ESCREVE:

Decidimos que íamos viver em Boston, mas que passaríamos nossos verões em Israel, com meus pais. Casamos em Boston, em 19 de fevereiro de 1965. Meu irmão Tomer casou-se três anos depois, em 21 de agosto de 1968, com Sheila Barowski, a sobrinha sul-africana do nosso vizinho.

EU DIGO:

Não, Jeremy, não há como combinar a minha consciência com a história que estou tentando contar para você. Mas talvez isso seja a história em si, uma colcha de retalhos de ver e não ver, uma colagem de saber e não saber, todo um tecido feito de muitos retalhos diferentes, coloridos e intrincados. A cronologia familiar é um desafio à consciência. Acontecem coisas que não sabemos, e que ao acontecer afetam as próprias moléculas de nossa percepção. É assim que ficamos conhecendo nossa própria vida, como se fosse através de um prisma: tu-

do é distorção. Mas não vemos o prisma, tudo o que vemos são as curvas da luz que fazem os rostos dos nossos entes queridos parecerem às vezes bonitos demais, e outras vezes muito, muito menos que bonitos.

19

Áspero retiro

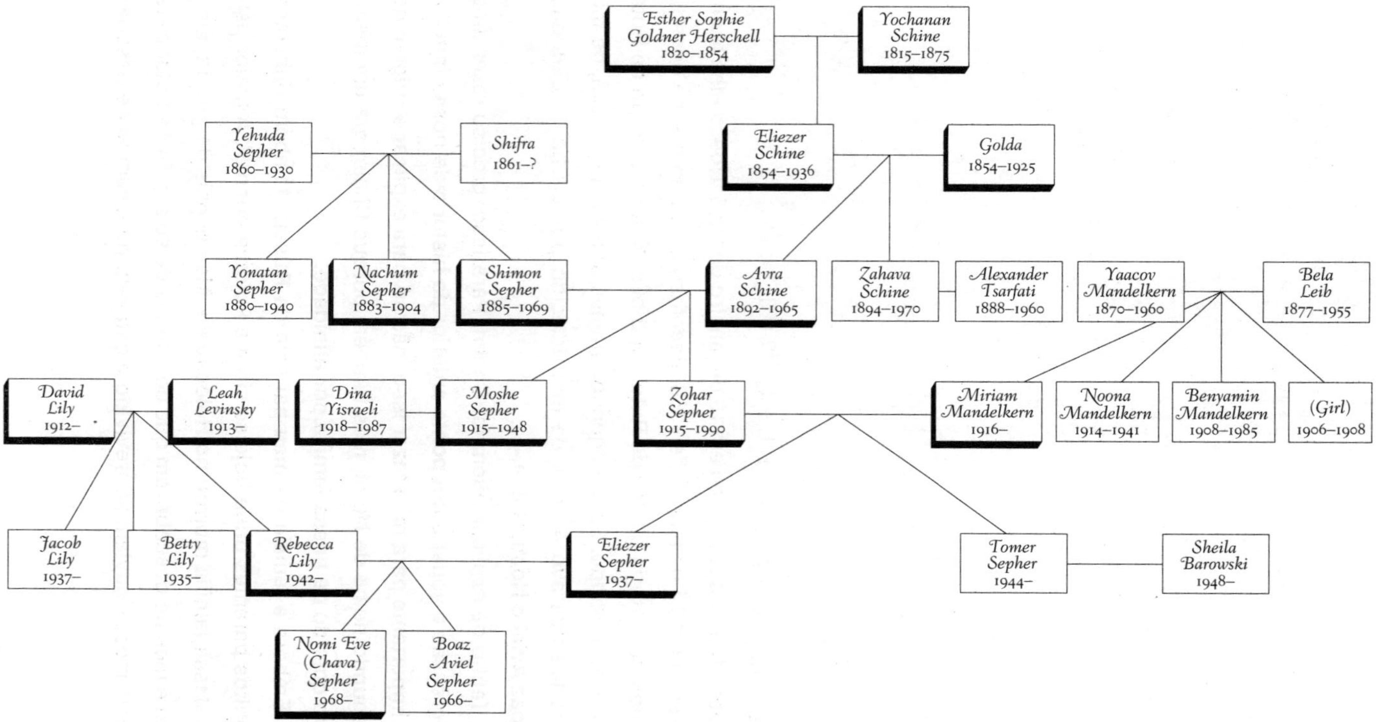

Esther Sophie Goldner Herschell 1820–1854
Yochanan Schine 1815–1875
Yehuda Sepher 1860–1930
Shifra 1861–?
Eliezer Schine 1854–1936
Golda 1854–1925
Yonatan Sepher 1880–1940
Nachum Sepher 1883–1904
Shimon Sepher 1885–1969
Avra Schine 1892–1965
Zahava Schine 1894–1970
Alexander Tsarfati 1888–1960
Yaacov Mandelkern 1870–1960
Bela Leib 1877–1955
David Lily 1912–
Leah Levinsky 1913–
Dina Yisraeli 1918–1987
Moshe Sepher 1915–1948
Zohar Sepher 1915–1990
Miriam Mandelkern 1916–
Noona Mandelkern 1914–1941
Benyamin Mandelkern 1908–1985
(Girl) 1906–1908
Jacob Lily 1937–
Betty Lily 1935–
Rebecca Lily 1942–
Eliezer Sepher 1937–
Tomer Sepher 1944–
Sheila Barowski 1948–
Nomi Eve (Chava) Sepher 1968–
Boaz Aviel Sepher 1966–

MEU PAI ESCREVE:

Nosso filho Boaz nasceu em 16 de janeiro de 1966. Nossa filha Nomi nasceu em 13 de março de 1968. Escolhemos os nomes de nossos filhos na história bíblica de Rute. Na Bíblia, Nomi era sogra de Rute e Boaz, o marido. Seus segundos nomes são Aviel e Chava, de minha falecida avó Avra, e de meu falecido primo Chaim. Eles são Boaz Aviel e Nomi Chava.

Tenho de explicar quem foi Chaim. Para isso, preciso fazer uma digressão e voltar a um ponto anterior da história de nossa família. É importante para mim fazer isso, não só para explicar a origem do segundo nome de Nomi, mas também porque Chaim era um membro querido de nossa família por afinidade.

Embora a família de meu pai seja da Rússia, também tínhamos muitos parentes onde hoje se situa a Polônia oriental. A maior parte dessa família morreu no Holocausto. Mas depois da guerra, meu pai e meu tio descobriram que dois filhos de seus primos poloneses mais moços haviam sobrevivido e estavam num campo de pessoas deslocadas na zona britânica da Alemanha Ocidental. Os pais haviam morrido nos primeiros dias da guerra. E eles haviam atravessado sozinhos a Europa, muitas vezes se escondendo dos nazistas. Vagaram durante três anos. Ninguém sabe como conseguiram sobreviver. Em 1947, foram encontrados pelo Comitê de Serviço Social Chabad no campo de pessoas deslocadas na zona britânica da Alemanha. A Chabad entrou em contato com meu pai e meu tio, que, da Palestina, vinham buscando ativamente notícias de sua família na Europa. As crianças, um menino de onze anos e uma menina de treze, chamavam-se Chaim e Sima.

Em março de 1945, meu pai e seu gêmeo resolveram que um deles teria de ir para a Europa de barco, encontrar as crianças e trazê-las para a Palestina. Era uma proposição muito perigosa. Porque muito embora dezenas de milhares de sobreviventes estivessem batalhando para sair da Europa, os britânicos haviam estabelecido cotas estritas para a imigração de judeus para a Palestina. Em decorrência disso, as crianças teriam de entrar ilegalmente. Quem fosse apanhado tentando entrar ilegalmente era deportado na hora, e quem fosse apanhado ajudando ia para a prisão por longos períodos.

A Haganah era muito ativa na imigração ilegal de judeus. Eles aconselharam que Zohar ou Moshe fossem para a Europa levando o meu passaporte e o passaporte de Tomer. O plano era trazer as crianças para a Palestina com os nossos documentos. Eu tinha oito anos e Tomer, um ano apenas. Era um bom plano, mas havia um problema óbvio e importante. Os primos poloneses não combinavam com nossos passaportes. Sima tinha treze anos e era menina, Chaim tinha onze e, ainda que parecesse muito mais novo que isso, decerto não era um bebê. Havia, portanto, uma tremenda e aterrorizante probabilidade de o funcionário da imigração no porto de Haifa notar que os passaportes não pertenciam a eles. Mas como não havia outra escolha, foi esse o plano que meu pai e meu tio acaba-

ram adotando. E embora eu não saiba exatamente o porquê, no fim Moshe foi o gêmeo que viajou para a Europa. Meu pai ficou na Palestina, esperando ansiosamente as notícias. Depois de três meses, Moshe voltou em segurança com as crianças. Ele nunca nos contou como conseguiu entrar no país com os meninos, mas eu sempre achei que havia alguém da Haganah esperando por eles nas docas de Haifa. De alguma forma, essa pessoa deve tê-los ajudado a passar pela alfândega. Tudo o que sei é que era uma empresa muito perigosa e que Moshe foi muito valente.

O garoto, Chaim, cresceu em Shachar como membro por afinidade de nossa família. Eu era muito próximo dele. Chaim foi morto em 1967. Ele era pára-quedista, membro de elite da guarda avançada do exército israelita. Quando o país entrou em guerra, a unidade de Chaim foi a primeira a ser mandada para Jerusalém. Ele foi morto quase imediatamente. Entrou num ônibus em que pensou haver soldados judeus feridos. Mas não havia feridos; ao contrário, o ônibus era uma emboscada. Explodiu assim que Chaim entrou. Quando ele morreu, a mulher de Chaim estava grávida do primeiro filho. Batizamos nossa filha em homenagem a Chaim. Seu nome é Nomi Eve. Eve em hebreu é Chava, o feminino de Chaim. E nosso filho é Boaz Aviel, em honra de minha avó Avra.

EU DIGO:

No Jardim, o primeiro casal era Adão, cujo nome quer dizer "terra", porque ele veio do chão, e Chava, cujo nome quer dizer "vida", porque ela veio da Vida e viria a gerar vida em seu corpo. Caminhamos pelos pomares de meu avô. Enxertos cítricos. Vamos até o local onde fica a árvore dupla. Abaixo-me e afasto os galhos do lado sangüíneo, e depois avanço, abaixada, por sob os ramos, até o tronco gêmeo. Lá dentro, passo as mãos na casca prata-acinzentada. E digo em voz alta: "Pardes". O ar à nossa volta tem cheiro de casca de laranja. Aspiro profundamente, e lhe digo que a palavra para pomar em hebreu é pardes. *Vem da raiz do persa antigo,* Pairi daeza, *que significa "retiro", e da qual se originou em inglês a palavra* Paradise, *"paraíso". Quero que você saiba que quando aprendi isso, sorri e pensei: "Não, isso não me surpreende". No Jardim, o primeiro casal era Adão, cujo nome quer dizer "terra", e Chava, cujo nome quer dizer "vida". Chava, Chaim, Eve eu sou, meu amado Adão é você, neste paraíso de histórias familiares — áspero retiro de calor e palavras.*

20

A fotografia

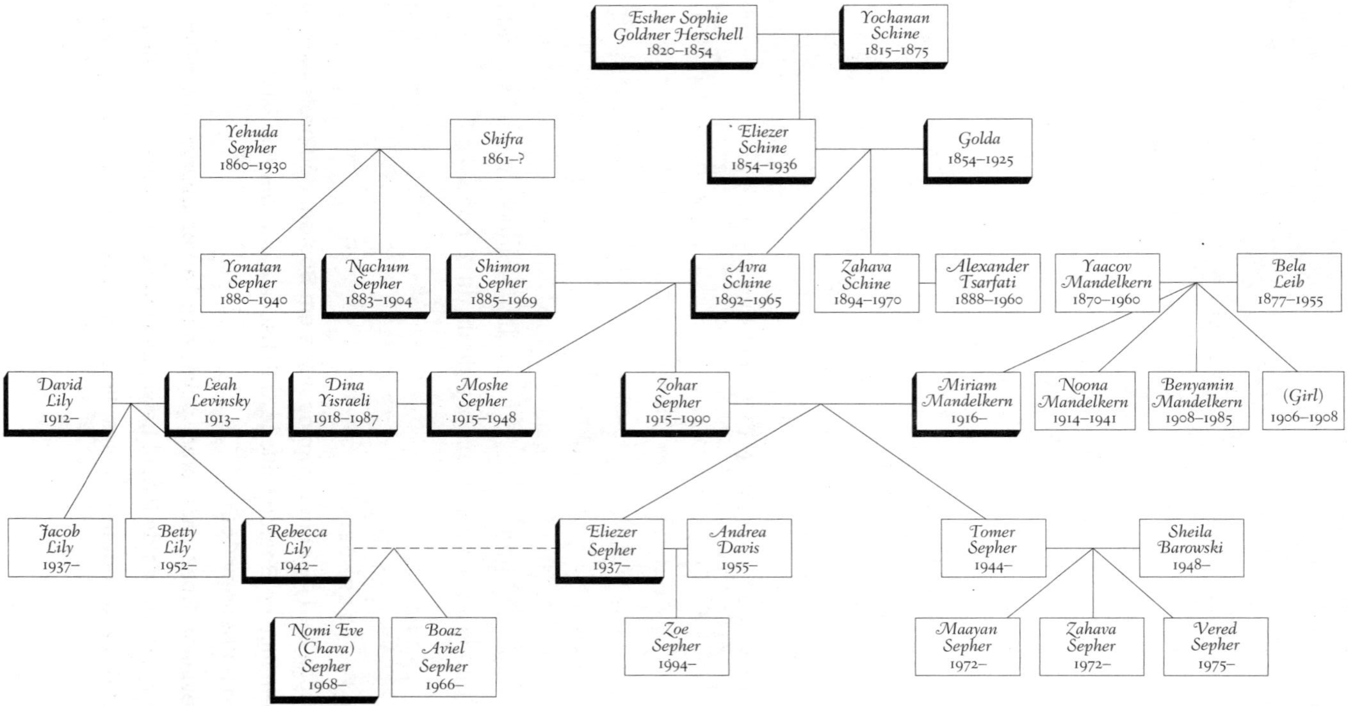
Esther Sophie Goldner Herschell 1820–1854
Yochanan Schine 1815–1875
Yehuda Sepher 1860–1930
Shifra 1861–?
Eliezer Schine 1854–1936
Golda 1854–1925
Yonatan Sepher 1880–1940
Nachum Sepher 1883–1904
Shimon Sepher 1885–1969
Avra Schine 1892–1965
Zahava Schine 1894–1970
Alexander Tsarfati 1888–1960
Yaacov Mandelkern 1870–1960
Bela Leib 1877–1955
David Lily 1912–
Leah Levinsky 1913–
Dina Yisraeli 1918–1987
Moshe Sepher 1915–1948
Zohar Sepher 1915–1990
Miriam Mandelkern 1916–
Noona Mandelkern 1914–1941
Benyamin Mandelkern 1908–1985
(Girl) 1906–1908
Jacob Lily 1937–
Betty Lily 1952–
Rebecca Lily 1942–
Eliezer Sepher 1937–
Andrea Davis 1955–
Tomer Sepher 1944–
Sheila Barowski 1948–
Nomi Eve (Chava) Sepher 1968–
Boaz Aviel Sepher 1966–
Zoe Sepher 1994–
Maayan Sepher 1972–
Zahava Sepher 1972–
Vered Sepher 1975–

EU ESCREVO:

Na fotografia, Zohar está à direita e Moshe à esquerda, mas não há como saber isso, a menos que alguém conte quem é quem. Ambos os irmãos estão sorrindo, os rostos transpirando segurança e afeto. Têm cerca de vinte e cinco anos e estão frente a frente, as testas inclinadas. Zohar está acendendo o cigarro de Moshe. A foto, numa velha moldura de madeira, está pendurada a meia altura na parede da direita da sala.

MEU PAI ESCREVE:

Rebecca e eu moramos com os filhos em Boston. Sou professor de matemática no Boston College, e Rebecca é curadora do Museu Judaico no Hebrew College.

Levamos Boaz para Israel pela primeira vez quando ele estava com cinco meses de idade. Levamos Nomi pela primeira vez quando ela estava com três meses. Voltamos todos os verões para pas-

sar dois meses e ficamos com meus pais em Shachar. Boaz e Nomi freqüentaram o acampamento de verão da aldeia durante muitos anos. Aprenderam a falar hebreu e se tornaram muito próximos de seus avós israelitas e de nossa família por afinidade.

EU ESCREVO:

Boaz e Nomi eram fascinados por aquela foto de seu avô e seu gêmeo idêntico, e, desde muito pequenos, uma das primeiras coisas que faziam ao chegar a Shachar todo verão era entrar na sala e simplesmente parar diante da foto, em silêncio. Esse ritual passava quase desapercebido aos adultos da casa. Não ficavam na frente da foto tempo demais, apenas o suficiente. Nem falavam a respeito, nem um com o outro nem com a imagem em si. Simplesmente ficavam ali e depois se afastavam.

Durante todo o verão voltavam àquele lugar, à esquerda da televisão, à direita da janela. Nunca planejavam se encontrar ali, mas de vez em quando, no meio de uma tarde de Sabá, ou de manhã, antes de irem para o acampamento, os dois se viam atraídos pela foto. Relembrando, ele vêem a si mesmos como peregrinos prestando homenagem num estranho altar e consideram os irmãos da fotografia uma dupla de sábios feridos, com muito a lhes dizer. Desde que se conheciam por gente, sabiam da história de que seu avô sentira a bala entrando nas costas quando Moshe morreu. Nunca conseguiram lembrar quem lhes contou a história, e, de fato, jamais se lembrariam de ouvir realmente outro ser humano falar sobre o assunto, mas a história parecia ser contada constantemente em Shachar. As próprias paredes da casa de seus avós pareciam cochichar a respeito do som sibilante que a bala fez ao atravessar o *pardes*; as árvores do pomar pareciam fornecer detalhes sobre a maneira como Zohar levantou os olhos aturdidos para o céu quando o fantasma da bala o atingiu, caindo depois de bruços debaixo da árvore dupla com um baque horrível que fez as raízes lá no fundo se enrolarem um pouco mais. A fotografia daqueles gêmeos informava Boaz e Nomi dessa trágica história, mas contava também muitas outras. A maioria com tramas alegres, pequenas histórias de molecagens que os irmãos aprontaram quando crianças. Eles ouviam atentos. E por mais que voltassem e ali ficassem lado a lado, Nomi e Boaz nunca sentiam que já haviam aprendido o suficiente.

Miriam, Eliezer e Rebecca podiam não prestar atenção na afinidade das crianças com aquela fotografia, mas Zohar percebeu logo, quando ainda eram pequeninos. Muitas vezes viu os dois parados ali enquanto cresciam, e, da porta ou do outro lado da sala, ficava observando calado os seus netos — o menininho, a menininha, olhando a imagem desbotada dele e de seu irmão morto havia muito tempo. Zohar sabia que estava falando com as crianças da fotografia, mas não sabia exatamente o quê. Imaginou se estaria lhes contando das corridas pela muralha da Cidade Velha junto com seu irmão, quando eram crianças. Que divertido era aquilo! O avô Eliezer correndo com eles, as calças largas batendo ao vento, os vizinhos acenando, gritando "Olá!". Zohar imaginava se estaria contando a Nomi e a Boaz como ele e Moshe costumavam jogar futebol juntos em Petach Tikvah. Como eles percorriam o campo depressa, lado a lado, chutando a bola para lá e para cá, e a maneira como, se corriam bem depressa mesmo, ele próprio às vezes ficava confuso, sem saber quem era quem, qual era qual, sem saber se a respiração ofegante dos pulmões ou os próprios pulmões pertenciam a ele ou a seu irmão gêmeo. Quando pensava nessas coisas, nessas lembranças, ele sorria, e o néctar da vida passada o preenchia com uma sensação cálida e radiante.

Mas as mais das vezes Zohar não se sentia nem um pouquinho radiante observando as crianças que observavam Moshe e ele na parede. Quase sempre, ficava zangado de ver Boaz e Nomi parados ali juntinhos, e sentia um desgosto agudo, uma hostilidade palpável, até um pouco de ódio crescer dentro de si. O sentimento que tinha era como uma barricada dentro de sua alma. Uma barricada a bloquear o profundo amor que sentia por aquelas crianças.

Enquanto as crianças ainda estavam em transe, Zohar saía de perto. Geralmente ia para o pomar, onde se curvava para a terra com mais urgência que o normal, cavando buracos que não precisava cavar, podando árvores que não precisava podar. Trabalhava horas e horas tentando esquecer fotografias, netos, barricadas e irmãos. Mas o esforço era sempre excessivo, e quando voltava para casa para jantar estava exausto demais para sorrir. Para Nomi e Boaz aquela careta no rosto do avô tornava difícil entender como aquele rapaz sorridente à direita da fotografia e aquele velho zangado sentado diante deles comendo salada de tomate podiam ser a mesma pessoa. Às vezes, depois do jantar, os dois davam uma escapada até a sala e ficavam olhando um pouco mais a foto na parede, só para ter certeza de que não estavam enganados.

EU DIGO:

Quando eu era pequena, no acampamento em Israel, houve um verão em que os nossos guias nos levaram ao abrigo antibombas da aldeia para assistir a um filme de Charles Chaplin. Não havia guerra. Era a época mais quente do verão e o abrigo antibombas era simplesmente o lugar mais fresco com uma tela de cinema. Inventei um nome para o que acontecia no subso-

lo. Chamava de "silêncio falante". Os personagens na tela falavam e falavam, mas nunca diziam realmente nada. Tanta falação era só uma desculpa, um jeito de dizer nada enquanto todo mundo estava ocupado tentando decifrar alguma coisa nas caras e nos gestos das mãos. Todos os atores "falavam em silêncio", dizendo muito sem nada falar. Por muito tempo, acreditei que minha primeira experiência com o silêncio falante havia sido ali naquele abrigo antibomba, mas com o passar do tempo e com os silêncios na casa de minha família ficando mais definidos e mais ensurdecedores, dei-me conta de que estava errada.

O verdadeiro silêncio falante é aquele que sai da boca das pessoas quando elas têm um segredo grudado no fundo da garganta. Não tenho certeza se as pessoas falam em silêncio para afogar o segredo cobrindo-o com muitas palavras, ou se falam em silêncio para deslocar o segredo do fundo da garganta, usando todas as outras palavras como complicadas alavancas e êmbolos, trazendo desse modo o segredo para a frente da boca, e depois para fora. Provavelmente devem ser as duas coisas. Pelo menos na minha família parece ter sido assim.

MEU PAI ESCREVE:

Tomer e Sheila têm três filhas: duas gêmeas chamadas Maayan e Zahava, nascidas em 1972, e Vered, que nasceu em 1975. Eles construíram uma casa na propriedade de meus pais e vivem em Shachar.

Depois de vinte anos de casados, Rebecca e eu nos divorciamos em 1986. Três anos depois, casei-me outra vez — com Andrea Davis. Andrea trabalha como decoradora para uma empresa de design de interiores. Temos uma filha a quem demos o nome de Zoe, em homenagem a meu pai, Zohar. Meu pai morreu em 7 de agosto de 1990. Zoe nasceu em 5 de novembro de 1994.

Sexta parte

Nomi e Jeremy

21

Nomi e Jeremy

EU DIGO:

Agora, meu amor, para enxertar nossa história nas histórias que vieram antes, escolho o método ayin. *O porta-enxerto já foi plantado. Então corto o olho no broto, com cuidado para não danificar o nódulo de preciosas células embrionárias Depois, corto um T no porta-enxerto, abro os lábios e para ali deslizo a nossa história, para a boca da velha história que brota desse solo e é resistente, e dará frutos por muitas gerações. Depois amarro a machucadura com bandagens e bênçãos. Finalmente, fecho meus olhos e imagino que diante de mim há uma árvore já crescida.*

EU ESCREVO:

A noite em que Nomi viu Jeremy pela primeira vez em quatro anos foi na véspera do Purim, duas semanas depois de ela ter ido ver Gabi pela primeira vez. As ruas de Jerusalém começavam a encher-se de gente fantasiada: o *midrachov* se alegrava com coelhos gigantes, astronautas, dançarinas de dança do ventre, caricaturas de políticos com chapéus coloridos de três pontas. Nomi e Amanda atravessaram correndo a multidão seguindo na direção do salão de baile, que ficava bem atrás do velho cinema. Estavam atrasadas.

Quando entraram no salão, ela viu Jeremy imediatamente. Ele estava de lado, o cabelo caído nos olhos. Conversava com um homem de camisa azul. Quando Nomi o viu, ficou chocada. Ele estava do outro lado do salão, no meio de todos os dançarinos. Ele não a viu. O salão estava muito cheio. Porém, como Jeremy era muito alto, o homem mais alto da multidão, ele se destacava. A música estava começando. O salão inteiro estava se dando as mãos.

Nomi não sabia nada de dança israelita. Nunca havia conseguido pegar o jeito. Sua completa falta de senso espacial fazia todas as danças parecerem impossíveis para ela. Todas as vezes em que tentou aprender acabava perdida no salão, tão distante das próprias pernas e dos pés quanto dos outros dançarinos, cuja graça e ritmo Nomi considerava uma língua estrangeira que seu próprio corpo não fazia idéia de como falar. Mas naquela noite Nomi concordou em ir ao baile. "Só para olhar", Amanda lhe disse. "Só para olhar e, se você quiser, dançar com os principiantes. As pessoas são legais, pacientes. Você vai ver."

Assim que entraram, Amanda sorriu para Nomi e imediatamente se encaminhou para um dos círculos internos. Nomi não tirou nem o casaco. Ficou encostada na parede do corredor, olhando através da porta de maneira a vislumbrar o homem que fora seu amante na faculdade. Ficou vendo-o dançar, e, mesmo tomada por uma insegurança aguda e apavorante, o que ele diria quando a visse? Será que estava com alguém? O que fazia ali? O que ia acontecer desta vez? Começaria tudo de novo? Conseguiriam superar o rompimento anterior? Nomi se viu sorrindo.

Jeremy dançava com o mesmo vigor elegante que sempre

marcara todos os seus movimentos. Dançava como quem possui tanto a força de animar a dança quando ela está pesada como a graça de contê-la cuidadosamente com o corpo inteiro quando está leviana. Nomi comprimiu ainda mais o corpo na parede. Procurou Amanda e tentou encontrar os olhos da amiga, mas Amanda estava ocupada dançando e não a viu. Então Nomi, com uma espécie de interrogativa confiança e um tipo apavorante de paixão que era primo do tipo mais forte de esperança, fechou os olhos e balançou o corpo ao ritmo da percussão sensual da música que enchia toda a sala. Quando abriu os olhos de novo, os dançarinos batiam os pés e erguiam os braços, e Nomi teve a impressão de que organizavam seus corpos nas formas geométricas e ao mesmo tempo orgânicas de campos, pássaros e flores. Nomi manteve os olhos abertos e tamborilou os dedos na parede ao ritmo da música, sem perder de vista o homem que estava no meio da sala. Imaginou como seria dançar com ele, com Jeremy Starr, agora. Pôs as mãos nos quadris, arqueou as costas para trás e estalou a coluna. Os pequenos estalos ao longo das vértebras eram muito gostosos. A música se suavizara, os círculos giravam mais devagar. Nomi tentou atrair o olhar de Jeremy, mas no mesmo instante, um segundo antes que ele a visse, escondeu-se atrás da parede e sentiu o rosto se encher de sangue, todo o corpo formigar com uma eletricidade que quase doía. Espiou novamente. Jeremy estava suado, sorrindo, girando, saltando, dançando. Não a viu. Nomi continuou vendo-o dançar. E entendeu naquele instante que, embora não soubesse os passos e embora duvidasse de que algum dia iria aprendê-los, seu corpo ansiava por se juntar à agitação cinética de que o corpo dele fazia parte. Ela mordeu o lábio inferior.

Nomi ficou a noite inteira assistindo às danças. Para ela, parecia que os dançarinos estavam representando uma parte da história do país. Davam-se as mãos e aravam os campos com seus passos, depois seus passos ficavam mais fortes, mais ruidosos, mais duros, e eles passaram a sacudir a terra com seus esforços rítmicos e absolutos de fazer as armas com que proteger a mesma terra sobre a qual dançavam. Silêncio. Respiração. Suor enxugado das testas. Outra dança. Juntavam-se em duas filas e marchavam pelo deserto ao som de uma música tão delicada quanto as areias ondulantes, e então a música ficava mais agitada e menos refinada, mas continuavam de mãos dadas enquanto os corpos pareciam possuídos por energias que se alternavam. Os dançarinos não estavam mais de mãos dadas, dançavam sozinhos, os braços levantados, as pernas chutando o ar, os rostos radiantes, como se o salão estivesse cheio de reis Davis, dançando diante da arca da aliança, pedindo a Deus com os seus corpos que Ele abençoasse o povo e brindasse a terra com séculos de glória.

Jeremy dançava uma dança de casal com a linda loira. Nomi ouvira alguém anunciar a dança chamada *Etz Harimon*, "a árvore de romãs", e achou que era incrivelmente romântica. Os casais todos viravam, ficavam um de frente para o outro, depois viravam de novo, dando pequenos saltos, mas enquanto os corpos giravam mantinham os olhos fixos no parceiro, e saltavam e giravam num ritmo intenso e complexo, sempre mantendo contato visual durante os movimentos. Nomi não agüentou olhar. A parceira de Jeremy usava uma camisa preta justa e calça jeans. Quando dançava, inclinava a cabeça para a direita, e os outros pares pareciam olhar para ela e Jeremy para imitar seus gestos.

Comprimindo o corpo de encontro à parede, Nomi viu-se repleta de lembranças de seu tempo com Jeremy. Virou-se, olhou para a porta. Haviam ficado juntos dois anos, os dois últimos da faculdade. Romperam por razões que pouco tinham a ver com as pessoas que eram, mas muito com o que ambos precisavam vir a ser. Nomi sabia que ela em particular tinha muito que aprender. Quatro anos de aprendizado, pelo menos. Virou a cabeça e espiou Jeremy terminar a *Etz Harimon* e começar outra dança de casal com a mesma mulher.

Nomi ficou repleta de lembranças específicas de seu romance com ele. Viu as mãos dele passando manteiga na torrada e pousando-a no prato para o primeiro café-da-manhã que tomaram juntos. Viu o cabelo encaracolado dele submerso na água e subindo à superfície da piscina depois da formatura na faculdade. Viu o brinco que ele usava na orelha direita, uma argolinha de prata. Viu, ou melhor, sentiu o corpo dele buscando o dela no meio da noite quando os dois acordaram e fizeram amor no escuro, a paz de seus sonhos embalada pela paixão. E os dois se abraçaram e se abraçaram e tornaram a se abraçar muitas e muitas vezes. Nomi estava respirando forte. Sentiu que todo o salão estava cheio de imagens e ícones potentes do tempo que ela e Jeremy haviam passado juntos. Pensou se aquelas imagens poderiam ser o porta-enxerto deles dois, e, caso fossem, se, quem sabe, no próprio pomar particular dos dois, suas raízes não haviam precisado de mais do que um único ano para estarem prontas para o enxerto. Um ano, dois, três, quatro. Corta-se o topo para que solte ramos. E os ramos brotam.

Nomi respirou fundo e, embora a música da sala estivesse tocando alto, ela não era capaz de ouvi-la de fato. Flutuava numa bolha, para ela o mundo soava como se ela estivesse debaixo d'água, sua cabeça estava entupida por um eco abafado e gorgolejante, e olhando para o vórtice de dançarinos agitados ela ficou deslumbrada com o fato de eles conseguirem respirar naquela atmosfera, e ainda por cima dançar nela. Os dançarinos giravam constantemente e não demonstravam nenhum cansaço. Os diversos círculos pareciam nunca ser os mesmos, e em decorrência havia uma fluidez no salão, enchendo a pista com movimento em todas as direções. Às vezes, dançando entre os círculos, Jeremy se aproximava perigosamente do corredor em que estava Nomi. Quando isso acontecia, ela ia para o outro extremo, para perto da porta, e lá ficava até a dança acabar. Jeremy dançou todas as danças de casal com a loira alta. Nomi pensou nas ferramentas usadas para a enxertia que seu pai lhe mostrara: a faca de corte, a *turiá* para cavar, a ráfia para amarrar e um bom e forte selante para cobrir a machucadura. Nomi se perguntou se as ferramentas que seu avô utilizara para fazer crescer o seu pomar eram manifestações das ferramentas que ela havia colecionado dolorosamente ao longo dos últimos quatro anos, ou se talvez a relação entre as coisas se desse de outra maneira. Será que as ferramentas de que as pessoas precisam para simplesmente ser pessoas teriam por modelos aquelas que os jardineiros costumam empunhar? Uma ferramenta para cavar, um serrote para cortar, um instrumento com o qual realizar uma elegante cirurgia revelando tudo o que há de embrionário debaixo da superfície, uma bandagem para a machucadura, um bálsamo para a cicatriz. Nomi viu Jeremy dar chutes no ar, na fila, ao lado dos outros homens, de braços dados, chutando o ar depressa, cada vez mais depressa. Eles chutavam depois sapateavam, chutavam e giravam, e chutavam de novo mexendo os quadris para os lados, olhando para a frente, depois para a direita e depois para a esquerda. A música parecia oriental, iemenita, o ritmo tinha uma intensidade apimentada, e Nomi achou Jeremy e os outros homens muito bonitos e sensuais. Eles dançavam como se es-

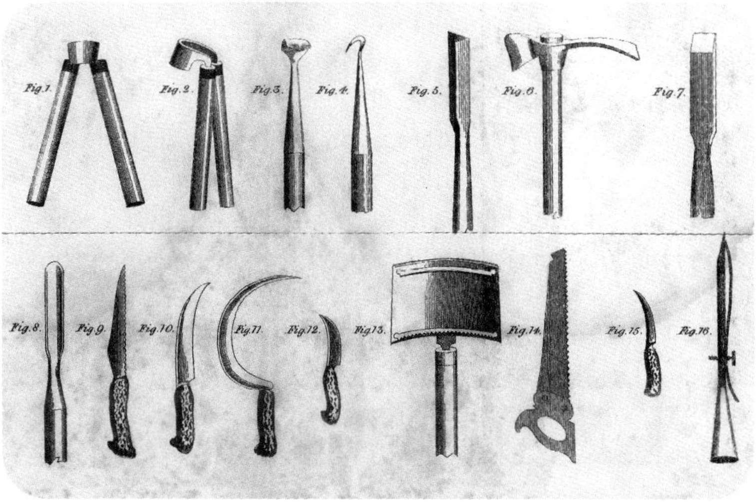

FERRAMENTAS

tivessem no auge da música, em cima da concha dura e brilhante de algo ao mesmo tempo conhecido e exótico. Nomi havia suspeitado na época, e confessava para si mesma agora, que Jeremy possuía as ferramentas para amá-la de verdade quando estavam na faculdade. E ela desconfiava que, mesmo que não as tivesse, ele teria perseverado com qualquer instrumento sem corte ou inadequado que possuísse. E com perseverança tê-la-ia amado bem e por muito tempo, talvez para sempre. Mas ela se afastara dele. E se afastara dele com um oco na barriga, não porque não o amasse, mas por causa do vazio abrasivo que sentia na alma e nos braços.

Quando finalmente se falaram, foi só por alguns minutos. Combinaram se encontrar no dia seguinte num café no *midrachov*, no centro da cidade. Foi esquisito quando se encontraram no café. Beijaram-se, mas um beijo desajeitado, e quando se sentaram, estavam ambos vermelhos.

Naquele dia, começaram a se reconhecer. E continuaram a

se reconhecer durante a maior parte daquele ano. Passavam muito tempo juntos. Sentados em cafés, passeando pela Cidade Velha, vagando pelas ruas e alamedas de pedras douradas. Um contava tudo para o outro, conversavam horas e horas, com sede de saber, com fome de confessar todas as palavras e preocupações que antes, em sua primeira encarnação, haviam-nos mantido afastados. Relembrando, Nomi sabia que, se tivesse podido segurar na mão aqueles meses, eles pesariam mais do que a maioria dos outros meses de sua vida, não pelo que continham, mas pela promessa de tudo o que trariam. Foram pacientes e ao mesmo tempo impacientes. Foram castos. Ele era fiel à namorada, embora a relação dos dois estivesse acabando. O que Nomi e Jeremy mais faziam era conversar, conversar, conversar. Descobriram que podiam dizer tudo o que não haviam sido capazes de dizer antes. E embora fossem castos, e embora fossem apenas amigos, cada palavra que trocavam naquelas ruas de Jerusalém parecia aproximá-los mais.

Os dias foram passando e as noites começaram a refrescar. Nomi começou a ansiar cada vez mais pelos braços de Jeremy a enlaçá-la. Ficava sentada a sua mesa até tarde da noite escrevendo, com grossas meias de lã e muitas malhas. Fazia tanto frio em seu apartamento que ela detestava ir para a cama, para os lençóis nunca confortadores. No entanto, quando levantava os olhos do trabalho e fitava sua cama, do outro lado do quarto, vinha-lhe uma súbita imagem dela e de Jeremy deitados ali, abraçados. Sabia que não sentiria frio com ele lá, a seu lado na cama. E sorria, pensando em como beijaria o pescoço dele, suas orelhas, seu rosto, e como no meio da noite acordaria e ficaria olhando ele dormir, a doce presença confortadora dele serenando o quarto, de forma que quando levantassem a atmosfera do apartamento seria macia como pétalas, como algodão. Mas aí a imagem desaparecia e ela ficava sozinha.

Jeremy não estava com ela, estava com a namorada, do outro lado da cidade, quem sabe abraçados na cama, ou jantando tarde. Nomi estava sozinha, sentada à mesa com suas páginas, nas quais os caracteres que regularmente criava também não passavam de encarnações. Uma espécie de visão. Mas ela acreditava em visões. Esther olhando enviesado para o mundo de debaixo da aba de seu chapelão mole; Golda e Eliezer abraçando-se ilicitamente; Avra roubando pedaços preciosos de um mosaico antigo; Nachum Sepher apresentando-se à junta de convocação russa com um alfinete invisível entre os dedos dos pés; Zohar e Moshe "servindo" à rainha ruiva; Miriam, a linda menina, costurando encantamentos no tecido; e, por último, o pai da própria Nomi, Eliezer, no pomar, tentando com todas as forças conjurar um golem do chão embaixo da mangueira. Eram todos reais para ela. Nomi esfregou os olhos, estendeu os braços e comprimiu com força o teclado, o que fez ranger as pernas da mesa. Mordeu os lábios e disse para si mesma, enquanto trabalhava, que assim como acreditava na existência das pessoas de suas páginas também acreditava na existência dos dois amantes a quem acabara de ver, alegremente enrolados debaixo das cobertas desfeitas da cama. E assim foi se escrevendo na direção deles dois.

No começo de novembro, Jeremy voltou para os Estados Unidos para passar um mês. Retornou sozinho. A namorada não era mais sua namorada. No dia seguinte à sua chegada, Nomi e Jeremy foram juntos a uma torre de observação em Jerusalém. Jeremy nunca estivera lá. No caminho, Nomi contou-lhe que na primeira vez em que subira à torre entendera que havia chegado a uma parte muito importante de sua teologia pessoal: uma *midrash* de pedra, ou talvez uma Torá inteira projetando-se da terra. O edifício era tão bonito, e a torre, com seus sinos e relevos e suas pedras douradas, lhe dava a impressão de ser uma espécie de oração.

Tomaram o pequeno elevador que levava ao topo, subiram a escadinha de pedra e entraram na torre de observação. A torre tinha quatro paredes de vidro com quatro portas de vidro que levavam a quatro plataformas de pedra. Em cada plataforma havia um antigo mapa de bronze em relevo pregado na pedra. Os mapas eram da parte da cidade vista de cada um daqueles pontos. Entre as plataformas, havia estátuas dos apóstolos cristãos entalhadas em pedra de Jerusalém. Foram até a plataforma oriental, que dava para a Cidade Velha. A borda chegava ao peito de Nomi. Primeiro, ela se reclinou na pedra e Jeremy passou os braços em torno dela, pousando as mãos em seus quadris. Depois, ela ergueu as mãos até o mapa e ele pôs as mãos sobre as dela. Juntos, acompanharam o relevo dos edifícios. O metal era frio e eles apertaram com tanta força que as linhas ligando os nomes aos lugares ficaram marcadas nos dedos de Nomi. A Torre de Davi, o mosteiro da Cruz, o Correio, a Universidade Hebraica, o Complexo Russo. Lendo em voz alta, os dois encontravam os locais indicados no mapa, e em seguida olhavam para cima a fim de localizar os locais reais na cidade real; um lugar que algumas pessoas, ao longo dos séculos, consideraram apenas meio real mas plenamente representativo de uma municipalidade mística de fogo, ar e água celestial. O hotel Rei Davi, o Muro das Lamentações, o vale de Josafá, a Piscina do Sultão, o vale de Gehinom, e à distância, acima de tudo, leram o mar Morto, um fino parágrafo azul se estendendo acima das nebulosas páginas pardas do deserto judeu. Pro-

MODERNA JERUSALÉM

SIÃO ACRA MORIAH BEZETHA

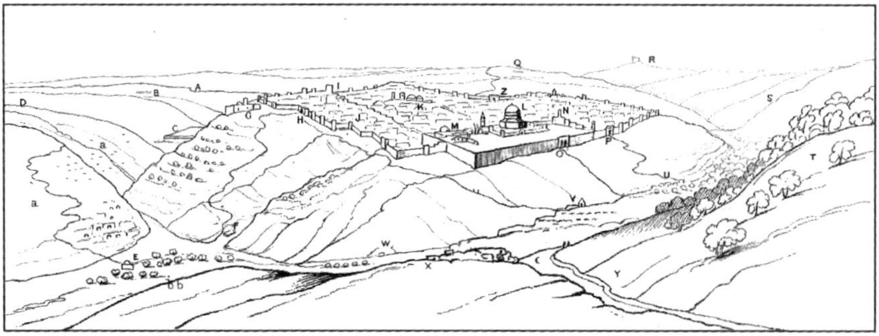

A. Estrada de Jafa
B. Piscina superior de Gihon
C. Inferior idem
D. Monte do Mau Conselho
E. En Rogel
F. Piscina de Siloam
G. Tumba de Davi
H. Porta de Sião
I. Torre de Hipicus — Porta de Jafa
J. Bairro judeu
K. Igreja do sepulcro
L. Mesquita de Omar
M. Mesquita el Aksa
N. Casa do governador
O. Porta dourada
P. Porta de santo Estêvão
Q. Tumbas reais
R. Nebi Samuel
S. Estrada para Anata
T. Monte das Oliveiras — caminho para Betânia
U. Jardim de Getsêmani
V. Túmulos — cemitério judeu
W. Poço da Virgem
X. Aldeia de Siloam
Y. Estrada para Jericó
Z. Porta de Damasco

a a: Túmulos b b. Monte da Ofensa

nunciaram os nomes em voz alta e, de braços abertos, apontando com o dedo, finalmente se localizaram no alto da torre.

Quando terminaram de ler, ficaram ali na plataforma. Ficaram quietos, ouvindo a conversa silenciosa, mas de algum jeito murmurada, entre os apóstolos e as pedras, entre os mapas de metal e o firmamento, entre a vista e o vento de penas brancas que roçava de leve seus rostos.

Depois subiram até a sala de meditação. Era uma salinha minúscula, improvável e encantada com estrelas douradas no teto, genuflexórios junto à parede e uma prece grafada em caligrafia dourada circundando o teto abobadado. Jeremy olhou a abóbada e começou a rir. Depois, pegou Nomi nos braços e os dois dançaram pela primeira vez. Segurou Nomi na posição tradicional de dança, deu dois passos para a frente e em seguida mais um. Depois repetiu, dois passos e em seguida mais um, bem rápido. De início, Nomi se atrapalhou um pouco com os pés. Mas Jeremy conduzia com firmeza, e pouco a pouco ela percebeu que se não se concentrasse tanto nos pés eles pareciam saber exatamente para onde ir, sem precisar dela. Dois para trás, um para a frente, dois para trás, um para a frente, e depois de novo e de novo. Quando chegaram ao fim da salinha, Jeremy virou os braços dos dois para diante como uma flecha dupla apontada, e eles voltaram como tinham ido, dois para a frente, um para o lado, dois para a frente, um para o lado. Enquanto se movimentavam sob o olhar da prece dourada, ele sussurrou. Disse: "Isto é tango", e explicou que quando dançassem daquele jeito ela não devia olhar para ele, mas por cima do ombro dele, "como se houvesse alguém, outro homem, chamando sua atenção do outro lado do salão". Ele disse: "O tango é uma história. A história é que eu, o homem, estou tentando conquistar sua atenção, enquanto você, a mulher, está se fazendo de muito, muito difícil. Toda vez que eu viro para você, assim, ou viro você assim, para lá ou para cá, é de um jeito dramático, porque estou tentando desesperadamente fazer você olhar para mim, olhar para mim de qualquer modo. Mas você sempre olha para outro lado, e eu tento de novo". A mão dele comprimia as costas dela, e quando ele se movia, seus quadris, sensuais e vigorosos, levavam-nos adiante. Nomi sentiu o corpo dele junto do dela, e o cheiro dele preencheu sua consciência como algo maior que uma lembrança, uma cápsula do tempo de consciência. Seu cheiro era condimentado, masculino e gentil. Nomi não tinha nem desconfiado que estavam dançando tango, e quando eles prosseguiram não conseguia acreditar que suas pernas estavam cooperando. Não conseguia acreditar que estava dançando. Era capaz de sentir o lugar em que estava no espaço, e não se sentia perdida, nem por um segundo. Sentia a precisão dos passos dele engastando-se em sua alma como uma jóia preciosa. Não conseguia tirar os olhos dele, mesmo sabendo que devia estar atenta para algum outro homem que olhava para ela por cima do ombro dele. Disse para si mesma: "Isso fica para algum outro momento, quando estivermos mais interessados no estilo e menos no impacto novo e antigo deste amor". Olhou nos olhos de Jeremy e ele olhou nos dela, e, mesmo não havendo nenhuma música além da melodia de tango que ele cantarolava para os dois, todo o enredo estava ali presente, em seus olhares entrelaçados — uma boa história, se é que ela sabia o que era isso.

EU ESCREVO:

Ali, acima de Jerusalém, eles inscreveram sua história no Tempo. Envolveram um ao outro com os braços. E ali parados, enlaçados, tiveram o sentimento esquisito de ser escavados, como se a torre fosse magicamente concêntrica com algum distante amanhã, como se naquele exato momento algum arqueólogo do futuro estivesse escavando as ruínas do seu hoje e os encontrasse ali em pé, abraçados, ou encontrasse ao menos os preciosos cacos de seu amor, como pedaços de um jarro de barro que ele devotaria a vida a reunir.

Nomi beijou o peito de Jeremy, ele beijou sua testa, seu rosto. Estavam juntos acima da cidade. Nomi olhou a abóbada azul com suas estrelas douradas. "É",

MEU PAI ESCREVE:

Boaz casou-se com Diana Berkowitz em 17 de dezembro de 1990. Eles moram no Brooklyn, onde são proprietários de um restaurante *kasher de falafel*.

Nomi casou-se com Jeremy Starr em 24 de maio de 1995. Há pouco fiquei sabendo que uma parte da família de Jeremy veio da mesma aldeiazinha da Ucrânia de onde veio minha mãe: Noviye Mlini. Atualmente estou pesquisando a linhagem familiar dele para ver se nossas famílias são primas distantes ou se têm alguma outra relação.

pensou, "este é um lugar antigo que inventamos, mas existe uma argúcia moderna em cada um de nossos movimentos e medidas." E ali ficaram abraçados até ela se transformar no domo e ele nas estrelas, ou talvez fosse o contrário: ele o domo e ela as estrelas. Porém, independentemente da configuração de seu céu particular e da constelação comum a ambos, ela tinha certeza de que havia algo definitivo na exigência que os dois faziam, daquele pedacinho de céu lá em cima.

Deixaram a sala de meditação e voltaram para a torre de observação. Saíram para a plataforma que dava para a Cidade Velha. Nenhum outro visitante subira durante todo aquele tempo. E eles simplesmente ficaram ali, sozinhos, abraçados, escrevendo o tempo todo um código em algum pedacinho crucial da consciência que havia dentro deles, mas que estava simultaneamente fora e distante no horizonte circunspecto.

E ali ficaram eles na plataforma, acima de Jerusalém, beijando-se, enquanto muito longe dali, no pomar de uma outra existência, dois fantasmas cansados eram alegremente aliviados do belo encargo de assombrar aquele par.

EPÍLOGO

EU DIGO:

Jeremy, sempre que estou no pomar, vejo nas folhas infinitas imagens. Primeiro vem uma brisa, depois os ramos se mexem, mas não por muito tempo. Quando o ar de novo se acalma, as folhas estão diferentes. Pintadas com a gente que conheci. Fico no meio das árvores, cercada por esses pequenos fantasmas que parecem fazer parte do crescimento anual. O ciclo que transforma seiva em força, botão em flor. Sempre penso se sou a única a ver essas imagens. Mas como ninguém fala nada a respeito delas, passei a acreditar que todos as vêem e por isso o pomar é uma arena para uma história que tem de ser decifrada não por meio de palavras, mas por meio de expressões, não por meio de som, mas por meio de um silêncio delicadamente escrito. Tento ler as palavras em voz alta. Entretanto, são elas que me lêem, e me vejo mudamente pronunciando sílabas de uma história que não permitirá que eu envolva seu esqueleto em som comum. Quando isso acontece, eu giro.

Giro, giro, giro, com as mãos estendidas e os olhos fechados e o sol é tão alto e o calor fica insuportável.

Você desvia os olhos de mim, e olha para a árvore de Jafa ali perto. Parece estar examinando a árvore à distância. Logo diz: "Acho que sei do que você está falando". E aponta a árvore e lê os nomes nos ramos. Você aperta os olhos porque o sol está forte e diz: "Nomi era uma escritora e Jeremy, um cientista". Escuto o resto da história em minha cabeça. Sinto o nosso capítulo deslizando para o olhar. Trabalhamos juntos, apertando as células embrionárias no lugar; depois afasto um galho mais alto e você enfaixa a machucadura e abençoa. Você diz: "Nomi era religiosa de um jeito indireto". Eu digo: "Jeremy era um amante de todos os jeitos". E as árvores colocam a pontuação. Tantos pontos de exclamação, tantas frases que se juntam porque nossos corpos estão ligados, nossas almas constantemente se tocam. E, no entanto, conseguimos nos ler. Continuamos caminhando pelo pomar, até os pomares mais abaixo. O céu está azul e o ar está fresco, mas não frio. Vou atrás de você, nossos pés fazendo ruídos rítmicos e estáticos, e de vez em quando um de nós se detém para tirar um picão grudado na calça. Enfim, você pára num limoeiro qualquer. E ficamos parados ao lado da árvore, ouvindo a nós mesmos contando e sendo contados para a paisagem. Você segura a ponta de um galho na mão e puxa um pouquinho, de forma que o galho balança ligeiramente.

A árvore é rugosa, seu tronco, velho como pele de elefante, e os ramos, generosamente fragrantes. Conto para você que os limoeiros são as únicas árvores que dão fruta, flor e botão ao mesmo tempo. E depois aponto, mostrando que os botões, as flores e as frutas estão todos juntos na árvore. Os três processos vitais simultâneos, ciclos que se sobrepõem. Em volta da base do tronco, os chazirim, *os porcos, os espinhos do velho porta-enxerto. Temos de tomar cuidado com eles. Eu vejo você. Você andando em volta da árvore. Cien-*

tista que é, você examina a árvore. Suas mãos entre as folhas verde-escuras. Você faz um limão ainda novo, verde-escuro, repousar na palma da mão, e mexe a mão de leve para cima e para baixo, como se pesasse a fruta. O sol faz reflexos em sua barba e no seu cabelo. Vejo você, seus olhos azuis sorrindo. Aqui está o nosso fruto, neste momento, aqui as nossas flores, nosso amor, aqui o nosso futuro, nossos pequenos embriões de limões verdes prometendo uma colheita futura, e aqui os nossos espinhos, nossos segundos separados, nossos anos apartados, duros, saindo do chão para todos os lados. E aqui está de novo o nosso fruto, este momento significativo. Você circunda a árvore inteira e nos damos as mãos.

Meu amor, estive muito tempo no pomar sozinha. Vejo você vindo até mim. Ouço os seus passos. Vejo você se abaixando para evitar os arranhões dos galhos. Você está usando uma camisa azul e branca e calça jeans. Eu estou com uma blusa preta justa e jeans também. Você pára diante de mim. Estendo a mão para você. Encosto a testa em seu peito. Você respira em meu cabelo.

É uma história, como as outras. Uma história contada com pedras enterradas. Cavamos no pomar da família e encontramos as pedras, as próprias. Pego-as na mão, chatas na minha palma, e uso as palavras que ela nunca me ensinou. "Aqui viveu um antigo palhaço babilônio, aqui viveu uma princesa fenícia, aqui viveu um batedor de trigo, e um fabricante de sabão, e um mestre-tintureiro cujos dedos eram um de cada cor." Sei essas palavras não porque minha avó as contou para mim, porque ela não contou. Sei porque também vivi nesta casa. Estava lá muito antes de as pedras aflorarem à superfície, escondendo seus encantos e horrores à plena vista. Cavamos. Juntos vamos ao pomar e cavamos fundo.

Estamos de joelhos. Eu me viro, seguro sua mão na minha e digo: "Aqui viveram mil gerações de frutas, de amor e poeira familiar". Pego as pedras e nada digo. Quando falo de novo, sei que deixei o reino das pedras e caí, ou talvez subi, para o reino onde as histórias não são feitas de pedras, mas de ar, e onde contar é respirar. Ofego. Digo: "Esta pedra um dia se ofereceu às mãos do homem que trabalhava neste jardim". Digo: "Ela surgiu do solo e se ofereceu a ele como um presente". Você segura as minhas mãos. A pedra cai com um baque no chão. Olhamos à nossa volta, sentindo que não estamos sozinhos; o pomar, embora vazio de outras pessoas, parece lotado.

Ambos sabemos por que estamos aqui. Porque eu voltei e continuarei voltando a este pontinho de terra, este pomar, esta biblioteca. Sabemos que meu falar é na verdade uma leitura e que nós dois juntos apertaremos nossos corpos retrospectivamente nas páginas do livro que cresce aqui, no solo deste pomar.

Conversamos com a árvore dupla. Quando nos aproximamos, temos de nos abaixar bastante para evitar que seus ramos nos arranhem. Você é tão alto, tem de se abaixar mais do que eu. Sorrimos por isso. Quando chegamos aos troncos gêmeos, você coloca a mão entre eles, no grosso V onde os dois se fundem. Você ainda está agachado. Eu quase posso ficar em pé. A fruta ainda não está madura, e estamos cercados de todos os lados por muitas laranjinhas precoces de duas variedades. É perfumado, adoravelmente penumbroso, e tão bonito aqui.

O silêncio do pomar é um silêncio farfalhante, um silêncio de galhos tocando outros galhos, um silêncio pontuado pelo estalido da queda ocasional de uma fruta precoce ao chão. Conto a você que a palavra history, *"história", vem da raiz grega* istor, *que quer dizer "conhecimento" ou "saber". Depois digo-lhe que a minha história não é verdadeira em sua raiz porque nada sei. Você estende os braços e vou ao seu encontro. Sigo-o, de novo me abaixando para sair do meio dos galhos. Caminho entre os seus braços e paramos juntos no meio do pomar. Você sussurra: "Então não me conte a sua história, conte o que tomou o seu lugar. Me conte a história da história. Me conte a raiz mentirosa".*

Pergunto: "Como contar uma raiz mentirosa quando se é um dos ramos vivos?".

Ficamos calados por um tempo que parece muito longo. E eu lhe conto que sei uma coisa. Digo: "Sei muitas histórias". Você sorri. Eu continuo falando. Digo: "Sei muitas histórias sobre eles. Sei a história dos gêmeos, da árvore dupla, de Avra, a ladra, minha avó e a granada, meu avô na motocicleta percorrendo as areias do Líbano. Sei de Esther e Yochanan e sei do rabino que foi morto enquanto almoçava, sentado na sala". Estou excitada e falo alto, gesticulando com as mãos para você e para as árvores. Você diz: "Me conte todas as histórias. Uma por uma".

Nos abraçamos na mangueira. Eu me pergunto, Jeremy, qual parte de nossas vidas é ficção hoje: a parte que vamos simplesmente esquecer ou a que vamos recusar recordar? Serão meus braços que rodeiam seu pescoço, seus ombros? Ou serão seus olhos que vasculham o céu enxergando agora um pássaro muito grande a sobrevoar o pomar, na direção da água? Eu me pergunto: que parte de nossas vidas é ficção hoje? Que parte os nossos filhos, ou os filhos dos nossos filhos, terão de inventar quando tentarem saber quem éramos nós, quem não éramos? Terão de inventar o modo como você está me olhando agora? Sua cabeça ligeiramente inclinada para a direita, seus olhos galanteadores e penetrantes, seus lábios macios voltados para cima e entreabertos? Terão de inventar o jeito como você está, me beijando em código, apertando os lábios no alto de minha cabeça? Terão de inventar nossa postura, nossa história, nossa paixão, nossos corpos plantados neste lugar, abraçados no vento do começo da noite? Terão de inventar as histórias em que pisamos agora? Enfio os dedos dos pés no solo. As histórias enterradas sob nossos pés? Ou terão de tecer redes para pegar aquelas que voam acima de nossas cabeças, as histórias que narram nossas almas, nossas almas galopando as nuvens, voando para o horizonte como pombos livres? Eu me pergunto. E me pergunto também que parte de nossas vidas é verdade hoje. Será a verdade estas palavras que registro agora? Ou as palavras que sussurro em seu peito quando nos abraçamos? Ou as palavras ainda presas no fundo de minha garganta, todas as que eu talvez nunca escreva, nunca sussurre, nunca pronuncie?

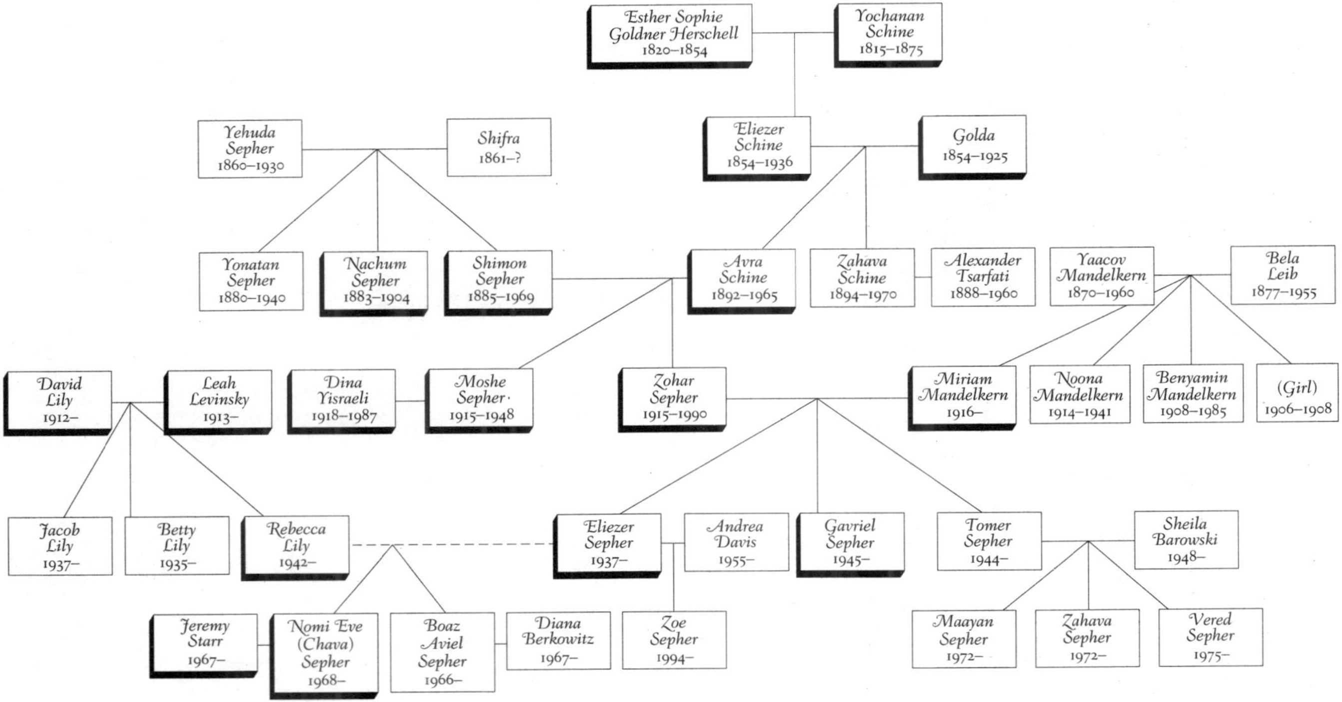
Esther Sophie Goldner Herschell 1820–1854
Yochanan Schine 1815–1875
Yehuda Sepher 1860–1930
Shifra 1861–?
Eliezer Schine 1854–1936
Golda 1854–1925
Yonatan Sepher 1880–1940
Nachum Sepher 1883–1904
Shimon Sepher 1885–1969
Avra Schine 1892–1965
Zahava Schine 1894–1970
Alexander Tsarfati 1888–1960
Yaacov Mandelkern 1870–1960
Bela Leib 1877–1955
David Lily 1912–
Leah Levinsky 1913–
Dina Yisraeli 1918–1987
Moshe Sepher 1915–1948
Zohar Sepher 1915–1990
Miriam Mandelkern 1916–
Noona Mandelkern 1914–1941
Benyamin Mandelkern 1908–1985
(Girl) 1906–1908
Jacob Lily 1937–
Betty Lily 1935–
Rebecca Lily 1942–
Eliezer Sepher 1937–
Andrea Davis 1955–
Gavriel Sepher 1945–
Tomer Sepher 1944–
Sheila Barowski 1948–
Jeremy Starr 1967–
Nomi Eve (Chava) Sepher 1968–
Boaz Aviel Sepher 1966–
Diana Berkowitz 1967–
Zoe Sepher 1994–
Maayan Sepher 1972–
Zahava Sepher 1972–
Vered Sepher 1975–

MANUAL DE TERMOS DE FRUTICULTURA

MEU PAI ME DIZ:

Pardessanim, *os trabalhadores do pomar.*

A cidade em que meu pai cresceu, Petach Tikvah, era o centro da produção de frutas cítricas da Palestina. Quase todos os homens da cidade e muitas das mulheres trabalhavam nos pomares. Meu avô, Shimon, era um verdadeiro *pardessan*, um "pomareiro" de verdade. Shimon era plantador de citros e gerente dos pomares de citros. Levou meu pai e meu tio com ele para o pomar no dia em que eles começaram a andar. Durante muitos anos, a situação financeira da família foi desesperadora. Quando os gêmeos concluíram oito anos de escola, o pai lhes deu pás e enxadas de cabo curto (*túria*) e os dois passaram a trabalhar em período integral nos pomares. Mas muito antes disso eles já ajudavam nos pomares. A túria, a faca de enxertar e o serrote foram parte integrante da vida de meu pai. Ele chamava a *túria* de "violino", e ensinou a mim, a meu irmão e a muita gente a "tocar".

Minha mãe também trabalhava nos pomares. Era ótima empacotadora. Logo que ela e meu pai se casaram, o assentamento dependia muito fortemente das exportações de citros para ganhar dinheiro. Cada laranja era preciosa, como ouro. Naqueles dias, era preciso uma habilidade real para empacotar as frutas nas caixas de madeira. Eram empacotadas frescas, direto das árvores do pomar, de tal forma que não ficassem machucadas no caminho do mercado. Minha mãe era uma especialista e meu pai estava sempre elogiando o fato de ela ser a empacotadora mais rápida e mais cuidadosa.

Quando Shachar foi fundada, em 1932, os moradores plantaram porta-enxertos de limeta (lima-da-pérsia). Um ano depois, esses porta-enxertos já estavam prontos para a enxertia e os aldeões mandaram buscar enxertadores experientes em Petach Tikvah. E quem foi que veio para Shachar? Meu pai! Sem saber, ele efetivamente enxertou o seu pomar futuro. Foi uma coincidência incrível. Claro que ele e minha mãe acabaram se mudando para Shachar, e durante o resto da vida meu pai trabalhou no mesmo pomar.

Shorishim, *raízes*

A primeira coisa que se faz, independentemente do tipo de enxerto que se pretende utilizar, é plantar o porta-enxerto ou cavalo. O porta-enxerto é feito com uma variedade de citros cujo fruto não é bom para comer: amargo demais, cheio de sementes, difícil de descascar etc., mas cujas raízes são muito resistentes. Alguns porta-enxertos são mais adequados do que outros para determinada variedade de citros; por exemplo, as clementinas se dão melhor, produzem mais frutos, se enxertadas em cavalos de limeta.

São exemplos de porta-enxertos a limeta (uma espécie de limão doce) e a *chushchash*. A limeta é boa para solos leves e arenosos. Normalmente a produção anual de uma variedade enxertada em limeta é bastante estável de ano para ano, porém sua vida útil é relativamente curta. A *chushchash* é mais adequada para solos pesados, que não drenam água bem. Ainda que seu tempo de vida seja muito longo, a produção é em grande medida variável.

Após o porta-enxerto crescer até aproximadamente sessenta centímetros, corta-se o topo para ele lançar ramos laterais. Depois disso, conservam-se três ou quatro desses ramos e corta-se o resto. Quando estão com quase três centímetros de grossura, pode-se enxertar em cada um deles uma variedade diferente. Do dia em que se planta o porta-enxerto até o dia do enxerto leva-se cerca de um ano.

Klei Avofah, *ferramentas*

A faca de enxertia é na verdade como um canivete, mas o outro lado é chato, de modo que pode ser usado para separar os lábios da casca sem danificá-la. A parte chata, que se chama colher, antes era feita de osso, mas hoje é feita de plástico. Tenho uma faca de enxertia em casa. Na verdade, tenho também a de meu pai, a última que ele usou.

A túria é manejada como se fosse uma picareta. É impulsionada para a frente por cima do ombro para cavar um buraco no chão. Tem cabo curto, e uma colher ou pá bastante grande. O uso da túria deixa o corpo literalmente quebrado. O trabalhador tem de se curvar constantemente. Mas com a túria é possível fazer muita coisa. O trabalho rende mais do que quando se usa um *maader* de cabo mais comprido. O cabo curto da túria fornece muito mais alavancagem e potência do que a pá comum ou o *maader*. Emprega-se a túria para abrir buracos em volta de uma árvore para fins de irrigação ou para desenraizar ervas daninhas de grande porte. Pode também ser usada para roçar ou cavar qualquer tipo de buraco para quaisquer das inúmeras necessidades do plantio. Muito difícil de ser encontrada nos Estados Unidos, a túria é uma das ferramentas de pomar mais comuns em Israel. Um amigo me disse que talvez os americanos não gostem da túria porque o movimento de inclinar o corpo evoca o trabalho escravo. Pode ser.

O serrote, lógico, é essencial. Normalmente o fruticultor usa diversos tipos de serrotes. O mais útil é um de dentes afiados para uso geral. É indispensável para fazer cortes nos troncos. Contudo, para a poda de galhos se utiliza um serrote mais estreito, mais parecido com uma faca, que corta bem e se encaixa melhor em pontos difíceis de atingir.

A pá é empregada para cavar todo tipo de buraco. Assim que uma fileira está plantada, porém, ela se faz menos necessária, embora tenha de estar sempre à mão, claro.

Harkavot, *enxertos*

Existem três tipos de *harkavot*, ou enxertos:

1) *Ayin* (enxerto de olho) [borbulhia ou escudagem];

2) *Temach* (enxerto de suporte) [subenxertia, encostia ou *inarching*];

3) *Rosh* (enxerto de cabeça) [sobreenxertia ou garfagem].

Em Shachar, ao longo de cinqüenta anos, usamos os três tipos de enxertos sucessivamente a fim de prolongar a vida das árvores e tornar os pomares mais rentáveis mudando de variedade sem sacrificar a força de crescimento de plantações já estabelecidas.

Harkavat ayin, *enxerto de olho*

"No começo da década de 1930, plantaram-se porta-enxertos de lima-da-pérsia em Shachar e um ano depois enxertaram-se laranjas-de-Jafa nesses porta-enxertos. Foi utilizada a técnica *ayin*, ou técnica do olho. Nessa técnica, toma-se um galho novo da variedade que se quer enxertar — no caso, as laranjas-de-jafa. Os ramos têm de ter menos de dois centímetros de diâmetro, têm de parecer um chicote comprido. A cor é geralmente verde-claro, ao contrário do verde-escuro acinzentado dos ramos mais velhos. A enxertia é uma clonagem, não uma multiplicação sexual por flor. O que se procura num broto é um grupo de células embrionárias [meristemáticas]. É preciso um ramo muito novo com células muito novas. Na base de cada folha do ramo novo há um nódulo na pele. Em hebraico esse nódulo é chamado de *ayin*, olho [borbulha ou gema]. É composto de células embrionárias, que ainda não têm uma função determinada, e nas condições corretas podem se desenvolver em praticamente qualquer porção da árvore. É esse nódulo que se quer ligar ao porta-enxerto. Cortá-lo sem causar danos consiste no passo mais delicado de todo o processo de enxertia. Com a tesoura de poda faz-se um corte na casca em volta da base da folha e do nódulo. Depois, com a faca de enxertia, corta-se um pedaço da casca em forma de flecha, devendo ser removido o pedaço do galhinho que se pretende clonar. A flecha tem de ter quase três centímetros de comprimento e menos de um de largura. No porta-enxerto, corta-se um T de cabeça para baixo. O que se tem de fazer é soltar a casca do ramo com muito cuidado, usando a colher da faca de enxertia. É como se fôssemos abrir esses lábios a fim de neles introduzir o corte do galho. Em seguida, corta-se a base do galhinho de modo que se encaixe exatamente dentro do T. Antigamente, o enxertador costumava passar para a árvore seguinte, enquanto uma mulher vinha atrás e amarrava o enxerto com ráfia. A ráfia, originária de uma planta talvez parecida com o papiro, é uma fita natural, com que se fazem cestos. A qualidade do enxertador podia ser avaliada de duas maneiras. Primeiro, pelo resultado, claro, isto é, quantos enxertos efetivamente pegavam. E segundo, pelo número de mulheres que tinham de ir atrás do enxertador para fazer a amarração. Meu pai era um profissional, iam quatro mulheres atrás dele, e elas nunca o alcançavam. Hoje em dia não se usa mais ráfia, mas uma fita plástica. E o próprio enxertador faz a amarração, enrolando a fita no corte de forma que fique isolado do ar, deixando apenas o nódulo exposto.

Semanas mais tarde, os jovens galhos e as folhas começam a crescer do nódulo. Depois de cerca de seis meses pode-se cortar o galho do porta-enxerto acima dessa brotação. Com o tempo, o porta-enxerto funde-se com o enxerto, não cresce abaixo dele. É assim que se cria uma árvore madura, produtiva, por meio da utilização da técnica *ayin*.

Harkavat temach, *enxerto de suporte*

A técnica seguinte é a *temach*, ou enxerto de suporte. É a mais interessante e realmente o enxerto mais maluco, porém é o mais comum. É utilizado para mudar o porta-enxerto. Em meados dos anos 50, em Shachar, meu pai e outros *pardessanim* previram que as bases de limeta de suas laranjeiras-de-Jafa durariam apenas vinte anos mais. Diante disso, o que eles fizeram para prolongar a vida das árvores foi literalmente substituir as raízes. Uma árvore cítrica geralmente tem o tronco pequeno, não mais de trinta e poucos centímetros de altura, e muitos galhos grossos que saem do tronco, como dedos. O que se faz no enxerto *temach* é transformar esses cinco galhos em troncos de novas árvores subsidiárias [pernadas].

Primeiro, pegam-se mudas *chushchash* de um ano. A *choushchash* tem de ter menos de dois centímetros de diâmetro. Depois, passa-se uma mangueira de água por baixo da árvore — para determinar os melhores lugares para o plantio. O que se pretende com isso é encontrar pontos localizados entre as raízes originais da árvore. Usando a água, cavam-se buracos e plantam-se as mudas. Para cada ramo, planta-se uma muda. Em seguida, abre-se a ponta da muda e corta-se uma janela retangular na casca de cada galho de laranja-de-jafa. Encaixa-se a machucadura da muda nas janelas retangulares dos galhos e prendem-se as mudas com pregos muito finos e um selante. É preciso tomar cuidado porque não se devem rachar as mudas ao cravar o prego. As mudas devem crescer numa diagonal da árvore principal para o solo, como o lado de um triângulo. Deve-se ter cuidado para não forçar a muda, que deve ficar numa posição natural. Se for plantado muito baixo, o porta-enxerto se curva e não pega.

Se uma árvore tem cinco galhos principais, plantam-se cinco enxertos *temach*. Os galhos vão ficando mais grossos e os enxertos cicatrizam. Podem-se cortar os ligamentos entre os cinco novos "troncos" e o tronco original logo abaixo do enxerto. Com o tempo, o tronco original murcha e morre, enquanto os novos troncos, ancorados e nutridos pelas raízes novas, ficam mais grossos que o original. Se as raízes enxertadas tiverem sido bem plantadas, elas dominarão as raízes principais, ancorando as novas árvores irmãs no lugar por mais cinqüenta anos. Os ramos superiores dessas árvores irmãs se embaraçam e geralmente não se podem separá-los, uma vez que são parte de uma mesma árvore.

"Descobri o truque da água sozinho. São tantas as raízes junto à árvore já estabelecida que não é fácil encontrar um lugar para plantar o *temach*. Com a água, dá para encontrar espaço entre as raízes. Senão, arrebentam-se os dedos cavando para achar o lugar certo."

Harkavot rosh, *enxerto de cabeça*

Neste enxerto faz-se o oposto do *temach*. Em vez de substituir as raízes, substitui-se o tronco. É útil em pomares antigos de árvores grandes, cujos troncos são bem grossos e cujas raízes ainda são boas. Corta-se a árvore, a uma altura entre trinta e sessenta centímetros do chão, fazendo um corte horizontal muito plano. Cuidadosamente separa-se a casca da árvore e espetam-se ramos bem novos da variedade que se quer cultivar entre a casca e o cerne. Esses ramos devem ser muito finos. Antes de inseri-los, corta-se a parte de baixo dos ramos como quem aponta um lápis.

Meu pai usou essa técnica para rejuvenescer seu pomar na última década de sua vida. As laranjas-de-jafa perderam prestígio nos anos 80. O mercado internacional praticamente parou. Então meu pai cortou as laranjeiras-de-Jafa. Deixou apenas o porta-enxerto, as *chushchash* que eu havia plantado nos anos 50. Em cima deles, enxertou tangerinas-mineola, criando um pomar de árvores que cresceram muito depressa por causa da maturidade das raízes de segunda geração. Em apenas três anos já eram árvores grandes. Ah, eram uma coisa! Por causa do enxerto anterior (*temach*), eram quatro ou cinco árvores agrupadas, e por causa do enxerto novo (*rosh*) os ramos eram lindamente novos, mas também muito fortes e frutíferos. Agricultores, fazendeiros, professores, até funcionários do governo vinham de todos os lados de Israel para ver aquele belo pomar jovem/velho. O último trabalho que fiz com meu pai no pomar foi cuidar dessas árvores de mineola.

Chazirim, *porcos ou espinhos*

O porta-enxerto pode produzir brotações laterais. Elas se projetam da terra na base da árvore. Em hebraico são chamadas de *chazirim*, porcos. A razão disso é que sempre contêm algumas células embrionárias jovens [meristemáticas], embora sejam raízes, e essas células tentam se desenvolver como árvores irregulares.

É característico que os ramos que brotam das raízes sejam muito mais espinhosos que os normais. E se se permitir que produzam, o resultado serão laranjas espúrias. Os espinhos são realmente grandes e bastante perigosos. Às vezes, saem do solo a certa distância do tronco da árvore.

Etz Kaphool, *uma árvore dupla*

Para produzir uma árvore dupla, há duas opções:

1) o *Harkavat ayin* (enxerto de olho);

2) o *Harkavat rosh* (enxerto de cabeça).

Se o que se deseja é obter uma árvore dupla com o enxerto *ayin*, enxertam-se diferentes variedades de ramos cítricos em um porta-enxerto de um ano. No caso de se utilizar o enxerto *rosh*, inserem-se diferentes variedades de ramos cítricos entre a casca e a madeira de um tronco que tenha sido cortado com altura entre trinta e sessenta centímetros. Com qualquer uma das técnicas fazem-se facilmente árvores duplas, triplas, até quádruplas. É importante lembrar também que uma árvore dupla não é *kasher*. Segundo a lei judaica, não se podem misturar variedades. Por isso as frutas do resto de nosso pomar são colhidas para venda, mas sempre guardamos as frutas da árvore dupla para nós ou nossos amigos.

Hadarim, *Citros: origem*

"A fruta cítrica é nativa das regiões meridionais da China, onde a árvore foi aperfeiçoada durante milhares de anos. Em alemão, a fruta é chamada de *Apfelsine* (maçã-da-china). O citro é uma árvore subtropical que não sobrevive abaixo da temperatura de congelamento. Ao que tudo indica, a fruta foi levada para fora da China em sementes, principalmente por marinheiros. E assim se espalhou pelo Sudeste da Ásia, pela península arábica e pelo Oriente Médio. O *etrog* (cidra), o *housh hash* (laranja-azeda) e o limão já existiam em Israel na época do Segundo Templo. Os árabes, ao conquistar a bacia do Mediterrâneo nos anos 600, levaram árvores cítricas para todos os países da bacia, sobretudo para Israel, Líbano, Egito e o resto do Norte da África, e para a Espanha. Os espanhóis, por sua vez, levaram o citro para o Novo Mundo.

"A fruta cítrica se popularizou por seus numerosos atributos. As árvores são muito decorativas, verdes o ano inteiro e, quando florescem, são sempre muito bonitas. As flores produzem um perfume maravilhoso, assim como as frutas e as folhas, e seu valor nutritivo é bem reconhecido. Os marinheiros usaram as frutas cítricas para combater o escorbuto (principalmente limões). Isso talvez explique o sucesso dos citros na África do Sul, porque o cabo da Boa Esperança era um importante ponto de parada das expedições daquela época."

Variedades de citro

"Todas as variedades de citro fazem parte da mesma espécie. Por isso é que se pode enxertar uma espécie na outra sem rejeição. As variedades podem ser divididas em dois grandes grupos: as que são cultivadas comercialmente para consumo, e os porta-enxertos ou cavalos. Estes últimos apresentam todas as vantagens no que se refere a variedade de solos, clima, resistência a doenças. Porém a fruta do porta-enxerto nunca é saborosa.

"A categoria comercial pode ser dividida em quatro grupos principais de frutas: laranjas, tangerinas, limões, *grapefruit*."

Laranjas

"Entre as variedades mais famosas de laranja encontram-se a de umbigo, a de Jafa, a de Valência, *shamuti*, sangüínea (*sanguinelli*)."

Tangerinas (ou mexericas no Brasil)

"Entre as variedades mais famosas de tangerina encontram-se satsuma, clementina, michal, tangelo, nova, murcote, Dancy, mineola e Yosefefendi (Senhor José em árabe)."

Grapefruit

"Um fato interessante a respeito da *grapefruit* é que, na árvore, ela cresce em cachos, como uvas. Daí o seu nome em inglês *grapefruit* (*grape* significa "uva"). Em hebraico é chamada de *eshkolit* — *eshkol* quer dizer “cacho de uvas”. Entre as variedades mais interessantes de *grapefruit* encontram-se o pomelo e o pomelite. O pomelo é extremamente grande e pesado, de casca muito grossa. É usado em geral para fazer geléia. A fruta em si é muito carnosa. O pomelite é uma criação recente, uma mistura de *grapefruit* e pomelo desenvolvida em Israel. É menor que o pomelo e sua casca é muito mais fina, como a da *grapefruit*.”

Limão

“O limão é uma variedade única porque pode frutificar ao longo do ano inteiro. Neste caso, têm-se flores, pequenos limões, bem como limões grandes e maduros na árvore ao mesmo tempo. As variedades de limão geralmente têm espinhos que podem ser muito dolorosos.”

A estação de amadurecimento

“A estação cítrica no hemisfério norte tem início em setembro e vai até o começo do verão. A estação de cada variedade dura entre dois e três meses. A satsuma amadurece no final de setembro. As clementinas também. A michal amadurece em outubro. A nova e a murcote um pouco depois, em novembro. A laranja-de-umbigo amadurece de outubro a novembro. A laranja-de-jafa, do final de novembro até o começo de janeiro. A Valência (também chamada de laranja-tardia) amadurece em abril. A estação do limão é no começo do outono, mas dura mais, e diz-se que algumas espécies produzem fruta o ano inteiro, embora a colheita do verão seja menor. A *grapefruit* tem a estação mais longa: de novembro até o final da primavera.”

Comercialização

Originalmente, as tangerinas não eram exportadas por serem menores e por possuírem a casa fina e uma vida comercial muito curta.

Hoje, com a grande velocidade dos transportes, com veículos mais rápidos, até com ar-condicionado, e com a via aérea, cada vez com mais freqüência as variedades de tangerina se tornam populares para exportação. Essa situação passou a predominar quando foram desenvolvidas novas variedades sem sementes (como as tangerinas michal e espanhola sem sementes). Laranjas, limões e *grapefruits* sempre foram exportados e também vendidos no mercado interno.

Muitas variedades de citro — a maioria mesmo — estão maduras e bastante saborosas inclusive quando a casca ainda está muito verde. O transporte e a exportação da fruta nesse estágio prolongam muito a sua vida comercial, mas o consumidor tende a não comprar a fruta verde, pois acredita que frutas quando verdes ainda não estão maduras. Por essa razão, desenvolveram-se métodos artificiais para tornar alaranjadas frutas de cor verde já maduras.

Mais um fato interessante

Em hebraico, a palavra para citro, *hadar*, significa "esplendor" ou "glória". A expressão bíblica *Pri Etz Hadar* (fruto da boa árvore) refere-se à *etrog* ou cidra. A fruta cítrica só é mencionada na Bíblia uma vez (que eu saiba) em Levítico 23:40: "No primeiro dia, tomareis para vós outros os frutos de árvores formosas...".

AGRADECIMENTOS

Eu não teria podido escrever este livro se meu pai não tivesse se dedicado a explorar a história de nossa família. Minha escrita nasce do solo de sua pesquisa apaixonada. A cada palavra, a cada página, sou grata a meu pai e à *sua obra*. Além disso, em todos os estágios da escrita deste livro, tanto minha mãe como meu pai me ajudaram na pesquisa. Estavam constantemente respondendo a perguntas sobre pontos pequenos, grandes e bastante obscuros, e também saíram em busca de recursos para mim. Sou grata a eles.

Durante muitos anos, vivi neste livro. Evidentemente esse arranjo funcionava bastante bem para o meu texto, mas era péssimo para o meu bolso. Tenho muita gente a quem agradecer por me apoiar de várias maneiras enquanto eu me dedicava exclusivamente à escrita. Devo muito a meus pais: minha mãe, Rita Rosen Poley; meu falecido padrasto, Arthur Poley; meu pai, dr. Yehoshua Buch; e minha madrasta, Debbie.

Um laptop não é lá muito eficiente para nos proteger dos elementos. Muita gente abriu as portas para mim e permitiu que eu instalasse minha vida em suas casas e corações, além do meu computador na mesa de suas cozinhas. Nos Estados Unidos, serei para sempre devedora a Burt, Joan, Abby,

Max e Zach Horn; a Nancy e Greg Vorbach, Sue Sherr, Sue Standing, Sandy Bodzin, Shoshana Gross, Ora Pearlstein, Mindy Gellman; Margo Borden; a Lisa Padalino, excepcional professora de dança; a Peri Buch; Ida e Sam Rosen; Nelson e Jeanne Rosen; Ivan, Lynn, Jennifer, Danielle e Adam Horn; Phyllis, Earl e Charles Epstein; e às famílias Poley, Hyman e Saunders.

Quero agradecer também a Andy e Karen Schloss; Karen é quem assina a versão original da árvore genealógica presente ao longo de todo este livro.

Em Israel, sou grata a Rivka Buch; Merav, Michal e Orna Buch; Udi Buch; Noadia Heldig; Aviva Pele e Jochanan Mintzker; Eti Peleg; Lon Pele; Menacham, Dalia, Alex e Eli Kaplan; Nadav, Orli, Noa, Dana e Micha Kaplan; Eli Buch e toda a família Buch por afinidade; a Jessica Steinberg; Alan, Eli e Missy Stein Goldman; a Harold Messinger; Yoni Gordis; e Arie, Maya, Daniele e Roee Ofir; a Yael e Nissim Dahan, Arik e Michal Kaplan, Tami e David Politi e todos os seus filhos maravilhosos.

Tenho de agradecer a meu querido Aleister, que fui visitar por um fim de semana e nunca mais o deixei.

Sou eternamente grata a meus professores Paul West e John Moore.

E gostaria também de agradecer à colônia MacDowell. Foi em minhas temporadas ali que escrevi partes cruciais deste romance.

E gostaria de agradecer às pessoas que ajudaram meu livro a encontrar a sua casa. Sou grata a Danzy Senna, Amanda Urban, Jordan Pavlin, Sonny Mehta e Marty Asher.

Por último, sou grata à memória de minha falecida tia-avó Sarah Kaplan e à memória de meu falecido avô, Peretz Buch. Ele era chamado de *Mar HaPardess*, sr. Pomar. Sem nenhuma dúvida, todas as árvores de minhas páginas foram cuidadas por suas mãos hábeis.

Meu livro é para, é sobre e foi escrito por causa da família. Em último lugar, agradeço à minha família, próxima e distante, nomeada ou não nomeada. Para todo o sempre estarei catando gravetos para escrever seus queridos nomes no chão do pomar.

Os seguintes livros foram de grande ajuda para o meu trabalho: A *View from Jerusalem 1849-1858: The Consular Diary of James and Elizabeth Anne Finn*, editado por Arnold Blumberg; *Israel Guide*, de Zev Vilnay; *The NILI Spies*, de Anita Engle; A *History of Israel*, de Howard M. Sachar; e *The Timetables of Jewish History*, de Judah Gribetz, Edward L. Greenstein e Regina S. Stein. Agradeço também aos cavalheiros que me mandaram e-mails de todo o mundo (Escócia, Inglaterra, Israel, Japão!) e que me ajudaram a identificar a motocicleta de meu avô. Meus aplausos aos "fãs da Rudge".

GLOSSÁRIO

Amaleque ou *amalek*: povo de Amalek, amalecitas ou amalequitas, da origem *malak*, amputar membros, decapitar. Os amalecitas seriam adeptos da prática de amputar prisioneiros.

Baal Shem, ou *Baal Shem Tov* ("O que tem bom nome"): cognome de Israel ben Eliezer, fundador do movimento religioso e social denominado "chassidismo".

Babkes (iídiche): prato típico da cozinha judaica, consiste de bolo feito com café e temperado com casca de laranja, rum, amêndoas e passas.

Bagel (iídiche): prato típico da cozinha judaica, consiste de pãozinho em forma de argola temperado com gergelim.

Bar Mitzvá: a partir dos treze anos, o jovem judeu é *bar mitzvá*, obrigado a cumprir leis e mandamentos. Trata-se da maioridade, a partir da qual passa a ser responsável por seus atos. O evento em si e a solenidade da recepção de um novo membro pela comunidade também são denominados *bar mitzvá*.

Blintzes (iídiche): folhados de queijo.

Bris (iídiche): o mesmo que *brit*.

Brit (abreviação de *Brit Milá*): literalmente, "pacto da circuncisão"; alusão ao pacto de Abraão com Deus. A circuncisão, ou a comemoração da circuncisão, é feita no oitavo dia a partir do nascimento da criança de sexo masculino.

Chalá: pão trançado, ritual, comido no *Shabat*.

Chushchash: espécie de fruta cítrica, de cor mais intensa do que a laranja e de gosto amargo; é apropriada para fazer geléia.

Dunam — medida de área em Israel. Dez *dunams* equivalem a um hectare.

Falafel: prato popular israelense, vendido em quiosques. Dentro de uma *pita* (pão árabe) são colocadas bolinhas fritas de massa de grão-de-bico, salada, maionese e diversos temperos.

Haftará: trecho do livro dos profetas lido na sinagoga depois da "*Parashat haShavua*"; o trecho da Bíblia lido durante a semana e nas festas.

Hamandat Habriti: mandato britânico; sistema de governo vigente na Palestina entre 1917 e 1948, sob a dominação britânica, em substituição ao Império Otomano (Turquia), após a derrota dos turcos na Primeira Guerra Mundial.

Hamantaschen (iídiche; lit. "orelhas de Haman"): pasteizinhos doces, assados, triangulares e recheados com doces de fruta (uva, ameixa etc.).

Ieshivá (lit. ato de se sentar): escola tradicional judaica dedicada ao estudo dos livros sagrados. Seminário rabínico.

Iom Kipur: Dia da Expiação, Dia do Perdão, em que os judeus jejuam e pedem a Deus a remissão dos pecados cometidos durante o ano.

Iyar: ver *Meses*.

Kadish: a oração aos mortos.

Kasher: o alimento apropriado para a alimentação, de acordo com as normas da religião. A carne deve vir de animal sacrificado segundo um ritual apropriado, por pessoa qualificada (*shochet*). O animal não pode sofrer, e somente algumas partes são apropriadas. Há inúmeros animais que não são considerados apropriados para consumo.

Kashrut: qualidade do *kasher*, o alimento apropriado para comer, segundo as normas da religião (por exemplo, a verificação da *kashrut* de um açougue).

Kidush: consagração, santificação.

Kipá: solidéu, cobertura de cabeça usada por judeus durante as orações. Os religiosos a usam sempre.

Knish (iídiche): prato típico da cozinha judaica; consiste de pequenos discos de massa recheados com batata, carne ou queijo, e assados ou fritos.

Kugel (iídiche): prato típico da cozinha judaica, à base de macarrão, que pode ser salgado, misturado com cebola frita em banha de galinha, ou doce, misturado com açúcar cristal e passas.

Maader: enxada.

Matsá: pão ázimo, não fermentado, comido durante a semana de Pessach.

Mazel Tov (iídiche), *Mazal Tov*: "Parabéns!".

Meses do ano judaico: são contados desde a lua cheia até a lua cheia seguinte. Têm 29 ou trinta dias. São eles (a partir do *Rosh Hashaná*, o ano-novo judaico): Tishrei, Cheshvan, Kislev, Tevet, Shevat, Adar, Nissan, Iyar, Sivan, Tamuz, Av e Elul.

Midrachov: rua de pedestres, geralmente com bares e mesas ao ar livre.

Midrash (Beit Midrash): lugar onde se estudam a Torá, o Talmude e demais livros sagrados. Seminário rabínico.

Minian: quórum de dez homens exigido como mínimo para determinadas orações.

Mun: sementes de papoula, utilizadas como tempero.

Mitzvot: plural de *mitzvá*, boa ação, mandamento, preceito.

Nebi Samuel (árabe): Profeta Samuel. Aldeia árabe próxima a Jerusalém.
Nu? (iídiche): "E daí?"; "O que há?"; "E agora?".

Pardessanim: aqueles que trabalham no *pardes*.
Pardes: laranjal, plantação de cítricos.
Púpik (iídiche, infantil): umbigo.
Purim: festa em que se comemora o ato da rainha Éster, que salvou do extermínio a comunidade judaica na Pérsia, e onde se lê a *Meguilat Ester*, o Livro de Ester. Essa festa ocorre na época do Carnaval, e tomou emprestadas algumas de suas características, como bailes, fantasias etc.

Rosh Hashaná: o ano-novo pelo calendário judaico.

Schnapps (iídiche): um drinque, um gole de bebida; bebida alcoólica.
Shamuti: espécie de laranja.
Sharav: o mesmo que *chamsin*, vento quente que sopra do deserto durante o verão.
Shehichienu vekiemanu vehigianu lazman hazé: "Bendito sejas, ó Senhor, que nos fez viver e nos manteve e nos fez chegar até o dia de hoje/até este tempo". Palavras proferidas durante as preces ao inaugurar uma nova estação do ano, ou no ano-novo, ou em inaugurações.
Shmá: "Ouça".
Shir Hashirim: Cântico dos Cânticos.
Shivá: período de sete dias de luto por parente próximo, nos quais se devem seguir as posturas obrigatórias.
Shmitá: abandono, partida.
Shuk: mercado.
Shteitel (iídiche): cidadezinha, vilarejo.
Simchas (iídiche): alegria.

Talit (iídiche): manto, ou xale usado pelos judeus durante as orações.

Tallitim: plural de *talit*.

Talmude: abreviação de "Talmud Torá", o estudo da Lei. Obra enciclopédica de grande envergadura, elaborada durante oito séculos, e que interpreta a Torá exaustivamente, sob os aspectos legais, éticos e históricos. Compõe-se da "*Mishná*" e da "*Guemará*".

Tamuz: ver *Meses*.

Tchotchkes (variante de *chachka*): bugiganga de cores berrantes, de mau gosto.

Tfilin (aramaico): filactérios, caixinhas de couro negro presas a tiras de couro, contendo quatro trechos do Pentateuco, colocados pelos judeus na mão e na cabeça nas orações matinais.

Torá (lit. "ciência", "doutrina", "lei"): o Pentateuco, primeiros cinco livros da Bíblia: Gênesis, Êxodo, Levítico, Números e Deuteronômio.

Treif (iídiche): o que não é *kasher*, o que não é apropriado para comer.

Yalla, yalla, yalla (árabe): "Vamos, vamos, vamos!".

ESTA OBRA FOI COMPOSTA EM ELECTRA, HELVÉTICA E CAXTON BOOK PELO GRUPO DE CRIAÇÃO E IMPRESSA EM PROCESSO CTP PELA PROL EDITORA GRÁFICA SOBRE PAPEL PÓLEN SOFT DA COMPANHIA SUZANO PARA A EDITORA SCHWARCZ EM JULHO DE 2002